Didier van Cauwelaert

Das Evangelium nach Jimmy

Roman

Aus dem Französischen
von Olaf Matthias Roth

Rütten & Loening

Berlin

Die Originalausgabe ist unter dem Titel
L'Évangile de Jimmy
2004 bei den Éditions Albin Michel in Paris erschienen.

ISBN 3-352-00733-0

1. Auflage 2006

© Rütten & Loening Berlin GmbH, Berlin 2006

L'Évangile de Jimmy © Éditions Albin Michel S. A., Paris 2004

Einbandgestaltung www.doppelpunkt.com

Druck und Binden GGP Media GmbH, Pößneck

Printed in Germany

www.ruetten-und-loening.de

Wenn man sich für Gott hält, darf man keine Selbstzweifel haben. Mit feierlichem Blick und gequältem Lächeln stehen sie voreinander wie vor einem Spiegel. Wären sie nicht die beiden berühmtesten Männer auf Erden, man würde sich fragen, wer nun eigentlich gewonnen hat. Rein zahlenmäßig weiß man das ja immer noch nicht so genau, selbst wenn es politisch angeraten ist, irgendwann einmal das Zählen einzustellen. Wenn es nur um ein paar tausend Wählerstimmen geht, darf man sein Land nicht länger auf einen neuen Präsidenten warten lassen.

Der Erwählte streckt mechanisch die Hand aus, als wolle er eine Tür öffnen. Nach fünf vom Protokoll vorgeschriebenen Sekunden macht er dem Händeschütteln ein Ende. Sein Vorgänger hat ihm den nuklearen Code, das Übernahmeprotokoll und ein paar direkt vom Weißen Haus verwaltete Verteidigungsgeheimnisse übergeben, die nun allesamt auf dem Mahagonitisch liegen: Jetzt kann er gehen und in der Versenkung verschwinden.

Mit einer spöttischen Miene, die George W. Bush augenblicklich als deplaziert empfindet, klappt der ehemalige Bewohner des Weißen Hauses seine lederne Aktenmappe zu. Bill Clinton läßt ein letztes Mal seinen Blick durch den Raum schweifen und wendet sich dann zur Tür. Er macht drei Schritte, dreht sich nochmals um, und während er seine Aktenmappe wieder öffnet, sagt er in bewußt neutralem Ton: »Ach ja, übrigens, wir haben Jesus geklont.«

Er nimmt einen grünen Ordner heraus, legt ihn oben auf den Stapel und geht hinaus.

* * *

»Wie heißt du, Kleiner?«

Ich schaue zu dem Mann im Kittel auf, der mich mit einem Gesicht voller Falten anlächelt. Es ist ein anderer als vorhin, aber die Frage ist dieselbe. Ich versuche zu sprechen, doch meine Kehle brennt immer noch so sehr.

»Sag mir, wie du heißt.«

Ich schüttle den Kopf. Er hört kurz auf zu lächeln und seufzt statt dessen und wiederholt, was der Arzt von vorhin schon dreimal erzählt hat: daß ich ganz allein nachts auf der Landstraße unterwegs war, im Pyjama, und auf einmal der Wagen der Woods anhielt. Hinter der Scheibe zum Flur winkt die Frau, und der Mann zwinkert mir zu. Sie haben mich mitgenommen und hierhergebracht, weil ich nichts sagte und mein Pyjama und meine Haare versengt waren. Es gab keine Meldung von einem Brand in der Umgebung; meine Füße sahen ramponiert aus, als wäre ich schon Stunden gelaufen. Ich nicke, um ihm eine Freude zu machen. Ich kann mich ganz genau an alles erinnern. Es sind übrigens meine einzigen Erinnerungen. Davor, da waren die Flammen, schreiende Leute, das große Licht, das ist alles.

»Also, sei lieb und sag deinen Namen.«

Er lächelt nicht mehr, sondern schaut besorgt. Gleich wird er böse werden und mich bestrafen. Ich hebe den Kopf vom Kissen und bewege die Lippen. Ich sage: »Jimmy.«

Er bittet mich, es noch einmal zu wiederholen. Mein Hals tut mir sehr weh dabei, aber diesmal hat er verstanden. Er tätschelt mir die Hand. Hoffentlich läßt er mich jetzt in Ruhe. Er schaut das Kaninchen auf dem Laken an. Ein Stoffkaninchen, das sie mir gegeben haben; es hat nur noch ein Auge und ist ganz abgewetzt, weil es vor mir schon viele Kinder an sich gedrückt haben, damit sie die Schmerzen nicht so spüren. Von dem *i* auf der Karotte, die es hält, fehlt ein Stückchen, aber man kann trotzdem noch »Jimmy« lesen.

Er geht ganz plötzlich hinaus, verabschiedet sich nicht einmal. Draußen auf dem Gang spricht er mit den Woods. Sie schauen mich an, die Finger an die Scheibe gepreßt. Die Frau wendet sich ab, legt die Hand vor die Augen. Der Mann lächelt, aber nicht wie die Ärzte. Ein echtes mitleidiges Lächeln, ein wohlmeinendes Lächeln. Er will mich beruhigen, aber ich habe keine Angst. Gestern im Auto haben sie erzählt, sie hätten zwei fast erwachsene Söhne, die bald das Haus verlassen würden. Dann wäre es ganz leer bei ihnen.

Vorhin, als sie herein durften, fragte ich sie, ob sie einen Swimmingpool hätten. Nein, das sei zu teuer, sagten sie, und daß mein Foto in die Zeitung käme, damit meine Familie sich melden könnte. Aber ich habe keine Familie. Das weiß ich ganz bestimmt. Ich habe Familien gesehen, in den Comics, die man mir zusammen mit dem Kaninchen gegeben hat. Eltern wie die Woods, mit Kindern, einem Schwimmbecken und Hunden – das hätte ich nicht vergessen. Ich hätte es wiedererkannt. Das einzige, was ich hier drin wiedererkannt habe, waren die Ärzte.

Auf dem Flur berührt Mrs. Wood ihren Mund mit den Fingerspitzen und bläst dann darüber hinweg in meine Richtung. Ich weiß nicht, was das bedeuten soll, doch es wirkt nett, und ich antworte ihr mit der gleichen Geste.

Eines Tages werde ich Jimmy Wood heißen, zur Schule

gehen und »Guten Tag, Papa«, »Guten Tag, Mama« sagen. Und ich werde ein wirkliches Leben leben, wie in den Comics, auch wenn wir keinen Swimmingpool haben.

* * *

Seit vierzehn Jahren versuchte Irwin Glassner, Alkohol durch Religion zu ersetzen. Im Unterschied zum Präsidenten jedoch, der, wie aus offizieller Quelle verlautete, keinen Tropfen mehr anrührte, stellte er selbst Gott jeden Abend um sechs in Frage und betrank sich systematisch, dreimal pro Woche. Außerdem hatte man ihn, trotz seiner aktiven Rolle als wissenschaftlicher Berater damals, während der Kampagne, sorgfältig aus dem innersten Zirkel des Weißen Hauses entfernt. Seit der Machtübergabe war er nicht mehr nach Washington gekommen, und es überraschte ihn, zu einem als inoffiziell bezeichneten Arbeitsfrühstück eingeladen zu werden.

»Kommen Sie rein, Irwin.«

Der Tonfall war trocken, die Stille bedrückend, und es war kein Stuhl mehr frei. Irwin Glassner trat näher, um den Präsidenten zu begrüßen. Niemand war aufgestanden. Er kannte gerade mal die Hälfte der Anwesenden: seinen Kollegen von der Uni, Andrew McNeal, drei Falken, die für den persönlichen Schutz des Präsidenten zuständig waren, einen religiösen Berater und ein langjähriges Mitglied des Weißen Hauses, den Drehbuchautor Buddy Cupperman.

»Irwin Glassner, Klonspezialist«, stellte George W. Bush hastig vor. »Also?« wandte er sich gleich darauf an Pastor Hunley.

»Nun, die Position des Heiligen Stuhls ist unverändert,

Mister President. Das Tuch wird von offizieller Seite als Ikone, nicht als Reliquie eingestuft.«

»Aber die Wissenschaft hat es doch als echt bezeichnet, nicht?«

»Die Wissenschaft schon ...«, bestätigte Pastor Hunley mit einem theatralischen Seufzer.

Der prominente Fernsehprediger Jonathan Hunley war nicht nur ein brillanter Redner, sondern sah zudem noch aus wie ein Tennisspieler, kleidete seine Gedanken in eine auch für schlichteste Gemüter verständliche Weise und erfreute sich der Freundschaft der herrschenden Familie und eines Vermögens, das auf achtzig Millionen Dollar geschätzt wurde. Er stand der Kirche der Großen Wiederkehr vor, einer neumessianischen Strömung, welche das zappende Volk auf das unmittelbar bevorstehende Jüngste Gericht vorbereitete.

»Beim Symposium 1993 in Rom«, bekräftigte Professor McNeal, »hat sich die internationale wissenschaftliche Gemeinschaft für die Echtheit ausgesprochen. Der Vatikan hat sich jedoch stets zurückhaltend gezeigt, was das Schweißtuch angeht ...«

»Das Grabtuch«, verbesserte George Bush ärgerlich. »Das Schweißtuch, das ist nur ein Tuch, mit dem man sich das Gesicht abwischt. Stimmt doch, oder?«

Der Religionsberater nickte. Irwin Glassner betrachtete nacheinander die beiden Abbildungen, die an einer Stellwand hingen und auf denen sich das Gesicht des Gekreuzigten in Lebensgröße abzeichnete: links das kontrastverstärkte Foto, rechts das Negativ. Er fragte sich, warum das da hing. Nach seiner Kenntnis hatten die USA in den achtziger Jahren bewiesen, daß das Grabtuch von Turin ein mittelalterliches Gemälde war, doch er hatte die Debatte nur am Rande mitbekommen, da er unsterblich in eine Französin verliebt gewesen war, die Leiterin einer Forschungsgruppe am INRA. Acht

Jahre hatte er mit ihr in einem Vorort von Paris gelebt und Kühe geklont. Er fand die Manipulation des Lebendigen wesentlich spannender als irgendwelche archäologischen Studien an einem alten heiligen Lappen. Vielleicht spielte Bush – im Zuge seiner falsch verstandenen göttlichen Mission, mit der er sein Amt ausfüllte – ja mit dem Gedanken, das heilige Bildnis zu den Sternen auf der amerikanischen Flagge hinzuzufügen. Er verkniff sich ein Lächeln.

»Was muß ich über das Grabtuch wissen?«

Die Frage des Präsidenten schien simpel, doch seine Leute wußten, was dahinterstand: Er bat um eine Zusammenfassung dessen, was er verstehen konnte, ohne daß diese Erklärungen seinen Instinkt behinderten – jene einzige Facette seiner Intelligenz, die ihm Vertrauen einflößte.

Professor Andrew McNeal, welcher der Biologischen Abteilung der Universität Princeton vorstand, sprang auf seine kurzen Beinchen und trat mit der eilfertigen Miene eines Händlers, der sich einen Verkauf sichern will, auf die beiden Abbildungen zu. Kaum jemand hatte sich so intensiv mit dem Grabtuch beschäftigt wie er. 1978 war er als Leiter des wissenschaftlichen Untersuchungsprojekts STURP (Shroud of Turin Research Product) nach Turin gekommen, mit vierzig Forschern und zweiundsiebzig Kisten Material im Schlepptau.

»Wir haben hier ein Tuch aus vergilbtem Leinen vor uns, Mister President, vier Meter sechsunddreißig lang und einen Meter zehn breit, es ist ein gegeißelter und gekreuzigter Mann darauf zu sehen, so wie es in den Evangelien berichtet wird. Etwa dreißig Jahre alt, jemenitisch-archaischen Typs, eins achtzig groß, zwischen hundertfünfzig und hundertsechzig Pfund schwer. Rechts auf dem Negativ des Fotos, das Secondo Pia 1898 gemacht hat, sehen Sie ganz deutlich die Spuren der Geißelung und die verschiedenen Wunden, in völliger Übereinstimmung mit den Beschreibungen im Neuen

Testament – weshalb man dem Grabtuch auch den Beinamen ›Fünftes Evangelium‹ gegeben hat. Doch es wäre gerechtfertigter, vom ›Ersten Evangelium‹ zu sprechen, denn es ist sozusagen das einzige, das tatsächlich alles miterlebt hat.«

Der Biologe zeichnete mit dem Finger die Konturen der Gestalt mit den überkreuzten Händen nach.

»Der Abdruck des Körpers im Gewebe ist eine Art monochrome, oberflächliche Rottönung: Es handelt sich um ein Austrocknen der Cellulose unbekannter Provenienz, das wir als das Ergebnis einer plötzlichen Säureoxydation identifizieren konnten, bei der alpha-dikarbonyle Chromophore entstanden sind.«

»Bitte konkret«, sagte der Präsident.

»Die gelbe Farbe. So als wären aus dem bereits toten Körper – denn der Abdruck stammt von einem Liegenden – ganz plötzlich Hitze und Licht entströmt, wodurch die Oberfläche des Tuchs verbrannt ist. Wir haben vergeblich versucht, dieses Phänomen im Labor zu erzeugen. Das Bild ist nicht reproduzierbar, es darf demnach als fälschungssicher gelten. Lassen Sie mich hinzufügen, daß es nicht gealtert ist, wie es bei einem Gemälde der Fall gewesen wäre, und daß die drei Brände, denen es ausgesetzt war, seinen Zustand nicht verändert haben: Weder Zeit noch äußere Einflüsse können ihm etwas anhaben.«

»Selig sind, die nicht sehen und doch glauben!« warf Pastor Hunley ein, der jeden Sonntag zweieinhalb Stunden live im Fernsehen predigte.

Abwechselnd schaute der Präsident die beiden Männer an, schnell und ruckartig, wie ein Vogel. »Ich begreife nicht, inwiefern der wissenschaftliche Beweis der Auferstehung Christi die Gläubigen in ihren Überzeugungen wanken lassen sollte«, sagte er dann.

»Manchmal muß man den Zweifel säen, um den Glauben

ernten zu können«, gab der Fernsehprediger zu bedenken, der als ausgebuffter Profi wußte, wie man die Spannung kurz vor der Werbepause zum Sieden brachte.

»Wir sind also absolut sicher, daß es sich nicht um ein Gemälde handelt?« fragte Irwin Glassner, der den Grund seiner Anwesenheit immer weniger verstand und dem deshalb daran gelegen war, diese zu rechtfertigen.

»Absolut. Wir haben alle nur denkbaren Tests durchgeführt: Mikroskop, Röntgenstrahlen, ultraviolettes Licht, Infrarotlicht, Fluoreszenz, Reflektometrie, VP8 der NASA – es gibt nicht das geringste Farbpigment in den Gewebefasern. Und die verschiedenen Analysen bestätigen, daß es sich um Blut der Blutgruppe AB handelt.«

McNeal drehte sich zu einem frostig wirkenden, grau gekleideten Mann um, der auf der Kante eines Ohrensessels saß und langsam und deutlich, jedes Komma auskostend, seine Schlußfolgerungen vortrug: Der Winkel, in dem das Blut abgeflossen war, wies auf Atembewegungen hin, die *post mortem* zugefügten Wunden unterschieden sich von den anderen Verletzungen, und ganz im Gegensatz zur religiösen Ikonographie konnte man aus den Wunden schließen, daß die Nägel nicht die Handflächen durchbohrt hatten, sondern die Handgelenke, was verhindert hatte, daß die Hände vom Gewicht des Körpers heruntergerissen wurden. Was den Stich mit der Lanze betraf, so war diese an der sechsten Rippe abgeglitten, bevor sie den mit Serum gefüllten Herzbeutel und die blutreiche Vorderkammer perforiert hatte.

»So erklärt sich auch der Satz aus dem Johannes-Evangelium«, betonte McNeal, »»sogleich kam Blut und Wasser heraus‹.«

»Und könnte das Blut, denn es ist ja welches vorhanden, nicht einfach mit dem Pinsel aufgetragen worden sein?«

Mit einer Art gespanntem Mißtrauen drehten sich alle zu

Buddy Cupperman um. Der schlampig gekleidete, bullige Rotschopf war als einziger ehemaliger Mitarbeiter Clintons im Amt geblieben.

»Unmöglich«, sagte der Biologe, zu ihm gewandt. »Es gibt keinen einzigen Pinselstrich. Die Blutspuren sind ein Abdruck, wie man ihn nur bekommt, wenn man den Leichnam eines Gekreuzigten in ein Laken wickelt. Dieser Leichnam hier hat sich überdies von dem Tuch gelöst, ohne daß geronnenes Blut oder Fadenstrukturen darin zurückgeblieben wären. Es handelt sich um einen AZOK: einen Abdruck beim Zurückziehen ohne Kontakt, was aus wissenschaftlicher Sicht nicht zu erklären ist. Und sollte dies kein Beweis für die Auferstehung Jesu sein, so ist es zumindest einer für seine Dematerialisierung.«

»Dennoch haben 1988 drei Labors, darunter eines der Universität Arizona, eine Radiokarbondatierung durchgeführt und das Tuch auf einen Zeitraum zwischen 1260 und 1390 datiert.«

Man hörte Räuspern, Stühlerücken, eine Tasse, die vorsichtig wieder auf ihre Untertasse gesetzt wurde. Auf dem rechten Knie des Präsidenten tippte der Kugelschreiber nervös auf den noch jungfräulichen Block. Buddy Cupperman, der im Gefolge von Ronald Reagan nach Hollywood gekommen war, hatte vier Regierungen hintereinander überlebt. Cupperman im Weißen Haus – das bürgte bis zu einem gewissen Grad für den Fortbestand der internationalen Beziehungen. Und so hatte Bush junior, dem das nachlässige Agnostiker-Gehabe des ehemaligen Erfolgsautors verhaßt war, ihn im Amt belassen; weniger, um von seinen Ideen zu profitieren, als vielmehr, um zu vermeiden, daß die Demokraten dies taten.

»Weshalb eine Datierung mit Kohlendioxid?« erkundigte sich der Beherrscher der Welt.

Betretenes Schweigen begleitete das Klingeln der Kaffee-
löffel.

»Kohlenstoff 14, Mister President«, berichtigte Irwin Glassner unauffällig, »ist ein radioaktives Atom, das in jeder pflanz-
lichen oder tierischen Materie vorkommt, und zwar in einer
winzigen, gleichbleibenden Menge. Stirbt der Organismus, so
zersetzt sich das C 14 allmählich und folgt dabei einem unab-
änderlichen mathematischen Gesetz. Wenn man es wiegt, kann
man genau das Alter des jeweiligen Organismus feststellen.«

Geringschätzig musterte der Präsident seinen einstigen
Freund, den Gefährten seiner Jugendzeit, jener Jahre des
Zweifels. Glassner, den er lange wegen seiner Ungezwun-
genheit, seiner Fähigkeit, Alkohol aufzunehmen, seiner Bildung und der wohltuenden Mittelmäßigkeit seiner Eltern
beneidet hatte, war heute nur noch ein Wrack. Es gab doch
eine ausgleichende Gerechtigkeit.

»Halten Sie es für eine zuverlässige Methode, Irwin?«

»Es heißt, C 14 sei unfehlbar, Mister President.«

»Zu dumm«, warf Buddy Cupperman ein und zog ein paar
fettige Blätter aus der Tasche, »daß Ihr Kohlenstoff die Häu-
ser noch lebender Schnecken auf 24000 nach Christus datiert hat, daß bei den fünf aufeinanderfolgenden Messungen
an der Ausgrabungsstätte Jarmo eine Abweichung von fünfzig Jahrhunderten herauskam, daß das Skelett der Mumie
1770 im Museum von Manchester tausend Jahre älter sein
soll als die Stoffbinden und daß ein Labor in Tucson kürzlich
ein Wikingerhorn auf 2006 nach Christus datierte und sich
so um schlappe tausendfünfhundert Jahre irrte … Haben Sie
bitte Verständnis, aber wenn's um unfehlbare Technik geht,
ziehe ich doch die Uhr vor.«

Bush malmte mit den Kiefern und fragte, warum die USA
bei Christi Grabtuch keine zuverlässigere Methode ange-
wandt hätten.

»Zu einem bestimmten Zeitpunkt, Mister President, war es angeraten, die Hypothese von einer mittelalterlichen Fälschung zu befördern.«

Der Mann in Grau hatte mit fester, ruhiger Stimme gesprochen. Als er sich der allgemeinen Aufmerksamkeit sicher war, nahm er die Brille ab und wischte sie sauber.

»Und weshalb?« wollte der Präsident wissen. »Um den Glauben an Gott zu schwächen und die Feinde der Religion zu stärken?«

»Um in Ruhe arbeiten zu können.«

Hin und her gerissen zwischen der Ehre Gottes und nationalem Ruhm, hielt Bush einen Augenblick inne. Dann kreuzte er Irwin Glassners ratlosen Blick und sagte zu dem Mann in Grau: »Stellen Sie sich vor!«

»Doktor Philip Sandersen, Hämatologe und Genforscher. Ich habe 1978 an den Untersuchungen des STURP teilgenommen. Die Analysen meiner Gewebeproben ergaben, daß das Blut perfekt erhalten ist, was vermutlich auf die Wirkung von Myrrhe und Aloe in dem Tuch zurückzuführen ist. Das Vorhandensein von Albumin bestätigt, daß es sich um menschliches Blut handelt, und der Nachweis von Bilirubin läßt den Rückschluß zu, daß der Betroffene lange gefoltert wurde.«

Er sprach mit hochgezogenen Augenbrauen, einer eleganten Langsamkeit und der festen Stimme eines Menschen, der sich gern reden hört und sich seiner Wirkung bewußt ist.

»Ich habe eine DNA-Analyse durchgeführt, doch ich brauchte noch mehr Blut. Mit Einwilligung des Kardinals, der die Aufsicht über die zum Zwecke der Radiokarbondatierung durchgeführte Blutentnahme vom 21. April 1988 hatte, legte ich, nachdem diese getätigt war, an den fünf Wunden, dort, wo die Blutkonzentration am höchsten ist, Klebestreifen an.«

Ungläubig hörte Irwin Glassner, wie sein Kollege in schönster Unschuld und mit einem patriotischen Leuchten im Auge gestand, daß er zu seinem persönlichen Gebrauch das Blut Christi aus der bestbewachten Ikone der Welt gepumpt hatte. Leicht vorgebeugt auf seinem mit weißem Samt bezogenen Ohrensessel sitzend, schilderte Doktor Sandersen sein Verbrechen, als hätte er einen Beitrag zur amerikanischen Wissenschaft geleistet, und alle schienen das ganz normal zu finden.

»Diesmal haben die Analysen meine kühnsten Hoffnungen übertroffen: Die in den weißen Blutkörperchen vorhandene DNA war lediglich in dreihundertdreiundzwanzig Stämme unterteilt, was ein Beweis für ihr hohes Alter ist – eine DNA aus neuerer Zeit umfaßt Millionen. Daraufhin führte ich eine Polymerase-Kettenreaktion durch, die dazu dient, die nicht vorhandenen DNA-Fragmente zu vervielfältigen. Die von den Sequencern erzielten Ergebnisse – also im Grunde die genetische Entschlüsselung des Gekreuzigten – haben mich bewogen, bereits beim ersten Erfolg meiner Versuche die Regierung einzuschalten. Mit meinem bescheidenen Labor konnte ich weder die Verantwortung noch die Kosten dieses Projekts tragen.«

Eine Schockwelle erschütterte das Oval Office. Allen blieb der Mund offenstehen, mit Ausnahme der drei Falken, die das Dossier bereits zusammen mit dem Präsidenten durchgelesen hatten, und Buddy Cuppermans, der vor Empörung darüber, daß die Regierung Clinton ihn seinerzeit nicht informiert hatte, wütend auf einem Aktenordner herumkritzelte.

»Und trotz der hämatologischen Beweise«, eiferte sich plötzlich Professor McNeal, »haben Sie unsere Kollegen von der Universität Arizona behaupten lassen, der Abdruck Christi sei eine Fälschung des Mittelalters …«

»Indem wir das Grabtuch von der historischen Persönlichkeit Jesus getrennt haben, konnten wir unseren Vorsprung wahren«, erklärte Sandersen dem Präsidenten, der
nach wie vor in seine Richtung schaute. »Solange sie glaubten, das Blut Christi sei im Mittelalter aufgemalt worden,
kamen die Europäer nicht auf den Gedanken, eine DNA-
Analyse durchzuführen.«

»Hören wir doch auf, immer von Christus zu sprechen!«
schrie Pastor Hunley, dem die Felle davonzuschwimmen
schienen. »Sie haben vielleicht das Blut eines Gekreuzigten
aus dem ersten Jahrhundert analysiert, na schön, aber das
beweist noch lange nicht, daß es sich um Jesus handelte!«

»Und wer hätte es denn sonst sein sollen?« belferte Mc-
Neal. »Historisch gesehen, ist außer ihm kein einziger
Mensch dazu verurteilt worden, eine Dornenkrone zu tragen – also ein Folterinstrument, dessen Spitzen sich jedesmal wenn er den Kopf drehte, in den Schädel bohrten, man
sieht ganz deutlich die Blutspuren! Und die Haarlänge,
überlegen Sie doch mal! Die Nazarener hatten nicht das
Recht, sie sich abzuschneiden! Die von Chirurgen bestätigten hundertzwanzig Geißelstriemen, die fünf für authentisch erklärten Wunden, der Abdruck ohne direkten Kontakt, die Evangelien, die Historiker, was wollen Sie denn
noch mehr? Ich habe genug von diesen Theologen, die immer die Wissenschaft kaputtreden!«

»Der Glaube, Professor, ist keine Sache von Beweisen.«

»Na schön, behalten Sie Ihren Glauben, aber lassen Sie
uns unsere Beweise!«

Der Prediger drehte sich zum Präsidenten um und
schluckte seine Bitte um eine Stellungnahme sofort hinunter.
Mit herabgezogenen Mundwinkeln, das Revers mit den Fingern umklammert, den Blick ins Leere gerichtet, sah George
W. Bush aus, als würde er gerade den Amtseid leisten. Nur zu

gut kannten seine Mitarbeiter jene Momente, in denen er sich in sich selbst zurückzog, ohne daß zu erkennen war, für wie lange oder wozu: um die Wut auszubrüten, die dann gleich ausbrach, oder um sie mühsam zu unterdrücken. Feiner Regen nieselte gegen die Scheiben hinter den Schreibtischen, und sie schauten interessiert hinaus, während sie darauf warteten, daß der Chef wieder zu ihnen zurückkehrte.

»Was muß ich über das Klonen wissen?«

Irwin Glassner zuckte zusammen. Die Frage des Präsidenten richtete sich an ihn. Er fühlte sich wie unter einer kalten Dusche, als sich ihm plötzlich alle Gesichter zuwandten. Er spürte, daß er rot wurde, und verschränkte die Arme, um das Zittern seiner rechten Hand zu verbergen. Nachdem er sich geräuspert hatte, legte er sich ins Zeug mit einem Vortrag über die Entkernung der Ovozyten zu Beginn der Zellteilung.

»Konkret.«

»Sie nehmen eine nicht befruchtete Eizelle, Mister President, saugen den Zellkern heraus und ersetzen ihn durch einen Zellkern des Tieres, das Sie klonen wollen, nachdem Sie die Eizelle zunächst ausgehungert haben, damit sie sich an die DNA ihres neuen Kerns anpaßt. Wenn alles gutgeht, beginnt sich ein Embryo zu entwickeln, den Sie dann einem trächtigen Weibchen einpflanzen, woraufhin er zu einem Lebewesen heranwächst, das mit der Ursprungszelle genetisch völlig übereinstimmt.«

Bush ließ einen fragenden Blick über die aufmerksamen Gesichter schweifen. Ein uniformierter Diener brachte ihm ein Telefon auf einem Servierbrett. Er wechselte ein paar Worte mit der Empfangsdame und knüpfte dann an das Gespräch an: »Daten.«

»Briggs Forschergruppe in Philadelphia gelang es schon

1952, Frösche mit Hilfe von Embryonalzellen zu klonen. 1986 haben wir ein Kalb gezüchtet, dann hörten wir auf, Ergebnisse zu veröffentlichen. Die Europäer hingegen haben weiterhin die Öffentlichkeit mit ihren Mäusen, Kaninchen und Schweinen traktiert, bis schließlich 1996 der Höhepunkt erreicht war: die Geburt des Schafes Dolly. Die Engländer behaupteten, daß es zum ersten Mal gelungen sei, ein Säugetier ausgehend von erwachsenen somatischen Zellen zu züchten. Doch das hatten wir unterderhand längst geschafft.«

»Wir?«

»Die Vereinigten Staaten«, präzisierte Irwin. »Einige meiner Kollegen, bereits in den achtziger Jahren …«

»Am Menschen?«

»An bestimmten Organen, zu therapeutischen Zwecken. Allerdings mit einer Fehlerquote von nahezu 98 Prozent … Ich persönlich, das betone ich ausdrücklich, habe mich auf das Klonen von Rindern beschränkt.« Er zwang sich, das Bild des Bärtigen mit den langen Haaren auf dem Negativ an der Wand anzuschauen, und sagte dann abschließend: »Mir ist durchaus bewußt, daß die Sekte der Raelianer behauptet, nahe daran zu sein, den ersten menschlichen Klon zur Welt zu bringen, aber ich glaube es nicht.«

»Sie *glauben* es nicht?«

Glassner schluckte, weil ihn das herablassende Lächeln des Mannes in Grau durcheinanderbrachte, und erläuterte dann, indem er auf die Bilder des Grabtuchs deutete: »Die Hypothese, man könne einen Klon mittels einer zweitausend Jahre alten DNA erschaffen, halte ich schlichtweg für unmöglich.«

»Es ist aber offensichtlich gemacht worden«, warf der Präsident ein.

Glassner umklammerte die Armlehnen seines Stuhls. Der

grüne Aktenordner wurde zu ihm durchgereicht. Er las die Berichte, verglich die Genotypen, die Analysen, die Bilanzen und Fotos. Die Uhr auf dem Kaminsims schlug in die gedämpfte Stille hinein. Nach einigen Minuten hob er den Kopf. Kalter Schweiß bedeckte seinen Hals, die Stimme versagte ihm. Er begegnete dem Blick des Fernsehpredigers, der sich auf die Lippen biß, während er in der Hoffnung auf die Exklusivrechte den grünen Ordner anstarrte. Buddy Cupperman saß mit halboffenem Mund und herabhängenden Armen da, seine Blätter waren auf die Erde gesegelt. Professor McNeal schluchzte, ganz in die Betrachtung des Gekreuzigten vertieft.

Irwin faßte sich und legte die Grafik wieder auf den Tisch, die auf seinen Schoß geglitten war.

»Ich weiß nicht, was ich sagen soll, Mister President. Es … es ist einfach unvorstellbar, vor allem, weil wir 1994 mit unseren Forschungen vollkommen in einer Sackgasse steckten …«

»1994 vergeudeten Sie Ihre Zeit bei den Franzosen, um Kühe zu kopieren, während andere, auf amerikanischem Boden, mit dem Blut Christi Zauberlehrling spielten!«

Die Häme in diesen Worten drang bis ins Nordende des Büros, wo der schlummernde Spaniel ein Ohr reckte. Alle hielten den Atem an.

»Das ist … das ist undenkbar«, stammelte Irwin.

»Glauben Sie, was Sie wollen«, erwiderte Doktor Sandersen, »aber die Versuche mit fünfundneunzig Embryonen haben zu einer Schwangerschaft geführt.«

»Mach Platz, Spot!« befahl der Präsident.

Der Spaniel setzte sich hin und starrte seine Leine an.

»Ein Junge wird geboren«, fuhr der Genforscher fort, »von robuster Konstitution, der keine einzige der bei Klonen so häufigen Anomalien aufweist, keine Krankheiten, kein Anzeichen irgendeiner Degenerationserscheinung …«

»Haben Sie sich das patentieren lassen?«

In nachsichtigem Schweigen blickte Sandersen in das verkniffene Gesicht des Fernsehpredigers, der seine Frage wie einen Kirchenbann hervorgestoßen hatte. Die Antwort verstand sich von selbst: Die Einzelheiten des Antrags, nebst allen damit verbundenen rechtlichen und urheberrechtlichen Fragen, lag dem Projekt Omega bei. Auf der Titelseite prangten als Inschrift die Worte aus der Apokalypse, die Jesus zugeschrieben werden: »Ich bin das A und das O, der Anfang und das Ende.«

Professor McNeal stand auf und näherte sich den an die Wand geworfenen Fotos, ganz langsam. Er hob eine zitternde Hand zum Bild Christi empor und legte sie auf das Grabtuch, das ihm nun wie ein nährendes Gewebe vorkam, wie eine Matrix.

»Und so als Mensch, wie ist er da so?« fragte Buddy Cupperman, der sich in seinem Sessel verrenkte, um den Mann in Grau sehen zu können.

»Seine Entwicklung war völlig normal, wenn man bedenkt, daß er in einer isolierten medizinischen Umgebung aufgewachsen ist, ohne Kontakt zu anderen Kindern … Keine Auffälligkeiten für sein Alter, so die Beurteilung der Kinderpsychiater. Keine besondere Gabe, keine bizarre Reaktion, die man mit seiner Herkunft in Beziehung hätte bringen können. Er spielte, er zeichnete, lernte Rechnen und Lesen … Man erzählte ihm Geschichten …«

»*Seine* Geschichte?« wollte Cupperman wissen.

»Nein. Ein Minimum an Religionskunde, um seine Gedächtniszellen zu reaktivieren, das ist alles.«

»Ergebnisse?«

»Nichts Aufregendes, außer daß er mit vier Jahren und sieben Monaten bei einem Priester, der ihm das Evangelium vorlas, eine Wunde verschwinden ließ. Sie finden die Zeugenaussage im Anhang, auf Seite 38.«

»Hat er nie gegen seine ... Gefangenschaft aufbegehrt?«
fragte Professor McNeal mit erstickter Stimme.

»Wir haben ihm gesagt, er sei von seinen Eltern ausgesetzt
worden und leide an einer Immunkrankheit, die es ihm nicht
gestatte, das Institut zu verlassen. Er solle sich schließlich
nicht vor seiner endgültigen Heilung infizieren. Wir haben,
wenn Sie so wollen, sein Anderssein respektiert und dabei
zugleich seine Isolierung gerechtfertigt, um gewissermaßen
den Boden zu bereiten ... Wir wollten ja herausfinden, ob
etwas im Lauf der Zeit auf seine Herkunft hinweisen würde,
ohne daß wir ihm erzählten, wer er war.«

»Und dann?«

Sandersen machte eine kleine Pause, seufzte und sagte
tonlos: »Wir haben ihn aus den Augen verloren.«

Ein Schauder lief den Anwesenden über den Rücken. Nur
Bush und seine Falken saßen mit versteinerter Miene da.
Buddy Cupperman haute mit der Faust auf die Sessellehne.

»Verloren?« brüllte er fassungslos, so als hätte ein Com-
putervirus das Szenario vor seinen Augen gelöscht. »Ist er
tot?«

»Das wissen wir nicht. Ein Brand im Oktober letzten Jah-
res hat das Forschungszentrum teilweise zerstört.«

»Just in dem Augenblick, in dem Clinton abgetreten ist«,
bemerkte einer der Falken ungerührt.

Ohne auf die Anspielung einzugehen, fuhr Doktor Sandersen, an Buddy Cupperman gewandt, fort: »Sein Leichnam wurde nicht unter den Opfern gefunden. Wir haben
eine Suchmeldung rausgegeben, ohne natürlich seine Identität zu enthüllen. Da das Projekt als top-secret eingestuft
wurde, existierte er für die Behörden überhaupt nicht. Alle
Nachforschungen blieben ergebnislos.«

»Vielleicht hat er sich dematerialisiert?« schlug Irwin
Glassner vor.

Eine schreckliche Kälte breitete sich rings um ihn aus. Trotzdem, das ist doch der Gipfel, dachte er. Noch bevor eine Untersuchungskommission den Wahrheitsgehalt dieser Geschichte, die Analysen und den Transfer des Genoms überprüft hatte, schluckten der Präsident und seine Berater die Neuigkeit anstandslos und nahmen die Geburt eines Klons aus einem blutigen Lappen für bare Münze, und er, Irwin Glassner, Genetiker mit Diplom der besten amerikanischen Universität, weltweite Autorität auf dem Gebiet des reproduktiven Klonens, setzte sich hier in die Nesseln, wegen eines tattrigen DNA-Klempners, dessen Ergüsse auf einmal zum Evangelium wurden.

»Jedenfalls hat das Verschwinden des Individuums uns alle bestürzt. Gott sei Dank besitze ich noch genügend in Stickstoff gelagerte Embryonen, damit wir das Experiment wiederholen können – sofern dies Ihr Wunsch ist, Mister President. Wenn Ihre Regierung meinen Kredit verlängert, garantiere ich Ihnen, daß das Resultat nur eine Frage der Zeit ist: Ich bin im Besitz der Rechte, beherrsche die Technik und diene meinem Land.«

»Wir müssen ihn wiederfinden!« beschloß Cupperman und riß sich plötzlich aus seinem Sessel hoch. »Eine Fehlerquote von 98 Prozent: Da haben wir keine Zeit, auf ein zweites Wunder zu warten, machen wir also keine Dummheiten!«

Mit großen Augen, wie gelähmt durch dieses Verhalten, schaute Bush dem fetten Penner nach, der mit großen Schritten im Raum auf und ab schritt, den Teppich in Falten warf und mit seinen weit ausholenden Gesten beinahe die Blumenbouquets und Miniatur-Schiffsmodelle umwarf.

»Das ist doch genial, stellen Sie sich das mal vor! Ein Jesus-Klon, ein maßgeschneiderter Christus, ein Messias made in USA, der der gesamten Welt unser Evangelium predigt, die *pax americana*, er wird unsere Politik im Nahen Osten unterstützen, Juden und Araber kraft seiner in vitro erzeugten Menschlichkeit aussöhnen – denn verdammt noch mal, Jesus wird ja vom Talmud wie vom Koran als Prophet anerkannt! Diese Geschichte mit der göttlichen Abstammung ist es doch, die uns immer wieder einen Strich durch die Rechnung macht – aber wir werden uns in dem Fall auf sein Wirken als Prophet beschränken, die Botschaft der Nächstenliebe, die auf wissenschaftlichen Erkenntnissen beruht, die genetische Manipulation, die das Werk des Schöpfers fortsetzt, der Mensch als Ebenbild Gottes, das Wort, das zu Fleisch wird, ausgehend von der Sprache der DNA! Und Sie, Mister President, denken Sie nur an Ihr Mandat! Regent des Jesuskindes, Friedensnobelpreis, eine Popularität, die alle anderen alt aussehen läßt: die Gleichnisse, die Stimme der Hoffnung, der Heilige Geist, die Einschaltquoten! Ah, ich sehe es genau vor mir! Ja, ich spüre es! Genial, endlich fegt mal ein frischer Wind durch die Vereinigten Staaten … Schluß mit dem Aufbauen von Feindbildern und dem Herumschubsen von Bösewichtern: Endlich macht mal jemand Sympathisches unseren Hampelmann!«

»Jetzt reicht's aber mit der Blasphemie!« schrie Bush und hob sein Gesäß vom Stuhl.

Cupperman, dessen Haare ganz wirr waren, hielt inne, packte das Modell der *Mayflower* und setzte es dann wieder aufs Kaminsims. Er prustete in wehmütigem Gedenken an die Ära Clinton, setzte sich und knöpfte die Weste zu.

Die Falken hatten seinen Ausbruch mit zustimmendem Kopfnicken quittiert. Zutiefst erfreut darüber, daß er sich so leicht lenken ließ, blickten sie sich an, um zu vereinbaren, wer von ihnen das Wort ergreifen sollte.

»Ich höre, meine Herren«, sagte Bush zu ihnen.

»Mister President, wenn wir hier schon absurdes Theater

spielen, dann wenigstens richtig. Reden wir ruhig weiter über die Einsatzmöglichkeiten einer aus einem Laken gezüchteten Kreatur, über die unsere Vorgängerregierung weder weiß, wo sie sich befindet, noch, ob sie überhaupt am Leben ist.«

Vorsichtig lächelnd wandten sie das Gesicht ihrem Meister zu, der jedoch wie versteinert dasaß.

»Wir alle hier im Raum sind davon überzeugt, Mister President, daß Sie in vier Jahren gewählt werden.«

»Wiedergewählt«, berichtigte Bush pikiert.

»Aber ein drittes Mal werden Sie nicht kandidieren können. Also, wie alt wird Ihr Jesus-Klon 2008 sein? Vierzehn! Und in der Zwischenzeit – immer unter der Voraussetzung, daß wir ihn überhaupt finden – sollen wir ihn auf der internationalen Bühne präsentieren, damit er in Windeln das Heilige Land zum Frieden führt, so im Stil von ›Mama, kuck mal, ich hab Wasser in Wein verwandelt!‹? Machen wir uns doch nichts vor, meine Herren. Vor Erreichen der Volljährigkeit kann er nicht den Messias im Sinne der biblischen Schriften spielen, das ist klar. Und wir werden nicht heimlich einen kleinen Jesus aufziehen, damit unsere Nachfolger den Nutzen davon haben.«

George W. Bush ließ seinen Blick langsam durch den Raum schweifen. Dann nahm er ein Plätzchen und schenkte sich Kaffee nach. Jeder atmete so diskret wie möglich, um nicht die Meditation zu stören, in die er hinabgetaucht war. Mit zusammengepreßten Kiefern, die Augen auf einen Schürhaken aus Messing gerichtet, träumte er von den achtzehn Millionen konservativen Wählern, die seinen Vater verraten hatten, indem sie für Clinton stimmten, um ihn dafür zu bestrafen, daß er zu nett zu den Palästinensern war. Und wieder merkte er, wie bitter sein Sieg schmeckte, es war schlimmer als eine Niederlage: Er hatte den Demokraten Al Gore geschlagen, obwohl er dreihunderttausend Stimmen weniger bekommen hatte, und zwar auf Geheiß der Richter des Obersten Gerichtshofs, die ihre Karriere zum Teil dem Bush-Clan verdankten und daher der Neuauszählung in Florida ein Ende setzten. Alles mußte immerzu von neuem erobert werden, und das Ende der Zeiten war nahe. Die Welt mußte in Ordnung gebracht werden, bevor der Messias wiederkam und die Erde sich aufs Jüngste Gericht vorbereitete. Wenn also Christus bis zum heutigen Tag in seinem Grabtuch ein bißchen ausbeutbare DNA aufbewahrt hatte, dann konnte man ihn wohl auch klonen. Doch es war zu früh. Die Heilige Schrift war eindeutig: Vor dem Erscheinen des neuen Messias mußte erst der Antichrist auftauchen. Es sei denn, Saddam Hussein war dieser Antichrist. Das allerdings ließe alles in neuem Licht erscheinen … Doch nichts ähnelt dem göttlichen Willen so sehr wie die Versuchungen des Teufels: Die Tatsache, daß Bill Clinton mit dem Klon Christi in Verbindung gebracht wurde, verdarb das Resultat schon wieder. Wenn sich das aus dem Grabtuch gezeugte Kind seinen Schöpfern entzogen hatte, so gab es bestimmt einen Grund dafür.

George Bush schlug die Beine auseinander und entspannte sich. Sein Instinkt hatte zu ihm gesprochen. Lieber sollte dieser Arm im Dienste Gottes streiten, als daß er einen illegitimen Sohn von Ihm anerkennen wollte.

»Danke«, sagte er und stand auf.

Die anderen erhoben sich ebenfalls. Er bedeutete ihnen, daß alles, was soeben besprochen worden war, unter allerhöchster Geheimhaltung stand. Außerdem hatte jeder beim Verlassen des Oval Office eine schriftliche Erklärung abzugeben, daß er Stillschweigen bewahren würde. Er informierte Doktor Sandersen, daß seine sämtlichen Forschungsgelder eingefroren, seine Archive beschlagnahmt, seine Embryonen vernichtet, seine Labors versiegelt würden und das Personal dispensiert sei. Dann enthob er Buddy Cupperman seiner Ämter und beauftragte Irwin Glassner mit der Bildung einer unabhängigen Untersuchungskommission zu den Gefahren des Klonens von Menschen in Hinblick auf ein gesetzlich geregeltes, absolutes und endgültiges Verbot.

Als die Türen sich wieder geschlossen hatten, drehte er sich zu den drei Falken um, die erneut auf dem Sofa Platz genommen hatten.

»Also, wie sieht's aus mit dem Irak? Ich habe dem Kongreß eine rasche Entscheidung versprochen. Haben wir nun ein Motiv, um dort einzufallen, oder nicht?«

»Wir arbeiten daran, Mister President.«

Mein Körper existiert nicht mehr ohne sie. Ich war schon mit Dutzenden Frauen zusammen, doch das ist mein erster Liebeskummer. Ich wußte nicht, daß es sich so anfühlt. Dieser Ekel, dieser Abscheu vor mir selbst, diese berstende Leere. Diese Bilder, die immer wiederkehren und bei denen sich mir der Magen umdreht, dieses verlorene Glück, das mich den ganzen Tag um mich selbst kreisen läßt wie eine Schraube in einem ausgeleierten Gewinde. Mir mit unserer Geschichte weh tun: Das ist alles, was ich tun kann, um mit ihr noch irgendwie zusammen zu sein.

Sie hat mich nicht wegen eines anderen verlassen, viel schlimmer: Sie hat mich wegen sich selbst verlassen. Sagt sie. Um meinen Einfluß nicht mehr zu spüren. Was für einen Einfluß? Ich bin doch ein Nichts! Ich bin einer aus den Armenvierteln, der seine Tage bei den Reichen zubringt, um deren Swimmingpools zu reparieren, die Filter und die pH-Werte zu checken, und der abends in seine Zwanzig-Quadratmeter-Wohnung zurückkehrt, mit Blick auf die Mauer gegenüber und einem großen Bett. Einem großen, verlassenen Bett, in dem ich Emmas Geruch nachspüre. Einem großen Bett, das ich so gelassen habe, wie es war, seit sie weg ist, und das jetzt nur noch nach meinen Kippen, dem Chlor und den Fritten aus der Nachbarwohnung riecht.

Was soll ich bloß aus meinem Leben ohne sie machen? Wozu soll man ins Bett gehen, wieder aufstehen, den Tag herumbringen, auf den Abend warten? Es ist nicht so, daß sie mir fehlt: Nein, ich zeige keinerlei Reaktion. Ein Abwesender in einem nutzlosen Körper. Ein totes Gewicht, das dahindriftet. Schlaff, ohne Schwung, orientierungslos. Sie hat mich zu sehr mit Glück überhäuft, und nun finde ich nicht mehr in mein früheres Leben zurück.

Seit unserer Trennung habe ich mir nichts mehr zu sagen, alles, was ich tue, mißlingt, sogar den Stolz auf mein Handwerk habe ich eingebüßt: Eine Leidenschaft will geteilt sein. Hätte sie mich nur vorgewarnt, hätte sie mir zu verstehen gegeben, daß alles nur vorübergehend sein könnte … Doch wir hatten uns nie Gedanken wegen unserer Beziehung gemacht: Ich hatte meine Arbeit, sie ihren Ehemann, ihre Interviews, sie kam den ganzen Tag mit Typen zusammen, die viel besser waren als ich, und sie war frei. Ich erhob keinen Anspruch auf sie, aber sie und ihr fantastischer Körper wollten mich, und das war das einzige, was zählte. Ich war nicht eifersüchtig: Ich war glücklich. Sex mit ihr war ein rauschendes Fest. Sie hatte mein Apartment mit lauter Spiegeln vollgehängt, damit wir auch nichts von uns verpaßten, wir kamen immer und stets gleichzeitig, auf unser Spiegelbild konzentriert – manchmal spiegelten wir uns jeder für sich, aber das war auch schon alles, was wir getrennt machten. Nun habe ich nur noch die Spiegel.

Nach dem Sex war es immer noch schlimmer als vorher. Ich hatte so was noch nie erlebt, und ich glaube, es hing mit der Zärtlichkeit zusammen. Mit dem Vertrauen, der Freundschaft, die nach dem stürmischen Sex wieder die Oberhand gewannen. Gleich am ersten Abend hatte ich ihr alles über mich erzählt. Das war nicht viel, keine fünf Minuten hatte das gedauert, doch es kam ja auf die Absicht an. Ich wollte mich mit meinem Leben an sie kuscheln, an ihr Ohr, meine Worte mit ihrem Atem vermischen, während meine Wange in ihrem Nacken lag, mein schlaffer Schwanz auf ihrem Po ... Zum ersten Mal hatte ich meine Geschichte erzählt, meine Kindheit, die geprägt war von ständigen gewalttätigen Auseinandersetzungen mit meinen zwei Brüdern, die mir zusetzten, seit ihre Eltern mich adoptiert hatten. Sie fanden, ich hätte so was Jüdisches an mir, und schämten sich deswegen vor ihren Kameraden. Andererseits leistete ich ihnen aber auch wertvolle Dienste. Sie nahmen mich zu ihren Versammlungen mit, ließen mich aufs Podest steigen und machten Experimente mit mir. Sie probierten Tricks aus, testeten Material an mir, um meine Widerstandsfähigkeit mit der normaler Menschen zu vergleichen. Zigarette, Schraubzwinge, Baseballschläger, Hamster in die Unterhose ... Ich sei die auserwählte Rasse, sagten sie zu mir, und daß ich auf der Welt sei, um zu leiden und irgendwo stolz zu sein auf die Schmerzen, die sie mir zufügten. Von Religion verstand ich nichts, ich kannte nur die Märchengeschichten, die wir in der Schule lasen. Ein Jude, das war für mich ein häßliches kleines Entlein, das immer eins übergebraten bekommt, weil keiner weiß, daß es in Wirklichkeit ein Schwan ist und eines Tages zehnmal so stark wie all die doofen Enten sein wird, die dann unter tausend Entschuldigungen verduften werden. Doch die Zeit verging nicht besonders schnell, ich wuchs nur langsam, und die Enten blieben an der Macht. Ich hatte schwören müssen, Papa nichts von den Experimenten zu erzählen, die sie mit mir veranstalteten. Ich hatte es geschworen, aber das wäre gar nicht nötig gewesen: Eines Tages hatte er uns nämlich in der Scheune ertappt und war gleich wieder rausgegangen, weil er das Ganze nicht an die große Glocke hängen wollte. Er hatte mir eine Familie geschenkt, das war alles, woran ihm lag. Alles, was ihn aufrechthielt. Seit er seine Arbeit verloren hatte, behandelten meine Brüder ihn wie einen Sklaven, er war ein nutzloser Esser wie ich geworden, und meine Mutter ging putzen. Mit Siebzehn bin ich abgehauen, das machte dann schon mal einen Teller weniger.

Der Zufall führte mich, von Lastwagen zu Lastwagen, von Mississippi nach Connecticut. Einer der Fahrer, es war ein Sattelschlepper, lieferte riesige Polyesterschalen für Swimmingpools. Ich erzählte ihm, als Kind hätte ich immer von einem Swimmingpool geträumt, obwohl ich selbst nur das Schwimmbad am Ortsrand kennengelernt hatte, einen grünlichen Bottich. Er setzte mich zusammen mit seiner Ladung bei Darnell Pool im Wald von Greenwich ab. Der alte Ben Darnell nahm mich als Erdarbeiterlehrling an, und so lernte ich meinen Beruf von der Pike auf.

Zehn Jahre lang bauten wir die schönsten Swimmingpools der ganzen Gegend, bis eines Tages ein Junge in einem unserer Becken ertrank. Das Gesetz zum Schutz der Jugend wurde gegen den Konstrukteur ausgelegt, und die Firma ging pleite. Zum Andenken an den alten Darnell kümmere ich mich weiterhin um die Kunden, die noch Anspruch auf Instandhaltung haben, und fahre mit dem letzten Lieferwagen, der seinen Namen trägt, durch die Gegend. Mir liegt etwas daran, zu beweisen, daß seine Pools die schönsten, die saubersten und die sichersten sind. Der Konkursverwalter überweist mir ein miserables Gehalt, von dem ich gerade mal die Miete bezahlen kann, und er überwacht das Auslaufen der Instandhaltungsverträge: Sobald der letzte abgelaufen ist, bin ich arbeitslos. Dann erwartet mich das Nichts. Meine einzigen Ersparnisse habe ich meinen Eltern geschickt, damit der Vermieter sie nicht auf die Straße setzt. Jetzt sind sie tot, ihre Söhne sind wegen Vergewaltigung im Gefängnis, und daher mußte ich das Haus ausräumen. Dorthin zurückzukehren und Erinnerungen auszumisten, mit denen ich längst abgeschlossen hatte, machte mir kaum etwas aus. Ich mietete einen Lagerraum für die Möbel an, bis zu dem Tag, an dem meine Brüder entlassen würden, und fuhr am gleichen Abend zurück. Nur eins nahm ich mit: meinen alten Jimmy, das Stoffhäschen, dem ich meinen Vornamen verdanke und das ich unter meinem Pyjama beim Verlassen der Klinik nach draußen geschmuggelt hatte.

Emma hörte mir zu, indem sie meine Finger auf ihren linken Busen preßte. Nicht aus Mitleid, nein, aus beruflichem Interesse. Sie war Journalistin und sah in allem, was den Leuten so passiert, das Potential für eine Story. Obwohl sie für eine Gartenzeitschrift arbeitete, träumte sie von etwas, das sie als »Enthüllungsjournalismus« bezeichnete. Sie wollte, daß ich mich an das erinnerte, was mir vor dem Alter von sechs Jahren zugestoßen war. Ich konnte mich ihr zuliebe noch so sehr anstrengen, alles, was mir einfiel, waren weiße Kittel, vergitterte Fenster und von Mauern umrahmtes Grün – das Waisenhaus, in dem mein Erinnerungsvermögen verbrannt war. Sie fragte mich: »Wie ist das, wenn man von Geburt an Waise ist?« Ich antwortete: »Geht so.« Man leidet nicht, wenn man nicht weiß, was einem entgeht. Heute weiß ich es. Als Waise der Liebe, die sie mir nicht mehr geben will, schleppe ich Tag für Tag diese Leere mit mir herum, diesen Schmerz, der zu nichts nütze ist und nie vergeht, dieses Leid, das mir keiner nehmen wird, weil es das einzige ist, was ich besitze.

»Nummer 73!«

Ich blicke auf meinen Arm, der durch den Verband hindurch blutet. Eine Stunde lang warte ich nun schon in der Notaufnahme, zwischen Leuten, die zusammengeschlagen wurden, und halb ausgetrockneten Alten. Eigentlich habe ich die Nummer 72, lasse aber nun schon zum dritten Mal jemanden vor, der schlimmer dran ist als ich. Ein Hundebiß, davon stirbt man nicht gleich, zumal es der Hund reicher Leute war, der mit Schnitzeln gefüttert wird und zweimal am Tag die Zähne geputzt bekommt. Und außerdem kann ich in diesem Wartesaal immer noch so tun, als wäre ich woanders, im Wasserwerk oder im Amt für Swimmingpool-Hygiene und -Sicherheit. Mir graut vor Krankenhäusern. Seit meiner Kindheit habe ich keines mehr betreten, doch die Angst vor weißen Kitteln ist noch so groß wie früher. Vielleicht hat sie mich ja auch davor bewahrt, krank zu werden, betrachten wir es mal so. Aber ich zögere die Untersuchung gern hinaus und bleibe auf meinem angeschraubten Stuhl sitzen, um still vor mich hin zu leiden. Um die Augen zu schließen und mit Emma zu unseren drei glücklichen Jahren zurückzukehren.

Wir hatten uns wegen ihrer Sommerausgabe getroffen, dem Special zum Thema Pools. Sie machte eine Reportage bei Madame Nespoulos in Greenwich, an einem Samstag, an dem ich die Rotalgen, die am Körbchen des Skimmers aufgetaucht waren, mit Salzsäure behandelte. Das elektronische Warnsystem hätte diese Aufgabe für mich erledigt und eine sechsunddreißigstündige Algizidbehandlung mit Chlorbeigabe, Flockung und Filtrierung eingeleitet, doch Madame Nespoulos rief mich zu Hilfe, sobald auch nur eine Wespe im Becken zu ertrinken drohte. Daß ich ihren Pool instand hielt, war nicht so wichtig, ich sollte ihr vor allem Gesellschaft leisten. Achtzig Jahre alt, Witwe eines Botschafters und mit zigtausend Wehwehchen behaftet, die sie für sich behielt – wir redeten nur über den Zustand ihres Pools.

Ich schraubte gerade den Vorfilter ab, als sie an den Beckenrand trat, um mir die atemberaubende Blondine vorzustellen, die Fotos machte. Sie erzählte ihr, ich sei ein Genie in Sachen Swimmingpools, bestand darauf, daß sie mich interviewte, und bat mich zu erklären, was ich da gerade machte. Ich sagte, ich würde gerade den Vorfilter abschrauben, um das Pumpenaggregat auszubauen. Madame Nespoulos geriet in Ekstase, als hätte ich soeben ein Gedicht rezitiert, lud uns zu einem Wodka-Orange ein und sagte: »Ich lasse Sie allein.« Wir sahen der kleinen Gestalt nach, wie sie in ihrem Plisseerock die Stufen zum Haus hinaufging, ganz langsam, die Arthroseschmerzen durch ihren schlendernden Gang kaschierend. Dann setzten wir uns in die mit grauem Samt bezogenen Louis-XV.-Sessel, die sie als Gartenmöbel benutzte.

Emma trug eine weite Hose und eine enganliegende dunkelgraue Bluse, zwischen deren Knöpfen ein hellgrauer BH hervorspitzte. Sie hatte den Körper eines *Playboy*-Centerfold-Models und das angespannte Gesicht einer debütierenden Intellektuellen.

Das provozierende Dekolleté sollte wohl ihrer Beruhigung dienen, doch wie man sehen konnte, funktionierte das nicht recht. Ich erklärte ihr, ich sei schüchtern, damit wir schon mal was gemeinsam hatten. Sie fragte mich, was denn der Vorteil der Elektrolyse mit Salzen im Vergleich zur Ionisierung mit einer Silber-Kupfer-Verbindung sei. Ich war ganz baff, daß sie sich so gut in meinem Fachgebiet auskannte, und ich glaube, anfangs war ich in sie verliebt, weil ich so stolz auf sie war. Also ich persönlich, sagte ich, empfehle einen leichten Salzgehalt, dann kann nämlich das Wasser die Moleküle in der Zelle bei der Elektrolyse aufbrechen und Chlor und Natrium trennen. Zum Ende des antibakteriellen Arbeitsgangs wird die desinfizierende Substanz von alleine wieder zu Salz, und der Zyklus beginnt aufs neue. Sie fragte mich, was ich von aktivem Sauerstoff hielt. Ich antwortete ihren Brüsten, während sie meine Ratschläge aufschrieb. Und dann begann es auf einmal zu regnen. Der Gärtner kam mit einem Schirm zu uns und führte uns nach drinnen.

Ein wenig verwundert folgten wir ihm die Marmortreppe hinauf. Er öffnete eine Tür und sagte: »Das Zimmer von Madame.« Er machte die Tür von außen zu und ließ uns allein. Wir wagten nicht, uns anzusehen. Wir beobachteten uns aus den Augenwinkeln und brachen dann beide in Gelächter aus. Diese Komplizenschaft, bevor wir uns richtig kannten, hat mich total umgehauen. Ich fand das noch berührender als die Tatsache, daß sie mit Fachwörtern über mein Metier sprach.

Wir setzten uns auf eine Bank mit steiler Lehne, gegen-über dem Alte-Damen-Bett mit seinem roten Baldachin und den bestickten Kissen, den Metallstäben und der Quaste an der Schnur über dem Kopfkissen. Sie schlug ihr Heft wieder auf und fragte: »Und?« Ich sagte, aktiver Sauerstoff sei schon okay, trotzdem würde ich Hexamethylen-Polymere vorziehen, denen ultraviolette Strahlen nichts anhaben kön-nen und die nicht nur desinfizierend wirken, sondern das Wasser auch weicher machen. Sie hatte aufgehört mitzu-schreiben. Ich schaute immer unverhohlener hin. Als ich schließlich aufhörte, sie mit den Augen auszuziehen, ge-schah dies, um zu dem großen Witwenmöbel hinüberzustie-ren, jenem stillgelegten Kingsize-Bett, das flehentlich zwi-schen den Krankenhausrequisiten zu uns herübersah, als wolle es sich durch unsere Körper verjüngen. Ich spürte, daß sie genau dasselbe empfand wie ich, in dem Kampfer- und Veilchengeruch hier, nicht unsere Nähe war so verwir-rend, sondern dieses muffige Dekor, das uns zurief, wir soll-ten das Unvorhergesehene, den Reiz, die kleinen Geschenke des Lebens nicht ungenutzt vorbeiziehen lassen. Dennoch regte ich mich nicht und sie sich auch nicht. Nur unsere Knie berührten sich. Ich beugte mich nicht vor, streckte die Hand nicht aus, und sie hielt mir ihre Lippen nicht hin; wir taten es in unserem Kopf und wußten es beide. Es gab weder

Scham noch Spiel noch das übliche Gehabe bei der Anmache: nur wirkliches heimliches Einverständnis, ein brennendes Teilen, einen Drang, den Augenblick zu leben, als Antwort auf das Elend des Alters, den Gedanken an den Tod … Wir stellten uns die alte Dame vor, wie sie dort unten die Augen schloß, während sie uns bei der Wiederbelebung ihres Betts zuhörte. Das rührte uns, wir sahen uns an, begierig darauf, sie an diesem Vergnügen teilhaben zu lassen, es andererseits aber auch für uns allein zu genießen. In den zehn Jahren, seitdem ich mich nun schon um ihren Pool kümmerte, hatte Madame Nespoulos mir die griechische Küche nahegebracht, die französischen Weine, die russische Literatur: Jede Woche gab sie mir ein Rezept mit, ließ mich einen Wein kosten, empfahl mir ein Buch und fragte mich dann nach meiner Meinung. Diesmal, so dachte ich, bot sie mir eben eine Frau an, um sich weniger einsam zu fühlen.

Ich legte meine Hand auf Emmas Handgelenk. Sie nickte. Und so standen wir auf, lautlos, ein Lächeln auf den Lippen, und gingen jeder auf eine Seite des Betts, um es zu zerwühlen, die Kissen durcheinanderzuwirbeln, die Tagesdecke und die Laken zu zerknittern. Sie kniete sich auf den Rand der Matratze und wippte auf und ab, bis die Federn quietschten, während ich die Stangen des Baldachins gegen die Wand schlagen ließ. Dann löste sie ihr Haar und steckte den Kopf ins Kissen, damit es ihren Geruch annahm.

Danach räumten wir alles auf, strichen die Falten glatt, legten die Kissen anders als zuvor nebeneinander und gingen in zwei Meter Abstand wieder nach unten. »Haben Sie sich alles erzählt?« fragte Madame Nespoulos, die unterm Plätschern des Regens auf der Veranda las. »Ja«, sagte Emma, »vielen Dank für Ihre Gastfreundschaft.« Wir rannten zu unseren Autos, fuhren zwei oder drei Meilen in Richtung Wald, dann schaltete ich den Blinker ein und hielt an einer Lichtung an. Sie folgte mir, und wir hatten hinten in meinem Lieferwagen Sex, zwischen den Kanistern mit Fungizid, den Flockmittelkartuschen, pH-Regulatoren und Ersatzpumpen. Es hatte etwas Magisches, Heftiges, Überwältigendes, Ätzendes – rittlings auf mir sitzend, drückte sie mich gegen die Säcke mit Chlor, die unter meinem Gewicht aufplatzten. Sie hatte einen unglaublichen Busen, zum ersten Mal streichelte ich feste, schwere Brüste, die ganz echt waren, Bio-Brüste. Es war in vielerlei Hinsicht ein erstes Mal für mich: die Düfte der Liebe, die sich mit dem Geruch der chemischen Produkte vermischten, die verzückten Schreie zu dem Brummen der Reinigungsmaschine, die sie versehentlich mit dem Fuß in Gang gesetzt hatte, die Schläuche, die sich um uns wie die Fangarme eines Kraken schlangen, und die Chlorkügelchen in meinem Rücken, die unter meinem Schweiß zischten. Je näher ich mich dem Orgasmus fühlte, um so aufbrausender wurde ich, wie eine sich auflösende Brausetablette kam ich mir vor.

Ihr erster Satz danach: »Gehen wir zu dir?« Ich nickte. Jetzt schon auseinanderzugehen stand außer Frage – zum Teufel mit ihren Interviews und meinen Kunden. Sie hatte immer noch Lust auf mich, und ich war bereits abhängig von ihr. Allerdings wies ich sie darauf hin, daß es bei mir sehr eng sei. Bei ihr, antwortete sie, wäre ihr Ehemann. Es klang aber so, als hätte sie gesagt: »Bei mir ist nicht aufgeräumt.«

»Nummer 74!«

Ich schaue wieder auf meinen Abschnitt. Nur noch einer, dann bin ich dran. Plötzlich habe ich Lust abzuhauen. Warum soll ich mich desinfizieren und impfen lassen? Als der Dobermann sich vorhin auf mich stürzte, während ich einen Sandfilter austauschte, dachte ich: Gut so. Ein schöner Tod, in meinem Element, mit aufgeschlitzter Kehle in einem

Becken aus Harz und Quarz treibend, und dazu mein Verschmutzungs-Warnsystem, das mein Blut innerhalb einer halben Stunde aufgesaugt hätte. Professionell bis zuletzt. Eine teure, aber lohnende Investition: Ich würde postum den Beweis dafür liefern. Der Hund wurde jedoch zu früh zurückgepfiffen.

Warum soll ich ohne Emma noch weitermachen? Ich war glücklich, Schluß, Ende, aus. Nie wieder werde ich eine so große, so ausgelassene, so intensive Liebe erleben … Wer so etwas vorzuweisen hat, braucht sich, wenn's denn ein Leben nach dem Tod gibt, keine Sorgen um die Zukunft zu machen – unsere Geschichte reicht mir für die Ewigkeit, selbst wenn sie sie abgebrochen hat.

Natürlich habe ich mir in den drei Jahren schon mal vorgestellt, daß sie mich verlassen könnte, aber doch nicht so. Ihr Mann war nie ein Hindernis zwischen uns beiden, im Gegenteil. Er war zu einem Freund geworden, ohne daß ich ihm je begegnet wäre. Sie redete die ganze Zeit von ihm, aber immer mit so viel Mitleid, daß ich keine Gefahr lief: Sie blieb nur bei ihm, weil er sonst in der Gosse gelandet wäre, dagegen hatte ich nichts einzuwenden. Manchmal ergriff ich sogar Partei für ihn, wenn sie die Schnauze voll hatte. Er gehörte zu der intelligenten Sorte von Mensch, die immer eins auf den Deckel kriegen, weil sie glauben, daß die Leute besser sind, als man sagt, halt ein bißchen so wie ich, nur daß er eine glückliche Kindheit hatte – sein Fall war tiefer. Er war Architekt, fand aber keine Arbeit, sie arbeitete für zwei. Eines Tages hatte er ein UFO gesehen und war seither der Überzeugung, die gesamte Menschheit hätte sich gegen ihn verschworen, mit Ausnahme von Emma, die so tat, als glaubte sie ihm. So kam es, daß er in die Fänge einer Sekte geriet. Einer Bande von Gaunern, die Geld von ihm erpreßte, zu seinem eigenen Wohl. Um ihn zu sensibilisieren, wie sie behaupteten. Nach dem Motto: Die Außerirdischen sind bereits unter uns, inkognito, Gott hat die Menschen aufgegeben, und der einzige, der die Welt noch retten kann, ist der Teufel. Sie hatten ihm Phiolen und Talismane verkauft, hatten ihm beigebracht, wie man die Dämonen heraufbeschwor, damit man von ihnen aufgenommen wurde. Zum Schluß hatte Emma es satt, daß unter ihrem gemeinsamen Bett ständig Puppen mit Nadeln und getrocknete Eidechsenschwänze lagen, sie hatte ihn rausgeschmissen, und er war zu seiner Sekte gezogen.

Und genau da kippte die ganze Sache. Im Grunde hat ihre Scheidung unsere Beziehung zerstört. Eines Sonntags, im *Boat House*, dem Restaurant im Central Park, in das sie mich zum Brunch mitnahm, wenn das Wetter schön war, erzählte sie mir, während sie ihre Gambas schälte, daß unsere Geschichte keinen Sinn mehr hatte: Als Lover war ich der Ausgleich zu ihrem Ehemann gewesen, und jetzt war ich zu schwer geworden, eine Last, kein Gegengewicht mehr. Sie wollte ihr Leben neu gestalten, eine Familie gründen, und vor allem wollte sie nicht, daß ich ihr fehlte – das hinderte sie daran, sich auf ihre Arbeit zu konzentrieren. Sie mußte erst einmal wieder zu sich finden, meinem Einfluß entgehen, meiner Sexbesessenheit. Sie wollte eine friedliche Beziehung, einen neutralen Mann, jemanden, der einfach nur da war, während sie für sich arbeitete, und mit dem man anschließend einen ruhigen Fernsehabend verbringen konnte. All das konnte sie sich mit mir nicht vorstellen, weil es zwischen uns immer so viel Sex und so viel Einsamkeit danach gab. Kurz und gut, sie wollte sich von mir trennen, weil sie verrückt nach mir war.

Ich sagte, dann würde ich sie eben heiraten, eine Familie mit ihr gründen, mit ihr zusammenziehen und ihr das Essen vorm Fernseher servieren.

»Du warst ein fantastisches Gegenmittel gegen mein früheres Leben, Jimmy, aber ein Gegenmittel ist auch ein Gift. Wenn man die Dosis ändert, kann es sich sogar in ein gefährliches Gift verwandeln. Alles hängt vom jeweiligen Zeitpunkt ab.« Ich verstand gar nichts. Wir waren doch glücklich miteinander gewesen, hatten uns keine Fragen gestellt, und jetzt war das auf einmal Gift. Ich zermarterte mir das Hirn, um eine Antwort zu finden, einen Grund; alles, was dabei herauskam, war, daß ich sie, egal wie, immer noch liebte. Sie hatte traurig gelächelt und gemurmelt: »Egal wie, genau … Ich bin fünfunddreißig, Jimmy, ich will ein Baby, und mit dir ist das nicht möglich.« Ich hatte verstanden. Sie dachte an die Zukunft des Kindes. Ein Vater, das bedeutet: ein Gehalt.

Na schön, sagte ich, du weißt ja, ich bin für dich da, solltest du deine Meinung ändern. Ich bezahlte die Rechnung von meinem Dispokredit und schlenderte unter den Bäumen davon, als ob nichts wäre, ohne mich umzudrehen. Einfach bewundernswert, sagte ich zu mir selbst. Ich glaubte, es sei befriedigender so, weniger hart, ein sauberer Schnitt. Aber man kommt sich noch idiotischer vor, wenn man bewundernswert ist.

Drei Wochen lang habe ich darauf gewartet, daß sie mich anruft und sagt: Ich hab nachgedacht, ich liebe dich, Scheiß auf das Gift, und laß uns wieder so leben wie vorher. Nichts. Ich brannte vor Verlangen, ihre Tür einzutreten, eine Bank auszurauben, damit sie was hatte, um ihr Kind großzuziehen, doch ich wagte nicht, den ersten Schritt zu tun, und so versuchte ich, sie zu vergessen. Ich drehte die Spiegel zur Wand, ich graste die Pornoseiten im Internet ab – und fühlte mich noch zehnmal einsamer.

An einem Sonntag, während ich mich vom Bett aus durch Kriege und Matches zappte, stieß ich auf Pastor Hunleys

Fernsehshow. Er sprach von einem Mann, der seine Frau verflucht, weil sie ihn verlassen hat, und schwört, er werde sie nie wiedersehen wollen und ihr nie verzeihen. Und dann begegnet er Jesus, der zu ihm sagt: »Gehe zu ihr, dann wirst du Gott kennenlernen.« Ich bin hingegangen. Ein großer Blonder hat mir die Tür aufgemacht. Da habe ich gesagt, ich hätte mich wohl geirrt, und bin wieder abgedampft.

Seitdem versuche ich, mich für andere Mädchen zu interessieren. Im Augenblick finde ich sie noch häßlich oder dumm, oder beides, aber vielleicht müssen ein paar Monate ins Land ziehen. Vielleicht gehört Emma eines Tages der Vergangenheit an, und ich finde mich damit ab. Ich schaffe es nicht, ihr böse zu sein. Je mehr ich mich bemühe, ihr die Schuld zu geben, desto mehr empfinde ich mich als Niete und verstehe sie nur um so besser.

»Sie sind dran, Sir!«

Jetzt bin bloß noch ich im Raum. Ich stehe auf und gehe zur Anmeldung hinüber. Ich grüße die Angestellte, die mich hinter ihrer kugelsicheren Scheibe fragt, was ich denn habe. Ich zeige ihr meinen Arm, der durch den Verband hindurch blutet. Sie drückt auf einen Knopf, und ein grünes Licht leuchtet oberhalb der zweiten Tür von links auf. Ich bedanke mich, gehe durch die Sicherheitsschranke und gelange in einen Korridor, in dem ich in drei Sprachen aufgefordert werde, die Schuhe auszuziehen und dann auf das akustische Signal zu warten. Als der Piepton erklingt, geht die Tür auf, und ich trete in einen gelb gekachelten Behandlungsraum mit einem Arzt, der mich hinter seinem Namensschild mürrisch anblickt. Er heißt Doktor Br, doch wahrscheinlich wird der Rest von seinem herabhängenden Mundschutz verdeckt.

Er sagt, ich solle mich ihm gegenübersetzen, nimmt meine Krankenversicherungskarte und schiebt sie in das Lesegerät.

Fünf Sekunden danach sieht er erstaunt von seinem Bildschirm auf und gibt mir zu verstehen, daß meine Krankenakte vollkommen leer sei. Ich will wissen, ob das schlimm ist, doch meine scherzhafte Bemerkung verpufft.

»Waren Sie noch nie krank?« Seine Stimme hat einen vorwurfsvollen Unterton.

»Nein«, erwidere ich, »bis jetzt nicht.«

»Und was ist mit Arztbesuchen, mit Impfungen, Kontrollen?«

Ich erkläre ihm, daß meine Adoptiveltern arm waren, wir wohnten ja im tiefen Süden, und da ließen sie eben der Natur ihren Lauf. Was es da so zu wissen gab, hätte ich mir selbst beigebracht und mich dann ins praktische Leben gestürzt. Zur Sicherheit setzt er den Mundschutz auf. Der große Fortschritt der Medizin ist, daß die Mediziner immer besser vor den Kranken geschützt werden.

»Kennen Sie Ihre Blutgruppe?«

»Nein.«

»Ich muß sowieso eine Genkarte von Ihnen erstellen – das ist Pflicht. Und Ihrem Fall besonders dringend.«

»In meinem Fall?«

»Wir müssen etwas gegen Ihr Übergewicht tun.«

Ich weise ihn darauf hin, daß ich wegen eines Hundebisses hier bin.

»Ziehen Sie sich aus, und steigen Sie auf die Waage.«

Seufzend stehe ich auf. Er begleitet meinen Striptease mit einem kritischen Blick, erinnert mich daran, daß ich bei meiner Größe nicht mehr als zweihundertdreißig Pfund wiegen dürfe, zumindest im Staat New York. Was darüber hinausgeht, führt zu einer Zwangskur oder einer Geldstrafe. Ich erwidere, daß ich in Connecticut arbeite. Das sei noch schlimmer, meint er – zweihundertzehn. Ich verspreche ihm, eine Diät anzufangen. Erst müsse ich das Ergebnis abwarten, ordnet er an – vielleicht hätte ich ja eine ererbte Neigung zu endogenem Übergewicht.

»Nein, das ist Liebeskummer. Ich war unglücklich, deshalb mampfte ich ungesundes Zeug, um mich weniger einsam zu fühlen. Aber jetzt geht's wieder: Ich schaue schon wieder andere Frauen an.«

»Hundertfünfundneunzig Pfund«, verkündet er und deutet auf das Urteil der Waage auf seinem Bildschirm. »Wenn Ihre Genkarte bestätigt, daß Sie in Sachen Übergewicht erblich vorbelastet sind, sollten Sie etwas unternehmen.«

»Wissen Sie, wenn ich regelmäßig Sex habe, halte ich mein Gewicht.«

»Mit seiner Gesundheit spaßt man nicht, Sir. Das kann Sie vor Gericht bringen.«

Ich halte den Mund. Er entnimmt mir Blut, gibt mir dann zum Ausgleich eine Tetanusspritze, notiert sich meine Adresse und Telefonnummer, verspricht, mir das Resultat innerhalb einer Woche zukommen zu lassen, und wünscht mir einen guten Abend.

Ich stehe wieder im Warteraum, weil ich noch die Rechnung bekommen muß, sitze auf demselben Stuhl wie zuvor, genauso unglücklich wie gerade eben, doch zumindest darauf habe ich ein Anrecht: Liebeskummer ist noch legal im Staate New York.

Komm zurück, Emma. Ohne dich bin ich nicht mehr das geringste Gegenmittel und vergifte mich Tag für Tag selber. Komm zurück, Liebling, gib mir deinen Körper wieder, dein Lächeln, deine Begierde … Heirate wieder, laß dir all die Kinder machen, die du haben willst, nutz es aus, und sei dann enttäuscht, bedaure es, langweile dich, denk an mich … Ich warte auf dich. Morgen schon fange ich meine Diät an. Ich höre mit den Chips auf, dem Bier, den Tränen. Ich werde ein neuer Mensch sein, an dem Tag, an dem du zurückkehrst.

»Wir haben es gefunden!«

Die Stimme klang heiser, dumpf, metallisch. Irwin Glassner schirmte sein Ohr gegen das Beifallklatschen im Hintergrund ab und machte drei Schritte zur Seite.

»Ich höre Sie nur schlecht. Können Sie in einer Stunde noch mal anrufen?«

»Das Projekt Omega. Wir haben es wiedergefunden.«

Glassner spürte einen eisigen Schauer im Nacken. Langsam ging er ganz ans Ende des Podiums. Die anderen Berater zerstreuten sich, zogen mißbilligend die Augenbrauen in die Höhe. Der Präsident hatte gerade vor der Presse seine Rede zum Independence Day gehalten, und diejenigen, die sie geschrieben hatten, gingen damit hausieren, obwohl Bruce Nellcott wie gewöhnlich die Hälfte vergaß und sie verdrehte und verzwirbelte, was wiederum seine charismatische Ausstrahlung steigerte.

Mit wild pochendem Herzen stieg der wissenschaftliche Berater die drei Stufen vom Podium auf den Rasen hinunter und entfernte sich von den Tischen der Garden-Party, auf denen leichte Häppchen unter ihrer Klarsichtfolie schwitzten.

»Sind Sie sicher? Er lebt?«

»Sonst hätte ich Sie nicht gestört«, war wieder Doktor Sandersens trockene Stimme zu vernehmen. »Er hat gerade eine ärztliche Untersuchung hinter sich, seine genetischen Daten wurden vom Programm Jonas erkannt. Ich habe seinen

Namen, seine Adresse, seinen Lebenslauf. Wenn das Ihre derzeitigen Arbeitgeber interessiert, dann kommen Sie bei mir vorbei.«

Irwin drückte sich an eine Eiche, um den Schwindel zu bekämpfen. Seit fünfundzwanzig Jahren spukte das kleine Arbeitsfrühstück zum Thema Grabtuch von Turin in seinem Gedächtnis. Er hatte eine Kopie der auf Geheiß des Weißen Hauses vernichteten Akte aufbewahrt und in den Folgemonaten die Sequenzierung überprüft, das Protokoll, Sandersens Manipulationen und Ergebnisse: Die dem verschwundenen Kind zugeschriebene DNA stimmte in allen Punkten mit dem Genom des Gekreuzigten überein, doch nur durch eine von einem unabhängigen Labor entnommene Blutprobe hätte man mit Sicherheit sagen können, daß der Betreffende tatsächlich ein Klon war.

2015, als die Genkarte für alle Bürger obligatorisch wurde, hatte Glassner vom FBI erfahren, daß ein mit dem Gesundheitsministerium vernetztes Computerprogramm in der Lage war, den Genotyp Omega ausfindig zu machen, wenn er bei einer medizinischen Untersuchung auftauchte. Was zu keinem Ergebnis geführt hatte. Die demokratische Regierung, die im Anschluß daran an die Macht gekommen war, hätte eigentlich das Programm Jonas weiterverfolgen sollen, doch Glassner hatte keinerlei Hinweise darauf gefunden, als er nach dem neuerlichen Wahlsieg der Republikaner wieder ins Weiße Haus zurückgekehrt war. Jetzt wußte er, weshalb.

Seit dem von George W. Bush angeordneten Verbot war Doktor Sandersen außer Landes gegangen und hatte seine Forschungen auf privater Basis weiterbetrieben. Irwin las regelmäßig seine wissenschaftlichen Veröffentlichungen sowie die Berichte, die ihm die CIA zukommen ließ. Sandersen hatte Millionen durch die »Zelltransplantation« verdient, wie es nun hieß, denn der Begriff »Klonen« galt als Verbrechen gegen die Menschheit. Er betrieb einen gigantischen Werbeaufwand und bot per Katalog sowohl die Vervielfältigung von Haustieren als auch die Reproduktion menschlicher Organe mittels Stammzellen an. Dennoch hielt er sich an das von Präsident Bush auferlegte Schweigegebot, so daß Irwin im Lauf der Zeit zu dem Schluß gekommen war, daß ihn sein erster Eindruck doch nicht getäuscht hatte: Wäre er tatsächlich geboren, so hatte der aus dem Grabtuch gezeugte Klon nicht überlebt, und der Brand in dem Forschungszentrum hatte den Mißerfolg kaschieren sollen, um so die Fortzahlung der Gelder zu sichern.

All dies wurde auf einmal in Frage gestellt, und wie durch Zufall hakte Sandersen just dann wieder nach, als Präsident Nellcott das Ende der Prohibition verhieß. Er wollte das Klonen in dem Bestreben um soziale Gerechtigkeit legalisieren, damit die Kontrolle von offiziellen Instanzen durchgeführt wurde, seine Möglichkeiten allen Bürgern offenstanden und der finanzielle Nutzen der Staatskasse zugute kam.

Irwin schaute zum Präsidenten hinüber. Mit wehendem Haar, ein fratzenhaftes Lächeln im Gesicht, pries dieser nach wie vor die Ergebnisse seiner Innenpolitik: Senkung der Jugendkriminalitätsrate dank des Verkaufsverbots von Computerspielen an unter Fünfzehnjährige, weniger Selbstmorde dank der Abschreckung durch Gefängnisstrafen, schließlich der deutliche Rückgang der Krebsfälle, zu erklären mit der Kampagne zur Wiedereinführung des Rauchens, nachdem die Medizin herausgefunden hatte, daß der durchs Rauchen hervorgerufene Vitamin-C-Mangel das Wachstum von Metastasen hemmt.

Irwin zuckte mit den Schultern. Daß es in den Schulen weniger Verbrechen gab, lag an der niedrigen Geburtenrate.

Was die Quote der Selbstmörder anging, so wurden weniger Leute festgenommen, weil die Lebensmüden jetzt gleich auf Nummer sicher gingen. Und die neuen nikotinfreien Bio-Zigaretten aus Sojapapier, garantiert ohne Teer und Konservierungsmittel, bewiesen nur den Sieg einer bestimmten Lobby, denn die Abnahme der jährlichen Krebsfälle war darauf zurückzuführen, daß die Leute immer schneller starben. Das Scheitern des Gesundheitssystems und die wachsende Unfähigkeit der Forscher angesichts neuer Krankheiten, das war nach Irwin Glassners Ansicht die Bilanz seiner zwei Jahrzehnte andauernden fruchtlosen Versuche, die Politiker zu sensibilisieren. Zwar kannten sie die Ursachen, kämpften aber trotzdem nur gegen die Symptome. Den letzten Weltfrieden hatten Viren errungen, doch nun war das gesamte Terrain vermint: Treibhauseffekt, elektromagnetische Felder, Genfood, synthetische Proteine, Süßstoffe – all diese neuen Moleküle und neurobiologischen Aggressoren, die den Stoffwechsel der menschlichen Rasse binnen eines Jahrhunderts vollkommen durcheinandergebracht hatten. Und die einzige Antwort, die die Politiker auf die von Irwin vorgeschlagenen Maßnahmen zur Eindämmung der Katastrophe hatten, lautete: »Wir können die Uhr nicht zurückdrehen.« Der Mensch würde sich schon anpassen; das war nun mal das Gesetz der Evolution. Oder er wurde wegselektiert, erwiderte Irwin. Denn auch das besagte dieses Gesetz.

Unerschütterlich zählte Präsident Nellcott am Mikrofon weiter seine Triumphe auf. Es gebe weit weniger Übergewichtige als früher, was ein nationales Anliegen sei, und nicht nur das: Infolge der Einführung obligatorischer psychiatrischer Behandlung in solchen Fällen war die Zahl der Amerikaner, die behaupteten, von Außerirdischen entführt worden zu sein, von drei Millionen auf knapp zweieinhalb Millionen gesunken, das beste Ergebnis in den letzten fünfzehn Jahren. Seit die von den Vereinigten Staaten aufgestellte Norm weltweit Gültigkeit hatte, bewegte sich der Treibhauseffekt in einem umweltverträglichen Rahmen. Die Legalisierung des Klonens von Menschen unter staatlicher Kontrolle stimulierte die Arbeit der Genforscher und würde eines Tages die niedrige Geburtenrate ausgleichen, welche auf die gesunkene Fruchtbarkeit der Männer zurückzuführen war, und es gab Anzeichen für eine baldige Trendwende: Alles deutete also auf eine hoffnungsvolle Zukunft hin, das Büfett war eröffnet.

Den Arm zum Himmel gereckt, winkte der Präsident unter donnerndem Applaus, in dem die Fragen zweier oder dreier Journalisten zum Thema Außenpolitik völlig untergingen. Er sprang vom Podium, begrüßte eine ehemalige First Lady, schüttelte ein paar Hände, tätschelte ein paar Schulterblätter und begegnete dem Blick seines wissenschaftlichen Beraters. Von seinem Ausdruck alarmiert, bahnte er sich einen Weg zu ihm, erkundigte sich dabei aber noch rasch bei den Fotografen, wie es ihren Familien ging.

Von den fünf Präsidenten, denen Glassner gedient hatte, war dies bei weitem der schlimmste: Er hatte von nichts eine Ahnung, interessierte sich aber für alles, umgab sich mit einem ziemlich fähigen Stab, und in diesem von nervösen Ängsten, sektiererischer Moral und zynischem Profitdenken geplagten Land strotzte er förmlich vor Gesundheit und war durchaus bestrebt, seine Landsleute an der klaren Höhenluft um ihn her teilhaben zu lassen. Er war ein glücklicher Mensch, was ihm natürlich viele Neider bescherte. Dennoch hatte sein Wahlsieg die Beobachter nicht überrascht: Nach einer demokratischen Präsidentin war es nur normal, daß die Amerikaner einen schwulen Republikaner kürten.

»Gibt's 'n Problem, Irwin?«

»Ich habe gerade einen Anruf bekommen, Mister President. Ich weiß immer noch nicht, ob ich ihn ernst nehmen soll, aber ...«

Nellcott warf einen besorgten Blick zu den mit Maschinenpistolen bewaffneten Sicherheitskräften hinüber, die das Büfett vor Vergiftungsanschlägen schützen sollten. Um seine Aufmerksamkeit nicht zu verlieren, beruhigte Irwin ihn nicht gleich, und mittels eines konzentrischen Manövers schirmte der Ordnungsdienst sie beide von den Journalisten ab. Selbstmordattentate gab es nur noch in den Armenvierteln, in den abgesicherten Zonen kamen nur noch chemische Anschläge in Frage, und eine Regierung, die nicht in der Lage war, die Presse zu füttern, ohne sie gleich zu vergiften, schmälerte Nellcotts Erfolgsaussichten auf eine Wiederwahl beträchtlich.

»Können Sie sich noch an das Projekt Omega erinnern, Mister President?«

»Terrorismus?«

»Biogenetik.«

»Ist das Büfett davon betroffen?«

»Nein, aber es ist äußerst dringend. Dürfte ich Sie nach dem Empfang ein paar Minuten sprechen?«

»Machen Sie was mit Antonio aus.«

Glassner drehte sich zu dem Präsidentengatten um, einem schachbegeisterten Anwalt für Steuerrecht. Dieser brillante Kopf, der seinen Gemahl an die Spitze der Nation katapultiert hatte, regierte hinter den Kulissen des Weißen Hauses und hielt das Land in seinem eisernen Griff, während das Staatsoberhaupt es mit Samthandschuhen zu streicheln schien.

Eine Stunde später empfing der Präsident den wissenschaftlichen Berater in seinen Privaträumen, während er sich fürs

Wochenende in Camp David umzog. Antonio hatte ihn gebrieft, und es gelang ihm nur schlecht, die kindliche Aufregung zu verbergen, die er doch, so hatte ihm sein Medienberater empfohlen, in Krisensituationen unbedingt ablegen sollte. Bruce Nellcott, Held Amerikas bei den Olympischen Spielen in Peking, Goldmedaillengewinner im Dreisprung, galt zu Unrecht wegen seines vorteilhaften Äußeren als Schwachkopf, doch er spielte sehr geschickt damit, und ohne daß diese es ahnten, manipulierte er all jene, die glaubten, ihn in der Hand zu haben. Als er sich mit Fünfundzwanzig aus dem Sportbusiness zurückzog, hatte er die Wahl zwischen dem Film, der Werbung oder der Kreation eines eigenen Labels für Sportbekleidung. Antonio hatte ihn aber zur Politikerlaufbahn überredet und dafür gesorgt, daß er binnen kurzem zum Gouverneur von Kentucky gewählt wurde. Dank zahlreicher Skandale, die das Lager der Republikaner dezimierten, war die Bewerbung um das Präsidentenamt nur noch eine Formsache, und Nellcott machte sich keinerlei Illusionen über den wahren Grund seines Wahlsiegs. Getreu dem Slogan »Mit uns gewinnt Amerika« hatte ihm seine Kampagne zu weit mehr Stimmen verholfen als sein Wahlprogramm.

Seither hatte er es auch im Angesicht der Rezession verstanden, relativ populär zu bleiben. Er behandelte das Repräsentantenhaus sehr schonend, ohne dabei aber den Senat zu vergrätzen, der ihn nur zähneknirschend unterstützte. Da er sich ebenso genau über seine Gaben wie über seine Ziele im klaren war, hatte er ein Amerika nach seiner Vorstellung zu modellieren begonnen, ein schlankes, junges Amerika, stets gutgelaunt und großzügig. Den Schaden, den diese Pfadfinderpolitik im Ausland angerichtet hatte, versuchte er ständig durch ein Pfand auszugleichen, ein starkes Symbol, in dessen Schutz er seine menschliche Ader ausleben konnte, ohne für einen Waschlappen zu gelten, weder bei seinen Streitkräften noch bei seinen Alliierten oder seinen Gegnern. Ihm als glühendem Katholiken wäre die Rückkehr des Messias ein gutes Aushängeschild gewesen. Doch Nellcott zwang sich, zunächst auf der Hut zu bleiben.

»Die Story von Jesus, der unter Clinton geklont wurde, habe ich nie geglaubt«, sagte er, während er den Krawattenknoten löste. »Für mich fällt das in die gleiche Kategorie wie das von Johnson befohlene Attentat auf Kennedy, das außerirdische Implantat im Gehirn von Gerald Ford, der Drehbuchautor Reagans, der den Kalten Krieg dirigierte, das Kommando übersinnlich begabter Menschen, das die koreanischen Raketen zerstörte, das Vogelgrippevirus, das von der CIA nach China gebracht wurde, oder die Sado-Maso-Partys im Weißen Haus ... All dieses dumme Zeug wurde nur in die Archive geschmuggelt, um meine Vorgänger zu diskreditieren ...«

»Was das Projekt Omega betrifft, war ich da ganz Ihrer Meinung. Doch Doktor Sandersen ist leider Gottes eine unumstrittene Autorität auf seinem Gebiet, und wenn er behauptet, er habe Beweise für die Herkunft, die Existenz und den guten Gesundheitszustand eines über dreißigjährigen Klons, der aus zweitausend Jahre altem Blut gezeugt wurde, dann sollten wir der Sache vielleicht mal nachgehen ...«

»... um zu verhindern, daß er so einen Mythos zu persönlichen Zwecken ausnutzt«, schloß Nellcott, indem er sein Hemd aufknöpfte. »Aber ich begreife nicht, woher das Blut stammt – das Grabtuch ist doch ein Gemälde Leonardos, oder?«

Irwin stieß einen Seufzer aus. Seitdem der Vatikan beschlossen hatte, die wissenschaftlichen Untersuchungen zu stoppen – offiziell, um die Ikone vor Bakterien und Brandschäden zu schützen –, machte in den Medien die Version die Runde, es sei ein Selbstporträt Leonardos. Eine Handvoll in Mißkredit geratener Wissenschaftler hatte vergeblich Analysen und Daten auf den Tisch gelegt. Nur der Biologe Andrew McNeal, Emeritus der Universität Princeton, beackerte inmitten der allgemeinen Gleichgültigkeit weiterhin das Terrain, um die letzten Neuigkeiten über das Grabtuch zu verbreiten. Wenn er bei seinen Vorträgen ironisch auf die Hypothese einging, die gerade im Schwange war, daß nämlich Leonardo da Vinci das Selbstporträt mittels geheimer fotografischer Methoden geschaffen hätte, die vier Jahrhunderte vor der Fotografie erfunden worden und mit ihm zugleich wieder verschwunden waren, zuckte man nur mit den Achseln: Das toskanische Genie hatte ja auch das Maschinengewehr erfunden. Und die Tatsache, daß Leonardo erst hundert Jahre nach den ersten beglaubigten Untersuchungen des Grabtuchs, die von jedermann eingesehen werden konnten, zur Welt gekommen war, rief nur nachsichtiges Lächeln hervor: In einen Text ließ sich ja so ziemlich alles hineinlesen.

»Ich habe Ihnen eine Frage gestellt.«

Glassner kehrte wieder in die Gegenwart zurück, den Schädel wie in einem Schraubstock. Der Präsident trug jetzt ein grünes Poloshirt und eine Wildlederjacke.

»Nein, das Bild ist nicht von Leonardo da Vinci, Mister President.«

»Sie müssen es ja wissen. Und das Blut, das Christus zugeschrieben wird, haben Sie es persönlich analysiert?«

Irwin, der sich eigentlich erst von etwas überzeugen ließ, wenn er Gewißheit hatte, wich der Frage aus: »Wichtig ist jetzt vor allem, sich von der Echtheit des Klons zu überzeugen, Mister President, und herauszufinden, wie der Betreffende älter als drei Jahre werden konnte, was den bisherigen Überlebensrekord darstellt. Der Frage zum Ursprung seiner

DNA werden wir erst später nachgehen, wenn Sie gestatten.«

Bruce Nellcott pflanzte sich vor ihm auf und legte ihm die Hände auf die Schultern, mit ernstem Gesicht, angespannten Zügen und gesenktem Blick, wie auf den Archivbildern, die ihn vollkommen konzentriert vor einem Dreisprung zeigten.

»Irwin, Sie kennen die wahre Geburtenrate. Ich weiß nicht, ob die gentechnisch veränderten Hamburger daran schuld sind, oder die Handystrahlung, jedenfalls ist das amerikanische Sperma eine Katastrophe.«

»Anderswo ist es auch nicht besser, Mister President.«

»Ich weiß, die Importe reichen nicht mehr aus.«

Den Blick ins Leere gerichtet, machte der Präsident eine schmerzerfüllte Pause. Er selbst hatte ein Beispiel geben wollen, indem er seit nunmehr drei Jahren versuchte, mit einer Frau aus der Freiwilligenarmee künstlich ein Kind zu zeugen. Antonio machte das auch. Ihre eingefrorenen Gameten hatten noch keine Befruchtung herbeigeführt und waren somit repräsentativ für das Scheitern von sechzig Prozent der amerikanischen Paare, was sich vermutlich bei den nächsten Wahlen niederschlagen würde.

»Wenn ich bedenke, daß alle Experten uns seit fünfzig Jahren vor den verheerenden Folgen der Überbevölkerung gewarnt haben, die nur ein Atomkrieg hätte verhindern können, welcher dann ja ausgeblieben ist … Mittelfristig werden wir ohne das Klonen vermutlich aussterben, nicht wahr?«

»Klonen wird nie eine Lösung für die Zukunft sein, nehme ich an, ansonsten hätte die Evolution sich nicht für die geschlechtliche Fortpflanzung entschieden.«

»Ich lasse Ihnen freie Hand bei den Verhandlungen mit Sandersen. Ich habe Fernsehberichte über ihn gesehen: Er spricht nicht darüber, aber ich bin mir sicher, daß er das Wundermittel gefunden hat, mit dem die Lebenserwartung von Klonen gesteigert werden kann. Wenn er uns Jesus verkaufen möchte, kommt uns das wie gerufen.«

Er zog den Reißverschluß seiner Jacke hoch, setzte vor dem Spiegel das zynische Lächeln auf, das ihm sein Medienberater empfohlen hatte, und wurde dann wieder er selbst, besorgt, verletzlich, optimistisch. Ein Echo erheischend, sagte er über sein Spiegelbild hinweg mit sonorer Stimme: »Ich bin irischer Abstammung, Irwin, und mag es nicht, wenn man über Christus Witze macht, aber ehrlich gesagt, wenn Gott sich auf amerikanischem Boden klonen läßt, dann hat das etwas zu bedeuten, oder?«

Irwin verzichtete darauf, ihm zu entgegnen, daß für einen Methodisten wie ihn, der zwischen den Dogmen und der Naturwissenschaft zerrieben wurde, Jesus von Nazareth nicht zwingend von göttlicher Substanz zu sein hatte, so wie ein Klon nicht unbedingt die Kopie des Originals sein mußte.

»Nehmen Sie Clayborne mit, wegen der rechtlichen Fragen.«

Der Himmel über dem Atlantik war wolkig, der Wind stark und der Regen heftig. Das gedämpfte Surren des Helikopters versetzte Irwin in eine trübselige Träumerei, unterbrochen von enthusiastischen Augenblicken, die immer wieder in Zweifel umschlugen. Neben ihm las Richter Clayborne, was die Jurisprudenz zum Thema Rechte des Klonenden hinsichtlich der von ihm erzeugten Kreaturen zu sagen hatte. Während seiner früheren Tätigkeit als Anwalt war er durch zahlreiche Prozesse gegen Tabak-, Alkohol- und Fastfood-Hersteller berühmt geworden und hatte sich schließlich zum Richter des Obersten Gerichtshofs ernennen lassen, um der Steuerfahndung zu entgehen, was ihm dank der

Beziehungen seines Mitarbeiters Antonio Valdez gelungen war: Valdez, zum First Man geworden, hatte ihn als Sonderberater ins Weiße Haus geholt. Nach außen trug Wallace Clayborne ein gutmütiges Golfer-Image zur Schau, in Wirklichkeit jedoch war er ein Raubvogel von beträchtlicher Flügelspannweite. Eine langsame Verdauung führte zu kurzen Arbeitszeiten, doch ein exzellentes Team von Juristen beackerte seine Akten, er schreckte vor nichts zurück und ließ einen Fang niemals los. Die Art Mensch also, die Irwin besonders widerlich fand.

»Nun gut«, bemerkte Richter Clayborne und schloß die Aktenmappe, »alles hängt also von den Patenten ab, die Sandersen im Ausland erteilt wurden. Dasjenige, das er 1994 in den USA angemeldet hat, als sein Christus zur Welt kam, trägt den Titel *Bovine und nicht-bovine Methode des Klonens unter Verwendung embryonaler und nicht-embryonaler Zellen ...*«

»Benutzen Sie bitte nicht das Wort ›Christus‹, danke«, brummte Irwin.

»Was soll ich sonst sagen? Jesus römisch zwei?«

»Den Decknamen des Projekts: Omega.«

»Na schön, dann eben Omega. Jedenfalls hat er sich tierisch ins Zeug gelegt. Sein Patent umfaßt siebzig Seiten und deckt wirklich alles ab, ohne daß je das Wort ›menschlich‹ verwendet würde, denn dann wäre das Vorhaben von den Expertengremien sofort abgeschmettert worden.«

»Haben Sie eine Kopie davon?«

Wallace Clayborne griff in seine Aktentasche und reichte ihm das Dokument. Betroffen blätterte Irwin darin. Artikel um Artikel wurden alle Facetten des Klonens beschrieben, ausgehend von ruhenden, wachsenden oder erwachsenen Zellen, einschließlich menschlicher somatischer Zellen, die unter ihrem biologischen Decknamen vorkamen, und den

Proteinmischungen, die dazu dienten, sie vor der Neuprogrammierung ihres Kerns zu stimulieren. Sandersen war ein Genie: Den Titel seines Patents hatte er ausreichend vage gehalten, so daß dadurch sein Ziel nicht gefährdet wurde, doch der Geltungsbereich seines geistigen Eigentums umfaßte alles, was Dritte in den dreißig Folgejahren erforschten und bewiesen. Hinter dem Patent auf die Methode verbarg sich ganz eindeutig der Anspruch auf das Copyright an dem produzierten Individuum. Und die Zeitspanne, in der ohne Entrichtung einer Lizenzgebühr niemand Zugriff auf seine Erfindung oder die damit verbundenen Nebenrechte hatte, erstreckte sich bis 2099.

»Das ist natürlich Verhandlungssache«, wiegelte der Rechtsberater des Weißen Hauses ab. »Das Patent lautet auf Genetrix Limited, eine juristische Person, und ist eine Erfindung von Philip Sandersen – einer natürlichen Person. Er hielt aber auch die Aktienmehrheit der genannten Gesellschaft inne, die 2001 aufgelöst wurde, nachdem die Regierung ihr die Subventionen entzogen hatte, weil sie gegen das Gesetz verstieß, welches das Klonen von Menschen verbietet. Was mich ärgert, ist, daß der Kongreß dieses Verbot wieder aufheben will, und ich kann ja schlecht die Auswirkungen eines Gesetzes geltend machen, das kurz davor steht, aufgehoben zu werden ...«

»Worauf wollen Sie hinaus, Wallace? Der Vermarktung von Menschen ein Ende zu bereiten oder den bestmöglichen Preis herauszuschlagen? Sie kaufen hier doch keinen Sklaven.«

Empört zog der Richter die Brauen zusammen und rückte die zu seinen Augen passende lavendelfarbene Krawatte zurecht, dann versetzte er in würdevollem Ton: »Der Präsident hat mich lediglich gebeten, darauf aufzupassen, daß niemand Rechtsansprüche auf das Abbild eures Omega anmeldet.«

»Vergessen Sie's«, seufzte Irwin und deutete auf Seite 47.

Clayborne rümpfte verständnislos die Nase, als er über Hunderte von Spalten hinweg die Buchstaben TAGC in unterschiedlicher Reihenfolge sah.

»Thymin, Adenin, Guanin und Cytosin«, erläuterte der wissenschaftliche Berater. »Die chemischen Substanzen der DNA, deren Abfolge die genetische Vollständigkeit garantiert. Sandersen hat – als anonymes Beispiel für sein Werk – das genetische Grundmaterial seines Klons Omega in das Patent aufgenommen. Das dürfte doch wohl genügen, um als Inhaber der Rechte zu gelten, oder?«

Der Richter mußte lächeln angesichts dieser galligen Streitbarkeit, er fuhr sich durch das volle weiße Haar, zerrte dann an seinem Sicherheitsgurt und verkündete: »Ich werde mich auf den Prozeß Infigen gegen Advanced Cell Technology berufen. Die Firma Infigen hatte sich die Transfertechniken von Zellkernen schon lange vor der Geburt des Schafes Dolly patentieren lassen. Sie erhob Anspruch auf die Rechte an allen Formen des Klonens aus erwachsenen Zellen. In einem nachfolgenden Patent die Identität eines Klons anzuführen – möge er nun Dolly, Jesus römisch zwei oder TAGC heißen – ist juristisch nicht zulässig, es sei denn, man stützt sich dabei auf eine innovative Technik. Dies ist hier aber nicht der Fall, die Patentanmeldung der Firma Genetrix wendet lediglich in veränderter Form die bereits beim Schaf durchgeführte Zellkerntransplantation auf den Menschen an.«

»Sind Sie sich da sicher?« stammelte Irwin, in dem eine riesige Hoffnung aufkeimte.

Claybourne hielt seinem Blick stand, fügte seiner Analyse noch ein mürrisches Gesicht hinzu und betrachtete dann die Wolken, die am Cockpit vorbeizogen.

»Was das Finanzielle angeht, ja. Mir liegen Zahlen vor.«

»Aber wie hat das Gericht wegen Infigen entschieden?«

»Man hat sich gütlich geeinigt.«

Auf der rechten Seite tauchte die Insel auf. Der Helikopter setzte zum Sinkflug an, und die beiden Männer schwiegen, bis die Rotorblätter stehenblieben.

Auf der Terrasse wartete eine Krankenschwester in taillierter Bluse, die den Besuchern etwas zu trinken anbot, ihnen dann sterile Schlappen und Masken überstreifte und sie schließlich in eine mit ägyptischen Statuen geschmückte Halle führte.

»Sie dürfen fünf Minuten bleiben«, sagte sie. »Ermüden Sie ihn nicht zu sehr.«

Sie folgten ihr eine Steintreppe hinauf. Am Ende eines mit Wandteppichen geschmückten Flurs öffnete sie eine gepolsterte Tür. Das Zimmer war mit Palisanderholz getäfelt, zwischen den pflaumenfarbenen Übergardinen gingen sechs Fenster auf die Bucht hinaus. Das Empire-Mobiliar bildete einen seltsamen Kontrast zu dem Dialyse- und dem Beatmungsgerät, dem Elektrokardiographen und den Kontrollmonitoren, die um das mit einem Moskitonetz verhängte Bett standen.

»Herzlich willkommen, Richter Clayborne. Freue mich, Sie wiederzusehen, Irwin, aber bleiben Sie bitte nicht im Gegenlicht stehen, kommen Sie näher ...«

Der wissenschaftliche Berater machte ein paar Schritte auf dem weißen Teppichboden und versuchte sein Unbehagen zu verbergen. Doktor Sandersen war zu einem bebrillten Skelett in einem roten Pyjama geworden, die Oberlippe war von der Kanüle seines Beatmungsgeräts entstellt. Ein schwarz gekleideter Priester mit weißem Kräuselhaar, buschigen Brauen und dicken Pausbacken saß am Kopfende, klappte einen Ordner zu und erhob sich.

»Pater Donoway, der für die Erziehung des Betroffenen während der ersten Lebensjahre verantwortlich war«, stellte Sandersen vor, indem er eine knöcherne Hand unter dem Laken hervorzog. »Er leitet meine Stiftung. Ich habe keinen Erben, und so wird er nach meinem Ableben die Vermarktung von Omega übernehmen.«

»Egal, ob Klon oder nicht«, zischte Irwin hinter seinem Mundschutz, »es handelt sich um einen freien Menschen, den Sie nicht einfach entmündigen dürfen!«

Richter Clayborne wandte ein, im Jahr zuvor habe ein Gericht auf den Bahamas beim Tod eines Geklonten dem klonenden Wissenschaftler das Sorgerecht für die geklonte Waise zugesprochen. Irwin, der mit solchen juristischen Feinheiten nicht vertraut war, warf seinem Expeditionsgefährten, der da offenbar dem Gegner die Argumente lieferte, einen vernichtenden Blick zu.

»Ich weiß«, versetzte Sandersen.

»Es handelte sich um einen Minderjährigen. Über das, was jenseits der Volljährigkeit passiert, schweigt sich der Gesetzgeber aus ...«

»Aber die Sklaverei ist abgeschafft, soweit ich weiß!« ereiferte sich Irwin. »Der Mensch ist nicht patentierbar!«

»Sein Herstellungsverfahren hingegen schon«, erwiderte Sandersen ruhig mit seiner hohlen Stimme. »Sie können sich der Dienste Jimmys – so heißt er – uneingeschränkt bedienen, vorausgesetzt, er ist damit einverstanden. Er hat nämlich in der Tat seinen freien Willen, und ich agiere nur als Vermittler. Sie müssen ihn allerdings als ganz normalen Erwachsenen präsentieren, was für Sie nicht von großem Interesse sein wird. Sobald Sie seine Herkunft und die Art, wie er auf die Welt kam, publik machen, werde ich Sie juristisch belangen, es sei denn, Sie haben die Lizenz erworben, die Ihnen die Nutzung des Produkts gestattet. Ihn zu Werbezwecken als Jesus-Klon auszuschlachten erfordert meine Einwilligung, die Wahrung meiner Urheberrechte und meine finanzielle Entlohnung.«

Irwin schwieg. Clayborne wich aus, indem er so tat, als wundere er sich, daß der bewußte Jimmy erst jetzt gefunden worden sei, wo doch ein so hoher finanzieller Einsatz auf dem Spiel stand.

»Bislang war er weder krank noch in einen Unfall verwickelt«, rechtfertigte sich Sandersen. »Da er nie medizinisch untersucht wurde, mußte er auch nie einen genetischen Fingerabdruck hinterlassen, ohne den ihn das Programm Jonas jedoch nicht ausfindig machen konnte.«

»Wie kamen Sie in den Besitz einer Software des FBI?«

»Man kann alles kaufen, Irwin, vor allem wenn die Leute nicht wissen, was sie einem verkaufen. Doch das ist nicht das Entscheidende. Gepriesen sei der Hund, der ihn gebissen und damit der Welt ihren Retter wiedergeschenkt hat ...«

»Just zu dem Zeitpunkt, als das Klonen von Menschen legalisiert wird«, drängte sich Clayborne mit feinem Lächeln vor.

»Sie können ja ein Zeichen darin sehen. Die Zeit ist gekommen, meine Herren. Er ist zweiunddreißig Jahre alt und weiß rein gar nichts über seine Herkunft, er ist ledig und lebt seit jeher das Leben eines mittellosen Menschen, in vollständiger Anonymität. Wenn Sie ihn kennenlernen möchten, hier haben Sie seinen Lebenslauf, seine Adresse und ein paar heimlich von ihm aufgenommene Fotos.«

Pater Donoway hielt dem Rechtsberater eine Diskette hin, worauf dieser hastig seinen Laptop aufklappte. In einer Mischung aus Erregung und Abscheu, die er zu zügeln versuchte, starrte Irwin auf den Bildschirm, auf dem die Nutzungsbestimmungen auftauchten.

»Wie lautet der Zugangscode?«

»Meine Anwälte werden ihn Ihnen mitteilen, sobald Sie die Einverständniserklärung unterzeichnet haben.«

»Ich will sehen, was ich da kaufe«, erklärte der Richter.

»Das Protokoll ist nur eine Verpflichtung, daß Sie die Bestimmungen meiner Patente respektieren, zum Ausgleich für die Rechte, die Sie erwerben.«

»Recht, das Abbild, die Genealogie und Aussagen des Objekts nutzen und vervielfältigen zu dürfen«, las Richter Clayborne vor, der das Protokoll in einem Anflug von Nervosität herunterscrollte. »Verzicht des Abtretungsempfängers auf gerichtliche Belangung des Überlassers aufgrund möglicher Diffamierung oder Subversion von seiten des abgetretenen Objekts ... Prozentuale Beteiligung des Überlassers an der finanziellen Nutzung eventueller Wunder ... Ganz schön heftig! Diese Art von Klauseln werden wir nicht akzeptieren, kommt nicht in Frage.«

Sandersen gab dem Priester ein Zeichen, der ihm daraufhin ein Glas reichte. Er tauchte seine Lippen hinein, hustete und ließ den Kopf wieder aufs Kissen fallen, seine Brille war verrutscht, und im Mundwinkel hing noch ein Wassertropfen.

»Sie können es ja auch sein lassen«, antwortete er mit einer heiteren, klaren Energie, die in seltsamem Kontrast zum Verfall seines Körpers stand. »Ich wurde von der Regierung Bush lächerlich gemacht, beraubt, ruiniert – der Ihrigen werde ich da sicherlich kein Geschenk machen. Wenn Sie meinen Christus nicht zu den von mir bestimmten Konditionen wollen, überlasse ich ihn irgendeiner Sekte, die ganz genau wissen wird, wie sie sich seiner zu bedienen hat, um gegen die amerikanischen Interessen vorzugehen, gegen die Pharisäer der Globalisierung, das Sodom und Gomorrha im Weißen Haus und die Händler im Tempel der Wall Street, und die dabei eine mystische Volksmacht auf ihre Seite bringen wird, die man nur durch Manipulation bekämpfen kann. Der Präsident weiß dies, und deshalb sind Sie auch mit einem Persilschein und unbegrenzten finanziellen Lockmitteln hier, um das Vorkaufsrecht des Staates geltend zu machen.«

Die beiden Berater vermieden es, sich anzusehen, und blickten automatisch auf den Elektrokardiographen, der den Spitzenausschlag während des Aufbrandens der kalten Wut des Genforschers verzeichnete.

»Was für einen Beweis haben wir, daß Ihr Klon ein potentieller Christus ist?« erkundigte sich der Richter in nüchternem Tonfall.

»Keinen. Sehen Sie und glauben Sie. Oder auch nicht. Ich lasse Ihnen eine Option von acht Tagen nach der ersten Begegnung. In dieser Zeit können Sie alle biologischen und ethischen Untersuchungen durchführen, die Ihnen notwendig erscheinen, und dann entscheiden, ob Sie ihn für Staatszwecke einsetzen wollen. Pater Donoway wird dabeisein, als Mitglied des von Ihnen bestimmten Teams zur Durchführung der diversen Tests.«

»Was meinen Sie damit, ›ob wir ihn für Staatszwecke einsetzen wollen‹?«

»Ihre Anwälte werden zusammen mit meinen den Geltungsbereich der Lizenz festlegen, abgestimmt auf die Wünsche Ihres Präsidenten. Ich weiß, daß ihm der Rückgang der katholischen Kirche auf der ganzen Welt besonders zu schaffen macht. Zweifelsohne wäre er entzückt, dem Papst einen neuen Messias präsentieren zu können, zum Austausch für eine Sonderregelung.«

»Was für eine Sonderregelung?«

»Die Erlaubnis, Antonio kirchlich heiraten zu dürfen, obwohl dieser eine Scheidung hinter sich hat.«

Clayborne mußte innerlich lächeln. Der Zynismus dieses

schwerkranken, mit Schläuchen vollgepfropften Alten hatte etwas Tröstliches. Mit einem wie ihm, einem im Sterben liegenden Mann, der zu allem bereit war, ließ sich stets eine Lösung finden.

»Eines ist Ihnen doch klar«, warf der Richter ein, »sollten wir entdecken, daß die DNA Ihres Klons nicht mit dem Blut auf dem Grabtuch von Turin identisch ist ...«

»... dann ist unsere Abmachung hinfällig«, vervollständigte Sandersen den Satz und zog die Decke unters Kinn, »und es kann Schadensersatz gefordert werden – das steht im Anhang des Vertragsentwurfs zur Übertragung der Rechte. Meine Anwälte warten drüben im Wohnzimmer auf Sie.«

Er ließ den Kopf nach hinten sinken und schloß die Augen, ein Zeichen dafür, daß die Unterredung beendet war. Pater Donoway führte die beiden Gesandten aus Washington bis zur Türschwelle, wo eine Krankenschwester wartete. Lautlos ging die Tür zu.

Den Kopf in die Kuhle des Kopfkissens gebettet, lächelte Philip Sandersen unter der Kanüle seines Beatmungsgerätes. Er fürchtete den Tod nicht mehr, seit er sicher war, daß er in die Geschichte eingehen würde.

Seit Madame Nespoulos weg ist, fällt es mir unheimlich schwer hierherzukommen. Bevor sie ihre Koffer packte, rief sie alle Angestellten zusammen und bat sie, einen Kostenvoranschlag für die in den nächsten drei Jahren anfallenden Unterhaltskosten aufzustellen. Ihr Verwalter zückte den Taschenrechner und sagte, wir bekämen zu jedem Monatsersten eine Überweisung. Madame Nespoulos fügte noch hinzu, daß sie sich in Griechenland einer Herzoperation unterziehen werde. Sollte sich ihr Gesundheitszustand bessern, wollte sie ohne Vorankündigung hier auftauchen und alles in schönster Ordnung vorfinden, so als wäre sie erst am Vortag abgereist. Wir sahen uns an, lächelten ihr dann zu und nickten: kein Problem. Der Verwalter schob die Papiere zusammen und machte ein betretenes Gesicht. Drei Infarkte, verstopfte Arterien und der Wunsch, dem Ehemann in die Familiengruft zu folgen – wir wußten genau, daß sie nicht wiederkehren würde, taten aber so, als ob.

Seit acht Monaten tue ich jetzt so, als ob. Ich bin der einzige. Das Hausmeisterehepaar hat das Haus abgesperrt und ist nach Florida gezogen, der Dachdecker kümmert sich nicht um die Ziegel, der Maler hat nur ein eins fünfzig hohes Gerüst aufgebaut, das nun unten an der Fassade vor sich hinrostet. Der Gartenpflegedienst überläßt den Park sich selbst, niemand kümmert sich um den Haushalt, und ein Kamin ist auf den Rasen herabgestürzt. Das einzige, was Madame Nespoulos in ordentlichem Zustand vorfinden wird, sollte sie je zurückkehren, dürfte der Pool sein. Mit gewissenhafter Regelmäßigkeit komme ich zweimal die Woche vorbei, kontrolliere die Wassertemperatur, den pH-Wert, die Elektrolyse und die Arbeit des Reinigungsgeräts. Es ist mir zur Herzensangelegenheit geworden, ihren letzten Willen zu respektieren, und ich finde es blöd, daß die anderen es nicht so machen, das sage ich ihnen, wenn ich sie sehe, aber die Arbeit werde ich trotzdem nicht für sie erledigen.

Jedesmal wenn ich das Portal aufstoße, von dem der Lack abblättert, und mir meinen Weg durch den jungen Wald bahne, der die Beete erstickt und die Alleen überwuchert, spüre ich einen Stich in der Magengegend: Da wartet niemand mehr auf mich.

Heute nachmittag allerdings kniete ich vor dem Pumpenraum und war gerade dabei, das Kabel der Scheinwerfer auszutauschen, in das die Krähen gepickt hatten, als ich plötzlich eine Frau näher kommen sah. Groß, jung und braungebrannt – sie wirkte wie aus einer Werbung für Süßstoff –, marschierte sie auf den Pool zu, mit weißem String-Tanga und nackten Brüsten, die Sonnenbrille in die schwarzen Haare gesteckt, ein Handtuch mit Karomuster um den Hals gelegt. Ich wollte aufstehen und husten, um mich bemerkbar zu machen, hielt den Schraubenzieher hoch, damit sie nicht glaubte, ich sei ein Landstreicher, doch sie blieb am Beckenrand stehen, bekreuzigte sich, zog den Tanga aus und sprang ins Wasser.

Ich verkroch mich in den Pumpenraum. Nachher fragte ich mich, weshalb ich mich eigentlich versteckt hatte, ob es wegen des Tangas war oder weil sie sich bekreuzigt hatte. Auf jeden Fall war ich furchtbar eingeschüchtert. Sie schwamm etwa zehn Minuten, kraulte, mal auf dem Bauch, mal auf dem Rücken, und ich betrachtete ihren Körper durch das Bullauge.

Ich wußte nicht, ob sie eine Hausbesetzerin war, eine

Freundin von Madame Nespoulos oder jemand aus ihrer Verwandtschaft, aber ich war fasziniert von diesem Körper, der nur aus Muskeln und mechanischer Präzision bestand. Sie schwamm so, wie sie ging, zielgerichtet, entschlossen, unerschütterlich. Das war etwas ganz anderes als Emmas sexy Rundungen, ihre zögerlichen kurzsichtigen Bewegungen auf Pfennigabsätzen, ihr Schlingern und Anrempeln. Im Wasser gab's für Emma eigentlich nur Reinspringen und heftig Knutschen. Zum ersten Mal schaute ich wieder eine Frau an, ohne sie zu bedauern, ohne daß sich ein anderes Bild dazwischenschob und mir die Sicht versperrte. Ich war erleichtert, zugleich aber auch traurig, daß nun ein Kapitel abgeschlossen schien. Außerdem war ich etwas beunruhigt, weil ich trotz der Schönheit ihrer Arschbacken, die sich bei jedem Schwimmstoß spreizten, absolut keinen hochbekam.

Dann stieg sie wieder aus dem Wasser, zog ihren Tanga an und ging hinauf zum Haus. Ich tauschte mein Kabel aus, kontrollierte den Filter, setzte die Brom-Desinfektion um ein Grad herauf und verließ das Gelände durch das Tor für die Dienstboten.

Bevor ich den Lieferwagen bei Darnell Pool parke, lege ich noch einen kleinen Zwischenstopp im Walnut's ein. Doug fragt mich, was ich denn gern hätte.

»Einen doppelten Cheeseburger.«

»Light?«

»Nö.«

Er seufzt und sagt, ich solle mich wirklich zurückhalten. Dabei folge ich doch nur der Empfehlung des Arztes: Ich will erst die Ergebnisse meiner genetischen Untersuchung abwarten, bevor ich mit einer Diät beginne. Kann ich ja nichts dafür, daß, zwei Tage nachdem ich dort war, die Notaufnahme in die Luft geflogen ist. Ich hab's im Fernsehen gesehen. Eine Bombe hat die Wand im Wartezimmer zerstört, die hatten's wohl auf die Adventisten-Kirche nebenan abgesehen. Seit sie mit Explosionsdetektoren ausgestattet wurden, haben sich die Gebetsstätten zu einem immer größeren Risiko für die Nachbarschaft entwickelt. Der Bürgermeister sagte damals auf allen Kanälen, man müsse den Streitigkeiten zwischen den Sekten ein Ende machen, und ganz plötzlich ist das Rathaus explodiert – den Adventisten scheinen seine Worte ziemlich sauer aufgestoßen zu sein. Oder es steckt der Islam dahinter, der wieder seinen Heiligen Krieg beginnt. Oder die Mafia, die so ihre Erpressungsgelder eintreibt. Auf BNS hat Pastor Hunley am Sonntag seine Schafe dazu aufgerufen, sich hinter ihm zu versammeln und sich der Herde des Herrn anzuschließen. Da jedoch alle Kirchen dasselbe sagen, hat niemand seinen Stall verlassen. Gut, daß ich an nichts glaube: So lege ich mich zumindest mit niemandem an.

Als ich das Walnut's verlasse, bemerke ich, daß mir ein Auto folgt. Es ist nicht das erste Mal. Ein Buick automatic, schmutzigblau, mit getönten Scheiben. Ich führe ihn ein wenig in den Straßen von Greenwich spazieren, um Gewißheit zu haben, winde mich zwischen den Modeboutiquen und edlen Feinkostgeschäften hindurch, die sich die bemalten Holzhäuser teilen. Der Buick ist auf der Hut, hält Abstand, aber ich bin trotzdem vorsichtig: Es ist bekannt, daß ich die Schlüssel zu mehreren Anwesen habe, und ich hatte es schon mal mit Einbrechern zu tun, die ich dann vermöbeln mußte, was mir einen Haufen Papierkram eingebracht hat.

Diesmal mache ich einen Schlenker durch den Wald, biege in den Mullany Drive ein und mache halt vor der Villa des hiesigen Polizeichefs. Ich erkundige mich, ob sein Chlorregulator funktioniert, und weise ihn auf den Buick hin, der auf der anderen Straßenseite angehalten hat. Keine fünf Minuten später kontrolliert eine Patrouille die beiden Typen vorn im Wagen. Der Polizeichef bietet mir ein Gläschen an, doch ich lehne dankend ab: Ich will so schnell wie möglich nach New York zurückkehren, um zu sehen, ob die Erscheinung im weißen String-Tanga, die mir seit einer Stunde keine Ruhe mehr läßt, mir bis nach Hause folgt. In einer Mischung aus Hoffnung und schlechtem Gewissen frage ich mich, ob sie wohl Bleiberecht in dem großen, verlassenen Bett hat, wo ich mich jeden Abend vor Emmas Spiegeln selbst befriedige.

»Ich habe seinen genetischen Fingerabdruck überprüft – er stimmt mit der DNA des Blutes auf dem Grabtuch überein. Er heißt Jimmy Wood, ist zweiunddreißig Jahre alt und repariert Swimmingpools.«

Mucksmäuschenstill hörte Buddy Cupperman zu. Dann schniefte er, kratzte sich das linke Knie unterhalb seiner Bermuda und erhob sich aus dem Sessel, um den Strand zu seinen Füßen zu betrachten. Irwin Glassner ließ seinen Blick über diese Art Gewächshaus auf Stelzen schweifen, das der ehemalige Drehbuchautor des Weißen Hauses bewohnte. Ein Haufen Bücher und Manuskripte lagen auf improvisierten Bänken zwischen riesigen, mit Planen abgedeckten Sofas; da gab es afrikanische Totems, Kartons, die als niedrige Tische dienten, und üppige Grünpflanzen, deren Blätter mit selbstklebenden Merkzetteln bestückt waren.

Die Hände im Rücken verschränkt, stand Buddy Cupperman da und strich mit den Fingern über Kokospalmen auf seinem roten Hemd. In einen Puff aus Zebrafell versunken, musterte Irwin ihn aufmerksam. Er hatte sich in den letzten fünfundzwanzig Jahren nicht verändert, war weder dünner noch grauer geworden: immer noch derselbe Dickhäuter mit dem orangefarbenen Schopf, der puterroten Gesichtshaut und der schwarzen Plastikbrille auf der Boxernase. Nach seinem Rauswurf aus dem Weißen Haus hatte Buddy seinen früheren Beruf wiederaufgenommen, in bescheidenem Rahmen. Als Berater im Verbindungsbüro des Militärfilms, das über die guten Beziehungen Hollywoods zum Pentagon wachte, war er damit beauftragt, die Drehbücher von Kriegsfilmen entsprechend umzuschreiben, wenn die Produzenten die Mitwirkung der Armee vorschrieben. Nachdem er zwanzig Jahre lang den Drehplan der Politik vorgezeichnet hatte, bereitete es ihm nun ein diebisches Vergnügen, unter dem Vorwand der »Glaubwürdigkeit« und der »Identifikation der Jugend in Hinblick auf ihre Rekrutierung« Drehbücher zu politisieren. So wandelte er Offiziere, um sie sympathischer zu machen, in ruhmreiche Hampelmänner um, die von größenwahnsinnigen, bestechlichen und wankelmütigen Zivilisten manipuliert wurden. Den Bossen im Pentagon war der verderbliche Charakter dieses heroischen Images schließlich doch nicht verborgen geblieben, und sie hatten Buddy entlassen, wobei dieser sich sein Schweigen teurer bezahlen ließ als seine Dialoge.

»Ein Schwimmbadreparateur«, murmelte Buddy, die Stirn an die Scheibe gepreßt.

Die hastige Bewegung seiner Finger verriet den Rhythmus seiner Gedanken. Irwin stand auf und ging zu ihm hinüber.

»Wie es scheint, weiß er nichts über seine Herkunft. Er arbeitet in Connecticut und bewohnt irgendein Loch im Osten von Harlem. Ledig, hetero, keine sexuellen Kontakte, soweit wir wissen. Drei Jahre lang hatte er eine Beziehung zu einer verheirateten Frau, die im Januar beendet worden ist. Perfekter Gesundheitszustand, abgesehen von etwas Übergewicht, das aber wohl mit seiner Einsamkeit zu tun hat.«

»Und inwiefern betrifft mich das?«

Irwin war Cupperman insgesamt nur dreimal begegnet, doch dies genügte ihm, um die Begeisterung zu spüren, die sich hinter dem Grummeln des Hollywoodveteranen verbarg.

»Die Geheimdienste weichen keinen Schritt von seiner

Seite, aber … ehrlich gesagt, Buddy, wir wissen nicht recht, wie da vorzugehen ist. Sollen wir ihn direkt stellen, ihn dazu bringen, die Wahrheit selbst herauszufinden, oder ihn unter einem Vorwand kontaktieren, um so sein Vertrauen zu gewinnen?«

Buddy drehte sich ruckartig um, mit ärgerlichem Gesichtsausdruck, und stach ihm mit dem Finger in den Bauch.

»Schön, und was ist meine Aufgabe dabei? Soll ich euch Dialoge schreiben?«

»Präsident Nellcott hat Ihre Memoiren gelesen«, log der wissenschaftliche Berater. »Er findet es toll, wie Sie das Treiben hinter den Kulissen des Weißen Hauses beschreiben …«

»Seine Außenpolitik ist die erbärmlichste seit der von Carter. Macht er sie eigentlich allein?«

»Er hat uns mehrfach um Exposés gebeten, wie wir in dieser Situation vorgehen sollen, was alles passieren kann … Das Resultat befriedigt ihn nicht.«

»Und jetzt?«

Irwin breitete die Arme aus. Er selbst hatte Nellcott ja davon überzeugt, einen Koordinator zu ernennen, um die internen Rivalitäten einzudämmen. Die CIA, der das Projekt Omega wegen ihrer internationalen Beziehungen unterstand, hatte nicht das Recht, offiziell auf amerikanischem Boden zu intervenieren, und die Nachforschungen zur Person Jimmys betrafen das FBI. Der ewige Krieg, den sich die beiden Geheimdienste lieferten und der sich seit ihrer Zusammenlegung und dem damit verbundenen Aktenaustausch noch verschärft hatte, behinderte auch diesmal wieder das Fortschreiten der gesamten Unternehmung.

»Er braucht einen Berater, Buddy.«

»Beraten, das mach ich nicht. Wenn ich schon wieder arbeite, dann als ordentlich bestallter Berater, mit rückwirkenden Bezügen und dem Büro an der Ecke des Westflügels.«

Mit verlegenem Lächeln hörte sich Glassner die Forderung an, mit der er bereits gerechnet hatte.

»Buddy ... Das gehört doch dem nationalen Sicherheitsbeauftragten ...«

»Es war das Büro von Henry Kissinger, und meinen Arsch auf seinen Stuhl zu drücken ist das einzige, was mich wieder zurückbrächte. Richten Sie ihm das aus.«

Wider Willen amüsiert, schüttelte Irwin den Kopf. »Hören Sie, Cupperman, ich bin extra nach Los Angeles gekommen, um Sie um Rat zu fragen, na schön, aber damit hat es sich dann auch ...«

»O nein. Denn was passiert denn sonst? Die Psychoabteilung der CIA wird die Sache in die Hand nehmen und Spezialeinheiten mit irgendwelchen Eierköpfen an der Spitze aufstellen, die dann mit ihren Profilen, Mauscheleien, Umlagerungen und dem sonstigen Blödsinn daherkommen. Mit Terroristen verhandeln und Geiselnehmer einwickeln, das können sie, aber verlangen Sie nicht von ihnen, den Erzengel Gabriel zu spielen! Worum geht es denn hier? Ein anständiger Typ von der Straße soll, gestützt auf Bluttests, dazu überredet werden, daß er das Remake von Christus ist. Ist doch so, oder?!«

»Das ist ein bißchen arg vereinfacht. Alles hängt von seiner Reaktion ab ...«

»Und von Ihren Zielen. Was haben Sie denn vor mit Ihrem Jesus-Klon? Soll er zum Studienobjekt werden, ein Versuchskaninchen oder ein Symbol? Eine Waffe zu Propagandazwecken, eine Geldquelle, ein Tauschmittel? Ein Instrument des Friedens oder eine Kriegsmaschine?«

»Es ist ein bißchen früh, um ...«

»Von wegen, jetzt ist der Zeitpunkt dafür, Irwin! Was aus ihm wird, sobald er seine Herkunft erfährt, hängt von der Verwendung ab, die Sie für ihn haben. Jetzt ist doch der

Zeitpunkt, an dem Sie mir die Zielgruppe angeben müssen, die Marschroute, den Umfang des Ganzen. Anschließend arbeite ich die verschiedenen Methoden aus, um dieses Ziel zu erreichen, dann können Sie sich für die Möglichkeit entscheiden, die Ihnen am meisten zusagt.« Buddy rieb sich die Hände und krakeelte vergnügt: »Erst verhandeln wir meine Rückkehr, Kameraden, dann zerbrechen wir uns den Schädel!«

»Die ist so gut wie verhandelt.«

»Na ja, auf Kissingers Sessel verzichte ich jedenfalls herzlich gern. Es ging nur darum, das Territorium abzustecken. Verdammt, Irwin, find ich wirklich klasse, daß wir uns bei so 'nem dollen Ding wiedersehen. Für erledigt haben sie mich gehalten, als *Has-been* habe ich gegolten! Dich haben sie in den Schrank gesteckt, damit du den Mund hältst, und jetzt siehst du, was sie davon haben: Wir sitzen wieder im Sattel und spielen Apostel – und das in unserem Alter! –, schreiten einem Helden voran, der alle in die Schranken weisen wird, die Ewiggestrigen und die Gutmenschen!«

Das Lächeln eines benachteiligten Kindes huschte über Irwins Gesicht, und Buddy bekam feuchte Augen. Jahrelang hatte er im Fernsehen die Auftritte des wissenschaftlichen Beraters im Weißen Haus mitverfolgt, jedesmal wenn es auf der Welt einen chemischen oder bakteriologischen Alarm gab. Vor den Mikros der Presseleute sah Irwin mit seinem grauen, zerknitterten Gesicht immer aus, als müsse er gerade bei einem Festmahl eine Katastrophe verkünden. Buddy freute sich, ihn heute ganz verwandelt zu sehen, ebenso enthusiastisch wie er selbst. Leute, die älter wirken, als sie sind, sehen am Ende immer jünger aus.

»Begreifst du, Irwin? Wir haben unverschämtes Glück, daß wir das größte politisch-mystische Abenteuer aller Zeiten erleben und vor unserem Abnippeln steuern dürfen – einfach genial, oder?«

Obwohl er hergekommen war, um Buddys Begeisterung zu wecken, hielt Irwin es im Augenblick für klüger, ihn zu bremsen. »Momentan müssen wir vor allem vermeiden, daß eine Sekte ihn sich schnappt. Danach sollten wir ihn unterrichten, ihn auf die Probe stellen, um zu erfahren, ob er tatsächlich ein geistiges Erbe in sich trägt. Der ewige Streit zwischen dem Angeborenen und dem Erworbenen ... Erst dann werden wir sehen, inwieweit seine Natur, sein Potential und seine Aura unseren Friedensplänen dienlich sind.«

Buddys Gesicht verfinsterte sich, er stopfte die Hände in die Taschen und starrte wieder durch die verglaste Fensterfront nach draußen. Mit einemmal kam seine geballte Intelligenz wieder an die Oberfläche. Zehn Jahre lang, während seiner Soap-Opera-Phase, hatte sie auf Eis gelegen, diesen Winterschlaf aber offensichtlich unbeschadet überstanden.

»Die Explosion in der Klinik in East Harlem, wart ihr das?«

Irwin blieb der Mund offenstehen, das Tempo, mit dem der rothaarige Riese seine Schlußfolgerungen zog, machte ihn sprachlos. Er enthielt sich einer Antwort – im übrigen war er gar nicht auf dem laufenden, er konnte auch nur vermuten, daß es sich hier um eine Vorsichtsmaßnahme der CIA oder des FBI handelte.

»Und wovor hatten sie Schiß, deine Cowboys? Daß der Quacksalber in der Klinik auf den Gedanken kommen könnte, das Blut des Schwimmbadklempners mit dem des Grabtuchs zu vergleichen? Haben sie gedacht, Sandersen hätte die DNA-Analyse ins Internet gestellt, was wiederum die Italiener dazu gebracht hätte, ihre Reliquie anzuzapfen, um sich einen eigenen Messias zu basteln? Das ist doch kompletter Blödsinn!«

Die Entrüstung seines Gastgebers ließ in Irwin Hoffnung und Kampfgeist wiederaufflackern, und er schlug mit der flachen Hand auf ein Regal. »Sie haben recht, Buddy, wir dürfen nicht zulassen, daß die Rotznasen weiterhin das Spielzeug der Erwachsenen kaputtmachen! Auf geht's! Ich muß das größte wissenschaftliche Rätsel auf Erden knacken, und Sie müssen einem Christus den Boden bereiten!«

Buddy wiegte den Kopf hin und her und murmelte bedrückt: »Nur ist es leider unmöglich.«

»Warum?«

»Ich darf Kalifornien nicht verlassen, wegen meines Gewichts. Wieviel darf man in Washington haben?«

Als er Glassner völlig belämmert dreinschauen sah, brach er in dröhnendes Gelächter aus und beruhigte ihn mit einem freundschaftlichen Hieb in die Rippen – die Strafe würde er als Reisespesen absetzen.

»Mach dir keine Sorgen, Irwin – durch mich wird das Wort Fleisch! Ich werde aus dir den größten Fürsprecher der Liebe und der Vergebung seit zweitausend Jahren machen! Wenn das Grabtuch von Turin das fünfte Evangelium ist, dann schreib ich dir das sechste! Ist das etwa keine schöne Antwort auf die Anschuldigungen der Antisemiten, die immer behaupten, wir hätten Christus umgebracht!? Wem willst du wieder das Wort erteilen? Einem Juden! Fein gemacht, mein Bester!«

Irwin senkte bescheiden das Haupt. In den Sphären, in denen er sich bewegte, war es durchaus nicht Usus, scharfsinnige Hintergedanken abzustreiten, die einem zu Unrecht zugeschrieben wurden.

»Hast du 'n Foto?«

Irwin zog ein Porträt von Jimmy aus der Tasche, auf dem er den Schlauch der Reinigungsmaschine um den Hals trug. Als er seinem Besucher das Foto zurückgab, sagte Buddy mit einem Seufzer: »Es gibt viel zu tun.«

Und dann bestellte er ein Taxi. Glassner versicherte ihm,

daß es an Zeit und Geld nicht mangeln sollte, damit aus Jimmy das würde, was man sich vorstellte.

»Davon rede ich nicht. Einen Look, den bekommt man in den Griff. Das Geistige, daran kann man arbeiten. Das ändert aber nichts am eigentlichen Problem.«

»Was für ein Problem?«

»Er mag ja von mir aus von dem Grabtuch stammen, aber alles, was wir bislang in Händen haben, ist ein Laborerzeugnis.«

Geblendet von den Strahlen der untergehenden Sonne, die sich auf den nach Los Angeles zurückkehrenden Autos spiegelten, kniff Irwin die Augen zusammen.

»Was wollen Sie damit sagen?«

»Solange ihn der Vatikan nicht als echt bezeichnet hat, ist euer Christus keinen Pfifferling wert.«

Ich bin am Ende. Mit dir, Emma. Egal, wo ich hingehe, ich schleife deine Abwesenheit hinter mir her und möchte woanders sein, im Gestern, im Morgen, weit weg von allem … Ich halte es nicht mehr aus, daß du nicht da bist. Ich kann nicht mehr auf ein Zeichen warten, das doch nie kommt. Kann mir nicht mehr einreden, daß du diejenige bist, die anrufen muß. Ich verhungere am ausgestreckten Arm, während du dich über mein Schweigen freust, weil du wahrscheinlich glaubst, wenn ich dich in Ruhe lasse, heißt das, ich habe dich vergessen, und es geht mir besser. Um dich zurückzuerobern, habe ich wahrscheinlich nur eine Chance: Ich muß mich deiner Gleichgültigkeit anpassen.

Ich bin wieder zur Villa Nespoulos gefahren, unter dem Vorwand, die Arbeit fortzusetzen, die ich am Vortag begonnen hatte. Lautlos mache ich mir im Pumpenraum zu schaffen und warte. Auf einmal, zur selben Zeit wie gestern, verstummen die Vögel um den Pool, und ich höre ein Rascheln im hohen Gras. Als würde ich mir ein weiteres Mal den Film ansehen, den ich die ganze Nacht in meinem Kopf gedreht habe, bleibt die Brünette am Beckenrand stehen, bekreuzigt sich, zieht ihren weißen Tanga aus und springt ins Wasser.

Sie schwimmt eine Viertelstunde lang, und während ich hinter meinem Guckfenster kauere, stecke ich die Hand in die Hosentasche und fummele durchs Futter hindurch an mir herum. Richtig erregt bin ich eigentlich nicht, es ist eher wie Fiebermessen, nur so, um sich zu vergewissern.

Die schwarzen Haare, die wie Algen ihr längliches Gesicht umfloren, die langen Beinmuskeln in Aktion, die kleinen symbolischen Brüste, die unablässigen Schwimmbewegungen, die brutale Wende am Beckenrand, um nur ja keine Sekunde zu verlieren – nichts davon erinnert an Emma, alles ist neu. Oder eben schon ganz alt. Als Kind drückte ich mir die Nase an den Schaufenstern der Spielzeuggeschäfte platt und träumte davon, die An- und Abfahrt der Züge zu kontrollieren, die Bahnübergänge und Weichen. Ich stellte mir Leute in den Waggons vor, die mir dankten, daß ich sie mitfahren ließ, und – mir ganz und gar ausgeliefert – inständig hofften, daß die Reise glücklich verlief … Und an diesem Nachmittag nun, die Nase an den Rand des Guckfensters gepreßt, komme ich mir wieder so vor wie damals. Ich erteile ihr Befehle, als wäre sie in diesem von mir erbauten Swimmingpool ein unbekanntes U-Boot: »Rücken«, »Brust«, »Schmetterling« – fast immer klappt es.

Ich höre auf, an mir rumzumachen, um mich darauf zu konzentrieren, ihren Körper fernzusteuern, in ihre Gedanken einzutauchen … Mehrere Male kreuzt ihr Blick beim Kraulen den meinen. Entweder sieht sie nichts unter Wasser, oder sie ist eine Exhibitionistin. Jeden Tag paßt sie mich ab und provoziert mich dann. Jeden Tag … Ich bin ja erst zum zweiten Mal hier, und schon kommt es mir vor wie ein Ritual, eine tägliche Verabredung, eine gegenseitige Obsession. Ich habe sexuellen Notstand, schon klar, aber das allein ist es nicht. Zu Beginn meiner Après-Emma-Phase hab ich versucht, sie mit Hilfe anderer Körper aus meinem Gedächtnis zu verdrängen: noch schlimmer. Ich dachte nicht nur genauso häufig an sie, sondern fühlte mich bei meinen Vergleichen sogar noch miserabler; ich schämte mich und nahm mir diese Sache mit den Mädchen übel. Irrigerweise hatte ich gedacht, weniger leiden zu müssen, wenn ich Betrug mit

Betrug vergalt. Was natürlich Blödsinn war. Eine große Liebe läßt sich nur durch eine noch größere Liebe heilen. Wenn man überhaupt gesund werden will. Und sich nicht vor einem Rückfall fürchtet.

Ich löse mich von dem Bullauge, sammle meine Werkzeuge auf und verlasse den Pumpenraum. Ich gehe zwei Stufen hoch, gestatte mir einen letzten Blick auf ihren Arsch, der im Rhythmus ihrer Kraulbewegungen zuckt und auf den der Schatten der großen Magnolie fällt. Plötzlich hält sie inne, schwimmt an den Rand und stützt sich dort ab. »Jessica!« ruft sie hell und klar.

Ich verstecke mich hinter dem Stamm und halte nach der Person Ausschau, deren Namen sie gerufen hat, doch es war nur eine akustische Begegnung. Ist mir bisher gar nicht aufgefallen, daß sie mit einem Kopfhörer im Ohr schwimmen geht. Vielleicht ist sie Ärztin oder Callgirl, jemand, der ständig erreichbar sein muß. Ich kann mir den Mund fusselig reden und meine Kunden darauf hinweisen, daß wasserdichte Telefone die Elektronik meines Bakteriendetektors durcheinanderbringen können, aber sie müssen unbedingt beim Schwimmen telefonieren. Selbst schuld, wenn sie eine Extradosis Chlor abbekommen.

»Hallo, wie geht's? Danke für deine Nachricht, vor fünf, hattest du gesagt … Ja, etwas besser. Ich bin in Greenwich. Eine plötzliche Anwandlung, einfach so. Kindheitserinnerungen … Ziemlich einsam und verlassen, aber zehnmal schöner als früher. Mit einem riesigen Pool, wirklich genial. Ich arbeite meine Unterlagen durch und schwimme meine Bahnen … Nein, ganz allein. Sie sind nach Florida gefahren, ist mir lieber so … Vor allem heute abend, ich hätte es nicht ertragen. Nein, nein, vergiß es. Es sei denn, du bringst mir einen Mann vorbei. Nett, sexy, bitte nicht zu häßlich und genauso von der Rolle wie ich … Nein, ich mach nur Spaß. Es ist nur so, wenn du daran gewöhnt bist, zu zweit Spaß zu haben, dann bist du … weiß nicht, ist halt irgendwie seltsam, wenn man auf einmal allein dasteht. Zumindest suchst du nach einem Schuldigen. Also, wir telefonieren wieder. Dicker Kuß.«

Sie steigt aus dem Wasser, schüttelt das Bein, als hätte sie einen Krampf, zieht ihren Slip wieder an und geht zum Haus hinauf. Ich luge hinter dem rauhen Stamm hervor und sehe ihr nach, hoffe auf ein Zeichen, einen Blick über die Schulter, ein angedeutetes Lächeln, eine Geste des Einverständnisses … Nichts. Ich bilde mir das nur ein. Es ist die Tochter des Aufseherehepaares, wahrscheinlich Studentin oder Angestellte, die den ganzen Tag bei geschlossenen Fensterläden büffelt und sich ab und zu mal ein Schwimmpäuschen gönnt. Sie geht gern nackt ins Wasser und ist Christin, das ist alles. Wahrscheinlich ist jemand in ihrer Familie beim Schwimmen ertrunken, und deshalb bekreuzigt sie sich immer vorm Hineinspringen. Genau: Sie beschwört das Schicksal. Außerdem ist sie schon vergeben, in ihrem Leben ist kein Platz für mich, außer als Voyeur.

Ich erhebe mich und massiere meinen Rücken, der von der gebückten Haltung schmerzt. Eine Hummel kämpft an der Wasseroberfläche, in der Nähe eines Skimmers. Ich will den Kescher holen, komme an der Leiter vorbei und bleibe verblüfft stehen. Auf die Bodenplatten, zwischen die Abdrücke ihrer Füße, hat sie mit den feuchten Zehen drei Buchstaben gezeichnet. KIM. Ich schaue an dem beinahe völlig hinter Bäumen verborgenen Haus empor. Das habe ich noch nie erlebt, daß jemand aus dem Wasser steigt und seinen Namen auf den Boden zeichnet. Unterschreibt sie immer nach dem Baden? Oder es ist für mich. Sie stellt sich mir vor. Genauso diskret, wie ich sie ausspioniert habe.

Mit stockendem Atem und einem Würgegefühl in der Kehle will ich gerade meinen Fuß ins Wasser tauchen, um JIMMY zu schreiben. Doch dann finde ich es auf einmal lächerlich. Die Sonne hat ohnehin bereits ihre Buchstaben getrocknet. Ich hole die Hummel heraus und setze sie auf die Bodenplatten, warte, bis sie wegfliegt, räume den Kescher auf und gehe wieder zu meinem Minivan, das Herz in lärmendem Aufruhr, wie das Schrillen eines Weckers, den ich klingeln lasse. Ich glaube zwar nicht an Gespenster, und doch kommt es mir vor, als hätte mir Madame Nespoulos aus dem Jenseits eine Frau anbieten wollen, so wie früher, gleichsam mit einem Augenzwinkern, damit ich mich von Emma befreite, weil das Leben doch weitergeht …

Ich bin dann nicht zu mir nach Hause gefahren. Auf der Hauptstraße von Greenwich bin ich ein wenig unter den Ulmen gebummelt und habe in den Modeboutiquen ein Drittel meines Gehalts für ein Hemd, eine Hose und Schuhe ausgegeben, damit ich ein bißchen was hermache. Um mich nicht wiederzuerkennen, mich zu überraschen, wieder auf die richtige Spur zu setzen … Es ist schön, sich Illusionen zu machen. Vor dem Spiegel in der Umkleidekabine ziehe ich den Bauch ein und lächele mich aufmerksam an. Nett, sexy, bitte nicht zu häßlich – und auf jeden Fall genauso von der Rolle wie sie …

Bei Sonnenuntergang stoße ich das Portal auf und gehe direkt auf das Haus zu. Im Erdgeschoß steht an einer Ecke eine Fenstertür offen, in der Wohnung des Aufseherehepaars. Sie ist auf Madame Nespoulos' Terrasse, unter der Gartenlaube. Zwischen den Lianen der Glyzinien sitzt sie vor einer Geburtstagstorte, auf der drei Kerzen flackern, und sieht mich, während ich näher komme, an, das Kinn auf die Hand gestützt. Sie wirkt weder unruhig noch überrascht noch neugierig. Sie hat mich erwartet. Je näher ich komme, desto selbstsicherer wird ihr Lächeln, das jedoch nicht mir gilt: Es ist das Lächeln von jemandem, der eine Wette gewonnen hat.

Ich habe mir meinen Eröffnungssatz zurechtgelegt. Eine kleine Einführung, ganz schlicht, ganz ehrlich: »Entschuldigen Sie, ich bin's wieder, der Schwimmbadreparateur.« Sie würde dann antworten: »Ich habe Sie wiedererkannt.« Doch als ich mit der Champagnerflasche in der Hand die Treppe hinaufgehe, schmelzen meine Worte. Sie hört einen alten Jazz-Song. Norah Jones, *Don't Know Why*. Es schnürt mir die Kehle zu, daß wir denselben Geschmack haben. Ich reiche ihr den Dom-Pérignon, für den meine gesamte Reisekasse draufgegangen ist, und sage: »Guten Abend, Kim.«

Sie schaut mich über ihre drei Kerzen hinweg an, die Wangen eingesogen, ob aus Furcht oder Spott, weiß ich nicht so genau. Ihre Augen sind hellgrau, wie eine Auster, nur lebendiger. Das ist mir nicht aufgefallen, als ich sie beim Schwimmen beobachtet habe. Das Make-up und ihr Abendkleid bilden einen unerwarteten Kontrast zu den toten Blättern, die noch vom Winter her auf der Terrasse verstreut liegen.

»Und Sie sind …?«

Ich schreibe meinen Namen auf die angelaufene Champagnerflasche, stelle die Flasche vor sie hin und erkläre, während sie die Buchstaben zwischen den Tröpfchen entziffert: »Ich war gerade dabei, das Scheinwerferkabel im Pumpenraum auszuwechseln.«

»Ihr Blick hat mich sehr aufgebaut. Im November hat mich der Mann meines Lebens verlassen, und seitdem hat sich bei mir überhaupt nichts getan. Heute abend werde ich dreißig, und da wollte ich mir ein Geschenk machen. Hab ich Sie jetzt schockiert?«

Ich bin verblüfft, wie man so direkt sein und zugleich so

genau analysieren kann. Das sei nicht schlimm, erwidere ich, ich befände mich in genau derselben Situation, aber ohne ihr schmeicheln zu wollen, hätte sie als Geschenk vielleicht doch etwas Besseres verdient.

»Ich hätte eine Ohrfeige verdient. Man redet nicht so mit einem Mann.«

»Zumindest reden Sie mit mir.«

»Ich habe niemandem mehr etwas zu sagen. Kennen Sie das Gefühl?«

Ich bestätige es. Anstandshalber, auch wenn es nicht ganz stimmt, erkläre ich, sie sei die erste Frau, die ich seit meiner Trennung anschaue. Sie unterbricht mich, indem sie den Finger auf die Lippen legt.

»Bleiben Sie bitte ein Unbekannter. Ich werde sonst danach immer so sentimental.«

Ich schlucke mein »Ich auch« hinunter und frage sie, weshalb sie sich bekreuzigt, bevor sie ins Becken springt.

»Das mache ich genauso, wenn ein Mann in mich eindringt. Ein Reflex, ein Schutzmechanismus. Ein kleines Gebet, damit alles gutgeht, damit ich mir keine Krankheiten einfange ...«

Ich beruhige sie: In diesem Becken hat sie nichts zu befürchten. Sie bedankt sich. Schweigen breitet sich aus, nur unterbrochen von den Kröten hinter dem Haus.

»Haben Sie Lust, mit mir zu schlafen, Johnny?«

Na klar, sage ich und heuchle Begeisterung. Weniger aus Höflichkeit, sondern um mich selbst zu stimulieren. Ich spüre, daß ich ihr im Grunde herzlich egal bin: Sie nimmt, was sich ihr gerade bietet, das ist alles. Ich füge noch hinzu, daß ich Jimmy heiße. Ist aber nicht ihre Schuld, auf angelaufenen Flaschen kann man schlecht lesen.

Sie schaut mich an, wie ich so vor ihr stehe, läßt ihren Blick schweifen, als suche sie einen zweiten Stuhl. Ich frage sie, was sie eigentlich beruflich mache. Sie antwortet, daß sie vor kurzem in einer Anwaltskanzlei angefangen habe. Dann fragt sie unvermittelt: »Sollen wir es nicht gleich machen? Dann heben wir uns den Champagner für später auf.«

»Und was ist mit dem Kuchen?«

»Der muß erst auftauen, es ist eine Eistorte. Ich hab ihn gerade herausgenommen: Wir haben eine halbe Stunde Zeit. Gehen wir zu Ihnen?«

Es sei sehr klein bei mir, sage ich, und außerdem weit.

»Nein, ich meine: ins Schwimmbecken.«

Sie steht auf, schmiegt sich an mich. Gelangweilt umfasse ich ihren Körper: Das mit den Schwimmbecken ist nichts Neues für mich – Emma liebte es, ihre Bahnen darin zu ziehen, wenn die Besitzer nicht da waren. Kim scheint es zu spüren und zieht mich plötzlich die Stufen hinab, zerrt mich in die Wohnung des Aufseherehepaares. Dort geht es, ich war dort lediglich mal, um ein Bier zu trinken. Sie bugsiert mich rückwärts zwischen den mit Hussen verhängten Möbeln hindurch und wirft mich auf die Couch. Und dann lieben wir uns, mitten unter diesen weißen Gespenstern, die uns reglos mustern.

Na ja, was heißt, wir »lieben« uns … Kaum ist sie ausgezogen, streift sie mir ein Kondom über, bekreuzigt sich und hockt sich auf mich, starrt die Wand an und beginnt rhythmisch zu atmen. Ich versuche auch in diesem Rhythmus zu atmen und ihre Brüste zu streicheln, doch sie hält meine Hände fest, als wäre sie dadurch abgelenkt. Nach ein wenig Auf und Ab frage ich sie, ob ihr das gefällt. Sie hält inne, stützt sich mit den Händen zu beiden Seiten meines Kopfes auf, küßt mich bei jedem Vornüberbeugen auf den Mund und haucht mir zu: »Die Andromache-Stellung. Gut für den Po.«

Ich nicke kennerisch. Zum ersten Mal schlafe ich mit einer

Frau, die mich küßt, während sie auf mir sitzt. Nur daß es schwierig ist, erregt zu bleiben, wenn man rhythmische Zungenküsse kriegt, irgendwie ist das abtörnend. Ich hab ja nichts dagegen, das Angenehme mit dem Nützlichen zu verbinden, aber bislang seh ich nicht recht, wo das Angenehme ist.

»Fühlst du das?«

Sie schiebt meine Hände auf ihrem Körper herum, spannt ihre Muskeln an, damit ich sie bewundern kann. Bei ihr sind das offensichtlich die erogenen Zonen. Alle drei Minuten darf ich die Stellung wechseln, während sie mir beschreibt, was da jetzt arbeitet: der Quadrizeps in der Schubkarrenstellung, die Abdominalmuskeln bei der Wippe, die Abduktoren bei der Windhundstellung …

»Du stützt dich auf die Ellbogen, und ich setz mich auf dich drauf, genau so …«

Sie dreht mir den Rücken zu, geht ins Hohlkreuz, senkt den Leib, wackelt ein wenig hin und her und geht wieder hoch, indem sie sich mit den Händen abstützt.

»Arme, Schultern und Brüste«, zählt sie auf. »Und wenn ich auf die Zehenspitzen gehe, trainiere ich auch die Wadenmuskulatur. Das ist gut … Was ist, möchtest du gern in dieser Stellung kommen?«

»Wofür ist das gut?«

»Für die Brustmuskeln.«

Ich breche die Übung plötzlich ab, drehe sie um, begrabe sie unter mir, zwinge sie mit zusammengebissenen Zähnen, mich dabei anzusehen, um sie in Rage zu bringen und dadurch noch mehr Druck auszuüben, und beende das Ganze in der Missionarsstellung, während sie mit ihren Muskeln macht, was sie will.

»Ich bin trotzdem gekommen«, sagt sie lächelnd und schnappt nach Luft.

Das sollte mich wundern, aber sie sagt es mehr, um anzugeben, denn aus Taktgefühl. Sie gehört zu der Sorte Frau, die immer als erste ans Ziel gelangt, die bekommt, was sie will, und sich die Welt mit folgender Logik zurechtbiegt: Ich ficke, also komme ich.

Wie zwei Freunde stehen wir danach unter der Dusche, die Beine wie Watte, ein wohlerzogenes Lächeln im Gesicht. Sie ist stolz auf ihren Körper, und ich bin stolz, durch Emma die wahre Liebe kennengelernt zu haben: Man wird wählerisch, aber auch nachsichtig. Sie hat die Hände in den Seifenschaum auf meiner Brust gelegt und sagt zu mir, daß es zwischen uns, so verliebt wie ich noch immer sei, sexuell nur clean zugehen könne. Ich nicke, halte ihrem Blick stand. Und da spüre ich den ersten Anflug von Zärtlichkeit für sie, angesichts dieser Klarsicht, dieser Offenheit, dieser Art, meine Gefühle zu respektieren. Was beweist, wie nah Taktgefühl und Egoismus beeinanderliegen.

Der Vollmond bescheint die Terrasse, der Kuchen ist nur noch eine Pfütze, in der erloschene Kerzen schwimmen. Sie drückt mir die Hand, bedankt sich. Alles Gute zum Geburtstag, erwidere ich. Plötzlich umarmt sie mich, sagt, ich sei echt süß, aber sie sei im Augenblick echt nicht für so was zu haben. Das verstehe ich, sage ich, küsse sie auf die Wange und ziehe ganz beschwingt durchs taufeuchte hohe Gras davon.

Es ist Viertel vor zehn. Ich werde im Lieferwagen auf dem Parkplatz von Darnell Pool schlafen – dann bin ich morgen gleich an Ort und Stelle und muß nicht meinem Blick in Emmas Spiegeln begegnen. Da bemerke ich, daß ich mich ihr zum ersten Mal in den sechs Monaten, seit sie mich verlassen hat, wirklich nahe fühle.

Ich wußte nicht, daß eine Enttäuschung so guttun kann. Im Sonnenlicht, das durch die Scheibe dringt, sitze ich über meinem dampfenden Kaffee am Tresen des Walnut's und lasse mir meine Rühreier schmecken. Diese Liebe im Zeitraffer, dieses hastige Kennenlernen innerhalb von fünfzig Minuten, das war genau das, was ich brauchte, um wieder auf die Beine zu kommen. Meine Leidenschaft für Emma ist wie neu erstarkt heute morgen, und ich glaube allmählich, daß ich sie um so leichter zurückerobere, wenn ich mir, allzeit bereit, das Warten auf sie mit der einen oder anderen Frau verkürze, anstatt mich in kleinkarierter Treue und eitlem Maso-Gehabe wie ein sitzengelassener Macho zu verzehren. Auf, auf, das Leben geht weiter. Wie sagte ein Russe in einem der Bücher, die mir Madame Nespoulos geliehen hatte: »Wenn das Haus einstürzt, sprießen zwischen den Ruinen Blumen hervor.«

»Guten Tag, Mister Wood.«

Ich drehe mich zu einem alten Schwarzen in grauem Jackett um, der mir die Hand hinstreckt, mit einem Lederranzen unterm Arm, einem sympathischen Lächeln und unruhigem Blick. Mit seinen Pausbacken und den weißen Brauen erinnert er mich an die Reisschachteln von Uncle Ben's. Ich grüße zurück und mache ein wichtiges Gesicht dabei, so von wegen bin zwar total eingespannt, aber in Notfällen hätte ich Zeit.

»Bei Darnell Pool hat man mir gesagt, ich würde Sie hier finden. Ich bin Pater Donoway«, fügt er dann noch hinzu und schaut mich dabei an.

Ich bemerke das Kreuz an seinem Revers. Schwimmbadpriester – das hat man selten. Wahrscheinlich ist er gerade mit einer Jugendgruppe im Ferienlager.

»Hoffentlich störe ich Sie nicht allzusehr.«

Paßt schon, sage ich, fünf Minuten hätte ich. Ich deute auf einen Tisch, doch er weist mit stummem Lächeln auf die Tür. Dabei geht es hier immer vorschriftsmäßig zu, kein Alkohol vor sieben Uhr und während der Woche keine leichten Mädchen. Ich esse meine Eier auf, leere meine Tasse, bezahle und folge ihm nach draußen. Auf dem Gehsteig dreht er sich um und stellt mir einen jungen Glatzkopf mit eckiger Brille vor.

»Doktor Entridge.«

Wir sagen einander guten Tag. Es scheint sich hier um eine Chlorallergie zu handeln. Eine Ferienkolonie, die Opfer einer zu hohen Dosis geworden ist.

»Haben Sie ein bißchen Zeit für uns, Mister Wood?« fragt der Doktor, ohne meine Hand loszulassen.

Er schaut mich dabei an wie ein verzweifelter Quizkandidat, der sich von mir die Lösung eines Rätsels erhofft. Der Pater geht auf eine riesige schwarze Limousine am Straßenrand zu, die mindestens acht Meter lang ist und sechs Türen und abgedunkelte Fenster hat. Überrascht schaue ich auf das Nummernschild. Da ich auch für den Springbrunnen vor der Privatresidenz des Gouverneurs verantwortlich bin, erkenne ich die Dienstwagen. Scheint sich um ein Ferienlager für die Kinder der oberen Zehntausend zu handeln.

Die Mitteltür öffnet sich, und ein blauer Jackettärmel mit goldenen Knöpfen wird sichtbar, der Doktor bittet mich einzusteigen. Und dann sitze ich also in einem angenehm kühl temperierten Wohnzimmer – cremefarbene Ledersitze, Heimkino und gläserne Bar –, Auge in Auge mit einem puterroten älteren Mann mit Fönfrisur, der die Eiswürfel in seinem Glas klimpern läßt wie ein Yachtbesitzer.

»Richter Clayborne. Freut mich sehr, Sie kennenzulernen.«

Ganz meinerseits, erwidere ich, ein wenig eingeschüchtert durch die Autorität, die in seiner Stimme liegt. Daß ich einen so guten Ruf habe, beeindruckt mich. Ich weiß nicht, wer mich empfohlen hat, aber ich werde natürlich sofort meinen Tarif erhöhen.

»Eine Erfrischung gefällig?« schlägt der Priester vor.

Mir gegenüber auf der Bank sitzend, schauen mich alle drei mit ineinander verschlungenen Fingern und erwartungsvollem Lächeln an, so als hinge das Wohl des Landes von meiner Getränkewahl ab.

»Eine Cola, vielen Dank.«

Sie beratschlagen leicht gereizt. Sie haben keine. Stimmt ja, ist in Connecticut verboten. Ich deute auf die Karaffe.

»Oder auch das hier, kein Thema. Also, was haben Sie für ein Problem?«

Der Richter und der Doktor schauen erst mich an, dann den Priester, dann wieder mich, so als würden sie etwas vergleichen.

»Sind Sie einander nie begegnet?« erkundigt sich der Richter.

Nein, sage ich, leider nicht. Wenn ich mir jetzt vielleicht mal Ihren Swimmingpool ansehen dürfte, das wäre mir recht. Er gießt mir ein volles Glas Orangensaft ein, gibt mit einer silbernen Zange zwei Eiswürfel dazu, reicht mir dann das Glas und fragt mich: »Was wissen Sie über Ihre Familie, Mister Wood?«

Er sagte es in neutralem Ton, als hätte er vom Wetter oder über Baseball gesprochen.

»Über meine Familie?«

»Ihre Herkunft«, präzisiert Doktor Entridge.

Ich muß schlucken. Daß ich meine Referenzen angebe, ist normal, auch viermal wenn's sein muß, so wie für die Verwaltung des Gouverneurs – jedes Jahr darf ich denen eine Begründung schicken, weshalb ich ihren Springbrunnen reparieren möchte, doch das mit dem Familienbuch, das ist jetzt echt der Gipfel.

»Ich bin seit Geburt Waise. Ich hatte Adoptiveltern, aber das war in Mississippi, und sie sind bereits tot. Ansonsten bin ich ledig, das ist alles.«

Vorsichtigerweise setze ich noch hinzu, daß ich mit einer Frau zusammen lebe, die ich sehr liebe. Damit sie nicht auf Gedanken von wegen Pädophilie und so kommen. Wo's ein Ferienlager gibt, da gibt's auch einen Verdacht: Mir wurden schon Kostenvoranschläge aus nichtigeren Gründen abgeschmettert.

»Wie weit reichen Ihre ersten Erinnerungen zurück?« fragt der Arzt.

Ich muß laut lachen. Das hat nichts mit ihnen zu tun, aber wie sie da so nebeneinander auf der Stange sitzen, vornübergebeugt, ganz gespannt und Sympathie heischend, komme ich mir vor wie ein zum Tod Verurteilter. Ich sage es ihnen. Sie wechseln einen neutralen Blick.

»So wie in den Filmen: Es gibt einen Gefängniswärter, den Pfaffen und den Richter. Sie sind äußerst freundlich zu dem Helden, weil ihm nur noch eine Stunde bleibt, und so bieten sie ihm was zu trinken an, überprüfen, ob er auch gesund ist, wenn sie ihn gleich auf dem elektrischen Stuhl hinrichten, nehmen ihm die Beichte ab, um zu erfahren, was er beim Prozeß nicht gesagt hat.«

Der Richter setzt sein Glas ab.

»Entschuldigen Sie, daß ich so brutal bin, Mister Wood, aber wir sind beauftragt, Sie über Ihre Herkunft aufzuklären.«

»Sachte, sachte«, geht Uncle Ben's dazwischen.

»Haben Sie meine leiblichen Eltern ausfindig gemacht?«

Das ist mir so rausgerutscht, die drei machen betretene Mienen.

»In gewisser Weise, ja«, murmelt der Priester.

»Ich bin Psychiater«, erklärt der Kahlkopf mit beruhigendem Lächeln.

»Und? Geht es ihnen gut?«

Die Stille, die nun folgt, gestattet mir, die Szene in ihrer Absurdität zu ermessen. Ich begreife nicht, inwiefern meine familiäre Situation die Justiz, die Medizin und die Kirche betreffen soll. Es sei denn, ich bin der heimliche Sohn von diesem bescheuerten Pastor Hunley, dem Sonntags-Milliardär, der sechs Fernsehsender und drei Fluglinien besitzt, zwölftausend Prozesse am Hals hat und den fünften Platz auf der Popularitätsliste in der *New York Post* einnimmt.

»Sie brauchen keine Angst zu haben«, lächelt mich der Psychiater an. »In gewisser Weise überbringen wir eine frohe Botschaft.«

»Gut gesagt«, nickt der Priester würdevoll.

»Bereiten Sie sich aber bitte auf einen Schock vor«, fügt der Richter hinzu.

Etwas genervt erwidere ich, ich sei jetzt zweiunddreißig, und das alles interessiere mich nicht mehr so brennend – ich hätte einen Schlußstrich unter meine beschissene Kindheit gezogen, hätte meine Erinnerungen über Bord geworfen, und jetzt ginge es mir besser. Wer meine leiblichen Eltern sind, sei mir piepegal.

»Warum?« entrüstet sich das Trio im Chor.

»Sie haben mich verlassen.«

Der Richter und der Psychofritze schauen den Priester an, der die Augen senkt: »Das können Sie so nicht sagen, selbst wenn …«

Er hält inne, das Lächeln bleibt in der Luft hängen. Ich komme plötzlich auf den Gedanken, meine leiblichen Eltern könnten vielleicht ein Flugzeug gekapert haben, irgend so was in der Art; jetzt wurden sie identifiziert, und man hat mich aufgrund meines genetischen Fingerabdrucks aufgespürt und will mich nun als Druckmittel einsetzen. Das erklärt die Limousine und die drei Funktionäre. Der Psychiater bringt mir die Nachricht schonend bei, ich werde zu Staatszwecken eingespannt, werde gesegnet, an den Ort geführt und darf verhandeln.

»Ist es schlimm?«

»Schlimm?« wiederholt Doktor Entridge tonlos.

»Was sie gemacht haben.«

»Nun«, wirft der Richter ein und klatscht, die Ellbogen auf die Knie gestützt, in die Hände, »wir wollen nicht um den heißen Brei herumreden. Es gibt keine Eltern.«

»Zumindest keine biologischen Erzeuger«, erläutert der Psychiater.

»Filiation aber schon«, betont der Priester.

»Wir wollen jetzt nicht kleinlich werden«, unterbricht der Richter.

Er beugt sich vor und tätschelt mir das Knie.

»Jedenfalls sollten Sie wissen, mein Junge, daß alles, was wir Ihnen gleich sagen werden, allerhöchster Geheimhaltung unterliegt. Okay? Unter keinen Umständen, egal, bei welcher Gelegenheit, dürfen Sie darüber mit irgend jemandem sprechen.«

Ich raste aus. »Worüber denn, bitte schön? Entschuldigen Sie, aber ich sehe noch nicht, was ich auszuplaudern hätte! Ich warte die ganze Zeit darauf, daß Sie mir endlich sagen, was für ein Problem Sie haben, damit wir hingehen und ich mir die Sache mal ansehen kann, aber statt dessen fragen Sie mich nach den Erinnerungen an meine Kindheit, nur um anschließend damit herauszurücken, daß es da gar nichts zum Erinnern gibt, weil ich keine Eltern habe. Danke vielmals, genau das wollte ich immer schon wissen. Jetzt ist aber Schluß mit dieser Komödie, ich hab schließlich auch noch was anderes zu tun!«

»Wir verstehen ja«, beschwichtigt der Richter und nickt mit seinem Hühnerkopf, »aber es ist nicht das, was Sie glauben, Mister Wood.«

»Was dann? Versteckte Kamera? Haben Sie sich die Klamotten geliehen und hoffen, Sie können Ihr Filmchen an die CBS verscherbeln, um den großen Reibach zu machen?«

Die drei Spaßvögel beraten sich mit einem Seufzer, ziehen ihre Karten hervor und halten sie mir unter die Nase. Sie scheinen echt zu sein, aber na ja, davon verstehe ich ja nichts. Zwei von ihnen sind Dienstausweise mit Foto, Chip und Strichcode und dem Emblem des Weißen Hauses.

Ich schlucke, nicke, verziehe das Gesicht und sage: »Okay, ich bin der Sohn des Präsidenten. Da er ja schwul ist, darf es natürlich absolut niemand erfahren.«

Die drei Dienstausweise verschwinden wieder in ihren Innentaschen.

»Würde es Ihnen etwas ausmachen, mal ernst zu sein, Mister Wood?«

»Schon gut«, erwidere ich und mache einen auf verständnisvoll, indem ich abwehrend die Hände hebe. »Sagen Sie Papa, er soll sich keine Sorgen machen, ich bin nicht geboren, ich verlange überhaupt nichts. Und ich gebe sowieso immer einen leeren Wahlschein ab.«

Der Richter tippt mit dem Fuß auf den Boden, der Priester versucht ihn auf seine betuliche Art zu beschwichtigen.

»Also, lassen wir jetzt das Geplänkel«, schaltet sich der Psychiater auf einmal ein. »Was halten Sie vom Klonen?«

»Ist das eine Umfrage? Hat man mich per Zufallsgenerator ausgewählt, und ich bin jetzt die Stimme des Volkes?«

»Was halten Sie vom Klonen?« wiederholt er mit Pausen zwischen den Wörtern.

Halte ich nichts von, entgegne ich. Der alte Barrington, der ein Becken von olympischen Ausmaßen nur für sich allein hat und sich einen Spaß daraus macht, ausgerechnet dann seine zehn Bahnen zu schwimmen, wenn die Jungs in der Schule nebenan Pause haben, gibt ein Vermögen dafür aus, um sich im Labor seine Katze klonen zu lassen. Eine Art preisgekrönte Perserkatze, die alle zwei Jahre ersäuft und gleich wieder verjüngt zur Welt kommt, genauso blöd und mit genauso vielen Haaren, die mir meinen Filter verstopfen.

Sie bezwingen ihre Ungeduld und warten, bis ich ausgeredet habe, dann sagt der Richter: »Wir sprechen hier über das Klonen von Menschen. Wissen Sie, wie das funktioniert?«

»Ich weiß, daß es verboten ist, daß alle Welt es trotzdem macht und daß die Regierung es jetzt auf einmal wieder legalisieren will, um ihren Profit daraus zu schlagen.«

Der Richter will Einspruch erheben, doch Doktor Entridge kommt ihm zuvor. »Am Ende des letzten Jahrhunderts, Mister Wood, haben entscheidende Experimente die. Biotechnologie völlig umgewälzt. Und damit meine ich nicht die marktschreierischen Äußerungen von ein paar Sekten, die Geburten angekündigt haben, um Forschungsgelder einzustreichen ...«

»Kurz und gut«, schaltet sich der Richter wieder ein, »1994 gab es bereits amerikanische Wissenschaftler, die die Transplantation von Zellkernen lebender Menschen perfekt beherrschten ...« Als ich mein Geburtsjahr höre, hebe ich die Hand, aber er fährt fort: »... und sogar versuchten, DNA-Moleküle von Menschen zu klonen, die bereits gestorben waren. Ja?«

»Sprechen Sie von mir? Was erzählen Sie da? Daß ich ein Klon bin?«

Der Priester seufzt, der Psychiater breitet die Hände aus, der Richter nickt. Sie warten meine Reaktion ab. Ich zeige keine. Ich fühle mich ganz ruhig, konzentriert, wie in Zeitlupe. Vollkommmen Herr meiner selbst, wie damals, als ich die Kontrolle über den Lieferwagen verlor, weil der ins Schlittern geriet, und ich das Steuer wieder herumriß, ganz cool, als hätte ich es geahnt. Doch hier gibt es keine Gefahr. Im Gegenteil. Ein Gefühl der Erleichterung, ein Gewicht, das von mir abfällt – diese Gefängniskugel, die ich seit jeher mit mir herumschleppe, diese Mischung aus Groll und Schuldgefühlen. Es ist tausendmal angenehmer, in einem Labor gezüchtet worden zu sein, als daß einen die leiblichen Eltern vorsätzlich verlassen und zur Adoption freigegeben haben. Allerdings hieß es in allen Reportagen, die ich bislang gesehen habe, Klone stürben bereits als Windelkinder. Entweder bin ich eine Ausnahme oder ein Fehler. Bei Jimmy Wood scheinen sie sich geirrt zu haben.

»Haben Sie einen Beweis?«

Der Priester sieht den Doktor mit hochgezogenen Brauen an, der wiederum senkt den Blick. Der Richter greift nach dem ledernen Aktenkoffer hinter seinen Waden, öffnet ihn und zieht ein Dossier in einer blauen Klarsichthülle heraus.

»Das sind Ihre Bluttests.«

»Aha, schön, zeigen Sie mal.«

»Ich bin gezwungen, die vom Gesetz vorgeschriebene Prozedur einzuhalten, Mister Wood. Wann immer ein als top-secret eingestuftes Schriftstück der Stufe A bekanntgemacht wird, muß zuerst eine schriftliche Unterlassungserklärung erfolgen.«

»Meine Bluttests sind als top-secret eingestuft worden? Was soll der Blödsinn?«

Er nimmt einen Stapel Papiere aus seiner Aktentasche und legt ihn mir auf die Knie. Auf den zwei in vier Kopien vorhandenen Seiten steht, daß ich dreihundertzehn Jahre ins Gefängnis komme, bei einer Strafe von fünfzigtausend Dollar, wenn ich eine Information der Sicherheitsstufe A preisgebe. Es steht da in der Ich-Form, und im großen und ganzen erkläre ich, niemals das gelesen zu haben, was ich gerade gelesen habe.

»Warum weihen Sie mich dann überhaupt ein, wenn Sie solche Angst haben, daß ich es ausplaudern könnte? Schickt Sie der Geklonte? Ist er tot, und ich habe geerbt?«

»Das ist nur eine Formalität. Paraphieren Sie unten auf der Seite, und unterschreiben Sie neben dem Kreuz.«

Ich schnaube genervt, greife nach dem Stift, den der Richter mir hinhält, kritzele Initialen und Unterschrift hin und gebe ihm seine Papiere zurück.

»Sie sind dran«, sagt er zu dem Priester.

»Halten Sie das wirklich für … angebracht?«

»Das ist das übliche Verfahren, mein Vater.«

Widerwillig zieht Uncle Ben's eine Bibel hervor, hält sie mir in Kniehöhe hin und spricht langsam: »Jimmy Wood, schwören Sie bei Gott, die Wahrheit zu verheimlichen, die ganze Wahrheit und nichts als die Wahrheit? Heben Sie die Hand und sprechen Sie: ›Ja, so wahr mir Gott helfe.‹«

»So eine Kacke. Ich glaube nicht an Gott, von einem Unbekannten laß ich mir nichts vererben, und Sie hab ich noch nie gesehen. Schönen Tag noch.«

Ich mache mir am Türgriff zu schaffen. Nichts passiert. Ich versuche das Knöpfchen hochzuziehen, drehe mich wieder zu dem Richter um, doch der reagiert gar nicht auf mein Manöver. In heller Aufregung blickt er Pater Donoway an und wiederholt mit schreckverzerrtem Gesicht: »Er glaubt nicht an Gott?«

»Die Wege des Herrn …«, hebt der Priester an.

»Diesen Fall erwähnt das Protokoll mit keiner Silbe!« unterbricht ihn der Jurist.

»Jimmy«, wirft der Psychiater ein und schaut mich wohlwollend an, »wie meinen Sie das genau? Wenn Sie sagen, Sie glauben nicht an Gott, heißt das, Sie denken nicht an ihn? Daß Sie Religion abstoßend finden? Oder daß Sie den Glauben verloren haben?«

»Ich scheiß auf Pfaffen, Ärzte und Richter, das schwör ich Ihnen!«

Ich erwarte, daß sie sich zornige Blicke zuwerfen und

mich rausschmeißen, aber sie schauen sich nur an und nicken dabei, als hätte ich einen Test bestanden.

»Na ja, das ist ja eigentlich nichts Neues, oder?« sagt der Psychiater.

»Ich hätte da so ein paar Einwände wegen der Form«, seufzt der Priester und packt die Bibel wieder in seinen Ranzen, »aber im Grunde ... Diese Art der Einstellung kommt durchaus häufig vor, das ist wahr.«

»Immerhin hat er ja geschworen«, wirft der Richter ein und blickt auf die Uhr.

Er reicht mir den blauen Umschlag. Ich entnehme ihm eine Akte, schlage sie auf und stoße auf meine Blutwerte, mit dem Briefkopf der Klinik in der Lenox Avenue, datiert auf den 1. Juli.

»Wie sind Sie denn daran gekommen? Die Klinik ist doch in die Luft geflogen!«

»Die Ergebnisse wurden uns vorher übermittelt.«

Ich überfliege die Zahlenreihen. Scheint alles normal zu sein, bewegt sich alles im Mittelfeld, mit Ausnahme des Cholesterins und des Harnstoffs, aber na ja, damit kann man leben. Auf der nächsten Seite beginnt eine Serie aus vier Buchstaben, die immer wieder neu angeordnet werden: mein genetischer Fingerabdruck. Dazwischen liegen Blätter in einer anderen Farbe. Es steht kein Name darauf, es sind auch andere Schriftzeichen, aber die Anordnung der Buchstaben T, G, A und C scheint gleich zu sein.

»Ist das der Typ, von dem ich stamme?«

»Ja.«

»Will er anonym bleiben?«

»Also, das wissen wir noch nicht«, murmelt der Mediziner und schaut den Priester aus dem Augenwinkel an. »Das Weiße Haus möchte jedenfalls fürs erste nicht, daß wir das Ganze an die große Glocke hängen. Die Person, dessen Klon

Sie sind, ist von so eminenter Bedeutung für die ganze Welt … Und diese Bedeutung löst natürlich auch Kontroversen aus.«

»Bin ich der Erbe von McDonald's?«

Der Mund bleibt ihnen offenstehen.

»Wenn ich nämlich das Blut von dem Pommesfritzen habe, wo der so viele Prozesse am Hals hat, da lasse ich lieber eine Transfusion machen! Kommt nicht in Frage, daß ich das Erbe antrete! Tausend Jahre wegen Mitschuld an Fettleibigkeit, nein, vielen Dank!«

»Es handelt sich nicht um das Blut des ›Pommesfritzen‹, Mister Wood«, unterbricht der Richter und tippt sich dabei mit den Fingerspitzen auf die Nase.

Ein Vibrieren unter meinem Hintern läßt mich zusammenzucken. Das Auto hat sich in Bewegung gesetzt.

»Wohin fahren wir?«

»Zu Ihnen. In Ihrem Zustand dürfen Sie nicht den Zug nehmen.«

»In meinem Zustand? Was heißt denn das?«

»Sie werden einen Schock erleiden«, lächelt der Mediziner. »Keine Sorge: Ich habe Ihren Arbeitgeber darüber in Kenntnis gesetzt, daß Sie sich nicht gut fühlen.«

»Wessen Blut habe ich denn nun eigentlich?«

»Das von Jesus Christus.«

Ich höre auf zu atmen, suche ihre Gesichter nach einem Aufblitzen von Humor ab, nach dem Hinweis auf eine Metapher, auf einen Versprecher. Doch nein: Der Arzt schaut mich an, als wäre er stolz auf seine Diagnose, der Priester senkt in einer Art genüßlichen Respekts den Kopf, und der Richter nickt und zieht dabei mit einer mitleidigen Grimasse die Brauen hoch. Daß ich in Gelächter ausbreche, läßt ihren Gesichtsausdruck gefrieren, ohne daß er sich ändert, als hätten sie alle meine Reaktionen bereits vorhergesehen.

»Und woher stammt es, euer Blut Christi? Ist es der Fusel, den die Priester während der Messe schlucken? Bin ich auf der Basis von Merlot oder Chardonnay geklont worden?«

Unerschütterlich streckt der Richter den Arm aus, blättert in dem Dossier auf meinen Knien herum und deutet auf eine Reihe von Fotos: Positive und Negative, Vergrößerungen, Computergrafiken …

»Sagt Ihnen das Grabtuch von Turin etwas?« erkundigt sich der Priester leise.

»Die Stoffbahn, in die Jesus eingewickelt wurde, als man ihn vom Kreuz genommen hat?«

»Das Leichentuch, genau.«

»Hören Sie mit Ihrem Schwachsinn auf: Ich schau ja ab und zu auch mal fern! Ihr Leintuch ist bemalt, und das Blut da drauf hat man mit einem Pinsel hinzugefügt, damit's echt aussieht. Das kann das Blut von irgend jemandem sein, und wenn ich davon abstamme, dann kann ich ja Nachfahre von gottweißwem sein.«

Der Richter erwidert mit eindringlicher Langsamkeit: »Sie finden im Anhang den wissenschaftlichen Untersuchungsbericht des Grabtuchs, Jimmy. Auf Seite 25 steht die unwiderrufliche Ablehnung der diversen Hypothesen, es könnte sich um aufgemalte oder nach dem Martyrium hinzugefügte Blutspuren handeln. Die Genetik verfährt strikt nach Schema: Ihre DNA ist identisch mit der eines Gekreuzigten aus dem 1. Jahrhundert – aller Wahrscheinlichkeit nach ist es der unter dem Namen Jesus von Nazareth bekannte Prophet.«

»Ob er nun Gottes Sohn ist oder nicht«, setzt der Mediziner hinzu, »das ist ein anderes Paar Stiefel, aber vielleicht ermöglichen Sie ja eine Antwort auf diese Frage.«

Der Aktendeckel rutscht von meinen Knien, die Blätter

flattern umher, der Geistliche sammelt sie wieder ein. Ich sehe Grafiken, Untersuchungsergebnisse, die Briefköpfe von Militärlabors, Stempelaufdrucke »streng vertraulich«. Verzweifelt versuche ich, in meiner Kehle ein wenig Speichel zusammenzukratzen.

»Sie meinen ... Sie wollen mir weismachen, daß ich aus einem Fleck auf einem Laken entstanden bin?«

»Ist ja egal, was für ein Fleck«, lächelt Pater Donoway. »Und ist ja auch egal, was für ein Tuch.«

Ich lasse mich auf die Kopfstütze zurücksinken, schließe die Augen.

»Also«, trompetet die Stimme des Richters, »wie wirkt das auf Sie?«

Ich komme mir vor, als hätte ich gerade ein Fußballspiel gewonnen und jemand hielte mir ein Mikro unter die Nase, damit ich meine Eindrücke schildere. Die Bilder hinter meinen Lidern wirbeln durcheinander. Kittel machen sich an Röhrchen zu schaffen, bläuliche Dämpfe steigen von einem Gefrierschrank auf, Ratten wuseln in Käfigen auf und ab, ein Kreuz wird immer größer und fällt schließlich auf mich herab ... Wie in den Alpträumen, die ich schon immer habe.

Plötzlich mache ich die Augen wieder auf. Die Limousine fährt über den Meritt Freeway.

»Was wollen Sie von mir?«

Der Richter zückt ein Päckchen Vitaminzigaretten, hält es mir hin, ich lehne ab, er steckt es wieder ein.

»Lassen Sie sich ruhig Zeit, Jimmy«, sagt er. »Sie haben jetzt eine halbe Stunde, um Ihre Akte zu studieren, denn die können wir Sie natürlich nicht mitnehmen lassen. Wenn wir bei Ihnen zu Hause sind, wissen Sie alles, was Sie wissen müssen, und können in den nächsten Tagen in Kenntnis der Sachlage eine Entscheidung treffen.«

»Was für eine Entscheidung?«

Der Psychiater schlägt die Beine auseinander und erklärt mir fast stolz, daß niemand die Absicht hat, mich zu etwas zu zwingen.

»Wozu denn zwingen?«

»Daß Sie an sich glauben. Daß Sie Ihre Herkunft akzeptieren ... und Ihre Rolle.«

»Sie sind vielleicht«, fügt der Priester mit einer vorsichtigen Geste hinzu, »und dieses Vielleicht ist unsere einzige Gewißheit, der Messias, dessen Wiederkehr die Evangelien verkünden ...«

»... oder ein schlichter biotechnologischer Ersatz, dem die Gnade des Herrn niemals zuteil werden wird«, vervollständigt der Richter den Satz.

»Und weshalb sind Sie ausgerechnet heute hergekommen, um mir das zu erzählen? Weil ich zweiunddreißig bin und die Zeit jetzt ein wenig drängt – schließlich ist Jesus mit dreiunddreißig Jahren gestorben?!«

Sie tauschen einen überraschten Blick, als hätten sie daran gar nicht gedacht. Sie halten mich wirklich für einen Idioten.

»Wir hatten Ihre Spur verloren, Jimmy«, nimmt der Priester den Faden wieder auf. »Das Forschungszentrum, in dem Sie, nach Ihrer Empfängnis, die ersten sechs Lebensjahre verbracht haben, wurde bei einem Brand zerstört, dem Sie – wenn Sie den Ausdruck gestatten – wunderbarerweise entflohen sind.«

Ich sehe die Straße wieder vor mir, meinen angesengten Pyjama, den Kombi der Woods.

»Komme ich Ihnen gar nicht bekannt vor, Jimmy?« fügt er leise hinzu. »Ich war damals noch jünger und schlanker ... Ich habe Sie aufwachsen sehen, denn ich war für Ihre religiöse Erziehung zuständig ...«

Ich mustere ihn, bin aber wie blockiert. Ich versuche ihn

mir in weißem Kittel vorzustellen, dreißig Jahre jünger ...
Ich sage ihm, die Mühe hätte er sich sparen können: Ich
habe keinerlei Erinnerung an meine ersten sechs Lebensjahre. Und sollte ich tatsächlich der Messias sein, wie sie behaupten, würde ich ihnen niemals abnehmen, daß sie mich
erst jetzt ausfindig machen konnten.

»Denken Sie doch an den Zusammenhang«, seufzt der
Richter. »Das Ende der Clinton-Ära, das Wahnsinnsbudget
der NSA, all die Milliarden, die für ein Satelliten-Spionage-
system ausgegeben wurden, das nie richtig funktioniert hat ...
Den Untersuchungskommissionen war jeder Vorwand recht,
um den Präsidenten zu Fall zu bringen: Immobilienskan-
dale, Oralverkehr mit abhängig Beschäftigten, heimliche For-
schungsprogramme ... Natürlich haben die Spezial-Geheim-
dienste des Weißen Hauses versucht, Sie ausfindig zu machen,
aber es war wichtiger, Ihre Existenz geheimzuhalten, als im
Falle Ihrer Entdeckung eine eventuelle Flucht zu riskieren
und auf einmal das von Bill Clinton in seinen Reden offiziell
angeprangerte Klonen zu rechtfertigen. Was die Regierung
Bush angeht ... die hatte andere Prioritäten. In dem Chaos,
das dann folgte, gerieten Sie rasch in Vergessenheit. Im übrigen hielt man Sie für tot, wie Ihre Brüder ...«

»Meine Brüder?«

»Sie waren nicht der einzige Embryo, Mister Wood. Das
Blut Christi hat vierundneunzig Fehlschläge hervorge-
bracht: Fehlgeburten, Anomalien bei der Entwicklung des
Fötus, Totgeburten ... Nur aus einem wurde etwas: aus
Ihnen.«

»Und meine Mutter?«

Allgemeines Schweigen breitet sich aus. Der Arzt setzt
die Brille ab, zieht ein kleines Tütchen aus der Tasche, reißt
es auf, entnimmt ihm ein Läppchen und reibt die Gläser damit ab.

»Eine Spenderin hat die Eizelle geliefert, deren Erbinformation wir bis aufs Zytoplasma vollständig getilgt haben. Anschließend haben wir den Zellkern einer somatischen Zelle, die von einem der weißen Blutkörperchen auf dem Grabtuch stammte, neu programmiert und dann in die Eizelle injiziert. Ein Stromfluß hat die Fusion stimuliert, und zum Schluß wurde der Embryo in den Uterus einer Austrägerin eingepflanzt.«

»Die natürlich Jungfrau war«, betont der Priester.

»Und außerdem die Spenderin der Eizelle«, fügt der Richter hinzu.

Ich frage sie, ob ihr Name in dem Dossier steht. Sie weichen der Frage aus, jeder auf seine Art – Achselzucken, mitleidiges Lächeln, Senken der Lider.

»Na schön, lassen wir das. Sie haben also meine Spur verloren, haben mich vergessen. Okay. Warum aber tauchen Sie ausgerechnet heute hier auf?«

Wortfetzen schlagen mir entgegen, ihre Stimmen überlagern sich: Die Zeiten hätten sich geändert, die Regierung Nellcott sei dem Klonen wohlgesonnen, bislang sei ich nie krank oder in einem Krankenhaus gewesen und erst ein Hundebiß habe es ermöglicht, mich ausfindig zu machen.

»Das ist alles, Jimmy«, sagt der Richter abschließend und spielt mit den Knöpfen der Polsterung. »Jetzt wissen Sie das Wesentliche und können sich mit den Details Ihrer Akte vertraut machen. Läuft ja soweit ganz reibungslos. Sie haben da etliches zu lesen – möchten Sie alleine sein?«

»Sie wollen aussteigen und zu Fuß nachkommen?«

»Bis gleich, Jimmy. Wenn Sie Fragen haben, benutzen Sie die Telefonanlage hier links.«

Eine Trennwand fährt mit einem elektronischen Brummen vor meiner Nase hinunter. Über mir geht eine Deckenleuchte an, und meine Sitzbank dreht sich um die eigene

Achse, so daß ich plötzlich in Fahrtrichtung sitze. Mit zitternden Händen fange ich zu lesen an. Geschichtliches, Erfahrungsberichte, vergleichende Analysen, Fotos von mir aus allen möglichen Blickwinkeln, von null bis sechs Jahren ... In einer Wiege liegend, hinter den Gittern eines Laufstalls stehend, in einer Schulbank sitzend, in einer Turnhalle, ganz allein am Tisch in einem Speisesaal essend ... Immer allein, immer im weißen Trainingsanzug mit einem kleinen Kreuz an einer Halskette und einem traurigen Gesicht, so traurig ... Meine Tränen tropfen auf diese Gesichter, in denen ich mich nicht erkenne, lassen die Bilder einer Vergangenheit verschwimmen, die nicht die meine ist – ich will keine, ich weigere mich, dieses Baby aus Fertigteilen zu sein, dieses Kind, das aus einem Leichentuch geboren wurde, dieses Experiment eines Verrückten, dieser Frankenstein mit dem Engelsgesicht ... Und doch bin ich das. Ich blättere weiter und drehe jedesmal das Messer in der Wunde um. Unter diesen Qualen bringe ich nach und nach den Jimmy um, den ich mir erfunden hatte.

Nach zwanzig Minuten klappe ich den Aktendeckel wieder zu. Ich bin um dreiunddreißig Jahre gealtert. Sollte ich einem Zellkern entstammen, der Jesu Leben gelebt hat, habe ich jetzt sein Alter und das meine noch dazu.

Ich drücke auf den Knopf der Telefonanlage. Die Aluminiumtrennwand fährt hoch, die Deckenlampe geht aus, und meine Sitzbank dreht sich wieder zu den drei Männern um. Sie schauen noch nicht einmal besonders beunruhigt drein. Der eine telefoniert, der andere liest Zeitung, der dritte hat gerade geschlafen. Nun starren sie mich an und warten, daß ich etwas sage. Sie beugen sich vor, lächeln verständnisvoll.

»Kann ich trotzdem Kinder haben?«

Der Richter zieht eine Augenbraue hoch, nimmt das Dossier wieder an sich und fragt mich, wie ich darauf komme.

»Ist ein Klon gezwungen, sich klonen zu lassen, oder kann er sich fortpflanzen wie alle anderen auch?«

Das Trio beäugt mich schweigend.

»Ich hätte eine andere Reaktion erwartet«, murmelt der Priester mit leiser Enttäuschung.

»Und wie hätte ich denn reagieren sollen? Erst werfen Sie mir einen Brocken vor die Füße, und dann soll ich nicht die Finger danach ausstrecken!«

»Das Schaf Dolly hat ein Lamm zur Welt gebracht, nachdem es von einem Hammel begattet worden war«, läßt der Psychiater in beruhigendem Tonfall einfließen.

Die Limousine fährt mittlerweile durch Harlem, im Zickzack über den Frederick Douglas Boulevard, vorbei an Schlaglöchern und verkohlten Autowracks.

»Fein«, fährt er dann fort, als würde er eine Klammer schließen. »Auf jeden Fall sind Sie jetzt dran. Sie haben einen Eid geleistet, von nichts zu wissen – also können Sie gern auch alles vergessen. Sie könnten Ihre Geschichte an die Presse verkaufen und im Gefängnis landen, nachdem Sie sich zuvor den Ruf eines armen Irren erworben haben. Oder aber Sie rufen mich in zwei Tagen unter dieser Nummer an, damit wir zusammen überlegen, was wir mit Ihrem … sagen wir mal: Ihrem außerordentlichen genetischen Erbe zum Wohle der Menschheit anfangen werden.«

»Zum Wohl der Menschheit? Sie arbeiten für die Regierung Nellcott und sprechen vom ›Wohl der Menschheit‹?«

»Wozu dieser Spott?« ereifert sich der Richter. »Sie sind doch kein Demokrat, soweit ich weiß?!«

»Politik ist mir piepegal! Ich bin ein unbekannter Swimmingpool-Reparateur, ich hab um nichts gebeten, mache, was ich will, ohne jemanden zu stören, und werde nicht den Jesus-Hampelmann für Ihre nächste Wahlkampagne machen!«

»Das verlangen wir auch gar nicht von Ihnen …«

»Was verlangen Sie denn von mir?«

»Nichts. Lassen Sie die innere Stimme sprechen, die sich vielleicht schon seit Ihrer Geburt Gehör verschaffen will.«

»Also erstens, wer beweist mir, daß der Junge auf den Fotos wirklich ich bin? Na? Wer beweist mir denn, daß das meine Blutwerte sind? Jeden Tag passieren Irrtümer in den Labors, Namen werden verwechselt, Akten werden vertauscht – ich habe einen Freund, der Klempner ist und der wegen einer Blinddarmoperation ins Krankenhaus kam, wo ihm jedoch die Milz entfernt wurde, also lassen Sie mich in Frieden mit Ihrem Jesus! Ich werde mein Blut selber untersuchen lassen, und dann wird man ja sehen!«

»Tun Sie, was Sie wollen, Jimmy … Vorausgesetzt, Sie wahren das Geheimnis. Unsere Aufgabe war es jedenfalls, Sie vor die Wahl zu stellen.«

Das Auto hält an. Das Verschlußzäpfchen der Wagentür fährt mit einem Klicken heraus. Der Psychiater schüttelt mir die Hand, der Richter drückt mir die Schulter, und der Priester reicht mir seine Bibel.

»Ich sagte Ihnen doch, ich werde nicht schwören!«

»Behalten Sie sie«, antwortet er mit gewichtigem Lächeln. Und fügt dann hinzu: »Um sich ein wenig damit vertraut zu machen.«

Jimmys Körper erstarrte in dem Augenblick, als er die Tür öffnete – der Bildschirm erlosch und das Licht ging wieder an. Drückendes Schweigen herrschte in dem mahagonigetäfelten Raum. Nur das leise Klicken der Metallstühle war zu hören, die wieder auf den Sitz in der Mitte ausgerichtet wurden.

»Das wär's fürs erste, Mister President«, sagte Doktor Entridge abschließend.

»Ich finde, Sie sind mit skandalöser Brutalität vorgegangen!« warf der Koordinator in die Runde.

»Das müssen ausgerechnet Sie sagen.«

»Doktor, lassen Sie Mister Cupperman seinen Gedanken näher erläutern.«

»Ich habe ihn bereits erläutert, Mister President. Man eröffnet einem Schwimmbadklempner doch nicht Knall auf Fall, daß er die Wiedergeburt Christi ist, um ihn dann einfach mit einer Bibel laufenzulassen – wo er einem noch erzählt, daß er nicht gläubig ist! Wohlgemerkt, von einem rein menschlichen Gesichtspunkt aus betrachtet ...«

Der Präsident hob die Hände vom Tisch, um den Einwand abzuwehren. Buddy Cupperman warf sich gegen die Lehne seines quietschenden Stuhls.

»Doktor Entridge?«

»Wir sind ganz nach Ihren Wünschen vorgegangen, Mister President. Wir hatten uns ja darauf geeinigt, wie mir scheint, daß hier ein psychologischer Schock vonnöten sei.«

»Es gibt solche und solche Schocks«, murmelte Buddy und zerrte auf einmal an dem Knoten seiner Krawatte, den er eine halbe Stunde lang geduldig getragen hatte. »Sie waren ja nicht bei einem Geiselnehmer, den man so schnell wie möglich in den Wahnsinn treiben muß!«

»Hat der Koordinator bei der letzten Sitzung eine andere Strategie vorgeschlagen, Mister President?« fragte Richter Clayborne. »Ich kann mich nicht daran erinnern, Mister President, und ich habe das Protokoll nochmals gelesen.«

»Sinn eines Schocks ist es«, wandte Cupperman ein, »ihn dazu zu bringen, daß er dem Thema wohlwollend gegenübersteht!«

»Nicht in der Psychiatrie«, erwiderte Entridge.

»Sie sollen keinen neuen Patienten anwerben, sondern den Retter der Welt heranbilden!«

»Ich bilde gar nichts heran, Buddy, ich erforsche. Um aber einen Fehler zu erforschen, muß ich ihn zuerst einmal entdecken. Jetzt wissen wir, auf welchem Gebiet wir arbeiten werden …«

»Bitte die Zusammenfassung dieser ersten Begegnung«, warf der Präsident ein, dem daran gelegen war, Spannungen abzubauen und seinen Terminkalender einzuhalten.

Doktor Entridge nahm die Fernbedienung und drückte auf den Tasten herum, um zu den Schlüsselmomenten zu gelangen, deren Stelle er mit dem Timer markiert hatte. Ein paar Ungeschicklichkeiten in der technischen Handhabung ließen Buddy Cupperman ungeduldig den Mund verziehen. Wie jeder Drehbuchautor war auch er beim Betrachten von Rohmaterial ungeduldig und hatte natürlich seine eigene Meinung dazu – nur daß er hier, obwohl er sich von den Darstellern verraten fühlte, die Szene nicht neu drehen konnte.

Der Medienberater, ein wasserstoffgebleichtes Jüngelchen

mit Lederkrawatte und Diamant in der Nase, profitierte von der spannungsgeladenen Stimmung und warf sein Verdikt in die Runde: »Also, was mich betrifft, ich halte ihn nicht für vorzeigbar.« Für ihn, der aus der Privatwirtschaft kam, machte es keinen Unterscheid, ob er einen Sportler, einen Sänger, einen Krieg oder eine karitative Unternehmung zu lancieren hatte. Er war also der beste Presseattaché des Weißen Hauses für diese Art von Projekt, und sein Urteil gab den anderen sehr zu denken.

»Was kann man da machen?« erkundigte sich seine Nachbarin, eine Schönheitschirurgin des Internationalen Sicherheitsrats, deren Aufgabe es war, geläuterten Terroristen ein neues Aussehen zu verpassen. »Er muß ja logischerweise dem Mann auf dem Grabtuch ähnlich sehen …«

»Sie vergessen die Ernährung«, entgegnete Doktor Scholl, ein über die Maßen nervöser Ernährungswissenschaftler, der Konfetti aus seinem Schreibblock machte. »Ersetzen Sie Olivenöl und Fisch durch Fastfood und Eiscreme – schon haben Sie vierzig Pfund mehr.«

»Ein Bart und lange Haare würden einiges an seinem Auftreten ändern«, behauptete die Schönheitsexpertin.

Mit dem Rücken zum Bildschirm sitzend, betrachtete Irwin Glassner der Reihe nach die Mitglieder von Buddy Cuppermans Untersuchungskommission. Die Besetzung umfaßte so sperrige Persönlichkeiten wie Doktor Entridge, den Verantwortlichen der Psychiatrieabteilung der CIA, Agent Wattfield, Chefin der Aktionseinheit beim FBI, oder General Craig, einen mit einer jungen Muslimin verheirateten Veteranen, für den als einer der wenigen im Pentagon der Vordere Orient mehr bedeutete als eine dürre Wüstengegend. Auf der anderen Seite des Tisches saßen dicht nebeneinander der Ernährungswissenschaftler, die Schönheitsexpertin, ein Psychocoach und ein polyglotter Rabbiner, der die

Aufgabe hatte, dem Messias-Lehrling Grundkenntnisse in Hebräisch, Aramäisch, Arabisch und Italienisch beizubringen. Gegenüber dem Präsidenten thronte Monsignore Givens, sein Berater in religiösen Dingen, vom Bibelinstitut in Rom lizenzierter Bibelkundler, Spezialist für Fanatiker aller Konfessionen. Zu seiner Linken saß schläfrig Richter Clayborne, der seine Mannschaft schon jetzt auf die kniffligste Frage der Affäre gestoßen hatte: die internationale Rechtsprechung zum Thema biogenetische Erbfolge, denn schließlich mußten die Rechte umrissen werden, die der Erbe Christi in puncto Zielsetzungen und Vermögen der christlichen Kirchen geltend machen konnte.

Irwin zählte noch einmal nach. War es der Wille des Koordinators oder die Ironie des Schicksals, daß sie ausgerechnet zu zwölft hier saßen? Unwillkürlich betrachtete er die Gesichter und fragte sich, wer wohl Judas sei.

»Zunächst seine Lügen«, legte Doktor Entridge los, der endlich das Bild gefunden hatte, mit dem er seine Demonstration beginnen wollte. »›Ich führe eine eheähnliche Beziehung.‹ Das stimmt nicht: Er war lediglich der Geliebte einer getrennt lebenden Frau, die ihm vor einem halben Jahr den Laufpaß gegeben hat. Achten Sie auf die Blickrichtung und die Art, wie er die Schultern hebt. Wir sehen einen Mann, der sich um seine Männlichkeit sorgt und zwei ihm gegenübersitzenden Männern ein beeindruckendes Bild von sich geben will, während er sich zugleich von einem Geistlichen distanziert, der ihn wegen einer Sünde belangen könnte, und sei sie nur eingebildet.«

Buddy Cupperman grunzte spöttisch in seine erloschene Pfeife hinein. Lester Entridge drückte mit übertriebenem Eifer auf die Fernbedienung. Das Bild wechselte.

»Es ist mir piepegal, wer meine Eltern sind!« erklärte Jimmy auf dem Bildschirm, wurde sofort wieder starr, um einen Augenblick später nach kurzem Vorspulen hinzuzufügen: »Sie haben mich ausgesetzt.«

Der Psychiater drehte den Ton ab. »Eine unbewußte Abwandlung von *Eli, Eli, lama asabtani*«, erläuterte er und rückte seine rechteckige Brille gerade.

»Mein Gott, mein Gott, warum hast du mich verlassen?« seufzte der Theologe, der auf den verwunderten Blick des Presseattachés hin Gänsefüßchen in die Luft zeichnete.

»Es gibt da leichte Unstimmigkeiten«, flötete der Rabbiner. »Manche Linguisten sind der Ansicht, die Wurzel von *sabachtani* bedeute im Phönizischen ›Dunkel‹ …«

»Jedenfalls«, sagte Entridge, »haben wir es hier mit einem Verlassenfühlen-Syndrom zu tun, aber sein Trauma wurde durch die verschiedenen Transfers abgeschwächt. Gehen wir nun zu seiner wütenden Reaktion über, als er erfährt, daß er zu absolutem Stillschweigen verpflichtet ist: Es drängt ihn dazu, aus sich herauszugehen, was uns später noch sehr nützlich sein kann. Jetzt aber etwas höchst Interessantes: die Anspielung auf die Homosexualität. Schauen Sie genau hin, Mister President, wie er von Ihnen spricht. Betrachten Sie seine Augen, wenn er sagt: ›Sagen Sie Papa, er soll sich keine Sorgen machen.‹«

»Er hat mir gegenüber sogar zweimal eine feindliche Gesinnung an den Tag gelegt«, lächelte Bruce Nellcott, der seit seinem Coming-out im Alter von dreizehn Jahren stets voller Nachsicht für vorschnelle Schwulenressentiments war, die sein Gefühl emotionaler Überlegenheit noch verstärkten.

»Eine automatische Ablehnung der augenblicklich herrschenden Macht«, diagnostizierte Entridge und streichelte dabei seinen kahlen Schädel, »nehmen Sie's nicht persönlich.«

»Schon gut«, erwiderte der Präsident.

Er warf der Leiterin des FBI-Einsatzkommandos einen schelmischen Blick zu. Sie war doch viel netter anzuschauen als dieser verklemmte Intellektuelle von der CIA. Agent Wattfield erwiderte sein Lächeln und sah dann wieder zu Jimmys Gesicht hin, das auf dem Bildschirm immer größer wurde. Entridge schwang seine Fernbedienung wie eine Faustfeuerwaffe, als er näher zoomte.

»Achten Sie auf seine Kiefer: Er entspannt sich. Dabei erfährt er doch gerade, daß er ein Klon ist. In zehn Sekunden paßt er sich an, läßt es zu, integriert es. Jetzt fahre ich das mal langsamer ab, sehen Sie, er erscheint beinahe erleichtert. Was geschieht da? Die Vorstellung ist an die Stelle des Vakuums in seinem Innern getreten. Er ist kein uneheliches ausgesetztes Kind mehr, sondern ein künstliches Wesen. Das ändert alles! Er hielt sich für unerwünscht und entdeckt jetzt, daß er gewollt wurde. Eine grundlegende Änderung findet statt, die wir hier nicht außer acht lassen dürfen.«

»Ja, ja, schon gut«, sagte Nellcott mit einem Blick auf die Uhr, »aber all das beweist noch nicht, daß er auch gewillt ist, für die Vereinigten Staaten von Amerika zu arbeiten.«

Mit gespitzten Lippen wies Entridge auf den Koordinator, der Männchen auf seinen Block malte.

»Sie haben meine Zusammenfassung gutgeheißen«, erwiderte Cupperman. »Es wird da keine Probleme geben.«

»Und wenn er flieht, wenn er uns entwischt oder abtaucht?«

»Vergessen Sie nicht die Mikrochips, die sich in die Poren seiner Haut gebohrt haben, als er seine Akte las«, plusterte Richter Clayborne sich auf.

Die FBI-Agentin betonte, daß der Rechtsberater hier ein Mittel zur Überwachung eingesetzt habe, das gegen den dritten Änderungsantrag des neuen Gesetzes zum Schutz der persönlichen Freiheit verstieß, und verkündete, sie weise im Namen ihres Geheimdienstes jegliche Verantwortung von sich. Außerdem bestätigte sie, daß der an der Universität Berkeley erfundene *Smart dust* eine Verfolgung des Betroffenen durch einen Sensor ermögliche, wie bei einem GPS.

»Selbst wenn er sich die Hände mit Scheuermittel wäscht und Sie seine Spur verlieren«, warf Buddy triumphierend ein, »wird er sich binnen vierundzwanzig Stunden in Washington melden. Ausgeschlossen, daß er mit dem leben kann, was ihm von heute abend an passieren wird – er selbst wird die Hilfe unserer Organisationen erbetteln.«

»Sie kennen meine Vorbehalte zu diesem Thema«, warnte Doktor Entridge den Präsidenten, dem dies aber wurst war, weil ihn die Strategie in Buddys sechsseitigem Resümee restlos überzeugt hatte.

»Wie interpretieren Sie seine Weigerung, auf die Bibel zu schwören?« erkundigte sich Monsignore Givens.

Hocherfreut über diese Frage von seiten des religiösen Beraters, trug der Psychiater seine These in deutlich skandierten Worten vor. Es handele sich dabei um eine Blockierung des allgemeinen christlichen Unterbewußtseins, als Reaktion auf den unbedachten Umgang mit der Heiligen Schrift, die für so viele Lügen, falsche Schwüre und Meineide herhalten mußte.

»Ja, aber er sagt doch, er …«

Der Theologe wagte nicht weiterzusprechen und deutete lieber mit dem Kinn auf den Bildschirm, wo Jimmy schweigend vor sich hin zeterte. Entridge schaltete den Ton wieder ein.

»Ich scheiß auf Pfaffen, Ärzte und Richter!«

Nachdem er das Bild wieder eingefroren hatte, fügte der Psychiater hastig hinzu: »Zu verstehen im Sinne der religiösen Institutionen, der einflußreichen Ärzteschaft und der

Gerichte, die Jesus bekanntlich aufgrund seiner Wunderheilungen und der damit verbundenen politischen Instabilität zum Tode verurteilten.«

»Trotzdem sollte er an seiner Ausdrucksfähigkeit arbeiten«, zischte der Presseattaché.

»Wie ist das mit seiner Reaktion auf die Erwähnung von Christi Blut«, ließ sich Irwin Glassner vernehmen, den dieses ohne Jimmys Wissen gedrehte Video zutiefst verstörte. »Sehen Sie das eher so, daß der Groschen fällt, oder ist das schlichtweg Skepsis?«

Der CIA-Psychiater fuhr das Bild an die gewünschte Stelle, wo Jimmy gerade wissen wollte, ob er vielleicht aus Meßwein geklont worden war.

»Instinktive Zensur des Über-Ich, das den genetischen wie auch sexuellen Bezug zum Blut ausklammert, der sich hinter der Eucharistie verbirgt«, kommentierte Entridge.

»Es war nicht zufällig Humor?« fragte Buddy Cupperman in gespielter Besorgnis.

»Was Sie da als Humor bezeichnen, ist immer ein Fenster, das vom Unterbewußtsein geöffnet wurde.«

»Sie scheinen nicht oft Luft zu schnappen.«

»Und als Pater Donoway ihn über ihre frühere Verbindung aufklärt«, sagte Glassner, »und Jimmy sich nicht erinnert …«

»Da simuliert er!« rief Entridge triumphierend und zoomte dabei. »Schauen Sie seine Augen an. Wir haben sie dem optischen Lügendetektor unterzogen. Er hat den Priester erkannt, nimmt aber eine Verweigerungshaltung ein. Er weigert sich, die Erinnerungen zuzulassen, die infolge des von mir hervorgerufenen Schocks auf ihn einstürmen. Ich bin da ganz kategorisch: Ab da spielt er uns etwas vor.«

»Sogar als er weint?«

»In dem Augenblick, als er seine Akte allein durchliest?

Hören Sie auf. Achten Sie mal auf seine Haltung, Irwin. Er nimmt eine Pose ein. Er weiß, daß er gefilmt wird.«

»Ich bin durchaus nicht Ihrer Meinung«, wandte der Theologe in nüchternem Tonfall ein. »Das sind echte Tränen, wie die von Jesus am Ölberg. Tränen einer brutalen Hellsichtigkeit, des Infragestellens, der Angst ...«

»Egal, ob Erinnerung oder Autosuggestion«, schaltete sich der Coach ein, »sein Identifikationsprozeß mit Christus setzt ab da ein. Das kann ich bestätigen.«

Monsignore Givens bedachte den jungen koreanischen Asketen, dem President Nellcott seine sportlichen und politischen Siege verdankte, mit einem wohlwollenden Blick. Die ehrfurchtgebietende Gelassenheit des Gurus am Weißen Haus festigte die Position des religiösen Beraters, der gleich die Gelegenheit ergriff und den Anwesenden das Mysterium der Heiligen Dreifaltigkeit ins Gedächtnis rief: Der menschliche Teil Christi, untrennbar mit seiner göttlichen Natur verbunden, war das einzige Mittel, um die Menschen von innen heraus zu erlösen. Wie sie leidet auch Jesus, er zweifelt, hat Angst – Gefühle, die der Heilige Geist nur durch die Menschwerdung zu spüren imstande war ...

»Na schön, aber schauen Sie mal, was ihn zum Weinen bringt«, wandte Doktor Entridge ein und zoomte sich an die Blätter auf Jimmys Knien heran. »Das ist er selbst. Fotos aus seiner Kindheit. Verborgene Erinnerungen tauchen wieder an die Oberfläche, und seitdem denkt er nur an eines: Flucht. Wie mit sechs Jahren. Er will der Vergangenheit entkommen, die ihn immer wieder einholt, will das Kreuz nicht tragen, weil es ihm zu schwer ist. Deshalb führt er uns hinters Licht. Da ist diese spöttische Reaktion, als er uns fragt, ob er – als Duplikat Christi – in der Lage sei, Nachkommen zu zeugen. Er will uns schockieren, uns davon abhalten, ihn zu dem zu benutzen, wovon er noch keine Ahnung hat.

Vergessen Sie nicht: Als er erfährt, woher er stammt, setzt er vielleicht auch das Vermächtnis seiner Gene frei. Jesus wird in ihm wiedergeboren. Daher sein Schock bei der Vorstellung, sein Leben sei eine Kopie des Originals: In diesem Fall würde er nur noch ein Jahr am Leben bleiben.«

»Und all das schließen Sie aus diesem Film«, grummelte Buddy.

»Hat sich schon mal jemand Gedanken über die Reaktion Israels gemacht?« fuhr General Craig dazwischen, den Politiker und Spezialisten in Militärpsychologie bereits in drei nutzlosen Kriegen mit vernichtenden Siegen geschult hatten.

Traurig nickte der Rabbiner.

»Das ist nicht die Aufgabe Ihrer Kommission«, erwiderte der Präsident. »Fahren Sie fort, Entridge.«

»… aber ich kann Ihnen augenblicklich das Gegenteil beweisen, indem ich Punkt für Punkt die rein menschliche Natur des Swimmingpool-Technikers bloßlege. Wenn Sie von meiner messianischen Lesart überzeugt waren, so deshalb, weil Sie daran glauben wollten. All dies, um Ihnen klarzumachen, daß dieser Mann, ob göttlich oder nicht, das sein wird, was Sie in ihm sehen, sobald er darin nur etwas Interessantes entdeckt, eine Rechtfertigung, etwas, das den Einsatz lohnt. Selbst wenn er den eingefleischtesten Skeptiker vor sich hat, ist da immer noch sein genetischer Fingerabdruck, er wird sich an und gegen alle wie eine zweite Inkarnation des Gekreuzigten aus den Evangelien wenden. Die Bedingungen seiner Zeugung und seine für einen Klon unvorhersehbare Langlebigkeit, zumindest nach unserem heutigen Wissensstand, sprechen für seine übermenschliche Natur, und der Glaube seiner Anhänger wird stets über seine eigenen Zweifel triumphieren.«

Schweigend verharrten die Berater auf ihren Sitzen. Die

Limousine, in der Jimmy las, war vom Bildschirm verschwunden, und der Präsident wandte sich an die Chefin der FBI-Einheit.

»Wie hat er sich anschließend verhalten?«

»Wie vorhergesehen, Mister President. Er sich bei der Vereinigung zum Schutz vor ärztlichen Kunstfehlern beschwert, um seine genetischen Daten überprüfen zu lassen. Man hat ihm Blut abgenommen, und der Molekularcomputer hat die DNA-Sequenz bestätigt.«

»Und dann?«

»Ging er nach Hause. Und fing an, das Neue Testament zu lesen.«

»Diesen Pater Donoway finde ich nicht besonders vertrauenerweckend«, bemerkte Monsignore Givens unvermittelt. »Ich bezweifle, daß er überhaupt ein echter Kirchenmann ist.«

»Seminar in Boston, zehn Jahre bei den Dominikanern der Abtei von Glendale, dann als Freiwilliger in Vietnam, verwundet, Kriegsgefangenschaft, Ehrenmedaille«, zählte Agent Wattfield auf. »Und im Gefängnis in Kien Pha hat er dann mit Doktor Sandersen Bekanntschaft gemacht.«

»Ein Dominikaner«, wiederholte Monsignore Givens mit wissender Miene, ohne sich näher darüber auszulassen, woher seine Skepsis rührte.

»Was die Aktenlage angeht«, sagte Agent Wattfield mit einem Blick auf den Rechtsbeistand, »so mache ich mir eher wegen Jimmy Sorgen. Ich weiß nicht, ob Sie sein Strafregister gelesen haben … Jetzt haben wir ihn zur Jungfrau gemacht, aber ich dachte immer, Jesus hätte Gewaltfreiheit gepredigt.«

»Was hat er getan?« fragte der Rabbiner erschrocken.

»Er hat Minderjährige im Alter von zwölf, neun und sieben Jahren geschlagen, die versucht hatten, ihn zu verprügeln.

Zwei gebrochene Arme, ein ausgerenkter Kiefer, und den dritten hätte er beinahe ertränkt. ›Lasset die Kindlein zu mir kommen‹«, setzte sie hinzu, den Kopf zur Seite geneigt.

»Es war reine Selbstverteidigung«, entgegnete Doktor Entridge. »Alles in seinem psychologischen Profil weist auf Toleranz hin, auf Liebe und Vergebung. Agent Wattfield sollte nicht einen Ausrutscher dramatisieren, der den Umständen geschuldet ist …«

»Ich arbeite dran«, versicherte sie und steckte ihren Stift wieder in den Mund.

»Und was ist mit seinem Job?« erkundigte sich Richter Clayborne plötzlich, der davon ablenken wollte, daß er gerade eingenickt war.

»Schon erledigt«, erwiderte sie. »Der Geschäftsführer von Darnell Pool hat ihm das Entlassungsschreiben geschickt. Er ist frei.«

Der Präsident blickte auf die Wanduhr. »Wie geht es mit der Planung weiter, Entridge?«

»Die Sache muß sich erst mal ein wenig legen. Er hat meine Nummer, wird mir auf die Mailbox sprechen. Jedwede Diskussion ist sinnlos, solange er nicht die Evangelien gelesen und sich darin wiedergefunden hat.«

»Weshalb denn?«

»Erst wenn die psychische Identität Christi in ihm erwacht ist oder er sich zumindest selbst davon überzeugt hat, kann er zu Recht mit Ablehnung auf diejenigen reagieren, die in ihm einen potentiellen Messias sehen.«

»Und dann?«

»Dann wird er sich mit seinen Gegnern auseinandersetzen, um seine eigene Ungläubigkeit aus dem Weg zu räumen. Der klassische Weg: Verlust der Schlupfwinkel, Flucht nach vorn, Infragestellung, Bejahung des Konflikts, zunehmende Identifikation und Rekonstruktion des eigenen Ich unter dem doppelten Effekt der äußeren Opposition und der inneren Überzeugung ...«

»Und auf welchen Kriterien gründet Ihrer Meinung nach die Hypothese der inneren Überzeugung?«

»Da wären wir schon in Phase 3 angelangt, Mister President«, erwiderte Cupperman, der unter dem Tisch ungeduldig mit den Füßen scharrte.

»Was war das noch gleich?«

»Phase 1: Annäherung; Phase 2: Entdeckung; Phase 3: verwirrende Beweise; Phase 4: absoluter Beweis.«

»Sehr gut.«

Der Präsident schlug seine Akte zu, die Berater standen sogleich auf und trotteten im Gänsemarsch nach draußen. Im Flur begegneten sie dem Finanzsekretär, seinem Expertenkollegium sowie den Gegenexperten des Weißen Hauses, die in den Raum drängten, als der letzte draußen war.

»Werden Sie den Zinssatz anheben?« erkundigte sich der Psychocoach mit zusammengebissenen Zähnen.

»Werden Sie ihn an Ostern kreuzigen?« erwiderte der Finanzberater, der für die Beziehungen zur Wall Street verantwortlich war.

Die beiden Favoriten des Präsidenten warfen sich einen abschätzigen Blick zu, lächelten sich an, und die Tür des Konferenzraums schloß sich hinter ihnen.

Reflexartig ließ der Leiter der psychiatrischen Abteilung der CIA am Ende des Gangs Agent Wattfield, Chefin der Einsatztruppe vom FBI, den Vortritt.

»Der Mann geht auf der Treppe vor«, wisperte sie ihm zu. »Um uns aufzufangen, sollten wir stürzen.«

»Ist das eine Aufforderung?«

»Eine Benimmregel.«

Sie gingen sechs Stufen hinab, dann sagte sie, sie werde in zwei Stunden abfliegen. Entridge schwieg. Sie fügte hinzu:

»Sind Sie überzeugt von der Rolle, die in Phase 3 für mich vorgesehen ist?«

»Fragen Sie Cupperman – wie Sie bin auch ich gezwungen, mich an den Ablauf seiner Handlungsskizze zu halten.«

»Und für wann hat er den Beginn von Phase 4 geplant?«

»Morgen, am Samstag.«

Der Psychiater ging etwas schneller und machte die Tür zum Gelben Salon auf, wo nach der Beratersitzung ein Imbiß serviert wurde.

»Und weshalb Samstag?« fragte Agent Wattfield und wollte eintreten.

»Schlagen Sie mal in der Bibel nach«, antwortete Entridge und ging als erster hinein.

Ich stehe vorm Bett, inmitten einer Spiegellandschaft, und betrachte mich in dreifacher Ausgabe. Wie soll ich das Unglaubliche glauben? Und doch spricht alles dafür, denn können fünfzig Seiten wissenschaftliche Beweise lügen? Ich habe mein Blut nochmals testen lassen, und es kam dasselbe Ergebnis heraus. Gleiche Blutgruppe, AB, gleicher genetischer Fingerabdruck. Ich bin es also, der Sohn des Grabtuchs, der Klon des Gekreuzigten: Das Ergebnis eines Bluttests vertauscht man nicht zweimal hintereinander. Außerdem liegt die Wahrscheinlichkeit, daß Fremde dieselbe DNA haben, angeblich bei 0,09 Prozent. Die zulässige Fehlerquote bei Versicherungen.

Ich atme tief durch, breite die Arme aus und schleudere meinen Spiegelbildern ein »Ich bin, der ich bin« entgegen, um zu sehen, ob etwas passiert. Ich bleibe derselbe, nur noch dazu mit einem total schwachsinnigen Gesichtsausdruck. Brutal schlage ich auf den Spiegel ein, der daraufhin zerbricht.

Ich schaue zu, wie mein Blut ins Spülbecken tropft. Als würde es gleich zu dampfen beginnen, den Edelstahl angreifen, den Siphon ausfräsen. Doch es passiert nichts dergleichen. Ich ziehe die Glassplitter aus meinen Fingern und desinfiziere sie. Eines ist klar, ich glaube nicht an mich: Ich habe das Blut eines normalen Menschen, das ist alles, selbst wenn es zweitausend Jahre alt ist. Ich werde nicht das Fenster öffnen und zu predigen beginnen oder zum Friedhof laufen und die Toten auferwecken, nur weil der Prophet, von dem ich abstamme, es angeblich getan hat. Obwohl ich von einer Jungfrau geboren wurde, gibt es keinen Beweis dafür, daß durch die genetische Manipulation der Heilige Geist in meine Blutkörperchen gedrungen ist. Und auch die letzte Nacht, die ich mit dem Lesen der Evangelien verbracht habe, konnte meine Sicht auf die Dinge nicht verändern. Es ging mir wirklich dreckig dabei. Eine tiefe Traurigkeit überfiel mich, eine Mischung aus Enttäuschung und Groll, und dazwischen: Angst. Und dann das Gefühl, hinters Licht geführt zu werden, immer und überall – der Verrat, der die Schurken eint, um die Freunde zu entzweien. Das Unausweichliche. Die Undankbarkeit. All das kenne ich. Ja, ich kenne es bereits. Da stecke ich zum ersten Mal die Nase in die Bibel, und alles kommt mir so bekannt vor, so vorhersehbar. Als würde mein Blutspender sich in meinen Venen offenbaren, in diesem Bericht über sein irdisches Leben. Seine Provokationen, seine Wutausbrüche und Zweifel, seine Verzweiflung und Todesangst … Als würde er mir seine Wehmut mitteilen wollen, weil es ihm nicht gelungen ist, die Welt zu verändern, sich verständlicher zu machen und das Gewissen der Welt aufzurütteln. Seine Traurigkeit angesichts der Tatsache, daß die Menschen ihn erst im Tod erkennen würden, um sich von ihm erlösen zu lassen. Wovon? Vom Egoismus, dem Neid der Mächtigen, dem Haß der Drückeberger, der Feigheit der Kameraden, der Hysterie der Volksmenge – von all dem, was ihm zum Verhängnis wurde, und was zweitausend Jahre später noch immer den naiven Minderheiten, den wahren Rebellen und unschuldig Liebenden zum Verhängnis wird.

Anfangs habe ich mich mit ihm identifiziert, so wie mit Superman, als ich ein kleiner Junge war. Doch als ich halb durchs Markus-Evangelium durch war, wurden meine Empfindungen immer unklarer. Ich kann mir noch so oft vorsagen, daß in meinen Adern das Blut dieses Mannes fließt, ich spüre nichts von dem, was ich beim Familienalbum der Woods empfand, für die ich doch nur ein Anhängsel war. Er entzieht sich mir, dieser Jesus. Vielleicht, weil diejenigen, die ihn in Szene setzten, ihn unkenntlich gemacht haben, indem sie voneinander abschrieben. Bald spüre ich in meinem Bauch die Worte rumoren, die er ausgesprochen hat, bald bin ich vollkommen aufgeschmissen, erkenne ihn überhaupt nicht wieder – er kommt mir vor wie ein Spitzensportler, dem die Journalisten alles mögliche in den Mund legen. Dann wieder sehe ich ihn deutlich vor mir, erfasse sowohl den Sinn seiner Gedanken als auch das, was zwischen den Zeilen steht.

Was nicht verhindert, daß ich mich zwischen all den Gleichnissen und Verschwörungen immer mieser fühle. Nicht die Erinnerung an ein in meinen Genen konserviertes früheres Leben ist es, die mir begegnet – ich finde hier mein Gedächtnis wieder. Alles, was ich vergessen wollte, was man mir während meiner ersten sechs Lebensjahre immer wieder erzählt hat ... Zwischen all den Predigten, Heilungen, Dämonen, Speisungen, Kämpfen und Bootsüberfahrten sehe ich den schwarzen Priester, der mich unter all den weißen Kitteln großgezogen hat; ich höre ihn, wie er mir all diese Predigten, Drohungen und Visionen einrichtert. Ich kannte diese Geschichten und ihre Varianten, und zwar in- und auswendig. Undeutlich sehe ich die brennenden Orte vor mir, aus denen ich geflohen bin, all diese nackten Mauern, diese Neonlichter, diese Türen mit Zugangscode, die Einfassungsmauern, die verlassene Straße und den Kombi der Woods, der näher kommt, doch der Eindruck, der immer stärker wird, von Seite zu Seite, ist, daß ich mich vor allem vor diesem Buch in Sicherheit gebracht habe. Rührt das Unwohlsein daher, daß ich zurückkehre, daß ich mich hineingeworfen fühle in diese Heiligengeschichte, die ich aus meinen Erinnerungen getilgt hatte, um mich frei zu fühlen?

Habe womöglich ich selbst damals das Feuer gelegt?

Ich ziehe ein T-Shirt über und gehe runter auf die Straße, zwänge mich an den schlafenden Obdachlosen vorbei, stoße die Tür zu einer Bar auf und komme Bierchen um Bierchen allmählich wieder in der Realität an. Eine Rothaarige, die am Tresen kauert, nennt mir ihren Preis. Ich antworte ihr, daß sie schneller im Paradies sein wird als eine, die's für mehr Geld macht. Sie schaut mich an. Genauso überrascht wie ich sie. Was hindert mich daran, sie flachzulegen, außer vielleicht meine neueste Entdeckung? Inwiefern hätte das etwas Widernatürliches? Jesus zog die Huren den anderen Frauen vor – doch es verpflichtet mich auch nichts dazu, seinem Beispiel zu folgen. Zwanzig Jahrhunderte trennen uns. Zwanzig Jahrhunderte und eine Nabelschnur.

Den Nachmittag über surfe ich auf der Website von *Klon-ABC*, scrolle mich durch Wartelisten, lese Hilferufe. Da ist zum Beispiel ein Witwer, der vor der Webcam erzählt, daß er sich auf dreißig Jahre verschuldet hat, um seine von der Medizin aufgegebene Frau zu klonen. Er erzählt, er habe sich für das Comfort package entschieden, inklusive der Option Orang-Utan. Der Vorteil gegenüber dem Economy package sei, so erklärte er, daß die Tragezeit bei Schimpansen nur sechs Monate dauere, während die Schwangerschaft des Orang-Utan-Weibchens genau wie bei einer Frau verlaufe, jedoch weniger koste – allerdings würden sich Orang-Utans nur von Bananen ernähren, was natürlich den Fötus beschädigen konnte, denn bekanntermaßen werde man ja zu dem, was man ißt. Nur ganz Reiche könnten sich eine menschliche Leihmutter leisten, was an Eugenik grenze. Diese Hilferufe von armen Irren haben mir die Augen geöffnet. Auch wenn ich selbst von einer Luxus-Leihmutter profitiert habe, ändert das nichts an der Situation: Diese unbekannte Austrägerin gab mir durch ihren Mund zu essen, ihre Nabelschnur war meine erste Verbindung zur Welt, und es gibt keinen Grund, weshalb ihre Hamburger oder ihre Süßstoffpillen meinen Charakter weniger beeinflußt haben sollten als das Erbgut eines blutbefleckten Leintuchs.

Außerdem, was bedeutet den Christen von heute das Blut Christi? Wein, der während der Messe an ihn erinnert, und damit hat es sich. Jesus sagte: »Nehmet hin und trinket«, nicht: »Nehmet eine Blutprobe und klonet.« Wenn wir einmal unterstellen, daß er sich aufgelöst hat, um anderswo wieder lebendig zu werden, wie es geschrieben steht, ist alles, was von ihm übrigbleibt, ein leeres Tuch, Schmutz. Flecke. Wer behauptet, sie besäßen Zauberkräfte? Er verbrachte sein gesamtes Leben auf der Erde damit, zu predigen, das Wesentliche sei unsichtbar und die Wahrheit nicht von dieser Welt – geschah dies etwa, um den Wissenschaftlern kommender Jahrhunderte das Werkzeug an die Hand zu geben, mit dem sie, ausgehend von einem winzigen Materiepartikel, seinen Doppelgänger basteln konnten? Wenn seine Seele in dem Tuch zurückgeblieben war, wozu sollte sie dann wieder zum Leben erweckt werden? Und die Sache mit dem unversehrten Körper, der Maria von Magdala, den Aposteln und den Jüngern von Emmaus begegnet ist? War das ein Hologramm? Quatsch. Sein Abdruck auf dem Grabtuch von Turin ist nichts weiter als eine alte Schlangenhaut. Das Leben ist woanders. Und ich bin nur Jimmy, entstanden aus einem Zellkern, der in eine entkernte Eizelle gepflanzt wurde, ausgetragen von Unbekannt, aufgezogen im Brutkasten, getauft von einem Stoffhasen und durch Zufall adoptiert. Ich habe mich ganz allein erschaffen, ohne zu wissen, woher ich komme, bin geflüchtet, um zu überleben, habe meinen Traumberuf von der Pike auf gelernt: Ich bin nur das

Produkt meiner Entscheidungen, und all diejenigen, die mich zum Sprachrohr ihrer Lügen machen wollen, können mir gestohlen bleiben.

»Wir schließen«, teilt mir der Barkeeper mit.

Ich will noch ein Bier bestellen. Ich soll lieber nach Hause gehen, meint er. Ich zucke mit den Schultern. In weniger als einem Monat sitze ich auf der Straße. Vorhin habe ich den Brief von Darnell Pool bekommen. Da ich mehrmals vergeblich ermahnt worden sei, den Lieferwagen nicht für private Zwecke zu nutzen, anbei die fristlose Kündigung. Nur ein Zufall, ganz klar. Ich weigere mich, darin ein Zeichen zu sehen, so nach dem Motto, alles löst sich auf, damit etwas Neues entstehen kann. Es ist das Gesetz der Serie, nichts weiter. Ich habe Emma verloren, ich habe meine Arbeit verloren – ich habe alles verloren, was mir lieb und teuer ist, aber das ändert rein gar nichts an dem, was ich bin.

Ich irre durch die Straßen. In einer meiner Hosentaschen ertasten meine Finger die Karte des Psychologen aus Washington, der darauf wartet, daß ich ihn anrufe. Ich sehe die schwarze Limousine wieder vor mir, die drei Typen, die das Weiße Haus geschickt hat, um mich anzuwerben, wie die drei Weisen aus dem Morgenland. Was wollen die bloß? Sie haben mich doch nicht rauswerfen lassen, damit ich ihr Jobangebot annehme? Bruce Nellcott, der Präsident, der vom Messias unterstützt wird. Glaubt an mich und wählt ihn. Mein genetischer Fingerabdruck auf ihren Wahlplakaten, sie könnten ein Kreuz drauf machen. Morgen rufe ich sie an und erzähle ihnen, daß ich total auf Koks bin. Und auf ihren Meetings werde ich verkünden, Jesus komme vom Mars und die Zerstörung der Vereinigten Staaten von Amerika sei besiegelt. Und wenn sie mich dann immer noch nerven, übergieße ich mich mit Benzin und zünde mich an, dann können sie mich wenigstens nicht noch mal klonen.

Es ist Mitternacht, das Hemd klebt mir am Leib. Ich hätte Lust, nach Greenwich zu fahren, mich in Kims Arme zu werfen und sie durchzuficken, um wieder zu einem Mann zu werden, so wie vorher. Das hat nichts mit Begierde zu tun, es ist nur der sehnliche Wunsch zu fliehen. Außerdem ist es zu früh, ich hab ja noch hundert Seiten vor mir. Ich muß es bis zum bitteren Ende lesen, bis zu Johannes, damit ich weiß, was ich im Blut habe, vielleicht stoße ich ja auf eine Erleuchtung, eine Veränderung, auf irgend etwas Aufregendes ... oder auf die Bestätigung für meine allergische Reaktion. Auch auf die Gefahr hin, daß ich die Evangelien anschließend in den Müllschlucker werfe und spurlos verschwinde.

Ich gehe wieder rauf zu mir und fange mit Lukas an. Wieder geht's um die Verkündigung, die Geburt, die Versuchung in der Wüste, die Dämonen, die Heilungen in Serie und die motzenden Rabbiner. Überhaupt ist das ganze Buch ziemlich antisemitisch. Ist so eine Art Teufelskreis. Grob gesagt, wollen die Juden Jesus die ganze Zeit töten, weil er Jude ist und die Leute am Samstag heilt, ohne den Sabbat einzuhalten. Und er predigt ihnen alle naselang im Namen ihres Gottes, seines Vaters, ihr jüdisches Gesetz sei scheiße, und sie hätten überhaupt nichts kapiert, er wirft sie aus dem Tempel und erzählt ihnen, Huren seien mehr wert als Priester. Da wundert man sich nicht, daß sie ihn ans Kreuz nageln. Einer wie er würde es heute in Jerusalem keine zwei Tage machen.

Ich weiß nicht, ob es am Bier liegt, aber die Melancholie von vorhin hat sich in Ärger und Ungeduld verwandelt. Das Ganze dreht sich im Kreis, die gleichen Szenen kehren wieder, Jesus wiederholt sich nach Belieben, und sobald er mit seinen Gleichnissen daherkommt, tritt man auf der Stelle. Das Prinzip eines Gleichnisses ist doch, daß man eine Sache hernimmt, die jeder versteht, und sie dann so sehr durch

Vergleiche kompliziert, bis keiner mehr weiß, worum es eigentlich geht. Das Himmelreich zum Beispiel, eine gelehrte Bezeichnung für das Paradies. Der Ort, an den man gelangt, wenn man auf der Erde nett war. Das wird mal zu einem Senfkorn, dann wieder zu einem Fischfilet, einem Brotteig oder einem Kaufmann, der Perlen sucht. Da soll sich einer zurechtfinden!

Danach folgt die Auferstehung, der Heilige wird ausgewechselt, und schon geht es von vorn los, mit Kürzungen und neuen Details, so wie man von einem Kanal zum anderen zappen kann und von unterschiedlichen Moderatoren immer die gleiche Info zu denselben Bildern serviert bekommt. Manchmal schreibt der eine komplett vom andern ab, manchmal gibt es prägnante Unterschiede, es wird hinzugefügt oder weggelassen, und die meiste Zeit tun sie so, als wüßte alle Welt eh schon, was sie da schreiben: Sie gehen am Wesentlichen vorbei, ziehen Schlußfolgerungen, anstatt zu vertiefen – mit dem Ergebnis, daß man sich langweilt oder ausklinkt. Finde ich nicht besonders professionell, das Ganze. Man muß schon wissen, was man will: Entweder geht es um eine Sammlung von lauter Legenden, dann hätte man doch etwas liebevoller schreiben dürfen, oder sie wollen uns davon überzeugen, daß die Sache ernst gemeint ist, dann sollte es doch wenigstens ein bißchen seriös zugehen.

Da wäre etwa der Trick mit der Brotvermehrung. Wenn sich das wirklich so zugetragen hat, wenn Jesus tatsächlich mit sieben mickrigen Broten fünftausend Menschen satt gemacht hat, dann hätte es ja wohl Zeugen dafür gegeben, und man hätte bestimmt eine Untersuchung durchgeführt, wie so etwas funktionieren kann. Aber kein Wort darüber, statt dessen sagen unsre vier Reporter, und siehe da, er brach die sieben Brote, und das reichte für alle, und von den Krümeln wurden sogar noch mal fünfhundert satt. Also, ich glaube, die wollen einen hier zum besten halten, oder die Beweise werden absichtlich verheimlicht, weil man eben ohne Beweise glauben soll. Noch so eine Sache, der man häufig begegnet: Selig sind diejenigen, die da glauben, ohne gesehen zu haben, denn ihrer ist das Himmelreich. Und das Senfkorn, das Fischfilet, der Sauerteig und der Kaufmann mit seinen Perlen.

Na ja, es gibt ein paar Szenen, die mir gut gefallen haben, zum Beispiel, als Jesus auf dem Wasser spaziert und sein Kumpel Petrus es ihm gleichtun will: Jesus sagt zu ihm, wenn er will, dann kann er auch, und tatsächlich tanzt sein Kumpel gleich darauf ebenfalls auf dem Wasser herum. Plötzlich werden die Wellen jedoch stärker, und da kriegt Petrus Schiß und fällt prompt ins Wasser. Und dann sagt Jesus zu seinen Jüngern: »Ihr seid das Salz der Erde. Wenn nun das Salz nicht mehr salzt, womit soll man salzen?« In anderen Worten: Wir müssen die Angst vermeiden, die uns den Kopf verlieren läßt, und unseren gesunden Humor behalten, damit wir die anderen um uns herum aufrichten können, denn es sind nicht die Sauertöpfe, die uns zum Lachen bringen. So was in der Art hätte ich auch sagen können, aber jetzt gleich daraus zu schließen, das sei die Stimme des Blutes … Und außerdem war das früher. Bevor ich mein Salz an Emma verlor und ganz fad geworden bin.

Das mit der Ehebrecherin hat mir auch gut gefallen, und die Geschichte vom verlorenen Sohn: Gesegnet sei, wer Spaß daran hat, anderen Vergnügen zu bereiten, zum Teufel mit den angepaßten Eifersüchtigen, die Gehörnten sollen schauen, wo sie bleiben! Aber was ich bei Matthäus und Lukas so mag, ist dieser schwarze Humor, der immer wieder aufblitzt. Eines Tages treibt Jesus einem Mann einen Dämon aus, der daraufhin ohne festen Wohnsitz durch die Gegend streift, er fühlt sich ganz mies, ist schlecht drauf, bis er endlich beschließt, nach Hause zurückzukehren. Als er es »leer, gekehrt und geschmückt« vorfindet, lädt er eine Bande Dämonen ein, die noch übler als er selbst sind, und zu siebt nisten sie sich dann im Gehirn des gereinigten Menschen ein. Ich finde das symptomatisch für die Religion: Wenn man nicht von Anfang an ein guter Mensch ist, wird man durch sie ein doppelt schlimmer Zeitgenosse. Man bereut, glaubt sich wieder rein und fällt dann, da man sich auf der sicheren Seite glaubt, noch tiefer.

Was mich ansonsten echt umhaut, sind die Widersprüche. Sie lassen Jesus etwas behaupten und gleich darauf das Gegenteil. Du sollst deiner Frau treu sein, du sollst deine Kinder lieben – vergiß deine Familie und folge mir nach. Du sollst deinen Vater und deine Mutter ehren – schmeiß sie raus, so wie ich das mit Maria und Joseph gemacht habe, die mich ans Haus fesseln wollten. Meine wahren Verwandten sind die Unbekannten, die mir zuhören. Da haben einerseits die Reichen das Nachsehen, die in einem Nadelöhr steckenbleiben und glaubten, sie kämen ins Himmelreich, zugleich aber dürfen sich andere ungestört bereichern, denn »wer da hat, dem wird gegeben werden; wer aber nicht hat, dem wird auch, was er hat, genommen werden«. Nett. Das Gleichnis vom Zinsgroschen, eine Verherrlichung der Börsenspekulation, ist schon nicht von schlechten Eltern, doch der Gipfel ist und bleibt das von den Arbeitern im Weinberg, das einen davon abhält, mehr als andere zu arbeiten, denn der Arbeiter, der erst zur elften Stunde kommt, verdient genausoviel wie derjenige, der bereits vom Morgengrauen an geackert hat. »Ich will aber diesem Letzten dasselbe geben wie dir. Oder habe ich nicht die Macht, zu tun, was ich will, mit dem, was mein ist? … So werden die Letzten die Ersten und die Ersten die Letzten sein.« Also ehrlich, was christliche Nächstenliebe angeht, kenne ich tauglichere Beispiele. Im Sinne des Allgemeinwohls ist es besser, unwissentlich zum guten Christen zu werden: Wenn man obige Definition gelesen hat, bleibt man lieber liegen.

Also, ich hatte eine Umwälzung in meinem Kopf erwartet, einen Zweifel, vielleicht sogar eine Erleuchtung, eine plötzliche Hinwendung zum Glauben, die alle Sinne befällt … Ich war voll und ganz bereit, mich von Jesus überzeugen zu lassen, so wie man an der Straßenecke einem Zwillingsbruder begegnet, von dessen Existenz man nichts wußte. Nach der Lektüre der Evangelien aber bin ich, zwischen Identifikation und Ablehnung schwankend, genauso schlau wie zuvor. Markus hat schon recht, man soll keinen neuen Wein in alte Schläuche füllen: Das bringt sie zum Platzen, und der Wein ist hin. Ich habe die Religion zu sehr abgelehnt, als daß ich jetzt ohne Blessuren zum Gläubigen werden könnte, da rede ich mir lieber ein, daß es gar keine Geheimnisse gibt. Ich habe meine eigenen Wertvorstellungen, und auch wenn sie hier und da aus dem Mund Christi kommen, bin ich selbst darauf gestoßen, und sie sind nun mal nicht vom Himmel gefallen.

Außerdem ist dieses Neue Testament doch total veraltet. Zu naiv für unsere heutige Zeit. Gott und der Teufel, wer ist das heute? Miteinander konkurrierende Programme, Fernsehkanäle, die sich gegenseitig die Zuschauer streitig machen, um ihren Marktanteil zu sichern, Geldpumpen, die uns in Verkaufssendungen und Spendenaufrufen zur Kasse bitten, damit wir etwas für unsere Gesundheit tun oder unser Machtbedürfnis befriedigen. Gut und Böse, das war früher eine Entscheidung. Heute ist es Zappen und Übertrumpfen – man weiß nicht mehr, ob man sich schmutziger fühlt, wenn man die Live-Übertragung einer schwarzen Messe sieht oder zuschaut, wie Pastor Hunley zwischen zwei Werbeblöcken einen Besessenen exorziert.

Der Himmel hat sich rosa gefärbt, die Sonne spiegelt sich in dem Fenster gegenüber, bei dem Alten, der sich wie jeden Morgen ganz umsonst rasiert: Er geht eh nie aus. Mittags bringen ihm die Typen vom Essen auf Rädern seinen Karton vorbei, ohne auch nur den Helm abzunehmen; um drei Uhr legt er wieder seinen Pyjama an und lebt den Rest des Tages im Flimmerlicht seines Fernsehers, und ich betrachte sein Fenster wie ein Aquarium. Was soll nur aus mir werden? Was werde ich aus diesem Blut machen, das mir nichts gibt, weder Rechte noch Pflichten, weder Illusionen noch Lust zu glauben – nur Rebellion und Ekel. Ich kann nicht eine Verantwortung übernehmen, die ich mir nicht ausgesucht habe. Ich will zu niemand anderem werden, auch wenn ich selbst niemand mehr bin.

Soll ich mir die Pulsadern aufschlitzen? Um zu sehen, was passiert. Ob ich sterbe, wie alle anderen auch. Und ob mich dann das Nichts, die Hölle oder zehn Jahre Knast wegen versuchten Selbstmords erwarten. Wenn ich nur wüßte, was mir am meisten verhaßt ist. Aber weiterleben, so als ob nichts wäre, das übersteigt meine Kräfte.

Ich warte bis sechs Uhr morgens und rufe dann den Psychiater an. Mailbox. Ich sage: »Das war Jimmy Wood.« Das Imperfekt hinterläßt auf einmal einen bitteren Beigeschmack.

Ich schaue mein aufgeklapptes Telefon an, schlage die Bibel zu und mache das Licht aus.

Um halb eins bin ich aufgewacht, hatte einen pelzigen Geschmack im Mund und fühlte mich total down. Keine Nachrichten. Ich mußte mich übergeben, um wieder einen klaren Kopf zu bekommen, duschte und schlug dann das Buch an einer beliebigen Stelle wieder auf.

Die Geschichte mit dem Feigenbaum, Fassung Lukas. Ein

Gleichnis, das mir bei Matthäus besonders übel aufgestoßen ist, wo Jesus wie ein sauertöpfischer Fundamentalist dargestellt wird. Er hat Hunger, geht auf einen Feigenbaum zu, und als er sieht, daß er keine Früchte trägt, verwünscht er ihn kurzerhand, so daß der Baum vertrocknet. Dabei hat das schon seinen Grund mit dem Feigenbaum: Ein anderer Typ kam Jesus zuvor und klaubte alle Feigen herunter. Diebstahl könnte ich ja noch verstehen, aber das Opfer zu bestrafen geht dann doch zu weit. Bei Markus ist es auch nicht viel besser, hier vertrocknet der Baum schlichtweg deshalb, weil es nicht die richtige Jahreszeit für Feigen ist. Zum Glück wird's dann bei Lukas wieder menschlicher: Jesus sagt zu dem Bauern, er soll den Baum beschneiden, weil er so viel Schatten wirft, doch der Bauer fleht ihn an: »Herr, laß ihn dieses Jahr noch stehen, nur solange ich ringsherum umgrabe und dünge. Vielleicht trägt er dann wieder. Wenn nicht, darfst du ihn fällen.«

Die Zeilen verschwimmen, und ich lege das Buch hin, Tränen in den Augen. Warum bin ich ausgerechnet auf diese Seite gestoßen? Auf die Antwort, die mich am meisten berührt, die aber gar nicht von Jesus stammt und mich doch mit ihm versöhnt. Als würden die Interpretationen, Verfälschungen und Forderungen, die man ihm auferlegt hat, allesamt verschwinden, sobald ein ehrlicher Unbekannter um Gnade für einen Baum bettelt ...

Ich ziehe mich an, streife durch die maroden Straßen, auf der Suche nach einer Kirche. Gut anderthalb Dutzend finden sich auf der Lenox Avenue, zwischen 120. und 125. Straße: Baptisten, Methodisten, Adventisten, Pfingstkirchler ... Doch da höre ich schrilles Pfeifen und Vokalisen: Der Soundcheck für den Sonntagsgottesdienst ist im Gange. Ich gehe wieder zurück nach East Harlem. Ich wohne an der Grenze zum mexikanischen Viertel und muß sagen, das

Ambiente der katholischen Kirche zur Siesta ist mir entschieden lieber.

Ich stoße die mit Graffiti vollgesprühte Tür des Gotteshauses an der Lexington Avenue auf, in der Alvarez geheiratet hat, mein ehemaliger Kollege, von dem ich das Apartment miete. Angenehme Kühle, der Geruch nach Weihrauch, drei alte Frauen, die sich über ihren Rosenkranz beugen. Ein Stuhl knirscht, trockenes Husten, dann Stille. Ich bleibe vor einer Säule stehen, im schrägen, staubigen Lichtkegel, der einen Fleck aus Buntglas auf die Bodenfliesen zaubert.

Ich betrachte den Mann am Kreuz oberhalb der Sammelbüchse für die Renovierung der Kirche. Ich breite die Arme aus, neige wie er den Kopf zur Seite – und empfinde nichts. Insgeheim erhoffte ich irgendeinen Wink, versprach mir etwas von der Heiligkeit des Ortes, von meiner inneren Aufregung, stellte mir vor, ich würde vor einem Spiegel stehen, aber nein: Ich bin genauso unbeteiligt wie vorher. Jesus braucht mich nicht. Er wird verehrt, zitiert, angefleht, mit Dank überhäuft – wie könnte ich mich schon nützlich machen? Er hat genügend Fürstreiter, und es reicht, wenn er sich lediglich ab und zu in Erinnerung bringt.

Ich lasse meine Arme wieder sinken. Nur eins hat sich seit gestern morgen an meiner Einstellung zu ihm geändert: Ich weiß, daß eines nicht wahr ist. Das mit den Nägeln. Der Abdruck auf dem Grabtuch läßt darauf schließen, daß Jesus an den Handgelenken durchbohrt ist, nicht an den Handflächen. Ansonsten tauschen wir keine Informationen aus, wird kein Echo laut. Abgesehen von dem Schmerz über die Ungerechtigkeit auf seinem Gesicht, das darin dem meinen ähnelt. Er fragt denjenigen, der ihn auf die Erde geschickt hat: »Warum hast du mich verlassen?« Und ich frage denjenigen, der mich erschaffen hat: »Warum hast du dich zu erkennen gegeben?« Philip Sandersen heißt er. Der Mann, der

Gott erschaffen wollte und doch nur einen Menschen hervorbrachte. Medizinisches Flickwerk, eine zusammengewürfelte Waise, ein gentechnisch verändertes Lebewesen. Das einzige Argument der drei Weisen aus dem Morgenland für ihre Rechtfertigung des Göttlichen in mir ist, daß es mich noch gibt, während Klone bislang allenfalls den Kindergarten überlebten. Als würde das etwas anderes als den begrenzten Aussagewert von Statistiken und wissenschaftlichen Kenntnissen beweisen. Vielleicht war das Blut früher besser. Wer weiß, wenn sie mich aus dem Lendenschurz eines Cromagnonmenschen gezüchtet hätten, vielleicht wäre ich dann noch widerstandsfähiger als in meinem jetzigen Zustand als Nachkomme von Jesu Grabtuch. Egal, ich bin nichts als eine Manipulation von Menschenhand. Nicht das Wort ward hier Fleisch, sondern pure Wissenschaft ward zum Klon. Und das Original will keine Kopie. Ich hab hier nichts verloren, außer vielleicht um Vergebung für meine Sünden zu bitten. So sieht's aus mit mir.

Ich schließe die Augen und versuche zu beten. Oder zumindest an nichts zu denken. Doch sofort tummeln sich sämtliche Schwimmbecken von Greenwich in meinem Kopf. Der wabengemusterte PVC der Bogsons, der eingerissen ist, der Ozonator von den De Klerks, der gewartet werden müßte, der Liner des Colonel Moore, den ich diesen Herbst wechseln sollte … Ich schlage die Lider wieder auf.

Hinter dem Ständer mit den Votivkerzen spricht der Priester gerade leise zu einem Mann im Polohemd, der einen Plastikkoffer bei sich hat. Ich muß unbedingt mit einem Unbekannten reden, muß loswerden, was mir passiert ist, muß meine Empfindungen laut ausgesprochen hören, auch auf die Gefahr hin, daß man mich für verrückt hält. Ich zögere einen Augenblick, als mir das Dokument in den Sinn kommt, das ich in der Limousine unterzeichnet habe. Doch wenn ich zum Stillschweigen verpflichtet bin, so gilt das auch für den Priester.

Ich trete näher und sage ihm, daß ich gern beichten möchte. Er antwortet, ich solle doch später wiederkommen. Der Polofuzzi erklärt ihm, er werde das Doppelte an Miete für den Glockenturm zahlen. Der Priester meint, darüber müsse er erst mit seinem Bischof sprechen. Sagt der andere wieder, seine Antenne entspreche den jüngsten Sicherheitsanforderungen und daß es für die Gemeinde eine Beteiligung in bar gebe. Ein Seitenblick des Priesters läßt auch ihn zu mir herübersehen.

»Sie haben doch gehört: Kommen Sie später wieder, wir sind beschäftigt.«

Ganz ruhig sage ich zu ihm, er soll sich verpissen. Als Gemeindemitglied hätte ich Vorrang vor seinen Geschäften.

»Ich bin von Wallaby Phone, okay?« erwidert er, um mich in die Schranken zu weisen. »Lassen Sie mich meine Arbeit machen, danke schön.«

»Und was ist das, Ihre Arbeit? Einen Sendemast in den Kirchturm zu rammen, damit die Verbindung zu Gott besser wird?«

Sichtlich um Fassung bemüht, legt mir der Vetreter seine freie Hand auf die linke Schulter und erklärt, daß die zentralen Punkte in einem verfallenen Viertel wie diesem, in dem auf Schritt und Tritt etwas abgerissen wird, von entscheidender Bedeutung für die Aufrechterhaltung des Sendenetzes seien. Mit einem mitleidigen Blick ob meines ärmlichen Aussehens läßt er meine Schulter los und drückt mir einen Schein in die Hand.

Ich packe ihn am Handgelenk und schiebe ihn zum Ausgang hinaus. Er wehrt sich, versucht mir ein Bein zu stellen. Ich verpasse ihm einen Kinnhaken, er fliegt mit dem Rücken auf eine Bank, die dabei zerbricht. Die Alten rennen schreiend aus der Kirche.

Mit einer gewissen Erleichterung lasse ich mich festnehmen. Nun muß ich mir erst mal keine Gedanken um meine Zukunft machen, das Weiße Haus wird mich hier nicht suchen, inmitten der Schläger, Huren und Dealer, die mich für einen der Ihren halten.

Ich erfahre, daß der Priester seine Anklage zurückgezogen hat. Als er mich aus der Zelle rausholt, sagt der Bulle zu mir, ich solle mich zum Teufel scheren. Ich spare mir einen Kommentar.

Es ist zehn Uhr abends. Ich schlendere über die Lenox Avenue, biege in die 126. Straße ein, auf der Suche nach einer Synagoge. Ethiopian Hebrew Congregation, Mount Olivet, Unitarian Church … Alle verschlossen, völlig heruntergekommen oder in Baptistenkirchen umgemodelt. Die wenigen schwarzen Juden mit Turban, die noch immer in diesem Viertel weilen, haben es schwer, sich Gehör zu verschaffen, seit es die neuen Sicherheitsgesetze gibt: Die Verwendung eines Megaphons kommt Waffenbesitz gleich und wird mit fünf Jahren Gefängnis bestraft.

Ich gehe in Richtung Norden. Die letzte Synagoge, die noch in Betrieb ist, sieht aus wie ein Würfel mit blauen Säulen, daneben ein Abrißschild. Gegenüber ein öder Parkplatz, der darauf wartet, in das Neue Jüdische Zentrum verwandelt zu werden – an der Tafel, wo die Straßenjungs einen Basketballkorb befestigt haben, flattert eine zerfetzte Projektbeschreibung. Zaroud, ein bärtiger Riese mit lila Turban, krakeelt herum und schwenkt seinen Talmud, wie jeden Freitagabend. Die Jungs stehen im Halbkreis und hören ihm zu, denn er hat ihnen den Ball weggenommen. Er erklärt ihnen, das Ende der Welt sei weiß, die wahren Juden seien schwarz, und der Zorn Jahwes werde nur die zwölf Stämme Erithreas verschonen. Ein kräftiger Junge klaut ihm den Ball, und sie spielen weiter.

Ich gehe auf Zaroud zu, der vor sich hin psalmodiert und den Blick auf eine Straßenlaterne gegenüber gerichtet hat, die er den Ewigen Vater nennt.

Ich wünsche einen guten Abend und frage ihn, ob er mir wohl seinen Talmud leihen würde.

Er dreht sich zu mir um, lächelt, legt seinen riesigen Arm um mich, erinnert mich daran, daß ich ein Goi sei, noch dazu ein weißer. Leise erwidere ich, daß ich immerhin beschnitten sei. Er schaut mich mit traurigem Gesicht an. Er mag mich. Schließlich hat er den Strom in meinem Apartment gelegt, es hat zwar einen Kurzen gegeben, aber ich hab ihn trotzdem bezahlt.

»Ist im Talmud von Jesus die Rede?«

Zaroud runzelt die Brauen, legt einen Finger auf die Lippen.

»Ich habe gerade die Evangelien gelesen und würde gerne vergleichen.«

»Das kannst du nicht, Jimmy«, flüstert er mir ins Ohr.

»Warum nicht?«

Er hält mir den Talmud hin, hebt vorsichtig den Buchdeckel an. Das Buch ist hohl, eine weiße Maus wuselt zwischen den Mauern aus Pappmaché hin und her.

»Das Böse ist weiß und zerstört das göttliche Wort!« sagt er mit einem Zwinkern und klappt das Buch zu.

Als ich wieder nach Hause komme, sitzt Kim vor meiner Tür. Sie schreckt auf, springt in die Höhe und streicht sich den Rock glatt. Sie sei aus Greenwich herübergekommen, vermisse mich schrecklich und wolle unbedingt mit mir schlafen. Das sei wirklich nicht der geeignete Augenblick, erwidere ich. Sie fragt mich, ob ich wohl eine Cola light hätte.

Beim Hereinkommen sieht sie sofort die Bibel am Fußende des zerwühlten Betts und stößt einen Freudenschrei aus – sie ist glühende Katholikin. Mürrisch antworte ich, ich sei der Gottessohn in einer remixten Version. Sie sagt nichts mehr, während ich eine Dose holen gehe, und meint dann, ich solle das mit der Gotteslästerung lieber sein lassen, in meinem eigenen Interesse, das sei kein Spaß. Da packt mich eine furchtbare Wut; eine Lawine des Grolls und des Aufbegehrens, die alles mit sich reißt, entlädt sich in mir: Ich schmeiße ihr alles vor die Füße, die drei Weisen aus dem Morgenland, die Geheimakte, das Grabtuch, die Klon-Geschichte, den Antennenmast, die Schlägerei in der Kirche, die Verhaftung, die weiße Maus. Sie hört mir zu, auf dem Bett sitzend, sieht mich die ganze Zeit an, nippt in regelmäßigen Abständen an ihrer Cola. Als ich fertig bin, senkt sie den Kopf, schlägt die Beine auseinander und legt die Hände auf die Knie. Wohl um nachzudenken.

Ich schaue das Mädchen an, das ich so genau kennengelernt habe, damals, als ich noch normal war. Vorgestern. Es scheint Jahrhunderte her zu sein. Im Moment war sie eine Fremde für mich. Wie sie da vor mir am Swimmingpool auftauchte, wie schön ihr Gesicht im Kerzenschimmer der Geburtstagstorte leuchtete, wie ihre Muskeln inmitten der Möbelhussen wild zuckten … All das läßt mich kalt, ist ebenso unwirklich wie die Hochzeit zu Kana oder die Salbung durch die Sünderin. Verlangen, Unwohlsein, Schuldgefühl, Zärtlichkeit – auf keine dieser Empfindungen ist noch Verlaß. Wie kann man sich nur so schnell ändern? Es bestürzt mich, daß sich bislang nur zwei Dinge geändert haben, seit Jesus in mein Leben getreten ist: Ich bin aggressiv und gleichgültig geworden.

Auf einmal steht Kim auf, geht auf mich zu und legt mir eine Hand auf die Wange. »Ich bin hergekommen, um mich von dir zu verabschieden. Ich fahr wieder nach Hause, Jimmy, mache wieder dort weiter, wo ich aufgehört habe. Das war ein sehr schöner Geburtstag.«

Sie greift nach ihrer Tasche. Ich halte sie zurück.

»Wo ist das, dein Zuhause?«

»Weit weg. Wir sind nicht verpflichtet, den Kontakt zu halten, weißt du. So zu tun, als ob … Ich hab gestern den ganzen Tag auf dich gewartet, aber jetzt geht's wieder. Ich werd's überleben.«

Plötzlich drücke ich sie an mich. »Hilf mir, Kim. Ich weiß nicht mehr, woran ich bin, weiß nicht mehr, wer ich bin … Du glaubst mir doch, oder?«

Sie zeichnet mit dem Finger die Konturen meines Mundes nach, mit leicht betrübtem Gesichtsausdruck. »Wenn du dir diese Geschichte ausgedacht hast, ist das nicht sehr schmeichelhaft für mich …«

»Warum?«

»Hattest du so wenig Lust, mit mir zu schlafen?«

Unwillkürlich muß ich lächeln, in einem Anflug von Offenherzigkeit. »Gerade eben schon. Aber jetzt, wo ich mit dir geredet habe … Ich fänd es schön, wenn du bleibst, Kim. Ich glaube, ich brauche dich. Damit du mich anschaust, wie man einen normalen Typen anschaut …«

»Aber du bist doch ein normaler Typ, Jimmy! Du bist einer Sekte in die Hände gefallen, das ist alles. Leute mit falschen Papieren, einem gefälschten medizinischen Befund, die dir erzählen, du seist der Sohn Gottes, damit du ihnen auf den Leim gehst … Du bist nicht der erste, glaub mir. Ich weiß, wovon ich rede … Haben sie dir was zu trinken gegeben?«

»Ja.«

»Das klassische Schema. Nette Worte, eine Acid-Pille und schriftliche Beweise, die du natürlich nicht mitnehmen darfst. Du glaubst ja nicht, wie viele Prozesse da schon am Laufen sind … Wenn sie wieder auf dich zukommmen, ruf mich an«, fügt sie hinzu und kritzelt ihre Telefonnummer auf ein Blatt ihres Notizbuches.

Sie steckt mir den Zettel in die Tasche und schlingt die Arme um meinen Hals.

»Tu so, als hättest du Interesse«, murmelt sie und schmiegt sich an mich. »Versuch den Namen ihrer Sekte herauszufinden, und ich werde eine gerichtliche Vorladung veranlassen …«

Na schön, sage ich zu ihr, sie bietet mir die Lippen dar und fügt hinzu, daß mich das gar nichts kosten wird, ihre Kanzlei hat die Verteidigung von Scientology-Opfern übernommen, sie wird die Rechnung über sie abwickeln. Ich küsse sie lange, löse in ihrem Mund die bereits enttäuschte Hoffnung auf. Um diesen Moment der Wärme und des gegenseitigen Vertrauens willen verschweige ich die zweite Blutprobe und gebe vor, sie hätte mich mit ihrer Erklärung überzeugt und ich würde aus einem Alptraum erwachen. Es tut so gut zu spüren, daß sich jemand das, was ich durchmache, zu Herzen nimmt.

Dicht an mich gepreßt, zieht sie mich zum Bett hinüber. Es macht mir überhaupt nichts aus, daß wir uns gleich in den Laken lieben werden, in denen ich bislang nur mit Emma geschlafen habe. Das ist nun aus und vorbei. Die Skrupel, das lebendige Museum, die versteinerten Gefühle … All das bewahre ich auf, ich leugne nichts, aber jetzt fange ich etwas Neues an.

Sie stolpert, stößt einen Schrei aus, verliert das Gleichgewicht. Sie plumpst auf den Boden, umklammert den Fuß mit der Hand, Tränen in den Augen, mit zusammengebissenen Zähnen. Die Bibel, gegen die sie mit der Ferse gestoßen ist,

ist auf den Nachttisch zugeschlittert, der Umschlag ist eingerissen, der Deckel hat Eselsohren.

»He, Kim, bist du okay?«

Ich knie mich vor sie hin, ziehe ihr vorsichtig den Schuh aus. Sie beißt sich in die Faust. So sanft wie möglich lege ich meine Hände schützend auf ihren Knöchel.

»Glaubst du, du hast dir was gebrochen?«

Sie antwortet nicht. Ihr in Falten gelegtes Gesicht entspannt sich nach und nach unter meinen Händen, als wären sie aus Eis oder brennend heiß, als würde der Temperaturschock den Schmerz lindern. Dann schließt sie die Augen, atmet mit einem leichten Stöhnen. Ich versuche die Gelenke zu bewegen. Das ganze Bein ist verkrampft.

»Tut dir das weh?«

Ihr Körper gibt nach, ihr Kopf fällt nach hinten, aufs Bett. Ich lockere den Druck. Eigentlich kann ich nicht massieren und weiß gar nicht, ob das hier überhaupt angebracht ist. Ich lasse die Hand auf ihrer Haut liegen und streichle sie sanft, um festzustellen, wo die Schwellung ist. Dann richte ich mich wieder auf, um Eiswürfel zu holen. Jetzt kann ich nur noch den Notarzt rufen.

»Was hast du gemacht?«

Ich drehe mich um. Sie ist aufgestanden, schaut mich fassungslos an. Sie schiebt das Bein vor, ganz vorsichtig, macht drei Schritte, beugt das Knie, dreht den Fuß.

»Mensch, das ist unglaublich! Ich spüre überhaupt nichts mehr! Du solltest den Beruf wechseln!«

Sie zieht den Schuh wieder an, und ich sehe ihr verblüfft zu, wie sie auf und ab geht. Als sie dreimal durch die Wohnung gestöckelt ist, bleibt sie plötzlich stehen und schaut mich beinahe erschrocken an.

»Vielleicht haben die drei Männer ja tatsächlich recht mit ihrer Behauptung …«

Ich zucke mit den Schultern – gerade wollte sie mir das Gegenteil beweisen.

»Ich hab nichts gespürt, Jimmy. Du warst es, der meine Verstauchung geheilt hat – einfach so!«

»He, warte mal, ich hab gar nichts geheilt, du hast nur eine falsche Bewegung gemacht, vielleicht war da Magnetismus im Spiel, das ist alles … Angeblich haben wir ja alle Magneten in den Fingern, wie die Vögel im Schnabel, sonst könnten sie sich nicht am Nordpol orientieren …«

Sie schüttelt den Kopf und weicht zurück. Ich lasse sie gewähren. Ich weiß genau, wo das Problem liegt: Sollte mein genetischer Fingerabdruck korrekt sein, hat sie vorgestern abend mit der Reinkarnation von Christus geschlafen, und als Christin hält sie diesen Gedanken nicht aus. Ich versuche sie zu beruhigen. Sie braucht ja nur an Maria Magdalena zu denken: Sünderinnen werden als erste errettet. Doch das Beispiel ist vielleicht nicht ganz glücklich gewählt. Sie reißt die Wohnungstür auf und rast die Treppe hinunter.

Ich rufe ihren Namen, dreimal, übers Geländer gebeugt, dann renne ich ihr nach. Wenn sie irgend jemandem von dieser Geschichte erzählt, bin ich geliefert. Unten auf der Straße schaue ich nach rechts, nach links: Kim ist verschwunden. An der Ecke der Lexington Avenue wartet ein Taxi. Ich haste darauf zu, da fährt es los und ist gleich darauf hinter dem nächsten verfallenen Häuserblock verschwunden. Ich bleibe stehen, um wieder zu Atem zu kommen. Als der Schweiß trocknet, verfliegt auch die Angst: Schließlich habe ich nicht viel zu verlieren. Ich schaue die Obdachlosen an, die vor den mit haitianischen Fresken bemalten Wellblechzäunen lagern. Am Monatsende kann ich mich dazulegen. Oder ich lande im Gefängnis, weil ich mein Familiengeheimnis ausgeplaudert habe. Vielleicht sollte ich die Flucht nach vorn ergreifen und meine Story selbst der demokratischen Presse erzählen, damit ein Hilfskomitee gegründet wird, bevor sie mich endgültig zum Schweigen bringen.

»Für meinen kleinen Jungen, bitte.«

Die Frau ist alterslos, die Hand unter dem Sari zittert. Sie kauert vor dem verbeulten Donut-Automaten an der Wand des ehemaligen Reisebüros.

»O bitte: Er hat Hunger!«

Sie hat kein Kind bei sich, aber ist ja egal. Ich wühle in meinen Taschen, zögere, als ich bemerke, daß im Halbschatten alle Blicke auf mich gerichtet sind. Ich stecke mein Geldstück in den Schlitz. Der Kringel fällt in das Ausgabefach, ich nehme ihn heraus und gebe ihn der Frau. Sie hält die fettige Verpackung ans Herz gedrückt und dankt mir mit hastigen kleinen Verbeugungen.

Ich gehe weg, noch ganz mit Kims Reaktion beschäftigt, ihrer Bestürzung, ihrer Flucht ... Ich habe noch nie jemanden geheilt – allerdings habe ich es auch noch nie versucht. Wenn Emma abends Migräne hatte, gab ich ihr Aspirin. Als Zaroud letztes Jahr in meinem Badezimmer einen elektrischen Schlag abbekam und sich den Arm brach, als er daraufhin von der Leiter fiel, habe ich sofort den Arzt angerufen. Und auch jetzt habe ich Kim ja gar nicht heilen wollen. Ich habe sie nicht darum gebeten, dachte nicht einmal daran. Hat vielleicht mein Unterbewußtsein die Arbeit erledigt? Und hätte es sie auch dann getan, wenn ich weiterhin im unklaren über meine Herkunft gewesen wäre?

Auf einmal höre ich ein ohrenbetäubendes Rattern hinter mir. Ich drehe mich um. Der Automat spuckt gerade mit regelmäßigem Klicken seinen Inhalt aufs Pflaster. Mit Freudengeschrei stürzen die Obdachlosen hinzu, um die Kringel aufzusammeln, sie rempeln, streiten, reißen sie sich gegenseitig aus den Händen. Dann, als sie sehen, daß der

Automat sich weiterhin entleert, beruhigen sie sich, geben sie schweigend weiter, verteilen sie in aller Ruhe.

Sprachlos schaue ich zu, wie Dutzende von Donuts aus dem Schacht plumpsen, von Hand zu Hand wandern und auch bis zu den Kranken gelangen, die unter dem Vordach liegen. Ein Typ bringt einen Sack, ein anderer leert sogar einen Koffer voller Lumpen aus, um Platz zu schaffen. Das Klicken geht weiter, die Donats purzeln immer schneller heraus, und ich bekomme es mit der Angst zu tun. Ich fange an zu laufen, werfe einen Blick über die Schulter, doch niemand achtet auf mich, sie sind mit dem Automaten beschäftigt, feuern ihn an, geben ihm leichte Klapse, klatschen ihm Beifall.

Ich beschleunige meine Schritte zwischen den Hausmauern, haste an meiner Haustür vorbei. Ich kann nicht nach Hause und zu den vier Evangelisten zurückkehren, die mich erwarten, um mich in ihre Geschichte hineinzusaugen … Es hupt hinter mir, Bremsen quietschen, ein Schrei. Während ich mich umdrehe, zischt ein Pick-up vorbei, verfehlt mich um Haaresbreite, prallt gegen einen Mülleimer und verschwindet in der Lexington Avenue.

Mitten auf der Straße liegt ein Körper auf dem Rücken. Ich stürze darauf zu, knie mich vor dem Verwundeten hin. Es ist ein junger Mann, Blut rinnt aus seinem halboffenen Mund, sein Blick ist starr. Ich blicke mich um. Niemand. Unbewegliche Schatten hinter den Vorhängen. Mein Herz krampft sich zusammen, mein ganzer Körper zittert, meine Kehle ist wie zugeschnürt. Doch ich muß es aussprechen, muß es wagen, muß es wissen. Jetzt, sofort, bevor die Schaulustigen hinzukommen und die Polizei rufen. Ich strecke die Hände aus, lege sie nach kurzem Tasten auf und wiederhole im stillen meinen Satz.

Musik schwappt aus einem Kellergeschoß gegenüber, ein Grüppchen kommt aus einer Latino-Kneipe. Zwei schweiß-

glänzende Mädchen, halb nackt, und zwei Typen, die heraus-
torkeln und ein Lied grölen, das sie furchtbar lustig finden.
Schwankend bleiben sie stehen, als sie uns sehen. Einer der
Männer wird sofort nüchtern, geht über die Straße, schiebt
mich beiseite, kniet sich hin mit der Begründung, er sei
Krankenpfleger. Er fühlt den Puls an der Halsschlagader,
führt Mund-zu-Mund-Beatmung durch, macht eine Herzmassage. In der Ferne ertönt eine Polizeisirene. Er legt das
Ohr auf die Brust des jungen Mannes, richtet sich kopf-
schüttelnd auf, drückt ihm die Augen zu. Die Mädchen
schreien ihn an, er solle von der Straße weggehen. Sein Kumpel zerrt ihn am Ärmel. Der Krankenpfleger schaut mich
hilflos an, sagt, es tue ihm leid, läßt sich wegziehen. Ich
warte, bis ihre Motorräder über die Avenue entschwunden
sind und der letzte Vorhang sich wieder gesenkt hat.

Ich blicke den starren Körper an, das zerrissene Hemd.
Dann atme ich tief ein, schließe die Augen und murmele,
mit der gesamten Überredungskraft, die ich in mir drin
finde, so als glaubte ich wirklich daran: »Steh auf und geh!«

Ich warte, lausche gespannt. Nach einer Weile wage ich es
hinzusehen. Nichts. Er ist noch immer tot. Und wie sollte es
auch anders sein? Wenn man an den Weihnachtsmann
glaubt, heißt das noch lange nicht, daß er auch existiert. Ein
Automat, der außer Kontrolle geraten ist – und schon
glaube ich mich im Heiligen Land, wo ich Brot vermehre
und die Toten zum Leben erwecke. Armer Irrer. Los, geh
nach Hause, trink dir einen und träum weiter.

Mit dem Zeigefinger zeichne ich ein Kreuz auf die Stirn
des Jungen. Er dürfte achtzehn, vielleicht auch zwanzig sein.
Höchstens. Schwarze Locken, eine Kette um den Hals, die
Medaille der Jungfrau Maria liegt in einer Ölpfütze.

»Gesegnet seist du im Namen des Vaters, des Sohnes und
des Heiligen Geistes!«

Egal, ob es sie gibt oder nicht, das kann auf jeden Fall nicht schaden. Ich wische die Medaille ab, stecke sie ihm wieder ins Hemd. Dann stehe ich auf und gehe wieder auf den Bürgersteig, wo ein paar Zugekiffte unter einem Vorbau hocken und mich anlächeln, ohne mich zu sehen.

»Halt, warten Sie! Sie sind Zeuge!«

Ich bleibe stehen, wie versteinert.

»Dieser Mistkerl hat mich einfach über den Haufen gefahren! Haben Sie seine Nummer aufgeschrieben? Warten Sie doch!«

Der Leichnam ist aufgestanden, wild fuchtelnd läuft er mir hinterher. Ich nehme die Beine in die Hand und renne los, ungläubig und doch gezwungen, es zu glauben, komplett durcheinander, verrückt vor Glück und Angst. Ich kann es … *Ich hab es getan!*

Der erste Sonnenstrahl erhellt das Dach der Synagoge. Ein alter Mann kauert auf einer Pappe und beugt sich über seine Flasche. Seinen weißen Stock hat er zwischen die Beine geklemmt, damit er ihm nicht gestohlen wird. Die Untertasse neben ihm ist zerbrochen, entzweigetreten von einem Passanten. Ein Wagen der Müllabfuhr fährt langsam zwischen den Abfallhaufen durch, auf der Luke prangt ein Schild »Wir streiken«. Er biegt in die Madison Avenue ein, und die Ratten, die sich einen Augenblick zurückgezogen hatten, durchsuchen wieder die Müllsäcke.

Ich habe bis zum Tagesanbruch gewartet, bis es Samstag war. Wenn ich die Fackel übernehmen soll, muß ich mich an die Evangelien halten, muß es wie er machen, in seine Fußstapfen treten, um den Lauf der Dinge neu anzukurbeln. Von dem abgewrackten Chrysler aus, in dem ich – auf neutralem Boden – die Nacht zugebracht habe, beobachte ich, wie der Blinde gegenüber aufwacht. Ich will Gewißheit.

Oder ein echtes Dementi. Der Krankenpfleger roch zu sehr nach Alkohol, als daß ich mich auf seinen Befund hätte verlassen können. Vielleicht hatte sich der junge Mann nach dem Unfall nur im Schockzustand befunden, war in ein kurzes Koma gefallen, aus dem er eigenständig erwacht wäre, und der Donut-Automat war vermutlich von selbst außer Kontrolle geraten.

Der Alte grummelt, reckt sich, schnalzt mit der Zunge und tastet nach seiner Flasche, die gegen die Wand gerollt ist. Ich steige aus, sammle ein wenig Erde auf. Dann spucke ich in die Hand, verreibe den Schmutz und gehe über die Straße. Ich stehe vor dem Bettler. Seine Augen sind völlig weiß, zumindest diesmal gibt es keinen Zweifel. Ich wedle ihm mit den Händen vorm Gesicht herum. Keinerlei Reaktion. Und da schmiere ich, wie es im Johannes-Evangelium nachzulesen ist, meinen Erdschleim auf seine Lider. Er zuckt zusammen.

»Verpiß dich, du Schwuchtel! Ich hau dich zu Brei!«

Voller Sanftmut antworte ich: »Geh und wasche dich im Schwimmbecken von Siloah.«

Er streckt die Arme aus, tastet nach mir, packt mein Bein und will mich zu Fall bringen, während ich den Zauberspruch wiederhole. Mit dem Knie nagle ich ihn an die Wand, starre in voller Konzentration auf seine Augen, damit das Weiße dort verschwindet, und versuche zugleich, mir einen normalen Blick vorzustellen, um ihn auf seine Netzhaut zu bannen. Zwei Black Jews mit grauem Turban haben sich vor uns aufgebaut, wissen aber nicht, ob sie eingreifen sollen, denn es ist schließlich Sabbat. Ich sage ihnen, sie brauchen sich keine Sorgen zu machen, ich würde gleich abhauen. In einem letzten Konzentrationsschub drücke ich auf die eingesalbten Augen, und dann lasse ich los, schwankend, völlig leergepumpt.

Als ich in Richtung Mount Morris Street weggehe, murmele ich leise: »Herr, ich bin nicht wert, daß du unter mein Dach gehst, sondern sprich nur ein Wort, so wird er gesund.« Ich wiederhole es, skandiere die Worte des römischen Hauptmanns, der an Jesus glaubte, verinnerliche sie bei jedem Schritt noch mehr. Ich bin kein Wundertäter, ich bin nicht der Messias. Ich bin nur ein Empfänger, ein Verstärker, eine lebende Kapelle, die man entworfen hat, damit dort göttliches Wirken stattfindet. Genau. Herr, ich bin nicht wert, daß du unter mein Dach gehst, sondern sprich nur ein Wort …

Plötzlich höre ich den Blinden brüllen, er könne sehen, das sei doch nicht möglich, Scheißlicht, das brennt vielleicht. Passanten drehen sich um, Leute schreien einander etwas zu.

»Wo ist der Typ, der das gemacht hat?«

Ich gehe schneller, mit eingezogenem Kopf überquere ich die Kreuzung, laufe die Madison hinunter, biege in die 122. ein. Bei mir angekommen, schließe ich die Tür und lehne mich keuchend dagegen. Mit zitternder Hand krame ich in meiner Tasche nach der Visitenkarte.

»Dies ist die Mailbox von Doktor Entridge, bitte hinterlassen Sie Ihren Namen und den Grund Ihres Anrufs.«

»Hier ist Jimmy.« Meine Kehle ist wie zugeschnürt, und ich füge flüsternd hinzu: »Ich habe Angst.«

Im zweiundvierzigsten Stock des Parker Meridien Hotel, im Fitneßstudio über dem Central Park, ging gerade der Wassergymnastikkurs zu Ende, und Agent Wattfield hatte das Schwimmbecken ganz für sich alleine.

»Schuhe, bitte, Sir.«

Doktor Entridge ging am Schwimmtrainer vorbei, ohne ihn eines Blickes zu würdigen, und blieb an der Leiter stehen. Kim kraulte auf dem Rücken und erspähte ihn verkehrt herum, machte dann eine Rolle und schwamm an den Beckenrand. Seine Gesichtszüge waren noch angespannter als sonst, und in Karohemd und Jeans, seinem Wochenend-Outfit, sah er ganz ungewohnt aus. Nüchtern bemerkte der Abteilungsleiter der CIA: »Warten Sie darauf, daß er herkommt und den pH-Wert überprüft?«

»Ich dachte, er wäre bei Ihnen?«

»Das war er«, erwiderte Entridge und hielt ein Diktiergerät hoch. »Ich warte draußen auf Sie.«

Die Chefin der Aktionseinheit des FBI kletterte die Leiter hinauf und zog ihren Bademantel an, ohne dabei den Psychiater im Freizeitlook aus den Augen zu lassen, der schimpfend eine Glastür nach der anderen aufzustoßen versuchte. Endlich fand er die richtige und ging auf die Terrasse hinaus.

Sie ließ sich Zeit, fönte sich erst die Haare im Umkleideraum, zog Shorts und T-Shirt an, bevor sie Lester Entridge nach draußen folgte, der an einer Joggingbahn aus Plastikrasen stand, die das ganze Gebäude umlief.

»Probleme?«

Ans Geländer gelehnt, hielt er ihr den zweiten Kopfhörer hin und schaltete das Gerät ein.

»Legen Sie sich hin, es ist alles in Ordnung.«

»Nein, Doktor, es ist überhaupt nichts in Ordnung. Ich bin ein ganz gewöhnlicher Mensch. Ich will diese Macht nicht! Ich kann sie nicht auf mich nehmen!«

»Warum nicht?«

»Weil … ach, ich weiß nicht … Es gibt nun mal den Tod, sonst wäre kein Leben möglich!«

»Erklären Sie das genauer, Jimmy.«

»Man braucht einen festen Bezugspunkt! Sonst ist es vollkommen ungerecht … Warum läßt man alle anderen sterben, heilt diesen hier oder den da? Wie viele Milliarden gibt es auf der Erde, und wie viele davon kann ich jeden Tag retten? Vielleicht ist meine Macht ein Trick, der irgendwann nicht mehr funktioniert …«

»Aber Sie glauben an sich selbst.«

»Gezwungenermaßen!«

»Wer zwingt Sie denn?«

»Sie! Hätten Sie mir nichts gesagt, ich hätte nie entdeckt, daß ich Wunder bewirken kann …«

»Sind Sie sicher, etwas getan zu haben?«

»Gehen Sie zur Lexington Avenue, Ecke 123. Straße, fragen Sie die Obdachlosen, fragen Sie in der Synagoge, fragen Sie …«

»Ich stelle nicht das Resultat in Frage, sondern das Wort tun.«

»Ich hab 'nen Typen gesehen, der überfahren worden ist, mausetot sah der aus, zu dem hab ich ›Steh auf und geh‹ gesagt, und er hat mir gehorcht!«

»Er hatte vielleicht nur das Bewußtsein verloren, hatte einen Infarkt … Sie sagten doch, der Krankenpfleger habe eine Herzmassage durchgeführt …«

»Und der Blinde? Es war ein echter Blinder, ich hab's überprüft! Ich hab mit meinem Speichel ein wenig Erde angefeuchtet und ihm den Mix auf die Augen gekleistert, und auf einmal konnte er *sehen*!«

»Es gibt Fälle hysterischer Blindheit, wo der optische Nerv unversehrt ist, während das Gehirn die von der Netzhaut übertragenen Informationen nicht mehr auswertet. Sie pinseln ihm Dreck auf die Augen, er hat das Gefühl, von einem Sadisten angegriffen zu werden, und die Brutalität des Schocks stellt plötzlich die Verbindung wieder her ...«

»Man konnte nicht einmal mehr seine Iris erkennen, es war nur noch das Weiße zu sehen! Verdammte Kacke, was wollen Sie noch hören?!«

»Warum wollen Sie mich überzeugen?«

»Weil ich total verpeilt bin! Wissen Sie, was ich nach Ihrem Anruf gemacht habe? Ich bin in die Notaufnahme vom Mount Olivet Hospital gegangen. Und dort, mitten unter den Verwundeten, Kranken und Alten, die kurz vorm Abnippeln waren, kam ich mir vor wie im Supermarkt. Ich schlenderte von Abteilung zu Abteilung und verglich, wußte nicht, was ich nehmen sollte ... Sie hatten mir verboten, vor unserem Treffen jemanden zu heilen, aber ich dachte: Ich darf machen, was ich will... wenigstens einen, heimlich ... Nur um zu sehen ... ob das anhält.«

»Sie hatten mir versprochen, Jimmy ...«

»Ich habe das Los entscheiden lassen, es ist auf einen Handamputierten gefallen.«

»Und dann?«

»Ich hab mich nicht getraut. Ich bin in die U-Bahn gestiegen und hierhergekommen.«

»Sie haben sich nicht getraut, sagen Sie. Wegen Ihres Versprechens oder aus Furcht vor einem Mißerfolg?«

»Das ist es nicht, was mir angst macht. Wissen Sie, was bei

Matthäus steht? ›Denn es werden falsche Christusse und falsche Propheten aufstehen und große Zeichen und Wunder tun, so daß sie, wenn es möglich wäre, auch die Auserwählten verführten.‹«

»Und dann?«

»Nichts. Ich stelle mir Fragen, das ist alles.«

»Was glauben Sie, ist Gott schon seit dem Embryonalstadium in Ihnen, oder hat das Erwachen Ihres Glaubens zu seiner Reinkarnation innerhalb von vierundzwanzig Stunden geführt?«

»Es könnte ja auch etwas anderes daran schuld sein ...«

»Was denn?«

»Der Teufel.«

»Interessant. Glauben Sie, das gehört zu Ihrer Ausbildung?«

»Zu meiner Ausbildung?«

»Jesus mußte vierzig Tage lang den Versuchungen des Teufels in der Wüste standhalten ...«

»Nein. In der Wüste hat er die Essener aufgesucht, die Sekte, die ihn schließlich zum Anführer der jüdischen Widerstandsbewegung gegen die Römer gemacht hat. Sie haben ihm die ägyptische Magie, den Spiritismus und den Geheimkalender beigebracht – deshalb feierte er mit seinen Jüngern Ostern drei Tage vor Ostern.«

Schweigen. Kim Wattfield sah Doktor Entridge fragend an. Er gab ihr ein Zeichen, sich zu gedulden, und deutete dann auf das Aufnahmegerät, auf dem erneut seine Stimme zu hören war.

»Sie beeindrucken mich, Jimmy. Woher haben Sie das alles?«

»Ich hab mir ein paar Bücher in einer Buchhandlung geholt. Die Geschichte Jesu, geschrieben von denjenigen, die nicht daran glauben. Ich wollte Pro und Contra hören und mir eine eigene Meinung bilden – ich bin keine Marionette!«

»Und wie sieht Ihre Meinung heute morgen aus?«

»Jesus war ein Schwindler, und ich tue Wunder.«

»Und was schließen Sie daraus?«

»So geht das nicht. Ich meine: Das kommt nicht von ihm. Ich hab auch das Leben eines Schamanen durchgeackert und das von einem Medium der CBS, das aus der Entfernung einen Stuhl hochheben kann. Wir alle haben geheime Kräfte in uns, sie brauchen nur geweckt zu werden. Ich selbst habe diese Erscheinungen hervorgerufen, weil ich begonnen habe, daran zu glauben.«

»Sie klammern das Göttliche aus und behalten nur das Übernatürliche.«

»Ich klammere gar nichts aus: Ich rede vom Glauben. Sie haben mir mit Ihren verdammten Beweisen den Glauben geschenkt. Den Glauben an mich. Ich habe das Blut von Christus, also bin ich auch Christus. Und da habe ich das Unmögliche versucht und es auch bekommen. Das ist alles.«

»Würden Sie es wieder tun?«

»Na klar!«

»Mir fällt trotzdem ein Widerspruch zum Beginn unserer Unterhaltung auf. Oder eine Entwicklung, wenn Sie so wollen. Sie sagten, Sie wollten diese Macht nicht, sie sei zu schwer zu ertragen.«

»Ich weiß nicht mehr, wo mir der Kopf steht, Doktor, ich ändere jeden Augenblick meine Meinung.«

»Hauptsache, Sie sind sich dessen bewußt. Das ist schon ein großer Fortschritt. Aber sagen Sie, denken Sie nicht, man könnte das, was Sie den Glauben nennen, mit dem Wirken einer göttlichen Macht außerhalb des Menschen in Einklang bringen?«

»Göttlich oder teuflisch, das Problem bleibt ein und dasselbe. Auch der Teufel tut Wunder.«

»Sie haben nicht die DNA des Satans.«

»Ich sehe aber auch nicht aus wie Christus.«

»Vergessen Sie nicht das Leben, das Sie zweiunddreißig Jahre lang geführt haben, ohne Ihre Herkunft zu kennen. Ihre Ernährung, Ihre Umgebung, Ihre Selbsteinschätzung und das Bild, das andere von Ihnen …«

»Schalten Sie mal im Fernsehen Kanal 510 ein: Da sehen Sie ganz normale Leute wie mich, sogar gläubige, die von vierzig Geistern besessen sind, die sie zu allen möglichen Dummheiten anleiten, manchmal aber auch zu Wundern! Ich hab ein zwanzigjähriges Mädchen gesehen, total wohlerzogen und so, das von einer Pilgerreise nach Medjugorje zurückkam und mit den Stimmen von zwölf Dämonen redete. Als Pastor Hunley sie dann mit Weihwasser bespritzte, kicherte sie nur, bekreuzigte sich verkehrt herum und rief: ›Mehr!‹ Dabei behandelte sie Ekzeme, Verbrennungen und Krebs! Der Teufel pfeift auf uns! Falls er existiert, dann kriegt er sich kaum ein vor Lachen, das kann ich Ihnen sagen!«

»Geben Sie wirklich soviel auf Talkshows? Bei der Mehrzahl ist sowieso alles abgesprochen, heißt es.«

»Das ändert nichts – wenn Millionen Menschen daran glauben, wird es wahr!«

»Man möchte meinen, die Hypothese mit dem Teufel beruhigt Sie irgendwie.«

»Ja.«

»Weshalb?«

»Wenn ich von einem Dämon besessen bin, kann ich ihn mir austreiben lassen: Es gibt viertausend Exorzisten in New York. Doch wenn Gott in mir drin ist, bin ich gezwungen, alles zu ändern.«

»Und das heißt? Nach den Vorschriften der Bibel leben?«

»Ja.«

»Zum Beispiel?«

»Zum Beispiel bin ich neulich abends über eine Unbekannte hergefallen, in dem Haus, in dem ich vor vier Jahren der Frau meines Lebens begegnet bin. Die Art, wie sie mit mir schlief, fand ich furchtbar, und trotzdem habe ich noch Lust auf sie, gestern nacht wäre ich um ein Haar wieder über sie hergefallen, hätte sie sich nicht den Knöchel verstaucht … Wie soll ich dagegen angehen, hm? Ich meine: Auf der einen Seite bin ich sexsüchtig, und auf der anderen will ich unbedingt die Menschheit erlösen?«

Doktor Entridge stoppte das Band. Er schaute Agent Wattfield an, mit forschendem Blick und zusammengekniffenen Lippen.

»Das war's?« fragte sie und deutete dabei auf das Aufnahmegerät.

»Sie haben mit dem Klon von Jesus Christus geschlafen«, skandierte er mit einer Pause nach jedem Wort.

»Ja.«

Schockiert über solche Unbefangenheit, warf er ihr einen vernichtenden Blick zu und fragte sie, ob sie sich über die Konsequenzen ihres Verhaltens im klaren sei. Sie zog den Kopfhörerstöpsel heraus und erklärte, sie habe keine besonderen Anweisungen erhalten, wie Ihr Einsatz auszusehen hätte.

»Findet man diese Art, die Initiative zu ergreifen, beim FBI normal?«

»Ich hatte den Auftrag, in seiner gewohnten Umgebung aufzutauchen, ihm Vertrauen einzuflößen, Beziehungen zu knüpfen und ihn heimlich zu überwachen, okay? Das beste Mittel, um einen Typen in Sicherheit zu wiegen, ist, etwas mit ihm anzufangen, oder etwa nicht?«

»Sie haben mit dem Klon von Jesus Christus geschlafen!« wiederholte Entridge und hämmerte bei jedem Wort auf die Balustrade.

»Ist vielleicht nicht so gut, wenn ganz Manhattan das

erfährt. Und außerdem bin ich nicht die erste, wie Sie wissen. Tut mir leid, Doktor, aber er ist nicht nur ein geistiges Wesen ... Er ist ein ziemlicher Glücksfall. Er versteht sich nämlich nicht nur aufs Brotvermehren!«

»Wir schreiben das Evangelium neu, Wattfield!« preßte er hervor. »Wer hat Ihnen gesagt, daß es anfangen soll mit: ›Im Anfang trieb Jesus es mit Maria Magdalena‹?«

Sie packte einen der Druckknöpfe am Kittel des Psychiaters und drehte daran.

»Wecken Sie Ihr Magengeschwür nicht auf, Entridge. Für wen halten Sie mich? Für eine Nymphomanin, die von ihrer Mission profitiert? Sie haben das Recht, eifersüchtig zu sein, nicht aber, mich auf professioneller Ebene fertigzumachen.«

»Eifersüchtig worauf? Versuchen Sie nicht abzulenken!«

»Nach welchen Kriterien hat Buddy Cupperman mich Ihrer Meinung nach ausgewählt? Nach meinen Verdiensten oder nach meinem Aussehen? Sie hatten den Auftrag, Jimmy durcheinanderzubringen, und ich, ihn zu verführen.«

»Allenfalls, ihn in Versuchung zu führen, mehr nicht!«

»Und weshalb, glauben Sie, habe ich die Initiative ergriffen? Ein Mann wie er würde doch zwangsläufig mit mir in die Kiste steigen wollen. Das haben wir am ersten Abend hinter uns gebracht, und dann sind wir zu anderen Dingen übergegangen. Wir sind Freunde, es ist Vertrauen da. Phase 3 ist wie vorgesehen abgelaufen und hat ihn sogar noch nachhaltiger beeindruckt, weil wir ja schon miteinander intim gewesen waren, als er meine Verstauchung geheilt hat.«

»Aber begreifen Sie denn nicht, wie sehr ihn das verstört hat? Sie haben dafür gesorgt, daß ich jetzt ein sexuelles Problem zu lösen habe, wo ich einen Transfer des Göttlichen im Sinn hatte, Sie dumme Kuh!«

Sie hauchte ihm einen Kuß zu und schaltete das Aufnahmegerät wieder ein. Abermals ertönte Doktor Entridges

aufgezeichnete Stimme, die entschieden sanfter und über-
zeugender klang als die Live-Version.

»War Sex früher schon etwas, wofür Sie sich schämen zu
müssen glaubten, Jimmy?«

»Ganz und gar nicht. Es war immer Liebe für mich. Aber
in diesem Fall darf ich das nicht durcheinanderwerfen ...
Nie hätte ich mit dieser Frau ins Bett gehen sollen!«

»Jesus verurteilt körperliche Liebe nicht.«

»Den Ehebruch schon. Ich hab's nachgelesen.«

»Sie sind nicht verheiratet.«

»Das kommt aufs selbe heraus.«

»Erklären Sie das genauer.«

»Ich weiß nicht so recht.«

»Sie glauben, sich immer mehr zu ›christifizieren‹, indem
Sie keusch leben? Oder rechtfertigen Sie damit nur Ihre
selbstkasteiende Treue zu der Frau, die Sie verlassen hat?«

»Ich habe Ihnen nichts von Emma erzählt.«

»Möchten Sie, daß wir darüber sprechen?«

»Haben Sie eine Akte über mich angelegt? Haben Sie alles
über mein Leben in Erfahrung gebracht, ja?«

»Wir haben ein paar Auskünfte eingeholt. Sie haben mir
nicht geantwortet. Was macht den Sexualakt in Ihren Augen
zu etwas Unreinem? Daß er mit Sünde in Verbindung gebracht wird?«

»Nein, der Energieaufwand. Ich hab gesehen, wie das mit
den Wundern zugeht: Da ist eine ungeheure Konzentration
im Spiel ... Wobei, nein, nicht immer. Die Donuts sind von
selbst herausgefallen. Das heißt, ich hatte nicht die Absicht.
Die Leute drum herum wollten was zu essen, und vielleicht
ist diese Begierde auf mich übergesprungen.«

»Inwiefern?«

»Na, wie bei der Frau, die nicht zu bluten aufhört und von
den Wundern Christi gehört hat, also mischt sie sich unter

die Menge und berührt seinen Mantel, das wird schon reichen, denkt sie sich. Und tatsächlich wird sie wieder gesund.«

»Ja, und?«

»Und Jesus spürte sogleich an sich selbst, daß eine Kraft von ihm ausgegangen war, und wandte sich um in der Menge und sprach: Wer hat meine Kleider berührt?‹ Das steht bei Lukas oder Markus, weiß nicht mehr genau, wo.«

»Sie stellen sich das wie eine Art Stromfluß vor? Dann wären Sie sozusagen ein Konverter, ein Trafo der göttlichen Macht zum Nutzen der Menschheit?«

»Nur daß die Frau an ihn glaubte. Wie aber konnten die Obdachlosen wissen, daß ich einen verstauchten Knöchel geheilt hatte?«

»Ich komme noch mal auf meine Frage von gerade eben zurück. Warum weigern Sie sich, Ihre christliche Identität und das mögliche Wirken Gottes durch Sie anzuerkennen?«

Man hörte Jimmy einen langen Seufzer ausstoßen. Ein Rabe flog vom Central Park herüber und krähte dabei so energisch, daß Lester Entridge lauter stellen mußte.

»Ein Wunder, Doktor, ist wie fauliges Wasser, mit dem sich jemand taufen läßt. Er weiß zwar, daß es weder mit Chlor noch mit aktivem Sauerstoff versetzt ist, aber wenn der Gedanke an die Taufe für ihn wichtiger ist als die Angst vor Bakterien, ist die Wahrscheinlichkeit geringer, daß er sich einen Pilz fängt.«

»Das verstehe ich nicht.«

»Schon klar, es ist ja auch ein Gleichnis.«

»Erklären Sie es mir.«

»Überlegen Sie selbst.«

»Sie wollen damit sagen, die Kraft des Glaubens ersetzt das Handeln Gottes.«

»Denken Sie nur an stigmatisierte Menschen, Doktor.

Leute, die anfangen zu bluten wie Christus am Kreuz. Man hat bewiesen, daß das kein Trick ist. Und dennoch ist es eine Täuschung.«

»Was heißt denn das nun wieder?«

»Sie bluten nicht dort, wo sie müßten. Sondern in der Handfläche. Chirurgen behaupten aber, es sei nicht möglich, Leute so anzunageln, Haut und Gewebe würden zerfetzt. Und auf dem Grabtuch sieht man genau, daß er an den Handgelenken blutet.«

»Was folgern Sie daraus?«

»Jesus hat damit überhaupt nichts zu tun. Die Person, die sich mit ihm identifiziert, stellt sich Wunden vor, die sie an den Kruzifixen in der Kirche gesehen hat. Das ist kein Glaube, das ist Autosuggestion. Sie wollen mir beweisen, daß ich ein Ableger von Jesus bin, und schon handele ich wie er. Selbst wenn er nicht der Sohn Gottes ist, handele ich so, wie man es sich von ihm erzählt. Und auf einmal wird in meinem Körper die Kraft wach, die wir vielleicht alle in uns haben: Wir werden zum Kommunikator, im doppelten Sinn, sowohl mit menschlichen Zellen als auch mit den Stromkreisen von Maschinen.«

»Es ist halb eins, haben Sie Hunger?«

»Sind wir fertig?«

»Für heute ja. Wir machen weiter, wann Sie wollen. Wie fühlen Sie sich?«

»Besser.«

»Weshalb? Weil ich Ihnen glaube?«

»Nein, im Gegenteil. Weil Sie nicht so tun, als ob.«

»Ich habe keine persönliche Meinung, Jimmy. Ich bin nur ein Echo für Sie, und Sie selbst sind es, der die Dinge wertet. Sie werden nie erfahren, ob ich einer Religion anhänge oder nicht, und Sie werden auch nie erfahren, was ich glaube oder denke.«

»Bin ich Ihnen was schuldig?«

»Das wird vom Weißen Haus bezahlt. Ihr Aufenthalt ebenfalls.«

»Mein Aufenthalt?«

»Sie haben Suite Nummer 4107, am Ende des Flurs. Die Aussicht von dort ist besser, das Essex House verstellt Ihnen nicht den Blick auf den Central Park.«

»Moment mal ... Wollen Sie damit sagen, daß ich hier ein Zimmer habe, in diesem Palast?«

»Ich hatte es so verstanden, daß Sie sich in dem Viertel wohl fühlen. Und jetzt, wo Sie arbeitslos sind, könnten Sie Ihre Wohnung sowieso nicht mehr bezahlen.«

»Hat das Weiße Haus etwa dafür gesorgt, daß ich rausgeschmissen werde?«

»Nennen wir es einfach Vorsehung. Ich darf hinzufügen, daß dies das einzige Hotel in Manhattan mit einem Schwimmbad auf dem Dach ist. Sollten Sie jedoch feststellen, daß der Komfort Ihrer messianischen Entwicklung im Wege steht, werden wir sofort für Ihren Umzug in eine Mietskaserne in der Bronx sorgen.«

Stille. Die Sirenen und Motorgeräusche waren so weit oben nur gedämpft zu hören.

»Doktor, was meinen Sie mit ›messianischer Entwicklung‹? Was erwartet das Weiße Haus von mir?«

»Daß Sie zu sich selbst finden. Glauben Sie mir, wir haben weder eine vorgefaßte Meinung, noch sollen Sie sich von vornherein in eine bestimmte Richtung orientieren.«

»Sie übertreiben schamlos«, bemerkte Agent Wattfield.

»Wir sind Forscher, Jimmy, die gerade ein Experiment durchführen. Auf das Ergebnis sind wir sehr gespannt, wir wollen es jedoch keinesfalls beeinflussen.«

»Aber wozu dient das Ganze denn? Irgendwas bezwecken Sie ja wohl damit.«

»Was stand einem denn im ersten Jahrhundert zur Verfügung, Jimmy, um das Phänomen zu untersuchen? Der Vergleich mit den antiken Weissagungen, die Zeugnisse der Volksmenge, die Zensur der römischen Besatzer, der Neid der Geistlichkeit – Zustimmung oder Ablehnung, die ausschließlich politisch und religiös motiviert waren. Heute setzt die größte Macht der Welt all ihre psychologischen, wissenschaftlichen und finanziellen Mittel ein, um zu erfahren, ob Gott im Innern eines Menschen existiert und, wenn ja, wie und in welchem Ausmaß. Damit ›bezwecken‹ wir nichts, es geht hier um die wichtigste Frage der Menschheit, Jimmy Wood, und Sie sind dabei sowohl Versuchskaninchen als auch Pfand, wenn Sie sich einverstanden erklären, mit uns zusammenzuarbeiten, und unsere Hilfe annehmen.«

»Ich habe Sie zu Hilfe gerufen, Lester. Sie wissen, daß ich Sie brauche.«

»Ich fände es besser, wenn Sie mich Doktor nennen würden. Ein Minimum an Distanz zwischen uns sollte bestehenbleiben, damit ein Transfer und die Gefahren einer damit einhergehenden Abhängigkeit vermieden werden.«

»Was heißt das?«

»Finden Sie mich bitte nicht sympathisch.«

»Kein Problem.«

»Schön. Na dann, guten Appetit.«

»Kommen Sie nicht mit?«

»Ich habe zu tun. Pater Donoway erwartet Sie im Boat House, zusammen mit drei Personen, deren Gesellschaft Ihnen sehr zusagen wird. Bis später, Jimmy. Wir können ja so gegen sechs was trinken gehen, wenn Sie mögen.«

»Darf ich mal Ihre Toilette benutzen?«

Die Aufnahme war zu Ende. Agent Wattfield gab ihren Kopfhörer Doktor Entridge zurück und verkündete: »Ich will mich ja nicht loben, aber so gefällt er mir viel besser.«

»Ich werde beantragen, daß man Sie von dieser Mission entbindet, Wattfield. Sie hatten die Aufgabe, die weibliche Versuchung zu spielen, doch jetzt sind Sie nur noch eine Vogelscheuche für ihn. Wenn man schon mit jemandem schläft, dann sollte man es wenigstens anständig machen!«

Kim verschränkte die Arme, lehnte sich mit dem Rücken ans Geländer und gab ihm mit künstlichem Lächeln kurz und knapp zwei Dinge zu verstehen: Da sie einer Einheit des FBI angehörte, brauchte sie sich keinerlei Kritik von der Psycho-Abteilung der CIA gefallen lassen und hing nur von Koordinator Cupperman ab, der dem FBI freie Hand ließ; außerdem sollte er wissen, daß ein Mann durchaus bereit sei, aus purer Nächstenliebe nochmals mit einer Frau zu schlafen, mit der er schlechten Sex hatte.

»Sie stellen sich absichtlich beim Sex so an?« fragte der Arzt überrascht und warf einen Seitenblick auf die nassen Brüste, die sich unter dem T-Shirt abzeichneten.

»Das, lieber Entridge, werden Sie nie erfahren.«

Sie ging zurück zum Pool. Sowohl aus taktischen wie aus moralischen Gründen vermied Entridge es, ihr nachzusehen, und tauschte seinen Kopfhörer gegen den Mini-Empfänger aus, der ihn mit Tisch 9 im Boat House verband.

Super, was so eine Psychoanalyse mit einem anstellt. Ich hatte noch nie Gelegenheit, bei einem Priester zu beichten, mir fehlt der Vergleich, aber ich fühle mich so leicht wie nach einer Stunde Kraulen. Gereinigt, entrostet, ganz neu. Befreit von den krankhaften Gedanken, die sich seit meiner morgendlichen Lektüre in meinem Hirn festgesetzt hatten.

Langsam gehe ich, zwischen Spritzen und Eichhörnchen hindurch, über die Wiese im Central Park, vorbei an den Junkies auf Turkey, die im Gebüsch herumlungern. Ich zwinge mich wegzusehen, damit ich mich nicht erweichen lasse – ich soll bis auf weiteres vorsichtig sein, hat es geheißen, und nichts mehr für andere tun. Also gehorche ich, isoliere mich, ziehe mich ganz auf mich selbst zurück, und das ist leichter, als ich dachte.

Doktor Entridge ist ein klasse Typ. Er hat mich um sieben Uhr morgens zurückgerufen, zehn Minuten nachdem ich ihm auf die Mailbox gesprochen hatte. Ich habe ihm meine Situation erklärt und gesagt, daß ich Hilfe brauche. Er antwortete, daß er gleich ein Flugzeug nehmen und dann mit mir essen gehen würde. Wo wir uns denn wohl treffen könnten? Ich habe das Boat House vorgeschlagen, das ist mir als erstes eingefallen. Der Sonntagsbrunch mit Emma. Nach einer kleinen Pause sagte er, das träfe sich ja gut, er steige nämlich im Parker Meridien an der 57. Straße ab, gleich südlich vom Central Park, und bat mich, so gegen zwölf im Hotel zu sein.

Ich kam zwei Stunden zu früh dort an. Das Gebäude war eine Art Atrium aus Glas und Spiegeln. Ich nahm in einem harten Ledersessel Platz und versuchte mir ein Bild von der Situation zu machen. Dabei musterte ich die besorgten oder verschlossenen Mienen ausländischer Geschäftsleute, die eilig hin und her liefen. Ich wollte meine Fantasie zügeln, doch es half nichts: Überall sah ich Dämonen. In ihnen, um sie herum, sie sprangen von einem zum andern, tauschten den Platz oder scharten sich neu zusammen ... Bei jedem Händeschütteln witterte ich Verrat, in jedem Lächeln sah ich eine Falle, ein Verhängnis, einen Bann, bei jeder Transaktion verkauften sie ihre Seele. Ich musterte sie, dicht beieinandersitzend oder ganz für sich am Telefon: Ich wußte nichts über sie und spürte dennoch genau, ob sie besessen waren oder nicht. Einbildung, Einfluß der Evangelien oder die Konsequenz meiner derzeitigen Situation? Vielleicht stieg mir das Blut Jesu allmählich zu Kopf oder hielt mich der Teufel zum Narren.

Vergeblich versuchte ich mich auf materielle Details zu konzentrieren, indem ich die Aktenkoffer anstarrte, die Nadelstreifenanzüge der an einem Seminar teilnehmenden Japaner, die sich in ihrem Habitus so deutlich von den schlampigen Touristen abhoben, den Gepäckaufzug, der mit einem Klicken an den Sprengstoffdetektoren vorbeifuhr, die dekolletierten Rezeptionistinnen hinter den schicken langen Teakholztheken – nichts sprach mich an, ich war nicht mehr von dieser Welt, stammte aus einer Vorzeit, fühlte mich wie auf Zwischenstation in dieser Scheinwelt, hatte den Kopf ganz woanders. Nazareth, Bethanien, Kana, Gethsemane – ich reiste durch Judäa, dann Galiläa und kam schließlich nach Jerusalem, ich verursachte einen Skandal, predigte, heilte, trieb Dämonen aus, machte meine Gefolgsleute zur Sau, provozierte die Priester und die Römer und sagte meinen

Tod mit einer solchen Beharrlichkeit voraus, daß sie mich schließlich umbrachten. Es folgte meine Auferstehung, bis ich bei Markus, Lukas oder Johannes wiedergeboren wurde, und dann ging alles von vorn los.

Nach einer Weile schaltete ich mein Handy wieder ein. Ich hatte eine Nachricht von Kim. Ihr Knöchel war vollkommen in Ordnung, sie hatte den Schock verdaut und bat um Entschuldigung für ihren überstürzten Aufbruch. Wenn ich wirklich das sei, was man behauptete, dann solle ich sie bitte umgehend anrufen – ich dürfe das nicht allein durchstehen. Ich hab gleich wieder auf Mailbox umgestellt. Daß mir eine Christin was von Jesus erzählte, mir eine Moralpredigt hielt und Ratschläge gab, fehlte gerade noch. Ich nahm die Bücher aus meiner Tasche, die ich mir unterwegs besorgt hatte: *Jesus – die Beweise für seine Hochstapelei* und *Das Neue Testament in vierzig Lügen*. So unparteiisch wie möglich stürzte ich mich in die Verleugnung meiner Herkunft, voll krankhafter Neugierde, wenn nicht gar Rachsucht …

In seinem *Jesus* gibt der italienische Chemiker Guido Ponzo das Rezept für ein »thermonukleares Abbild« an, das er in seiner Küche mit den im Mittelalter zur Verfügung stehenden Ingredienzien hergestellt haben will: Eisenoxyd, Ultramarinblau, Arsengelb, Krapprot und Holzkohle. Das alles rühre man zusammen und trage es danach auf. Was die Blutflecke angeht, so brauche man sich nur einen x-beliebigen Penner zu schnappen und ihm Nägel in die Hände und Füße zu treiben, rolle ihn dann in dem Laken hin und her – fertig ist das Grabtuch von Turin. Bestreuen Sie das Ganze mit ein paar Pollen aus Israel und servieren Sie es der menschlichen Gutgläubigkeit, solange es heiß ist. Ich stellte mir vor, der Nachkomme dieses Penners zu sein, und ballte vor Wut die Fäuste. Wenn eine Sekte ihre Finger bei dieser Ungeheuerlichkeit im

Spiel hatte, dann stammten meine besonderen Gaben bestimmt vom Satan.

Drei Minuten nach zwölf kam Doktor Entridge. Kurz-
ärmeliges Hemd, weiße Jeans, Sportkäppi. Die eckige Brille,
der angespannte Gesichtsausdruck und die Zettel, die aus
allen Taschen hervorlugten, verrieten, daß sein Mickymaus-
Aufzug nur eine Verkleidung war, eine Konzession ans
Wochenende. Er erkannte sofort, in was für einem Zustand
ich mich befand, und schlug vor, ich solle oben in seiner
Suite entspannen, einer großen, verglasten Zimmerflucht
mit Blick auf den Central Park. Ich weiß nicht mehr, welche
Gründe er anführte, aber ich ließ mich sofort von seiner
Fürsorge und Überredungskraft umstimmen.

»Lust auf einen kleinen Trip ins Paradies?«

Ich schiebe den Typen beiseite, der sich wie ein Rucksack-
tourist an mich herangemacht hat und sein abgepacktes
Crack im Stadtplan von Manhattan versteckt hält. Um den
Versuchungen zu entwischen, die mich auf Schritt und Tritt
verfolgen – den Dealern die Fresse einzuschlagen oder den
Süchtigen die Hand aufzulegen – schlendere ich auf den as-
phaltierten Weg hinüber, auf der die Verliebten Kutschfahr-
ten machen. An einem Regentag letztes Jahr hatte ich eine
gemietet, um vom Columbus Circle zum Boat House zu gelangen. Ich sehe Emma vor mir, wie sie mich unter dem ka-
rierten Plaid streichelt … Plötzlich habe ich schreckliche
Sehnsucht, die aber nicht wie sonst ein ungestilltes Verlangen ist, jenes unerfüllte Glück, das ich überall einsam mit
mir herumschleife, sondern das Bedauern, nicht mehr wie
früher einfach ein Mann sein zu können, damals, als ich
noch nicht Erbe oder Nachkomme von irgendwas war, wo
ich seelenruhig eine einzige Frau lieben konnte und mich
nicht um den Rest der Welt zu scheren brauchte.

Schließlich schmerzt mich der Anblick der Kutschen doch

mehr als der von Dealern und Drogensüchtigen. Bei denen bleibe ich wenigstens stark. Ich schlage mich wieder ins Gebüsch.

Nachdem ich ein wenig in den versteckten Alleen herumgeirrt bin und kurz beim Zoo auf der Sheep Meadow vorbeigeschaut habe, komme ich zum See hinter dem Bethesda-Springbrunnen. Auf einer verlassenen Lichtung liegt oben auf einem Papierkorb ein einarmiger Teddy. Ich gehe darauf zu und starre auf den Schaumstoff, der aus dem Stumpf quillt. Wer mag ihm wohl den Arm abgerissen haben – ein sadistisches Kind, ein Hund, zwei Tagesmütter, die sich um das Stofftier stritten, das einer ihrer Zöglinge gestohlen hatte …?

Ein paar Schritte entfernt steht ein sterbender Ahorn. Inmitten des üppigen Blattwerks seiner Nachbarn ist es nur für ihn allein schon Herbst geworden. Braun und grau hängen seine vertrockneten Blätter herab, andere fallen mir vor die Füße, die obersten Zweige sind schon kahl. An den Stamm wurde ein Schild genagelt:

DIESER TOTE BAUM WIRD DEMNÄCHST GEFÄLLT, DAMIT DIE SICHERHEIT UND DAS ÄSTHETISCHE EMPFINDEN DER PARKBESUCHER NICHT BEEINTRÄCHTIGT WERDEN.
HELFEN SIE MIT, DIE NATUR ZU SCHÜTZEN.

Mit pochendem Herzen drehe ich mich um und vergewissere mich, daß mir niemand zusieht. Der Psychiater hat ja lediglich gesagt, ich soll nichts mehr für Menschen tun, von Bäumen war nicht die Rede.

Ich atme tief durch, umarme den Stamm und bitte den Baum, die strenge Geheimhaltung zu berücksichtigen. Wenn er dazu bereit sei, würden wir zu zweit die Sache mit dem unfruchtbaren Feigenbaum schon wieder ins Lot bringen –

dieses Unrecht, das Jesus da getan hat, verfolgt mich, nagt an mir, als wäre es erst vor kurzem geschehen. Den Bauch an die Rinde gepreßt, versuche ich mir das Fließen seiner Säfte vorzustellen, das Aufbrechen der Knospen, Blätter, die wachsen, Blüten … Halblaut spreche ich: »Herr, ich bin nicht wert, daß du unter mein Dach gehst, sondern sprich nur ein Wort, so wird er gesund.«

Ein Kitzeln unterhalb des Nackens breitet sich bis zu meinen Schultern aus, mir wird ganz heiß, von den Armen bis hin zu den Händen. Dann spüre ich auf einmal so etwas wie einen Rückfluß, langsam und kalt, wie eine Transfusion von botanischen Säften … Mein Körper beginnt zu zittern, all meine Kräfte scheinen mich zu verlassen, damit ich eine andere Energie aufnehmen kann, eine eisige Leichtigkeit, die mich mit einer vollkommen neuen Glücksempfindung erfüllt.

Ruckartig mache ich mich von dem Ahorn los. Ich habe einen elektrischen Schlag bekommen, fühle mich ganz groggy, es raubt mir den Atem. Das Gefühl des Getrenntwerdens läßt mich taumeln, Krämpfe schütteln mich, ich setze mich ins Gras, um wieder zu Atem zu kommen. Ich bin schweißgebadet, der Schweiß strömt wie Tränen aus allen Poren. Eine Mischung aus tiefster Traurigkeit und reinstem Glück … Plötzlich legt sich das Zittern, meine Atmung wird wieder normal. Ich lasse mich zurücksinken, die toten Blätter rascheln an meinen Ohren. Nach und nach läßt die Erregung nach, weicht einem Abscheu und einer unbeschreiblichen Einsamkeit, Enttäuschung, ja Scham … Das, wovon die Typen am Tresen im Walnut's erzählen, wenn sie zwischen zwei Bierchen über Frauen reden. Dieser Blues, den sie nach dem Sex haben und den sie scheinbar ganz normal finden – bei mir war das nie so, dieses fragwürdige Bedürfnis, woanders zu sein, während ich nur eins im Sinn hatte: noch mal. Liegt es daran, daß ich mit dem Ahorn, den ich retten wollte, gerade einen Austausch von Energie hatte, während die Menschen, die ich geheilt habe, mir im Gegenzug nichts gegeben haben? Ist es ihre Undankbarkeit, die mich verletzt? Vielleicht hat Jesus ebenso empfunden, wenn die Menschen so reagierten, wenn sie zweifelten und ein Wunder gleich wieder vergaßen? Vielleicht war er deshalb oft so schlecht drauf, putzte seine Untergebenen herunter, behandelte seine Jünger wie Deppen, sah falsche Fuffziger in ihnen, potentielle Verräter, und vielleicht ließ er deshalb seine Wut von Zeit zu Zeit an Bäumen aus.

Ich stehe wieder auf, schaue den Ahorn an, dem es nicht besser zu gehen scheint. Will er es überhaupt? Ein Verwundeter, ein Blinder, das Opfer eines Gewaltverbrechens, sie träumen davon, wieder wie früher zu sein, logisch, aber ein Baum? Es heißt, sie spüren ihr Ende schon lange vorher. Egal, ob er alt oder krank ist, bestimmt hat er im Frühjahr vor seinem Ableben seine Pollen verteilt, und ich habe ihn gar nicht um seine Meinung gefragt. Schon wieder fühle ich mich schuldig. Ich darf die Natur nicht zwingen, selbst wenn mir die Mittel dazu gegeben sind – wer bin ich denn, daß ich entscheide, was für andere gut ist? Demut. Davon spricht niemand, weder die Seelenklempner mit ihrem therapeutischen Ego noch die Politiker, die sich naturgemäß mehr für meine Fähigkeiten als für meine Zweifel interessieren.

Ich streichle den Ahorn, bitte ihn um Verzeihung, erinnere ihn daran, daß er ja frei ist: Er braucht nicht weiterzuleben, nur um mir eine Freude zu machen. Okay? Liegt alles ganz bei ihm. Ich tätschle ihm die Rinde, dann drehe ich mich um und gehe zum Restaurant. Seit heute morgen habe ich ganz schön was geschafft, dank Doktor Entridge. Ich zweifle nicht mehr – ich stelle mir Fragen. Ich will nicht mehr wissen, woher die Gabe stammt, die ich bekommen habe, sondern was ich damit anstellen darf.

Beige gestreifte Markisen, schwarze Ventilatoren, weiße Säulen und Balustraden am Seeufer: Das Boat House ist das einzige Luxusrestaurant, das ich kenne, aber ich fühle mich hier ganz wie zu Hause, weil ich immer so glücklich an diesem Ort war, einmal pro Monat am Sonntag, wenn Emmas Hand in meiner lag, ihr Knie unter dem doppelten gelben Tischtuch zwischen meinen Beinen klemmt. Als ich Doktor Entridge die Adresse nannte, war mir gar nicht in den Sinn gekommen, daß sie auch dasein könnte, mit dem großen Blonden, der meine Stelle eingenommen hat. Ich weiß, sie ist nicht wie ich: Wenn eine Sache für sie beendet ist, macht sie keinen Schritt mehr zurück, sie ändert ihre Gewohnheiten, ihren Geschmack, ihre Umgebung. Zumindest stelle ich mir das so vor. Ich schließe es aus dem, was ich gesehen habe, als ich damals bei ihr läutete.

Mit mißbilligender Miene kommt der Oberkellner auf mich zu und fragt, ob ich reserviert hätte. Er erkennt mich nicht, was normal ist: Alle hatten immer nur Augen für sie. Ein Blick auf meine Jacke mit der Aufschrift Darnell Pool, und schon hat er ein diplomatisches Lächeln aufgesetzt und verweist auf die Terrasse vor dem Imbiß nebenan, lauter Familien sind dort, deren Kinder sich ans Gitter drücken und die Enten füttern. Ich zögere, ihm meinen Namen zu nennen, der sicherlich auch top-secret ist. Und wo das Weiße Haus sitzt, möchte ich ebensowenig fragen.

»Der Herr gehört zu uns.«

Ich drehe mich um und sehe Pater Donoway. Der Oberkellner verbeugt sich, verspricht uns, daß Tisch 9 sofort fertig sein wird, und rennt los, um ein Pärchen in Shorts zu verscheuchen. Der Priester mustert mich mit einer langgehegten Zuneigung, knetet meinen Arm und versichert mir, daß schon alles werden wird. Ich erwidere nichts. Ich mag die Vertraulichkeit nicht, die dieser alte Schwarzkittel mit den graugrünen Augen ausdünstet. Daß ich so gar kein Echo in meiner Erinnerung spüre, wo dieser Unbekannte doch behauptet, mich aufgezogen zu haben, macht mich mißtrauisch, ich reagiere allergisch auf das tränenreiche Gehabe, das er zur Schau stellt, als sei ich sein Werk.

Er führt mich zu den braunen Ledersesseln in der Kaminecke hinüber, wo im Winter künstliche Buchenscheite in einer Gasflamme glimmen. Zwei Männer erheben sich. Ein Graukopf in einem altmodischen Tweedanzug, der an einen Igel aus einem Zeichentrickfilm erinnert, und ein aalglatter Vierzigjähriger mit fliehendem Kinn, weichem Händedruck und unterwürfigem Blick.

»Monsignore Givens, Bischof *in partibus*.«

Höflichkeitshalber erkundige ich mich, wo das ist.

»Nirgends«, erwidert an seiner Stelle der Igel und zermalmt mir voller Enthusiasmus die Finger. »Der Monsignore ist Amtsträger ohne Diözese, Doktor der Theologie und Berater des Präsidenten in religiösen Angelegenheiten. Ich bin für den wissenschaftlichen Teil zuständig. Irwin Glassner. Sehr, sehr erfreut.«

Mit schüchterner Langsamkeit berührt er meinen Arm, legt die Hand unter meinen Ellbogen, als wolle er die Muskulatur fühlen, zieht mich plötzlich an sich und läßt mich mit zuckendem Lächeln wieder los. Wenn ich mir seine hochroten Augen und seinen Zinken so ansehe, scheint er einiges zu vertragen.

»All die Jahre, Jimmy, Sie ahnen ja nicht ... Ein Genom zu entschlüsseln und bestimmte Gegebenheiten zu erträumen ist eine Sache, aber wenn man dann auf einmal davorsteht ... vor einem Wesen aus Fleisch und Blut ... Verzeihen Sie.«

Diese Ergüsse, deren Aufrichtigkeit ich nicht einschätzen kann, sind mir peinlich, deshalb sage ich nur, das sei schon in Ordnung. Er schnieft, nickt, begegnet dem eisigen Blick des Bischofs und läßt meine Finger wieder los. Ich ziehe meine Hand zurück und stecke sie in die Jackentasche, um das tote Ahornblatt zu berühren – das hilft mir, mich von diesen Leuten zu distanzieren und eine Verbindung zu dem Baum aufrechtzuerhalten, der ohne ihr Wissen vielleicht schon wieder zu treiben beginnt.

»Also, Jimmy«, sagt der Wissenschaftler dann, indem er die Gefühlsduselei durch Jovialität ersetzt, »seien Sie willkommen hier bei uns. Richter Clayborne und Doktor Entridge kennen Sie ja schon, aber das ist nur ein kleiner Teil des Eliteteams, das sich um Sie herum formiert hat ...«

»Weshalb denn?«

Mit meiner Frage hat er nicht gerechnet.

»Gehen wir essen«, bestimmt der Bischof.

Der Oberkellner führt uns zum Ufer des Sees, wo ein großer Rothaariger in buntscheckigem Hemd eine Brotscheibe mit Butter bestreicht, während er die Speisekarte studiert. Das Restaurant ist bis auf den letzten Platz gefüllt, nur die sechs Tische um unseren sind leer, wahrscheinlich sind sie für die Geheimdienste reserviert.

»Ich hab Sie gar nicht hereinkommen sehen, Buddy, sind Sie mit dem Ruderboot rübergeschippert?« scherzt Berater Glassner, der anscheinend damit beauftragt ist, für eine heiterere Stimmung zu sorgen.

Der andere läßt die Speisekarte sinken, dreht sich um, und da verschlägt es mir die Sprache.

»Buddy Cupperman!?«

Überrascht schaut er mich an.

»Sie kennen mich?«

»*The Crayfish!*«

»Na ja«, sagt er und verzieht das Gesicht. »Sie haben ja ein gutes Gedächtnis.«

»Ich hab mir neulich das Making-of reingezogen. Sie haben sich überhaupt nicht verändert, ist ja echt unglaublich!«

»Setzen Sie sich.«

Mit klopfendem Herzen nehme ich neben ihm Platz. Zum ersten Mal komme ich diesem Genie so nahe. Verwundert schauen mich die drei anderen an. Offensichtlich wissen sie nicht, wovon die Rede ist. Ich erzähle es ihnen.

»Da ist dieser Typ, der so ein bißchen wie ich drauf ist, Bob heißt er. Er hat alles verloren, seine Frau und seine Familie haben ihn verlassen. Er sitzt im Restaurant mit seinem besten Freund, einem Arzt, der ihm sagt, daß er Krebs im Endstadium hat. Außerdem ist dieser Arzt der Geliebte von Bobs Frau. Neben ihnen ist ein Aquarium, in dem eine Languste gerade von einem Hummer attackiert wird. Als es ans Bestellen geht, verlangt Bob die Languste und nimmt sie einfach mit. Sie kommt in seine Badewanne, und er pflegt sie gesund. Dann kriegt sie Junge und wird zum Mittelpunkt seines Lebens – die Badewanne ist bald zu klein. Also dichtet er alle Ritzen ab, überflutet seine Wohnung, setzt Algen und Wasserschnecken aus und lebt schließlich selber wie eine Languste. Als er es mit seiner Krebserkrankung nicht mehr aushält, schlitzt er sich im Wasser die Pulsadern auf, damit sie ihn fressen, aus Mitleid. Wie sind Sie bloß auf diese Wahnsinnsidee gekommen?«

»Ich durfte nur zwei Folgen schreiben. Schrecklich war das.«

»Überhaupt nicht, wieso denn? Es ist eine äußerst optimistische Verzweiflung und dazu die einzig mögliche Rache: Ich beschließe, mich mit einem Krustentier zusammenzutun, weil die Menschen nichts mehr mit mir zu schaffen haben wollen, ist doch so, oder?«

Um Zustimmung heischend, blicke ich den Wissenschaftler und den Geistlichen an, die total angeödet scheinen. Drei Minuten zuvor hatten sie mich noch in der Hand und hielten sich für die Drahtzieher, aber kaum diskutieren zwei Cineasten, verlieren sie sofort die Kontrolle.

»Also, für mich ist das der absolute Kultfilm. Als ich ihn zum ersten Mal gesehen hab, war ich fünfzehn, und seitdem schaue ich ihn mir immer wieder an, wenn ich den Blues krieg.«

»Es war ein totaler Flop, reden wir nicht mehr darüber. Jetzt arbeite ich fürs Weiße Haus, Jimmy. Ich bin verantwortlich für das Projekt, das mit Ihnen zu tun hat.«

Ich verdaue diese Neuigkeit in einer Mischung aus Staunen, Genervtsein und Vorsicht. Ich kenne seine Filmographie auswendig. Der Typ ist ein absolutes Genie, der tiefes Leid immer hinter trashiger Provokation versteckt hat. Wie schade, daß er nie einen gleichrangigen Regisseur gefunden hat. Und daß er jetzt in die Fänge der Politik geraten ist. Ich bin vielleicht die Chance seines Lebens. Sofern man ihn beauftragt hat, meine Geschichte zu schreiben, könnte etwas Fantastisches dabei herauskommen – vorausgesetzt, man läßt ihm freie Hand.

»Die Tagesempfehlung ist Seeteufel an Morcheln.« Alle drehen sich zum Oberkellner um. »Mit Bouillon und einem Schuß Madeira abgelöscht.«

»Fünfmal Seeteufel«, bestimmt mein Drehbuchautor, um Zeit zu gewinnen. »Nehmen Sie Wein?«

»Ich weiß nicht, ob ich das darf«, erwidere ich, um meinen guten Willen zu zeigen, und sehe dabei die beiden Geistlichen an.

Pater Donoway scheint nichts dagegen zu haben, der Monsignore hält sich bedeckt. Mit einem Fingerschnippen zitiert Buddy den Sommelier herbei.

»Einen leichten Weißen?« schlägt mir Glassner vor.

»Oder lieber einen Nuits-Saint-Georges.«

Der Priester zieht die Brauen in die Höhe, und der Bischof mustert mich verächtlich, als hätte ich eine Gotteslästerung von mir gegeben.

»Ein roter Burgunder zum Fisch«, bemerkt er mit nachsichtigem Spott.

»Eine exzellente Wahl«, bestätigt der Sommelier. »Gegen die Morcheln und den Schuß Madeira kann sich ein Weißer nicht durchsetzen; ein Côte-de-nuits ist ideal. Mein Kompliment, Sir.«

Er geht. Die vier Männer schauen mich aufmerksam an, als hätte ich gerade eine Vision gehabt und eine Weissagung ausgesprochen. Dabei war es nur der Wein, den ich zum letzten Mal mit Emma hier getrunken habe.

»Seit den Ereignissen von heute nacht«, nimmt der wissenschaftliche Berater den Faden wieder auf, »haben Sie da kein weiteres ... keine weitere Handlung an jemandem vollzogen?«

Ich schüttle den Kopf. Mir wird mulmig, als ich die Erleichterung sehe, die sich in ihrem Blick abzeichnet. Es ist vielleicht eine Nebenwirkung, aber mir ist nicht mehr nach Lügen, und sei es durch das Weglassen von Details.

»Nicht an Personen«, erläutere ich deshalb. »Aber gerade eben, auf dem Weg hierher, habe ich versucht, einen Baum zu heilen. Einen todgeweihten Baum, so stand es auf einem Plakat. Ich bin mir nicht sicher, ob es geklappt hat.«

Sie tauschen verstohlen Blicke aus, die einzige offensichtliche Reaktion ist ein höfliches Lächeln auf dem Knautschgesicht des Wissenschaftlers.

»Also«, sagt Buddy Cupperman schließlich und bestreicht eine neue Brotscheibe, »wie ist es, steigen Sie ein?«

»Wo geht's denn hin?«

»Ich weiß nicht, das werden wir zusammen feststellen. Sie haben sehr gutes genetisches Material und scheinen mit Ihren Gedanken eine Menge bewegen zu können. Jetzt müssen wir nur noch herausfinden, wozu das Ganze gut sein soll, sprich: was der Sinn Ihrer Mission ist, wenn Sie denn eine haben.«

Ich nicke. Ein Kellner stellt mir einen kleinen Teller mit einem Brötchen hin. Ich will es auseinanderbrechen, besinne mich dann jedoch. Wäre vielleicht doch etwas unangebracht.

»Das, was Sie da als ›genetisches Material‹ bezeichnen, ist kein theologisch korrekter Begriff«, wendet der Bischof ein und starrt auf mein Brötchen. »Die DNA hat überhaupt keine Bedeutung.«

»Der Monsignore spielt gern den Anwalt des Teufels«, erklärt mir Irwin Glassner begütigend.

»Gott sät die Gnade, wo es ihm beliebt, und nicht, wo es die Genetiker gern hätten. Sie erinnern mich an die Weinbauern, die glaubten, sie hätten das Geheimnis des Meßweins durchschaut. Aber es war die Eucharistie, die den einfachen Roten in Christi Blut verwandelt hat, und nicht die Kunst des Winzers.«

Ich frage ihn, ob er Trauben von den Dornen pflückt.

»Was meinen Sie damit?«

Ich erinnere ihn daran, daß das bei Matthäus steht. Er hat recht, den falschen Propheten zu mißtrauen, die sich als Weinbauern ausgeben, doch den Weinstock beurteilt man nach dem Jahrgang, vorausgesetzt, man hat die Fässer ausgetauscht.

»Und paff eins auf die Fresse!« freut sich Cupperman. »Paßt bloß auf, Monsignore Partibus: Wenn die Schwimmbadklempner das Evangelium bald besser kennen als die Bischöfe, dann sollte die Kirche sich langsam Sorgen machen.«

»Ich hab das ja alles erst vor kurzem gelesen«, sage ich, um den Monsignore wieder ein wenig zu besänftigen.

»Jeder Baum, der keine guten Früchte bringt«, erwidert er und zitiert dabei den Schluß des Gleichnisses, »wird abgehauen und ins Feuer geworfen!«

Ich antworte ihm, daß diese Holzfällermoral nicht unbedingt zu den barmherzigsten Bibelstellen gehört.

»Für wen halten Sie sich eigentlich?« kreischt er plötzlich und fügt dann leise, zu den anderen gewandt, hinzu: »Ich finde all das, was ich über die vermeintliche Göttlichkeit dieses Individuums gehört habe, skandalös. Momentan ist er in den Augen der Kirche allenfalls ein Heiler. Nicht der Wirkungsgrad oder die Natur des Phänomens sind es, die ein Wunder ausmachen, sondern die Absicht, in der es geschieht!«

»Glauben Sie etwa, ich heile die Leute, um ihnen zu schaden?«

»Ich bin der Meinung, nur weil man über magische Kräfte verfügt, heißt das noch lange nicht, daß man auch im Besitz der Gnade ist!«

»Vollkommen Ihrer Meinung, aber ich hab ja auch um nichts gebeten! Sie sind doch auf mich zugekommen und haben mir erzählt, ich sei der Messias!«

»Wir haben nichts dergleichen behauptet!« faucht der Erzbischof zurück.

Dann klappt er den Mund wieder zu. Der Sommelier hat den Nuits-Saint-Georges gebracht. Er entkorkt ihn, läßt mich kosten. Ich schließe die Augen und rufe mir die Züge von Emma ins Gedächtnis, um mich von diesen Leuten abzuschirmen, lasse den Wein über meine Zunge gleiten und sage, er sei okay. Er schenkt uns ein, stellt die Flasche in einen Weidenkorb und wendet sich mit einem »Wohl bekomm's!« wieder ab.

»Sie wurden über die vermutliche Herkunft Ihrer Gene informiert, das ist alles«, preßt der Bischof schließlich hervor, »und hätte man mich damals um Rat gefragt, hätte ich mich mit Händen und Füßen gegen den Plan gewehrt, jemand derart Unmöglichem eine solche Nachricht zu überbringen!«

Ich leere mein Glas in einem Zug, dann schaue ich ihn direkt an, ganz ruhig.

»Was wissen Sie denn schon von mir? Vielleicht bin ich ja ein ganz anständiger Typ.«

»Ich bin damit beauftragt, Ihre Akte im Sinne des Heiligen Stuhls zu untersuchen. Muß ich Sie daran erinnern, was darin steht? Eine Verurteilung zu drei Monaten auf Bewährung wegen tätlichen Angriffs auf Minderjährige, eine Beziehung zu einer bekanntermaßen verheirateten Frau, eine Schlägerei im Innern einer Kirche, die Plünderung eines Donut-Automaten, die vorgebliche Reanimierung eines Fußgängers, obwohl es weder Spuren noch Zeugen des Verkehrsunfalls gibt, außerdem die unbewiesene Heilung eines angeblich Blinden ohne festen Wohnsitz, dessen Blindheit sich auf kein ärztliches Dokument stützte.«

Er läßt sich nach hinten fallen, preßt die Kiefer aufeinander und schaut zur Seite, während eine junge Kellnerin mit appetitlichen Brüsten in einem weißen Dekolleté unsere Teller bringt. Irwin Glassner hat mein Glas wieder gefüllt. Ich schütte es in mich hinein und versuche cool zu bleiben.

»Und damit ich mir ein vollständiges Bild machen kann«, ereifert sich der Kirchenmann, als die Kellnerin auf dem Absatz kehrtgemacht hat, »führt man mir hier eine Saufnase vor, die Burgunder wie Wasser in sich hineinkippt und vom Evangelium nur das behält, was in ihr lasterhaftes Bild paßt.«

»Also, jetzt reicht es! Ich lasse mich nicht von meinen Bischöfen beleidigen!«

»Hören Sie das, Irwin? Wenn Ihre Wissenschaftler nicht behauptet hätten, seine DNA stamme von den Flecken auf dem Grabtuch, hätte ich nie etwas anderes in ihm gesehen als einen verkommenen Ungläubigen!«

»Und Sie, ohne Ihr Kreuz um den Hals, wofür würde man Sie halten? Für einen miesen Finanzbeamten, der sich einen Spaß daraus macht, einen armen Steuerzahler zu piesacken!«

»Mäßigen Sie Ihre Worte, junger Mann!«

»Wir können auch rausgehen und die Sache dort klären!«

»Nicht so laut, seien Sie doch etwas netter zueinander!« fleht Glassner uns an.

Ich antworte ihm, daß ich die Blagen aus Notwehr vermöbelt habe, meine Verurteilung sei ein juristischer Irrtum gewesen.

»Und ein apostolisches Verfahren ist kein Freibrief!« kläfft der Bischof. »Nur damit Sie mich recht verstehen, ich werde beim Vatikan jedenfalls nicht die Erhebung eines Verrückten in den Rang eines künstlich erzeugten Messias befürworten!«

Er steht auf und entfernt sich vom Tisch.

»Der wird sich schon beruhigen«, meint Buddy und tunkt Brot in die Soße auf seinem Teller.

Pater Donoway schüttelt betroffen den Kopf und schiebt eine Morchel zwischen seinen Seeteufelstücken hin und her. Irwin Glassner streckt den Arm aus und legt mir freundschaftlich die Hand auf den Unterarm.

»Das ist nicht gegen Sie gerichtet, Jimmy. Sie müssen verstehen, daß die Christen etwas gereizt auf das Bild des neuen Messias reagieren, das man ihnen da präsentiert …«

»Was haben Sie denn vor mit mir? Mich irgendwo einzuschließen, damit ich die Christenheit nicht reize?«

Als sie plötzlich schweigen, läuft es mir kalt den Rücken hinunter. Entweder haben sie tatsächlich daran gedacht, oder ich habe sie gerade auf diesen Gedanken gebracht, der offensichtlich bereits Früchte trägt.

»Einige hätten sich das vielleicht gewünscht«, murmelt Glassner, »doch das ist nicht die Vorgehensweise, für die man sich entschieden hat. Wir möchten Sie vorbereiten, Jimmy, Ihnen die bestmögliche Ausbildung zusichern, damit Sie Ihrem Ursprung gerecht werden, sich in Kenntnis der Hintergründe entscheiden und entsprechend handeln können ...«

»... und Ihre Prüfung bestehen«, vervollständigt Buddy Cupperman.

»Was für eine Prüfung?«

»Wenn Sie der theologischen und geistigen Vorbereitung zustimmen, die uns angemessen erscheint«, fährt Glassner fort, »stellen wir Ihnen dieses Haus in den Rocky Mountains zur Verfügung.«

Ich schiebe das Foto beiseite, das er mir hinhält, und frage ihn, was mit dieser Prüfung gemeint ist und vor wem ich sie bestehen muß.

»Vor dem Papst«, sagt Glassner liebenswürdig, »dem Stellvertreter Gottes auf Erden. Ihn müssen Sie von Ihrer Herkunft, Ihrem Potential und Ihren Absichten überzeugen. Er wird über den heiligen oder profanen Charakter Ihrer Persönlichkeit befinden, und er ist es auch, der Sie schließlich ermächtigen wird, Ihr genetisches Erbe auf Erden weiterzugeben.«

»Ohne Investitur von offizieller Seite«, unterstreicht Cupperman, »können Sie nichts machen. Soll heißen: stellen Sie nichts dar. Wahrscheinlich dürften Sie noch nicht einmal Menschen heilen. Christen, die behaupten, von Ihnen geheilt worden zu sein, riskieren womöglich die Exkommunikation.«

Ich taste nach meinem Glas, nehme es in die Hand und stelle es dann wieder hin, ohne getrunken zu haben. Wie in

Trance blicke ich mich um. Es gibt kein Aquarium in diesem Restaurant. Mich ganz vergessen und eine Languste zähmen, das ist es, was ich jetzt gerade möchte. Ich mache mich wieder über meinen Teller her.

»Sie sagen gar nichts, Jimmy?« erkundigt sich Pater Donoway freundlich.

»Ich esse, solange es warm ist.«

Sie schauen mir beim Kauen zu, ohne ihre innere Unruhe zu verbergen. Ich drehe mich zum See um, auf dem Enten zwischen Ruderbooten hindurchgleiten. Mädchen lachen, Männer machen Fotos davon, ein Kind hinter dem Geländer wirft ihnen Brot zu. Dieses ganz banale Leben, auf das ich kein Recht mehr habe. Ich schaue zu dem jungen Paar hinüber, das am anderen Ufer im Gras sitzt und ein kleines Segelboot mit einer Fernbedienung zu steuern versucht. Habe ich überhaupt die Wahl? Sie bringen mich in einem traumhaften Hotelpalast unter, laden mich in die Berge ein, stellen mir einen genialen Drehbuchautor zur Verfügung, bei dem ich in die Lehre gehen darf, damit aus mir ein auch für den Papst akzeptabler Messiaskandidat wird … Wenn ich mich weigere, bin ich arbeitslos, orientierungslos – wieder in Freiheit. Doch was soll ich mit dieser Freiheit anfangen? Ich könnte heimlich Leute heilen und dabei riskieren, ins Gefängnis zu kommen. Oder ich dürfte mich eben keinem Kranken nähern. Ich habe die Wahl zwischen Unterwerfung und schlechtem Gewissen. Meine Entscheidung ist gefallen. Wenn der Ahorn gerettet ist, werde ich mit Ja antworten.

Ich wische mir den Mund ab und lege die Serviette hin. »Ich brauche noch ein bißchen Bedenkzeit.«

Erleichterung macht sich in der Tischrunde breit.

»Eis, oder Kuchen?« schlägt der wissenschaftliche Berater vor und zieht sein Zigarrenetui heraus.

»Nein, danke, ich bleibe beim Wein.«

»Man wird Sie im Wagen zum Hotel zurückbringen«, sagt Cupperman. »Sie können sich ein wenig ausruhen, um vier wird ein Briefing in Doktor Entridges Suite stattfinden, da lernen Sie dann den Rest des Teams kennen. Und wenn alles gutgeht, wenn unsere Vereinbarungen abgesegnet werden, brechen wir morgen in die Rockies auf.«

Ich schaue das Foto an, das ich soeben weggeschoben habe. Ein riesiges Blockhaus aus dunklem Holz mit roten Fensterläden mitten in einem Fichtenwald, im Hintergrund weiße Gipfel.

»Hätten Sie noch gern einen Nachtisch?« erkundigt sich Irwin Glassner vorsichtig.

Ich bedanke mich für das Essen und teile ihnen mit, daß ich zu Fuß zurückgehen werde.

»Ich begleite Sie«, macht sich Pater Donoway anheischig und steht auf. »Natürlich nur, wenn Sie wollen ...«

Der Widerwille, den ich bei den beiden anderen spüre, läßt mich ja sagen.

Vor dem Verlassen des Restaurants gehe ich auf die Toilette, wo ich Kim auf die Mailbox spreche. Sollte sie noch in New York sein und mich wiedersehen wollen, um zu erfahren, wie die Dinge sich entwickeln, finde sie mich im Parker Meridien. So aufrichtig wie möglich, mit dem gebotenen Flehen und Tremolieren in der Stimme, füge ich hinzu, daß ich sie in der nächsten Stunde ganz, ganz dringend brauche, und zwar in ihrer Eigenschaft als Rechtsanwältin.

Am Himmel sind Wolken aufgezogen, ein scharfer Wind hat die Spaziergänger verjagt. Raschen Schrittes gehe ich durch die Alleen, dicht gefolgt von dem Priester, der keuchend mit mir Schritt zu halten versucht, seinen alten Ranzen unterm Arm, in einen grauen Regenmantel gehüllt, bei dem jeder zweite Knopf fehlt.

»Ich soll Sie herzlich von ihm grüßen«, sagt er auf einmal.

Aus dem Augenwinkel sehe ich, daß er auf meine Reaktion gespannt ist. Ich nehme an, er spricht von Philip Sandersen, dessen Name oben auf jedem Blatt des Klon-Berichts steht. Bei den fünf Silben kommt mir jedoch bloß ein weißer Kittel unter vielen anderen in den Sinn. Ich frage ihn, wie er so ist.

»Er ist ein bemerkenswerter Mensch, Jimmy. Wir haben uns mit zwanzig Jahren in Vietnam kennengelernt, unter den schlimmsten Umständen – wenn man sein wahres Gesicht zeigen muß. Ich war verwundet, so gut wie bewußtlos, und er hat mich auf den Schultern aus dem Gefangenenlager der Vietkong herausgetragen. Er brachte mich von Versteck zu Versteck, drei Tage lang, bis unsere Einheit uns wiederfand.«

Ich gehe langsamer, sage aber nichts dazu. Diese Schilderung paßt nicht unbedingt zu einem Verrückten in seinem Labor.

»Er hat die Erlebnisse in dieser Hölle nie richtig verarbeitet. Nie konnte er vergessen, daß man ihn gezwungen hatte, auf diese Kindersoldaten zu schießen … Wieder zurück in den USA, gründete er eine Stiftung für Kriegsversehrte. Er arbeitete mit Stammzellen, war besessen von der Idee der Regeneration. Er behauptete, wenn ein Tier wie der Molch die genetischen Grundlagen besitze, jedwedes Körperteil nachwachsen zu lassen, dann müßte der Mensch diese Fähigkeit ebenfalls besitzen, allerdings ist sie durch das Bewußtsein unterdrückt worden. Man weiß, daß ein Arm nicht nachwächst, daher veranlaßt das Gehirn die Narbenbildung. An ausgewachsenen Fröschen hatte er allerdings nachgewiesen, daß man durch Auftragen von Natriumchlorid auf die Wunde eine Narbenbildung verhindern und das Nachwachsen eines Beins auslösen konnte. Er hat dieses Experiment dann an Amputierten im Koma durchgeführt, ohne Erfolg. Aber bei Patienten unter Hypnose gelang es ihm, die Zellen in ein frühes Aufbaustadium zurückzuführen. Leider haben die Angriffe seiner ›klassischeren‹ Kollegen diesem Vorstoß ein Ende gesetzt. Nur Professor Andrew McNeal, ein großer Biologe, glaubte an ihn. Er nahm ihn in die Expertengruppe auf, die 1978 das Grabtuch untersuchen durfte. Bei seiner Rückkehr aus Turin war Philip nicht mehr derselbe. Er war ganz durcheinander, sah sich in seinen Idealen bestärkt, war sich seiner ›göttlichen Mission‹ sicher, was mich, wie ich zugeben muß, ziemlich beunruhigte. Diese Faszination, diese Besessenheit … Christus war für ihn nur noch eine DNA. Fünfzehn Jahre lang sahen wir uns nicht mehr, dann haben wir uns wiedergetroffen, was wir Ihnen zu verdanken haben.«

»Mir?«

»Er hatte Sie gezeugt, doch was das Weitere anging … Er wandte sich an mich. Als ich von Ihrer Existenz erfuhr, war ich natürlich am Boden zerstört, die Umstände Ihrer Geburt fand ich entsetzlich, diese Art, die Hand des Herrn zu leiten … Doch es gab Sie nun mal, und ich sah mich außerstande, nein zu sagen. Ich hatte nicht das Recht, Sie den Wissenschaftlern zu überlassen, ohne den Geist des göttlichen Wortes in Ihnen wiedererweckt zu haben … Ich versuchte, Ihnen so viel menschliche Wärme zu geben, wie ich nur konnte, um Ihnen die Sicherheitsverwahrung zu erleichtern, an der Sie sich im übrigen gar nicht zu stören schienen …«

Ich bleibe stehen, schaue ihm fest in die Augen.

»Wie war ich als Kind?«

Verlegen senkt er den Kopf und spielt mit einem Kieselstein zwischen zwei Grasbüscheln.

»Still, sehr still. Mit einem Blick, den man kaum aushielt. Du hattest eine Art, alles zu beurteilen, ohne etwas zu sagen, wußtest Bescheid, ohne etwas zu kennen, nahmst Dinge im voraus als gegeben hin ...«

»Bin ich getauft?«

»Ja, natürlich. Und du wurdest am achten Tag beschnitten, wie es bei Lukas geschrieben steht. Du hast all die Sakramente empfangen, die in deinem Fall nahelagen: Bar-Mizwa, Kommunion ...«

»Habe ich Wunder bewirkt?«

Er hebt den Kopf wieder. Ich sehe, wie er zögert, verlegen wird, auszuweichen sucht, bis schließlich seine Aufrichtigkeit die Oberhand gewinnt.

»Wir beide teilten ein besonderes Erlebnis. Wir saßen in der Parkanlage im Forschungszentrum, ich wollte dir gerade die Heilung des Blinden am Teich Siloah vorlesen, als ich mein Knie plötzlich nicht mehr bewegen konnte. Es war mir absolut unmöglich aufzustehen. Das passierte mir manchmal. Ein Granatsplitter, der sich seit Vietnam ab und zu bemerkbar machte. Noch ganz unter dem Eindruck des Evangeliums fragtest du mich: ›Könnte ich dich denn auch vom Bösen befreien?‹ Ich sah dich an und sagte: ›Man weiß nie.‹ Da hast du die Augen geschlossen, die Hände auf mein Knie gelegt, ganz lange, und hast es tatsächlich geschafft. Mit viereinhalb Jahren. Ich hatte seitdem nie mehr Schmerzen in dem Gelenk. Auf meinen Röntgenaufnahmen sind keinerlei Spuren eines Granatsplitters zu entdecken.«

Ich sehe ihn durchdringend an. Nicht die geringste Erinnerung an irgendeinen vertraulichen Augenblick mit ihm. Nur ein Satz sagt mir irgend etwas. Halblaut wiederhole ich jenes »Man weiß nie«, das ein bizarres Echo auslöst, wie ein vor dem Spiegel gesprochenes Glaubensbekenntnis, mit dem man zugleich gegen Zweifel wie Gewißheit anzukämpfen versucht.

»Jedenfalls weiß ich es seit jenem Tag, Jimmy. Und dieser

Feigenbaum, den du heilen wolltest, das überrascht mich nicht. Zeig ihn mir.«

»Es ist ein Ahorn.«

»In der Bibel ist es ein Feigenbaum. Schon als kleiner Junge ließ es dir keine Ruhe, daß Jesus ihn ungerechterweise vertrocknen ließ, du wolltest ihn rächen. Den Holzpfeiler im Hof umarmtest du und sagtest: ›Ich segne dich. Lebe, bilde Zweige und fang an zu blühen!‹«

Ich schaue ihn eine Weile an, dann gehe ich wieder weiter. Hinter der Bethesda-Terrasse biege ich nach links ab.

»Ich möchte Philip Sandersen kennenlernen.«

»Er will es nicht, Jimmy. Er ist heute ein alter Mann, ganz zusammengeschrumpft, dafür dreimal so stolz wie früher. Er will nicht, daß du siehst, was aus ihm geworden ist. Du sollst lieber – wie soll ich das ausdrücken? – ein erhabenes Bild von jenem Mann im Gedächtnis behalten, der den Übergang zwischen dir und Jesus geschaffen hat.«

Ich verlasse den Weg. Unter den Bäumen gehen wir auf die Lichtung zu. Es donnert, die letzten Spaziergänger hasten auf die Fifth Avenue zu.

»Und wer hat mich ausgetragen?«

»Ich habe sie nie kennengelernt. Es war eine junge Militärangehörige, die seit zwei Jahren im Koma lag. Sie starb nach deiner Geburt.«

Er schlägt den Kragen seines Regenmantels hoch. Die ersten Tropfen schlagen auf der Wasseroberfläche auf, wo ein verlassenes Segelboot seine Kreise zieht.

»Jimmy, ich glaube, ich weiß, welche Prüfungen du seit letztem Donnerstag durchmachst ... Was mich betrifft, so war es hart, all die Jahre Stillschweigen zu wahren und für dich zu beten, ohne zu wissen, was aus dir geworden war, ohne zu wissen, ob ich dir irgendwie hätte behilflich sein können ...«

Ich schweige einen Augenblick, gerührt von dem stummen Schmerz, der so lange an ihm genagt haben muß. Ich frage ihn, was er mir heute rät. Sein Seufzer steigert meine Ratlosigkeit nur noch mehr.

»Was soll ich dir sagen, Jimmy? Auf der einen Seite haben wir nicht das Recht, den Menschen deine Existenz zu verheimlichen, und auf der anderen Seite ist die Welt noch nicht bereit ... Das wird sie nie sein, wirst du mir antworten. Und du mußt schließlich entscheiden, wofür du geboren wurdest. Bis zu welchem Punkt du dich engagieren willst, und mit welcher Absicht ...«

»Ich will mich nicht von der Kirche manipulieren lassen.«

»Du magst diesen Monsignore Givens nicht besonders, das habe ich gemerkt, und ich kann dich verstehen. Aber vergiß nicht, daß sie dich momentan alle noch auf die Probe stellen. Sie testen deine Reaktionen, vergleichen sie mit denjenigen, die Jesus seinerzeit gezeigt haben könnte. Denk nur an seine Angriffe auf die damalige Geistlichkeit ... Wenn dieser Bischof dich provoziert hat, dann nur zu seiner eigenen Erbauung. Wenn er dich wirklich stört, kannst du einschreiten.«

»Er wird sich nicht ändern.«

»Du kannst verlangen, daß er ersetzt wird. Daß man dir einen weniger verbiesterten Theologen zur Seite stellt. Es ist der Präsident der Vereinigten Staaten, der hier etwas von dir will, Jimmy – was du auch forderst, du wirst es bekommen.«

Ich lächle verwirrt, daran hatte ich noch gar nicht gedacht.

»Das ist wie so eine Art Casting, nehme ich an? Ich bin derjenige, der sich die Leute aussucht?«

»Aber sicher. Mit der Unterstützung von Buddy Cupperman, den du durch deine Schmeicheleien um den kleinen Finger gewickelt hast, sollte es keinerlei Probleme geben.«

»Sie werde ich auf jeden Fall behalten.«

»Das wird schwierig werden.«

Er wendet sich ab, die Hände auf den Rücken gelegt.

»Mein Platz ist an Philips Seite. Ich verwalte seine Angelegenheiten, leite seine Stiftung … Gleich fliege ich wieder ab. Er will unbedingt wissen, wie du dich entwickelt hast, seit du weißt …«

»Pater!«

Er bleibt gleichzeitig mit mir stehen, folgt der Richtung meines Blicks. Erstaunt gehe ich auf den Baum zu, umrunde ihn langsam, untersuche einen der unteren Zweige.

»Ist es der hier?« fragt er, als er mich eingeholt hat.

»Sehen Sie nur! Er treibt wieder!«

Ich werfe mich gegen die Rinde, umarme den zum Leben erwachten Stamm mit aller Gewalt. Endlich habe ich einen Beweis, einen echten Beweis.

»Warte, Jimmy … Bist du ganz sicher, daß es derselbe Baum ist?«

Ich zeige ihm das an den Stamm genagelte Schild, den aufgepinselten roten Kreis, der sein Todesurteil bestätigt, die vertrockneten Blätter zu unseren Füßen.

»Und diese Triebe waren vorhin noch nicht da?«

»Ich schwöre es Ihnen! Das heißt, nein, aber ich garantiere es Ihnen.«

Mit einem trockenen Knacken bricht er einen Zweig ab, sucht den Saft, schüttelt erstaunt den Kopf.

»Außerdem ist es Juli, Pater! Haben Sie schon mal im Juli einen Baum ausschlagen sehen?«

»Psst!« macht er heftig und deutet auf einen Typen, der mit einer Schubkarre vorbeikommt.

Ich stürze auf den Gärtner zu, ziehe ihn am Arm herüber, damit er es bestätigen kann. Es ist ein finster dreinblickender kleiner Inder, der sich nur schwach wehrt. Die Nase über einen Zweig gebeugt, kneift er die Augen zusammen, zerdrückt eine Knospe zwischen den Fingern und breitet dann verständnislos die Arme aus.

»Sie kennen doch diesen Baum: Er war tot!«

»Ja, das stimmt, es geht ihm besser«, antwortet er mit einer Unbefangenheit, die mich wie einen Idioten dastehen läßt.

In einem Anflug von jugendlichem Übermut drücke ich ihn an mich, als hätten wir gemeinsam ein Ziel erreicht. Sobald ich ihn wieder losgelassen habe, weicht er langsam zurück, kratzt sich den Schädel, packt mit starrem Grinsen seine Schubkarre und sucht schleunigst das Weite.

Ich drehe mich zu dem Priester um. Er wirkt entgeistert, verstört, hält sich an dem Baum fest. Ich verstehe seine Reaktion nicht. Er weiß doch, daß ich so was schon mal gemacht habe. Meine Heilkräfte hat er ja am eigenen Leib erlebt. Den Granatsplitter in seinem Knie habe ich schließlich nicht à la Superman mit den Laserstrahlen aus meinen Augen zerstört – ich habe vermutlich mit einem Schlag seine sämtlichen Antikörper mobilisiert, irgendwie so was, und die haben dann das Metall ebenso rasch zertrümmert, wie der Ahorn wieder Saft aus dem Boden gesogen hat ...

»Wir sollten das lieber nicht an die große Glocke hängen«, murmelt er verlegen, als ich ihm meine Erklärung vorgetragen habe.

»Jetzt auf einmal! Vorher hieß es, wir hätten nicht mehr das Recht, meine Existenz zu verheimlichen ...«

»Du bist noch nicht bereit«, brummelt er.

»Ich heile durch meine Gedanken, ich beeinflusse Materie damit, ich gebiete dem Tod Einhalt, was braucht es denn noch?«

Ich gehe wieder auf meinen Ahorn zu, reiße das Schild ab und werfe es in den Papierkorb. Donoway folgt mir.

»Du bist moralisch noch nicht soweit! Du bist doch kein

Zirkuspferd, Jimmy, deine Aufgabe ist es nicht, tolle Zaubereien zu veranstalten, damit man dir Beifall klatscht! Du kannst den Sinn, die Reichweite dessen, was in dir vorgeht, noch nicht erfassen, du bist dessen noch nicht ...« Er unterbricht sich, schluckt ein kränkendes Wort wieder hinunter.

»Würdig?«

Er schaut weg, Tränen in den Augen. Tröstend klopfe ich ihm auf die Schulter.

»Ich weiß schon, lassen wir's gut sein, reden wir nicht mehr davon, ich werde niemanden mehr retten, bevor ich nicht die notwendige Ausbildung bekommen habe, ich lasse die Menschen, die Tiere und Bäume in meiner Umgebung einfach abkratzen, solange ich nicht die Erlaubnis habe, sie zu heilen. Und ab jetzt bin ich sowieso durch meinen eigenen Schwur gebunden. Die Wiedergeburt des Ahorns bedeutet, daß ich ohne Abstriche alles akzeptiere, das vierstündige Briefing, die Hütte in den Rockies und den Abschied von dem Jimmy, der ich mal war. Ich werde alles an mir ändern, was sie stört, alles, was nicht zu der Rolle und dem Image paßt, die sie mir zugedacht haben; ich werde alles in meiner Macht Stehende tun, um ihren Erwartungen gerecht zu werden und mich meines Blutes würdig zu erweisen.«

Seufzend steckt er den abgeknickten Ahornzweig in seinen Regenmantel.

»Ich bin nicht sicher, ob es richtig ist, Jimmy. Ist dies wirklich das Schicksal, das du verdienst?«

»Hören Sie auf, mich auf die Probe zu stellen! Ist schon gut, glauben Sie's mir. Ist okay.«

Wir mustern uns im Regen wie zwei total erschöpfte Boxer, die einen Kampf austragen und sich gegenseitig sehr schätzen. Er nickt lange. Ich gehe zu meinem Baum hin, umarme ihn in Höhe des roten Kreises. Fast könnte man meinen, die rote Farbe wäre schon schwächer geworden, so als hätte die Rinde bereits begonnen, sie aufzulösen.

»Wie funktioniert so was, Pater? Wie können Gedanken auf Zellen Einfluß nehmen?«

Leise erwidert er, Jesus habe die Macht besessen, von innen heraus das neu entstehen zu lassen, was durch Abnutzung, Krankheit oder einen Unfall entstellt worden war, neu zusammenzusetzen, was einmal geordnet war und dann zerfiel.

»Geld her!«

Drei Typen mit Messern in der Hand stehen vor uns, sind aus dem Nichts aufgetaucht. In Panik läßt Pater Donoway seine Aktentasche fallen und wühlt in seinen Taschen. Ich schaue mir die Angreifer genau an, ihre hervortretenden Augen, den starren Blick, das gleiche fratzenhafte Gesicht. Plötzlich breite ich die Arme aus, gehe auf sie zu und brülle: »Weicht aus diesen Körpern, unreine Geister! Ich befehle es euch, jage euch fort, werfe euch hinaus!«

Völlig baff sehen die drei mich auf sie zukommen.

»Allmächtiger Gott, hilf mir dabei, diese Männer von den bösen Geistern zu befreien, die ihnen zusetzen!«

Keine Reaktion. Mit ausladenden Gesten male ich das Kreuzzeichen vor ihnen in die Luft und brülle dann erst richtig los.

»Habt ihr gehört, ihr Scheiß-Dämonen? Zeigt euch, fahrt aus diesen Unschuldigen heraus, im Namen des Vaters, des Sohnes und des Heiligen Geistes!«

Mit vorgebeugtem Oberkörper gehe ich auf den Typen in der Mitte zu, stoße meine Brust gegen sein Messer. Er weicht zurück.

»Ihr könnt nichts gegen mich ausrichten! Diese drei Besessenen gehorchen euch nicht mehr, sind taub für eure

Stimmen! Ihr verschwendet nur eure Zeit mit ihnen! Raus mit euch, hab ich gesagt, oder ich kette euch ans Grab und verfluche euch bis ins vierzigste Glied!«

Die ersten beiden suchen schlagartig das Weite, der dritte fuchtelt mir mit dem Messer vorm Gesicht herum. Ich packe ihn am Handgelenk, entwaffne ihn. Er versetzt mir einen Hieb unterhalb des Ohrs.

»Laß dich doch befreien, du Trottel!« rufe ich und ramme ihm mein Knie in die Eier.

Er krümmt sich, rollt in den Blättern hin und her, steht wieder auf und macht sich aus dem Staub. Während ich all-mählich wieder zu Atem komme, betrachte ich das Loch in meiner Jacke. Zu Tode erschrocken, blickt Donoway mich an. Langsam bekreuzigt er sich, ihm schlottern die Knie. Ich schüttle ihn ein bißchen, damit er zu zittern aufhört.

»Ist ja nicht schlimm, ich fang nicht wieder an damit, es hat mich keiner gesehen, und wir erzählen es niemandem … Macht man es so, das mit den Dämonen?«

Er zuckt ahnungslos mit den Schultern.

»Ich dachte, man würde etwas spüren, wenn sie den Kör-per verlassen. Woher weiß man denn, daß sie weg sind?«

»Ich weiß es nicht, Jimmy …«

Plötzlich wirkt er wie ein Hundertjähriger, mit Tränen in den Augen stützt er sich auf mich, und wir gehen in Rich-tung Fifth Avenue. Nach ein paar Schritten gestehe ich ihm, daß mir dieser Hieb mit dem Knie echt gutgetan habe. Aber ich sei trotzdem kein Schläger. Vielleicht liege das in meinen Genen. Er sagt nichts.

Als ich die bemoosten Steintreppen hinaufgehe, bewege ich meinen Kiefer hin und her, auf den der Besessene einge-schlagen hat. Höflich frage ich mich laut, ob ich dem Typen nicht vielleicht lieber die andere Wange hätte hinhalten sol-len, anstatt ihm in die Eier zu treten. Der farbige Geistliche bleibt oben an den Stufen stehen, lehnt sich mit dem Rücken ans Geländer und sieht mich ganz ernst an.

»Das ist ein Mißverständnis, Jimmy, ich habe es dir schon einmal erklärt, als du noch ganz klein warst ... Gib mir eine Ohrfeige.«

»Warum?«

»Tu so, als ob.«

Verwundert lege ich meine Hand im Zeitlupentempo auf seine Wange.

»Siehst du: Als Rechtshänder hast du mich spontan auf die linke Wange gehauen. Jesus würde mir demnach raten, auch die *Rechte* hinzuhalten. Es sei denn, du hättest mich mit dem Handrücken geschlagen. Genau das machten die Römer mit den Juden, um ihre Verachtung zu zeigen. Und wie reagiert Christus da? Er sieht seinem Angreifer ins Auge und sagt: ›Wenn du mich schlägst, schlage mich wie deinen Bruder und nicht wie einen Untergebenen.‹ Verstehst du, Jimmy? Die linke Wange hinhalten ist kein Appell an die Gewaltlosigkeit, sondern ein Kampf gegen den Rassismus.«

Er geht an den Straßenrand und hält ein Taxi an. Dann kommt er noch einmal zu mir zurück.

»Vergiß nie, daß man vom ›Menschensohn‹ spricht. Auf welche Art du auch auf die Welt gekommen sein magst, was auch immer für Intrigen um dich herum entstehen, durch welchen Schwindel deine Überlegungen beeinflußt werden, was zählt, ist deine Menschlichkeit. Sie allein verbindet dich mit dem Göttlichen.«

»Wird's bald?« fragt der Fahrer ungeduldig.

»Es ist deine freie Entscheidung, den Willen Gottes zu erfüllen, Jimmy, nicht die Zusammensetzung deines Blutes.«

»Warum sagen Sie mir das?«

Er steigt ein, um gleich darauf wieder auszusteigen.

»Ich hab meine Aktentasche liegenlassen. Nein, geh du nur, sie warten ja im Hotel auf dich.«

Der Priester wirft die Tür des Taxis zu, das wie der Blitz davonschießt, steigt die Stufen wieder hinunter und dreht sich ein letztes Mal um.

»Denk dran, Jimmy, man kommt nicht als Sohn Gottes zur Welt, man wird es erst.«

Ich sehe ihm nach, wie er sich entfernt, und höre diesen Satz in meinem Kopf nachhallen, der so vollkommen dem Geist des Evangeliums widerspricht.

Auf dem Rücksitz der Limousine, die sie vom Central Park abholte, hatten Buddy Cupperman und Irwin Glassner ihre ersten Eindrücke ausgetauscht. So wie er bei dem Essen erschienen war, roh und unverbildet, bot Jimmy eine recht überzeugende Mischung aus Sanftmut und Rebellion, aus Arglosigkeit und Scharfsinn, Sympathie und Unnachgiebigkeit. Buddy fand, die Genforschung habe das Wesentliche getan, der Rest sei nur noch ein Feilen, an der Erziehung, am Äußeren. Irwin, den die Begegnung sehr aufgewühlt hatte, stellte sich im Rauch seiner Zigarre den inneren Werdegang des Schwimmbadreparateurs vor, der schlagartig vom Atheisten zum Gottessohn geworden war. Er mußte an seine eigene wechselhafte Laufbahn denken, die ihn vom Rausch der Wissenschaft zur Demut des Glaubens geführt hatte, und fühlte sich ihm, zwischen übersteigerter Schwärmerei und Reue schwankend, verbunden.

Als sie die Suite 4139 des Parker Meridien betraten, zückten die drei Junkies auf dem Kontrollmonitor ihre Messer, gefilmt von der Minikamera, mit der Pater Donoway ausgestattet war.

»Was ist denn das?« brüllte Cupperman und ging auf Doktor Entridge los. »Wer hat Ihnen das erlaubt?«

»Ich habe damit überhaupt nichts zu tun!« kreischte der Psychiater der CIA.

Wütend wandte sich der Koordinator zu Agent Wattfield um, die gebannt auf den Bildschirm starrte und jegliche Verantwortung des FBI abstritt.

»Das sind echte, Buddy.«

»Verlaßt diese Körper, unreine Geister!« dröhnte Jimmy, der nun ins Blickfeld kam, die Arme zum Kreuz übereinandergelegt.

»Er spinnt«, seufzte Glassner und ließ seine Zigarre sinken, »sie werden ihn umbringen!«

»Achtung, Einsatzkräfte: eingreifen!« schrie Agent Wattfield in ihren Kopfhörer.

»Wartet mal!« rief Buddy, als er sah, wie die ersten beiden die Beine in die Hand nahmen.

Als auch der dritte in die Flucht geschlagen war, gab Kim Entwarnung, worauf ihre FBI-Leute Jimmy in sicherem Abstand folgten. Die Anspannung im Raum legte sich wieder etwas.

»Jedenfalls hat er seine Rolle voll drauf«, bemerkte der Pressesprecher, nachdem er sich wieder gefaßt hatte. »Ich weiß nicht, wie es Ihnen geht, aber ich glaube daran.«

»Er auch«, sagte Cupperman mit besorgter Stimme. »Vielleicht ein bißchen zu sehr.«

»Wie auch immer«, beharrte der Medienexperte, »er hat jedenfalls Charisma.«

»Oder glaubt es zu haben«, sagte Monsignore Givens mit nachdenklicher Schärfe.

Auf dem Monitor fragte Jimmy sich gerade, ob es nicht besser gewesen wäre, auch die linke Wange hinzuhalten. Die verschiedenen Spezialisten schenkten den Ausführungen über die Ohrfeige römischer Art nur wenig Beachtung, jeder beurteilte den Vorfall anders und zog seine eigenen Schlüsse daraus.

»Ausgezeichneter Lockvogel, dieser Donoway«, kommentierte Doktor Entridge, der als einziger weiterhin den Geschehnissen auf dem Bildschirm folgte.

»Brauchen wir ihn noch?« erkundigte sich Richter Clayborne, als der Priester und Jimmy sich voneinander verabschiedet hatten.

Die Blicke wandten sich wieder dem zitternden Bild von dem Gebüsch zu, das Donoway durchschritt, dessen Stimme sich unter dem Knirschen der Sohlen nach einer Weile aus dem Off zurückmeldete: »Bitte sehr, meine Damen und Herren, Sie konnten sich nun selbst ein Bild seiner Fähigkeiten wie auch seiner seelischen Beschaffenheit machen. Alles, was ich von Ihnen verlange, ist, daß Sie sie richtig einsetzen ... Und daß Sie Jimmys Aufrichtigkeit respektieren.«

Niemand schenkte seinen Verkaufsargumenten Beachtung, die gut zu seinem pathetischen Tonfall paßten.

»Ich werde Doktor Sandersen Bericht erstatten«, schloß er, »und Sie dann bezüglich der Zustimmung zum Kaufvertrag unterrichten. Einen schönen Tag noch. Passen Sie gut auf Jimmy auf.«

Seine Hand nahm den ganzen Bildschirm ein, die Verbindung wurde unterbrochen.

»Haben Sie unterzeichnet?« fragte der Pressesprecher.

Richter Clayborne antwortete, er treffe sich in zwei Stunden mit Sandersens Anwälten im Waldorf Astoria. Es gebe noch ein paar strittige Punkte, bei denen das Weiße Haus nicht mit sich verhandeln lasse – vor allem die Klausel, welche die Haftung des Überlassers für den Fall regle, daß der Überlassene trotz seiner Verpflichtung, die höheren Interessen der Nation zu wahren, sich öffentlich gegen den Abtretungsbegünstigten, nämlich die Vereinigten Staaten, wende.

»Spielen Sie mir die Szene noch mal vor«, befahl Buddy Cupperman, der auf Entridges Rückenlehne gestützt dastand.

Der Psychiater spulte das Band zum Anfang zurück. Kim Wattfield teilte ihnen die von den Leibwächtern übermittelten Informationen mit: Jimmy ging sehr langsam die Fifth Avenue entlang und war etwa auf der Höhe der Grand Army Plaza angelangt – bei dem Tempo würde er erst in sechs bis acht Minuten ins Meridien kommen.

»Und die Aktentasche?« fragte sie ihre Männer.

»Die haben wir.«

»Teilt euch auf. Einer bleibt bei Jimmy, der andere gibt die Tasche zurück, holt sich die Kamera und geleitet den Priester bis zum Flughafen. Der dritte bricht einen Ahornzweig ab und bringt ihn mir, damit er analysiert werden kann.«

»Was soll mit dem Ahorn sein?« brummte Buddy Cupperman.

»Den er auf dem Hinweg behandelt hat?« fragte Glassner gerührt.

»Wir sind gleich soweit«, erwiderte Entdrige und spulte schneller vor.

»Da!« rief Jimmy. »Er schlägt aus!«

Entridge fror das Bild ein und zoomte näher heran.

»Wenn man mich fragt, ist der Baum tot«, bemerkte der Richter. »Das sind Knospen, die im Frühjahr den Frost erwischt haben, das ist alles.«

»Da kenne ich mich nicht aus«, warf der Pressesprecher ein, »aber sie sind grün.«

»Unglaublich«, murmelte Irwin, der mit der Nase am Bildschirm klebte. »Sehen Sie diesen neuen Trieb hier? So als wäre nach dem Zurückschneiden wieder neuer Saft in den Baum geflossen. Doch es ist nicht zu erkennen, daß er geschnitten worden wäre. Außerdem würde so etwas Wochen dauern ... Wie lange haben wir zu Tisch gesessen, eine Stunde? Können Sie sich vorstellen, was für eine Energie notwendig ist, um einem Baum zu befehlen, er möge seinen Zyklus unterbrechen, die Photosynthese beschleunigen und mitten im Juli ausschlagen?!«

»Wir haben kein Bild davon, wie der Baum vorher war«, wandte Kim Wattfield ein. »Vielleicht war er ja schon so, als Jimmy zum ersten Mal vorbeikam.«

»Und was machen Sie dann mit der Zeugenaussage des Gärtners?« fragte der Pressesprecher.

»In dem exaltierten Zustand, in dem er jetzt ist, würde Jimmy einem alles verkaufen. Was er da unter Beweis stellt, ist sein Charisma, weiter nichts«, erwiderte Kim.

»Ich habe nicht den geringsten Zweifel hinsichtlich seiner Aufrichtigkeit«, protestierte Entridge.

»Aufrichtigkeit in Unkenntnis Ihrer Spielchen«, betonte sie.

»Der Beweis, daß er unsere kühnsten Hoffnungen übertroffen hat«, warf Buddy ein.

Irwin wandte sich an den Psychiater mit einer Frage, die ihn beschäftigte, seit er den tätlichen Angriff auf dem Monitor gesehen hatte.

»Lester, glauben Sie, das Wiedererblühen des Baumes hat ihm diese ... diese geistige Kraft verliehen, mit der er den Angreifern gegenübergetreten ist?«

Doktor Entdrige gab zu bedenken, daß es für beide Ereignisse vielleicht eine ganz rationale Erklärung gab: Jimmy wisse sich zu wehren, die Angreifer hätten die Flucht ergriffen, weil sie das gespürt haben müssen. Außerdem spreche Freud in einem Brief an seine Tochter Anna von einem Birnbaum, den die Familie drei Jahre lang für abgestorben hielt und der überraschenderweise wieder zu blühen begann.

»Na schön«, kürzte Buddy das Ganze ab, »packen Sie diese Dokumente erst mal gut weg. Solange Phase 4 noch nicht beendet ist, Wattfield, wahren Sie Ihr Inkognito.«

Wortlos stand Kim auf und ging hinaus. Die Nachricht, die Jimmy zwanzig Minuten zuvor auf ihrer Mailbox hinterlassen hatte, ließ sie in Entridges Gegenwart lieber unerwähnt.

»Zu schwer, sein Fusel!« grinste Buddy und ließ sich auf ein malvenfarbenes Sofa sinken. »Ein Burgunder zum Mittagessen, das ist Ketzerei. Entridge, lassen Sie mich die Analyse hören. Exzellent, Ihre Nummer, Herr Bischof.«

Monsignore Givens stand mit verschränkten Armen im Gegenlicht, legte den Kopf ein wenig in den Nacken und verkündete in kriegerischem Tonfall: »Ich glaube an diesen Jungen. Humor, Elan, Hartnäckigkeit, Scheinheiligkeit und Würde – der Vatikan wird ihn lieben.«

»Aber an seinem Look müssen wir noch ganz schön arbeiten«, rief der Pressechef in Erinnerung.

Lester Entridge gab Cupperman das Aufnahmegerät, dann zog er den Bischof beiseite, um sich mit ihm zu besprechen.

»Hast du einen Zweifel, Lester?«

»Eher eine Frage. Zuerst hat er Religion ja völlig abgelehnt. Wenn er jetzt aber im Zuge der Überspanntheit seines Ego die Lehre anerkennt, laufen wir dann nicht Gefahr, daß er zum Fundamentalisten und damit unkontrollierbar wird?«

»Nein, Lester. Sein Glaube ist die Folge von etwas, er hat keine Eigendynamik. Jimmy glaubt nicht – er läßt zu.«

»Meinst du nicht, er könnte sich gegen uns wenden? Er wurde als Kind ausgesetzt, unbewußt empfindet er Frustration, wenn er dieses Trauma des Verlassenwerdens nicht auf seine Umgebung projizieren kann.«

»Also, er projiziert sie ja auf mich, und ich nehme die Rolle an, die man mir zugewiesen hat«, sagte der Prälat des Weißen Hauses lächelnd. »Mach dir keine Sorgen. Solange ich Gottes Sicherung bin, wird es keinen Kurzschluß geben!«

Sie blickten sich an, beruhigt beim Gedanken an die vierzig Geiselnahmen, die sie zusammen gemeistert hatten, denn jeder verstand sich darauf, in dem ihm eigenen Bereich religiösen Fanatikern das Handwerk zu legen.

»Hilf mir dabei, Agent Wattfield rauszuschmeißen«, fuhr

Entridge mit zusammengepreßten Zähnen fort. »Sie hat mit ihm geschlafen.«

»Aha«, kommentierte der Bischof trocken. »Hast du einen Beweis?«

Der Psychiater deutete auf die Aufnahme, die Cupperman – wie ein gestrandeter Wal auf dem Sofa liegend – gerade abhörte.

»Was stört dich daran?« erkundigte sich Monsignore Givens. »Paßt das nicht zu deiner Vorstellung, Jesus müsse keusch sein, oder hast du Angst, eine Frau könne auf dem Kopfkissen mehr erfahren als du auf deiner Liege?«

»Was soll der Quatsch?« regte sich Buddy auf und riß sich den Kopfhörer herunter.

»Sie meinen das Problem mit Agent Wattfield?« seufzte Entridge betrübt. »Kein Zweifel, daß ihn das etwas destabilisiert hat ...«

»Nein, ich meine die Geschichten, die er Ihnen unter die Nase reibt und denen Sie Glauben schenken!« blökte der Koordinator. »Das göttliche Handeln dem persönlichen Glauben gegenüberzustellen mit dem Ziel, die Wunder dem Teufel zuzuschreiben, wo kommen wir denn da hin?!«

»Wir wollten ihn aus der Reserve locken«, rechtfertigte sich Entridge, »seine Überzeugungen sollten ein wenig ins Wanken geraten.«

»Ich verteile hier die Rollen, verdammt noch mal! Givens ist die Stimme der Ablehnung, und Sie sind das Ohr des Vertrauens! Und wenn er mit seinen Dämonen daherkommt, dann geben Sie ihm recht! Sie haben ja das Resultat gesehen!«

»Ich war sehr wohl gezwungen, seine Argumentation zu hinterfragen, damit er die Sinnlosigkeit ...«

»Man hinterfragt aber nicht so aufs Geratewohl! Wenn man im Nabel rumbohrt, hört man bei der Wirbelsäule auf! Ihr seid doch wirklich Wichser bei der CIA!«

»Also, jetzt reicht's aber!« rastete Entridge aus. »Ich muß mir doch mein Handwerk nicht von dem Drehbuchautor von *Alarm in Malibu* erklären lassen!«

»Ich arbeite wenigstens mit dem Sichtbaren und wühle nicht so in den Abgründen!«

»Ach, das hat man ja gesehen! Ich sage nur: Irak, Pakistan, Kuba …«

»Er kommt«, rief der Pressesprecher und setzte, hysterisch kreischend, noch hinzu: »Und reißen Sie sich jetzt endlich zusammen, denn wer darf Ihre Fehlschüsse wieder als ausgeklügelte Strategie ausgeben? Ich! Das Weiße Haus hat schon so viele CIA-Mitglieder geköpft wie die CIA Präsidenten zu Fall gebracht hat – Sie sind quitt, also hören Sie auf, sich gegenseitig zu beschuldigen! Wir arbeiten diesmal für Gott: Nehmen Sie doch mal ein bißchen Haltung an, Menschenskinder!«

Die Schiebetür gleitet zur Seite und heißt mich in einem aufreizenden Tonfall willkommen. Sofort kommt ein kleiner nervöser Typ mit einem Piercing in einem lachsfarbenen Wildledersakko quer durch die Halle auf mich zugeschossen und grinst mich volle Breitseite an.

»Frank Apalakis, Pressesprecher des Weißen Hauses, ich finde Sie großartig, ich bin Mitglied der Adventistenkirche des Siebten Tages, wir werden bestimmt einen ganz fantastischen Job zusammen machen!«

Ich bleibe stumm und schaue nur zu Kim hinüber, die aufgestanden ist, als ich die Eingangshalle betreten habe. Mit besorgtem Gesicht deutet sie auf den Flur mit den Fahrstühlen und geht darauf zu.

»Hier ist die Chipkarte für Ihr Zimmer, in einer Viertelstunde findet unser Briefing statt, wenn Sie sich ein wenig frisch machen wollen, hier in diesem Umschlag finden Sie einen Vorschuß, damit Sie ein paar dringende Besorgungen machen können, ich glaube, Sie haben kein Gepäck, die Nächte sind ziemlich frisch in den Rockies, draußen vor der Tür wartet eine Limousine auf Sie, fragen Sie einfach an der Rezeption nach dem Chauffeur, und er bringt Sie, wohin Sie wollen ...«

Ich hebe die Hand, um seinen nuschelnden Redeschwall zu unterbrechen. Er hört sofort auf und schaut mich gespannt an, wie ein Hund, der darauf wartet, daß man ihm einen Stock zuwirft.

»Ich hatte meine Tasche an der Rezeption gelassen.«

»Sie ist auf Ihrem Zimmer, soll ich Sie begleiten?«

»Nein danke.«

»Es ist die Nummer 4107, um vier treffen wir uns auf Zimmer 4139, jedenfalls sehen Sie wirklich topfit aus, wenden Sie sich ruhig an mich, wenn Sie irgendwelche Fragen haben, ich bin da, um alle Schwierigkeiten aus dem Weg zu räumen, entschuldigen Sie, daß meine Stimme so komisch klingt, ich hab wahnsinnige Zahnschmerzen ...«

Er schweigt, legt den Kopf zur Seite und blickt mich mit angeknipstem Lächeln abwartend an. Er solle doch ein Aspirin nehmen, sage ich zu ihm, gehe zu den Aufzügen hinüber und betrete die Kabine, in die Kim sich gerade gestürzt hat.

»Ist ja super, daß du so schnell gekommen bist, warst du gerade in der Gegend?«

Mein Tonfall auf der Mailbox hätte ihr angst gemacht, antwortet sie. Ich sehe sie an. Ihr strenges Kostüm vom Vortag fand ich schöner. In ihrem Sommerkleid sieht sie harmlos aus. Sie fragt, auf welchem Stock mein Zimmer liegt.

»Kim ... Ich muß dich sprechen, aber nicht auf meinem Zimmer.«

»Keine Sorge, ich halte mich zurück.«

»Das meine ich nicht. Ich habe Angst, daß da Mikrofone sind.«

Überrascht blickt sie mich an.

»So weit ist es schon?«

»Du mußt mich verteidigen, Kim.«

»Was hast du angestellt?«

»Nichts. Ich *bin* einfach nur. Und ich will nicht, daß sie mich kriegen.«

»Wer?«

»Das Weiße Haus.«

Sie drückt auf den obersten Knopf. Die Türen schließen

sich, und wir starren auf die vorübersausenden Zahlen. Der Aufzug hält in der fünfzehnten Etage, zwei Japaner in hoteleigenen Pantoffeln und schwarzen Badeanzügen grüßen uns, jeder eine Aktentasche unterm Arm, entdecken, daß der Knopf 42 bereits aufleuchtet, bedanken sich und drehen uns den Rücken zu.

Ein paar Sekunden später stehen wir auf dem gefliesten Boden der Fitneßetage. Kim geht vor mir einen Gang entlang, der zu dem führt, was sie den Pool nennen, ein winziges viereckiges Becken, das, umgeben von beschlagenen Glaswänden, in der sengenden Hitze zwischen den Wolkenkratzern liegt. Der Bademeister läßt uns auf seiner Liste unterschreiben und gibt uns Handtücher. Kim breitet ihres auf dem letzten Liegestuhl ganz hinten aus, stellt die Lehne steiler und legt sich darauf. Ich lege mich neben sie und sehe den Japanern zu, die, bis zum Nabel im Wasser, im Becken auf und ab gehen und dabei ihre Bilanzen studieren.

»Also, was ist das für ein Problem mit dem Weißen Haus?«

Ich antworte zu der zuckersüßen Musik, die über die Glaswand tropft: »Ich weiß nicht, was sie von mir wollen, aber bestimmt geht es darum, den Botschafter in erdölexportierenden Ländern zu spielen. So nach dem Motto: ›Ich bin das Lamm Gottes, das die Sünden der Welt trägt; ich schenke euch Frieden, überlaßt ihr uns eure Bodenschätze.‹«

»Bist du dir sicher?«

»Ich hab kein Vertrauen. Ich will nicht sehenden Auges meine Seele verkaufen. Lamm Gottes, von mir aus, aber bitte nicht Schaf. Du mußt für mich verhandeln.«

Sie schaut mich verunsichert an.

»Ich kann dir einen Vorschuß geben«, sage ich und hole den Umschlag heraus, den mir der Pressesprecher zugesteckt hat.

»Nun mal langsam, Jimmy … Du weißt ja gar nicht, ob ich als Anwältin was tauge …«

»Ich kenne nur dich.«

»Ich hab ja erst vor kurzem angefangen …«

»Und mich erwarten sie in zehn Minuten, damit ich den Verkaufsvorvertrag unterzeichne. Sie haben mich bereits mit einem Schweigegelübde übers Ohr gehauen, da will ich mich nicht ein zweites Mal über den Tisch ziehen lassen!«

Sie nimmt den Umschlag und steckt ihn wieder in meine Jacke.

»Komm doch wenigstens mit und sieh sie dir an, Kim … Ich will ihnen unbedingt zeigen, daß ich nicht ganz allein dastehe und meine Interessen zu wahren weiß, daß ich nicht zu allem, was sie verlangen, ja und amen sage …«

Sie holt einen Block aus der Tasche und schraubt einen Füllfederhalter auf.

»Haben Sie dir ein Angebot gemacht? Kannst du mir den genauen Wortlaut zitieren?«

Ich erkläre ihr, daß sie von einer theologischen und geistigen Ausbildung gesprochen hätten, damit ich meine Fähigkeiten in die richtige Richtung entwickeln kann und vom Papst offiziell anerkannt werde. Sie schreibt mit, ohne eine Reaktion zu zeigen.

»Nach welchen Kriterien?«

»Wie bitte?«

»Was spricht dafür, dich offiziell anerkennen zu lassen?«

»Die Unterlagen über meine Abstammung und die Wunder.«

Sie zuckt zusammen.

»Hast du noch andere vollbracht, seit du meine Verstauchung behandelt hast?«

Zögernd berichte ich von der Vermehrung der Donuts, der Wiedererweckung des Verkehrstoten, den Augen des

Blinden und den Knospen des Ahorns. Mit undurchdringlicher Miene macht sie nach jedem Ereignis einen Gedankenstrich an den Anfang der Zeile.

»Glaubst du mir?«

»Ich nehme die Fakten auf. Wenn beide Parteien von ihrer Unwiderlegbarkeit überzeugt sind, brauchen wir nicht mehr darauf zu sprechen zu kommen.«

»Sag ihnen nichts von dem Ahorn. Sie haben mich gebeten, im Moment nicht mehr zu heilen.«

Sie überfliegt ihre Notizen. Eine alte Dame in einem Badeanzug mit Sternen ist aus der Umkleide herausgekommen, sie hat türkisfarbenes Make-up aufgelegt und eine rote Badehaube auf dem Kopf. Vom Rheuma gebeugt, schleppt sie sich mühsam zur Leiter, legt den Stock hin, läßt sich mit dem Rücken voran hineinfallen und krault makellos, mit großen eleganten Bewegungen, an den Japanern vorbei durchs Becken.

»Was willst du?« fragt Kim schließlich und nimmt den Stift aus dem Mund. »Einen Arbeitsvertrag, Krankengeld, Spesen, Sonderhonorare?«

Ich schaue sie an, ganz gerührt von ihrem professionellen Gebaren, dieser spontanen Art, ihre Fähigkeiten auf meine Situation abzustimmen, ohne sich von übernatürlichen oder religiösen Überlegungen leiten zu lassen.

»Weiß nicht … Was empfiehlst du mir denn?«

»Honorare. Dann kannst du deine Leistungen in Rechnung stellen oder sie abschlagen, ohne dabei eine Gewissensklausel geltend zu machen.«

»Ich will kein Geld, sondern einfach nur heilen, wen und wann ich will, ohne um Erlaubnis bitten zu müssen.«

»Wärst du bereit, einen Exklusivvertrag mit ihnen abzuschließen?«

»Nein. Ich will weder den Katholiken gehören noch den

Anführern der Republikaner. Und auch nicht den Demokraten, wenn sie wieder an die Macht kommen. Fehlte bloß noch, daß sie einen wie ein Möbelstück herumschieben. Oder daß man mich weiterverleiht.«

»Wenn ich einen Status als ehrenamtlicher Vermittler für dich aushandle, wird das Fehlen einer finanziellen Gegenleistung juristisch gesehen deine Unabhängigkeit garantieren. Das scheint dir nicht recht zu sein.«

»Nein, es ist nur so, wenn wir das vor einem Swimmingpool besprechen, dann habe ich das Gefühl, wir würden über einen Kostenvoranschlag von mir diskutieren.«

»Du hast mich doch um meinen fachlichen Rat gebeten ...«

Ich seufze und strecke mich auf der Liege aus, um die Wolken über dem Glasdach zu betrachten. Fünf Minuten lang setzt sie mir noch meine Verteidigung auseinander, plant mögliche Hindernisse ein, sucht nach Gegenargumenten und Kompromißangeboten. Seltsamerweise fühle ich mich immer weniger in Sicherheit, je mehr sich meine Position festigt.

»Und wenn ich mich täuschen sollte, Kim? Wenn sie mir lauter Blödsinn erzählt haben? Wenn sie mich lediglich in den Rockies einschließen wollen, um mein Blut zu untersuchen, meine Reaktionen und Kräfte, um mich dann unschädlich zu machen? Denk doch mal, ein Gottessohn, der frei herumläuft und das Volk aufwiegelt, der kann ganz schön was anrichten! Ich hab meine gesamte Kindheit unter der Glasglocke eines Labors verbracht, ich will nicht, daß das wieder anfängt! Ich verlange einen Vertrag, der die Vereinigten Staaten zwingt, ihre Strukturen in den Dienst meiner Sache zu stellen, mit einer Garantie, daß ich als öffentliche Person leben kann und alles bekomme, was ich so brauche – Fernseher, Personal, Zugang zu Krankenhäusern, ein Flugzeug für Krankentransporte –, ansonsten gehe ich auf den freien Markt! Ich biete mich Afrika an, Asien, Europa … Schließlich bin ich ja nicht verpflichtet, mein Vaterland zu retten, es könnte genausogut jedes andere Land sein. Der Prophet gilt nichts im eigenen Lande – da darf die Konkurrenz ruhig zum Zug kommen.«

»Es ist soweit«, sagt sie, und irgendwie habe ich den Eindruck, sie ist froh, daß wir keine Zeit mehr haben.

Sie steckt den Block ein, checkt mit unruhigem Blick ihr Make-up.

»Wir kriegen sie schon«, sagt sie zuversichtlich, klappt ihre Puderdose zu und steht auf.

Anfangs verlief alles recht gut. Es waren ungefähr zehn Leute in der Suite Nummer 4139. Ich habe sie miteinander bekannt gemacht, beginnend bei den Leuten, bei denen ich mir ganz sicher war: Doktor Entridge und Buddy Cupperman. Sie begrüßten Kim mit freundlichem Lächeln, ohne sich schockiert zu zeigen, daß ich mit einer Anwältin aufkreuzte. Der Erzbischof hielt ihr die Hand hin. Anstatt sie zu schütteln, küßte Kim ihm den Ring. Er sah zufrieden aus – das macht man wohl so in seinen Kreisen. Zum Zeichen der Versöhnung kam er mit ausgebreiteten Armen auf mich zu und bat mich, seine harten Worte beim Mittagessen zu entschuldigen. Ich habe ihm aus ganzem Herzen verziehen, indem ich ihm schlichtweg anbot, mich doch auf die linke Wange zu schlagen. Er ist nicht darauf eingegangen, sondern wollte wissen, weshalb er mich ohrfeigen sollte. Und der soll mir die Theologie beibringen! Gehet hin in Frieden, habe ich zu ihm gesagt, ihm die Schulter getätschelt und dann Kim zu Irwin Glassner und zu Richter Clayborne hinübergezogen, worauf wir uns die anderen vorstellen ließen. Der geschwätzige, mit Speed vollgestopfte Pressemensch in seinem pastellfarbenen Wildlederjackett schleifte uns von einem General zu einem Ernährungswissenschaftler, von einem Sprachprofessor zu einem Psychotrainer, um schließlich bei der einzigen Frau der Runde zu enden: einem unförmigen Mannweib, das damit beauftragt war, meinen neuen Look zu kreieren. Ich habe ihr viel Glück dabei gewünscht. Ich vermute, die haben sie wohl ausgesucht, um mich zur Abstinenz zu erziehen.

Wir setzten uns um den niedrigen Tisch, und zunächst mußte ich ein paar Dinge klarstellen. Wenn wir ins Geschäft kommen, sagte ich, würde ich von mir aus das mit der Keuschheit mal ausprobieren, aber ich würde mich dagegen wehren, daß man meine freie Entscheidung gleich als Zustimmung einer Vorschrift auslegte, die ich aufs schärfste kritisiere: Nirgendwo verdammt Jesus sexuelle Beziehungen als solche, die fleischliche Sünde ist nur eine Erfindung der Kirche, die damit den Leuten ein schlechtes Gewissen machen will. Eine leichte Abkühlung der Atmosphäre folgte meiner Einleitung. Ich beobachtete vor allem Monsignore Givens' Reaktion, der sich allerdings darauf beschränkte, die Hände auszubreiten. Buddy Cupperman lächelte mich an.

»Wenn ich mich recht erinnere, Jimmy, ist die einzige Sünde, die nicht vergeben wird, die Lästerung des Heiligen Geistes, wenn man also die himmlischen Abgesandten als Handlanger des Teufels bezeichnet.«

Und damit wandte er sich zu Doktor Entrigde um, während ich bestätigte, daß es so im Markus-Evangelium steht.

»Na, das hätten wir ja schon mal«, freute sich Richter Clayborne, der mit überkreuzten Beinen dasaß, einen Ellbogen auf die Stuhllehne gestützt, und mit den Falten seines Doppelkinns spielte.

Ich überließ meiner Anwältin das Wort, die ihnen, ohne ihre Aufzeichnungen zu konsultieren, eine Liste der strittigen

Fragen präsentierte, die meine sämtlichen Befürchtungen, Vorbehalte und Forderungen umfaßte.

»Das beantworten wir alles mit ja«, ließ der Richter verlauten, der überhaupt nicht mitgeschrieben hatte, »wie denn sonst?«

Ein entwaffnendes Schweigen verlieh dem Satz, den er gerade mit einer gewissen Erleichterung ausgesprochen hatte, etwas Definitives. Wir hätten mehr verlangen sollen. Ich tauschte einen Blick mit Kim, und es tat mir gut, zu sehen, daß auch sie ziemlich enttäuscht war über diesen Sieg durch Aufgabe des Gegners.

»Wie sieht es mit den Versicherungen aus?« hakte sie nach. »Welche Art von Vertrag hatten Sie vorgesehen?«

»Worauf zielen Sie ab?« fragte Clayborne ziemlich kühl zurück, so als ginge es jetzt gleich ans Zahlen.

»Sollte während der Ausübung seiner Funktionen ein Attentat auf ihn verübt werden, welche Ersatzleistungen werden Sie da erbringen? Und wie sieht es mit der strafrechtlichen Verfolgung von Verbrechen aus, die in seinem Namen begangen werden, beziehungsweise mit dem religiösen Konflikt, den sein öffentliches Auftreten möglicherweise auslöst?«

»Alles zu seiner Zeit«, erklärte der Richter mit salbungsvoller Stimme und eisigem Blick.

»Damit sind wir nicht einverstanden«, erwiderte meine Anwältin. »All diese Elemente beeinflussen natürlich den Entscheidungsprozeß. Es ist kein leichtes, die genetische Identität Christi zu übernehmen, sowohl im Hinblick auf die Parteigänger wie auf die Gegner.«

Auf ein Zeichen von Buddy Cupperman klappte der Richter den Mund zu. Kim wandte sich an Irwin Glassner.

»Ich nehme an, Sie werden meinen Mandanten schätzen lassen. Wie hoch wird der Wert seiner DNA beziffert? Im Falle eines Unfalls, einer Krankheit oder einer sonstigen

Verhinderung – haben Sie da vor, ihn seinerseits zu klonen? Und wenn ja, zu welchen Bedingungen und in welcher Form würde dann das Folgerecht ausgeübt werden?«

Niemand in der Tischrunde lächelte mehr. Irwin Glassner schaute mich bestürzt und irgendwie vorwurfsvoll an. Ich fand ja auch, daß meine Anwältin ein wenig weit gegangen war, und fürchtete, sie könnte durch ihren Übereifer alles zunichte machen. Das ist halt immer das Problem mit den Anfängerinnen. Doktor Entridge erkundigte sich sehr freundlich bei ihr, ob ihr daran gelegen sei, meine Interessen zu verteidigen oder mich von meiner Berufung abzubringen.

»Ich will, daß er sich bewußt wird, auf was er sich einläßt. Was die Beziehungen zwischen Israel und den Palästinensern betrifft, in welche Strategie wollen Sie ihn denn da einbinden?«

Monsignore Givens räusperte sich. Er hielt die gespreizten Fingerspitzen vor seiner Nase aufeinandergepreßt und wandte sich mit einer gelassenen und respektgebietenden Autorität an mich, als hätte ich ihn um seine Meinung gebeten.

»Ich gestehe gern zu, wie notwendig diese Debatte ist, Jimmy, aber ich bin nicht sicher, daß Ihr Geist sich dadurch in jene Regionen erhebt, die Sie mittlerweile doch wohl anstreben.«

Die verständnisvolle Klarheit in seinem Blick wischte das Unbehagen weg, das mir die von meiner Anwältin ausgemalten Szenarien bereitet hatten. Ich stand auf und sagte zu Kim, ich würde auf mein Zimmer gehen und warten, bis sie hier fertig sei. In zustimmendes Schweigen gehüllt, ging ich hinaus und ließ die übrigen Anwesenden über mein Schicksal entscheiden.

Seit zwanzig Minuten weiche ich jetzt in einem Schaumbad mit Grüner-Apfel-Aroma auf, schiebe ab und zu mit der großen Zehe den Hebel des Wasserhahns nach oben und lasse heißes Wasser nach, während ich mich durch die Programme des kleinen Fernsehers oben neben dem Handtuchfach zappe. Die Furcht ist erst der Gleichgültigkeit, dann der Zuversicht gewichen. Zum Teufel mit den materiellen Details – wichtig ist doch vor allem, daß sie mir zeigen, wie ich meine Mission zu begreifen und auszuführen habe, daß ich weiß, zu welchem Zweck ich auf die Welt gekommen bin und wie ich die Worte Jesu den heutigen Menschen nahebringen kann.

Im Rhythmus meines Fingers auf den Tasten der Fernbedienung spucken die Kanäle Informationshäppchen aus. Plötzlich zucke ich zusammen. Irwin Glassners Gesicht ist auf dem Bildschirm zu sehen. Stehend, vor einem blauem Hintergrund mit dem Emblem des Weißen Hauses, verkündet er traurig, daß die Raumfähre Explorer aus noch unbekannten Gründen in der Stratosphäre zerschellt ist. Ich betrachte ihn und fühle mich wieder so unwohl wie vorhin. Er wirkt so anders, so mechanisch … Wo ist dieses menschliche Strahlen geblieben, dieses Aufblitzen einer verletzten Leidenschaft, die ich spüre, wenn er vor mir steht, dieser jugendliche Enthusiasmus, der trotz seiner antrainierten offiziellen Art manchmal noch durchschimmert? Wer ist der wahre Irwin? Der Politiker mit seinen Worthülsen, der während der Pseudo-Live-Sendung mit totem Blick den Familien der Kosmonauten sein Beileid ausspricht, oder der Wissenschaftler voller Utopien, der mich anschaut, als wäre ich die Verwirklichung seines Lebenstraums? Vielleicht tue ich ihm gut, und er findet in meiner Gegenwart zu sich selbst. Wie Buddy Cupperman, Pater Donoway, Monsignore Givens – oder auch die kleine Kim, deren Kompetenz und Wagemut sogar die hohen Tiere aus Washington beeindruckt hat. Ist nicht direkt mein Einfluß, aber der Einsatz, den ich für sie darstelle, verleitet sie dazu, ihre Grenzen zu überschreiten. Vielleicht bin ich deshalb da.

Auf Irwins Stellungnahme folgt die Wettervorhersage für die Strände, und ich schalte den Ton leise. Anscheinend habe ich zwei Knöpfe gleichzeitig auf der Fernbedienung gedrückt, mit der sich alle Funktionen der Suite regulieren lassen, denn auf einmal beschlägt der Spiegel überm Waschbecken. Ich stehe auf und sehe, wie sich darauf ein Kreuz abzeichnet. Ich halte den Atem an, während links und rechts davon noch weitere Zeichen auftauchen, ein Blitz und eine Spirale. Vermutlich hat das Zimmermädchen den Spiegel mit diesen Wischbewegungen gereinigt.

Ich steige aus der Badewanne, ziehe mich an, kritzle eine Nachricht für Kim auf das »Bitte nicht stören«-Schild, das ich an meine Tür hänge, und gehe hinunter auf die Straße. Es hat aufgehört zu regnen, auf der 57. staut sich hupend der Verkehr. Der Chauffeur springt aus der Limousine und reißt die Wagentür auf. Ich lehne dankend ab, überquere die Straße und steuere auf den Central Park zu.

Unter den Zweigen, die in der Sonne tropfen, finde ich allmählich wieder zu meiner früheren Leichtigkeit zurück. Die Zeit hat einen Sprung gemacht, hat die vergangene Stunde gelöscht, und nun bin ich wieder genauso euphorisch wie vorhin, ehe wir zu rechnen und zu feilschen begannen und uns juristische Winkelzüge ausdachten. Zwei Jungs im Jogginganzug knutschen unter meinem Ahorn. Ich laufe rund um die Lichtung und ziehe allmählich immer engere Kreise, so unauffällig wie möglich. Die letzten toten Blätter sind abgefallen, und ich habe den Eindruck, die Knospen sind größer geworden. Das Glück der beiden Jungs, die, wie zwei Alpinisten aneinandergeklammert, dastehen und sich verschlingen, läßt mich auf einmal wehmütig, ja ungeduldig werden. Ich darf die unglaubliche Energie, die vom Boden um den Ahorn ausgeht, nicht verpuffen lassen, diese ungeheure Dankbarkeit, die mich mit allem versöhnt.

Ärgerlich mustern sie mich aus dem Augenwinkel, lösen sich voneinander. Ich bleibe stehen und beruhige sie lächelnd: Es geht mir nicht um sie, sondern um den Baum. Sie dürfen ruhig ihre Initialen hineinritzen, füge ich noch hinzu, das wird ihn freuen. Sie packen ihre Sachen und ziehen ab.

Ich umschlinge den Ahorn, atme tief den Duft seiner Rinde ein, die nach Regen und warmem Zucker riecht. Jetzt bin ich derjenige, der um Hilfe bittet. Ich habe Lust auf ein weiteres Wunder. Auf jeden Fall möchte ich das Schicksal herausfordern, möchte die Blockade überwinden, aufhören, mich selbst zu schützen, indem ich mich tot stelle. Heute nachmittag werde ich bereit sein, mich Neuem zu öffnen, zu verzeihen, mich zu verabschieden, einen letzten Blick auf die Dinge zu werfen.

Ich lege einen Sprint zurück zum Hotel ein, springe in die Limousine, vorn neben den Chauffeur, und noch bevor er seine Zeitung zusammengefaltet hat, rufe ich ihm zu: »64. East, Nummer 184, bitte!«

Er läßt den Motor an und schlägt mir vor, doch hinten Platz zu nehmen. Ich drehe mich zu der getönten Scheibe um. Dahinter ist die bewußte Wohnzimmerbar eingebaut, in der die Heiligen Drei Könige am Donnerstag morgen mein Leben auf den Kopf gestellt haben. Ich entgegne, daß ich doch lieber hier vorn sitzen bleiben würde, da kann man besser reden. Und während der ganzen Fahrt über lasse ich ihn über sich selbst reden, damit ich innerlich ganz leer werden kann, mich nicht sorge, nichts erhoffe, nichts voraussehe.

Zwischen den Bauarbeiten auf der Lexington Avenue und dem Radau auf der dritten Avenue liegt die 64., ein kleines provinzielles Sträßchen mit Akazien zu beiden Seiten, die sich über die Straße hinweg berühren. Pedro bleibt vor Nummer 184 stehen. Ich habe seinen Vornamen behalten, sonst nichts. Gerade erzählt er von seinem Feldzug im Irak, der Nachkriegszeit, als die Kameraden seiner Einheit sich einer nach dem anderen runterbringen ließen, als Gegenleistung für die amerikanische Staatsbürgerschaft. Ich nicke und starre dabei die ganze Zeit auf die Ecke der dritten Etage. Die Stores sind zur Hälfte herabgelassen, im Wohnzimmer bläht sich ein Stück Vorhang auf die Straße hinaus. Wie beim letzten Mal, als ich hier war.

Pedro beschreibt mir das überraschende Auftauchen am Thanksgiving Day von Präsident Bush, der inkognito nach Bagdad gekommen war, um mit seinen Truppen Truthahn zu essen, während ihn alle Welt bei seiner Familie in Camp David glaubte, das Regiment, das strammstand, als der Helikopter aufsetzte, die unglaubliche Enttäuschung der Soldaten, die glaubten, das sei Madonna. Dann erzählt er von seiner Rückkehr in die Staaten, seiner Schlaflosigkeit, dem Tod seines Hundes, dem Liebhaber seiner Frau.

»Lassen Sie den Motor an!«

Er verrenkt sich plötzlich, mitten im Satz. Emma ist auf dem Bürgersteig aufgetaucht. Akrobatisch verdrehe auch ich mich, um sie sehen zu können. Sie wirft einen Blick auf ihre Armbanduhr, schaut sich um, sehr nervös. Sie hat ein langes blaßblaues Kleid an, ihre Haare stecken unter einem Panamahut, eine kleine Tasche aus Perlen baumelt an ihrer nackten Schulter. Sie ist genau dieselbe wie vor sechs Monaten. Meine Veränderung reicht für zwei.

»Fahren Sie bitte um den Block, Pedro, danke.«

Mit klopfendem Herzen konzentriere ich mich auf die Vision, die hinter der Straßenecke zurückgeblieben ist. Er schweigt, um meine Gedanken nicht zu stören. An der folgenden Ecke bitte ich ihn, nochmals langsam an Nummer 184 vorbeizufahren, als würde er einen Parkplatz suchen. Er gehorcht. Hupend überholt uns ein Taxi. Emma tritt vom Gehsteig herunter, um es anzuhalten, es beschleunigt. Wütend hackt sie mit dem Absatz auf den Rinnstein ein.

»Fahren Sie noch mal vorbei.«

»Schöne Frau«, sagt er zustimmend. Im Zuge seiner Geständnisse ist eine vertrautere Atmosphäre entstanden.

Er biegt in die 3. Avenue ein, und da bitte ich ihn plötzlich anzuhalten. Der gelbe Toyota, der uns seit dem Hotel nachfährt, bremst ebenfalls.

»Setzen Sie sich hinten rein, ich übernehme das Steuer.«

Verwundert schaut er zu mir herüber.

»Wenn wir auf ihrer Höhe angelangt sind, halte ich an, Sie steigen aus, sagen zu ihr, Sie würden in die Bar gegenüber gehen, und der Wagen sei für einen halben Tag bezahlt – wenn sie wolle, könne sie ihn gern haben. Ich hole Sie dann später wieder ab.«

»Aber … ich darf Sie nicht allein lassen, Mister.«

»Das nehme ich auf meine Kappe. Außerdem ist ja noch der gelbe Toyota da. Es wird nicht lang dauern, aber es ist wichtig, Pedro. Das ist mein letzter Nachmittag als freier Mann.«

Bewegt schaut er mich an, steigt aus und setzt sich nach hinten. Ich rutsche auf den Fahrersitz hinüber, biege in die 63. ein, bleibe an einer endlos roten Ampel stehen. Dann fahre ich die Park Avenue hoch, biege in die 64. ein und bete, daß sie nicht in der Zwischenzeit von einem Taxi aufgegabelt wurde. Sie ist immer noch da, steht nägelkauend am Straßenrand. Ich halte in zweiter Reihe vor der Bar an. Pedro steigt aus. Er hat seine schwarze Krawatte zurechtgezurrt, um nicht so dienstbotenmäßig auszusehen. Er tut so, als würde er Emma entdecken, schlägt ihr vor, doch die Limousine zu benutzen, sie stehe ihm noch für eine Stunde zur Verfügung, er selbst habe jetzt einen Geschäftstermin. Er ist ein miserabler Schauspieler, doch Emma hat es so eilig, daß sie sich hastig bedankt und hinten auf die Rückbank stürzt.

»Saint Michael«, brüllt sie mir zu, »86. East, Ecke York Avenue.«

Mit hochgezogenen Schultern sitze ich hinter meiner getönten Scheibe und fahre in Richtung East River. Hoffentlich kutschiere ich sie nicht soeben zu ihrer Hochzeit. Ich muß lächeln, mir wird komischerweise warm ums Herz. Das Leben geht ohne mich weiter, und das ist in Ordnung. Alles, was hier zählt, ist, ein letztes Mal ihre Stimme zu hören, über die Gegensprechanlage im Wagen. In Frieden wegzufahren, endlich unsere Trennung zu akzeptieren, zu sehen, daß sie gut ohne mich zurechtkommt, und ihr alles Glück zu wünschen, das sie verdient hat. Weder Schmerz noch Gewissensbisse noch überflüssige Hoffnung zurückzulassen.

»Ja, Cindy, ich bin's, Emma, ich hab deine Nachricht gehört. Nein, nicht heute abend, ich hab dir doch gesagt, ich kann nicht. Hm? Nein, nein, es ist halt Samstag. Ich hab zu tun … Hör mal, du wirst doch nicht wieder damit anfangen! Ich schwöre dir, daß ich für kein anderes Magazin schreibe! Wo soll ich denn die Zeit hernehmen, um unter einem Pseudonym zu schreiben? Ich hab private Probleme, das ist alles. Wieso ›mit meinem Kerl‹? Also, da läuft alles bestens, du brauchst gar nicht so zu kichern, denn erstens mal geht dich das … Okay, ich bleib dran.«

Ihr Seufzer knistert im Lautsprecher. Ich stelle den Ton lauter, höre das Klicken ihres Feuerzeugs und den erleichterten Atemstoß nach dem ersten Zug. Im Rückspiegel sehe ich nur einen Schatten hinter der getönten Scheibe, aber seit unserer Trennung habe ich ihre Gesten im Geiste so oft wiederholt, daß ich sie auswendig kenne.

»Nein, ich bin noch da.«

Ihre gestreßte Stimme schnürt mir die Kehle zu. Offensichtlich hat sich nichts verändert bei ihr. Die Probleme mit ihrer Redaktion, der Redaktionsschluß, und die Männer in ihrem Leben, die ihr zusetzen ... Ich spiele an den Reglern der Klimaanlage herum, um ihre Luft zu mir nach vorn zu holen. Und schon bläst es kühl ihr blumiges Parfüm aus der zentralen Düse, es duftet nach Amber. Ich schließe die Augen. Eine Autohupe bringt mich wieder in die Verkehrsrealität zurück.

»Was für ein Gerichtsbeschluß? Jetzt wühlst du wohl schon in meinen Schubladen? Mir geht's gut, sage ich dir doch! Tom ist momentan ziemlich down, und ich habe mir Antidepressiva verschreiben lassen, damit es niemand erfährt, das ist alles: Er hat sich doch um eine Stelle in der Staatsanwaltschaft beworben, da kannst du dir ja denken, wie sich so was auswirken könnte ... Aber natürlich habe ich Vertrauen zu dir, darum geht es doch nicht! Hör zu, Cindy, ich hab dir elf Themen für das Septemberheft vorgeschlagen, in acht Tagen ist Redaktionsschluß, und du hast nichts bei mir bestellt ... Ich find das widerlich, was für ein Spielchen du mit mir treibst, und alles nur, weil ich nein gesagt habe! ... Ach hör schon auf, ich beschuldige dich ja nicht wegen Nötigung oder so, ist mir doch egal: Ich brauch meine Arbeit und werd meinen Mund halten, das weißt du, also hör verdammt noch mal auf mit diesem Unsinn! Du kannst alle Mädels in der Redaktion haben, sei doch nicht so unmenschlich! Ich flehe dich an, ich bettle, was willst du noch mehr? Natürlich habe ich mein Skript eingeschickt! Wenn ich eine andere Redaktion am Wickel hätte, wieso sollte ich dann hier einen auf schön Wetter machen? Mensch, gib mir endlich ein Thema! Na schön, heute abend um acht bei dir. Können Sie schneller fahren?« schreit sie mir dann durch die

Scheibe zu, ohne zu sehen, daß das Mikro an ihrer Armlehne eingeschaltet ist.

Ich nicke und drücke aufs Gaspedal. Ihr Handy klingelt, sie antwortet: »Tut mir leid, Tom, ich bin vor einer Stunde losgefahren, es geht nicht voran, ich bin unterwegs«. Ein Reißverschluß wird geöffnet. Sie frischt ihr Make-up auf, wischt sich die Tränen der Wut ab, die ihre Stimme spröde gemacht haben. Ich bin bestürzt, wie wenig sich in ihrem Umfeld verändert hat. Ich hatte gehofft, im Zuge ihres neuen Lebens hätte sich auch ihre Arbeitssituation verbessert und die Blockaden, an denen sie mir die Schuld gab, hätten sich aufgelöst. Zu meiner Zeit war ihr Chefredakteur ein verständnisvoller Faulpelz, der ihr so viel Zeit für die Ausarbeitung ihrer Stoffe ließ, wie sie eben benötigte – und genau das war das Problem: Sie sagte mir, ohne Druck fange sie nie an zu schreiben, sie sei nur dann gut, wenn sie auf die allerletzte Minute fertig werde ... Und dann das Buch zur Politik, mit dem sie seit zehn Jahren schwanger ging und aus dem sie mir einmal pro Monat das erste Kapitel vorlas, nachdem sie wieder mal von vorn angefangen hatte – man brauchte gar nicht zu fragen, wie weit sie damit gekommen sei.

Ich konzentriere mich auf die Einbahnstraßen, die Umleitungen. Schrecklich, daß sie sich nichts aus meinem Verschwinden gemacht hat. Man sollte diejenigen, die man liebt, nie verlassen, weil man glaubt, es sei besser für sie. Doch jetzt ist es zu spät. Das zieht mich nun völlig runter. Hätte ich sie am Straßenrand einfach angequatscht, anstatt diese blöde Sache einzufädeln, hätte sie gesagt »Mir geht's gut, ich bin glücklich, du auch, ist ja klasse, wir hatten wirklich eine superschöne Zeit zusammen, an die ich mich total gern erinnere, bis bald, wir hören wieder voneinander«. Und dann wäre ich ins Ungewisse aufgebrochen, ihr Lächeln im

Herzen, während ich jetzt nur Elend, Unzufriedenheit und Einsamkeit mit mir herumtrage – ganz zu schweigen von ihrer Scham, sollte ich aussteigen und ihr die Wagentür aufhalten, von ihrem berechtigten Groll, wenn sie entdecken sollte, daß sie sich völlig ahnungslos in meinem Rücken entblößt hat.

Ich blinke, als ich mich Saint Michael nähere, einer Kirche, die gerade neu verputzt wird. Eine Hochzeitsgesellschaft läßt sich vor dem Gerüst fotografieren. Der große Blonde, der mir beim letzten Mal, als ich bei ihr geklingelt habe, die Tür öffnete, macht ihr in seinem weißen Smoking ein wütendes Zeichen. Sie rennt ins Foto und schmiegt sich an ihn, zur Linken des Brautpaars, mit starrem Lächeln. Ich warte, bis sie inmitten der Gäste wieder zum Leben erwacht und applaudiert, und fahre dann los, vollkommen niedergeschlagen. Das letzte Bild, das ich von ihr habe, ist ihr gereiztes Gesicht, mit dem sie sich zu dem Blonden umdreht, der sie leise anmault. Wenn ich schon selbst drauf verzichten muß, so hätte es mich doch gefreut, wenn ein anderer in den Genuß des sanften Leuchtens käme, das ich so sehr an ihr geliebt habe. Doch darum geht es bei den beiden nicht. Damit eine Beziehung hält, braucht es wohl doch etwas anderes.

Stets von dem Toyota beschattet, hole ich Pedro in der Bar ab, der bei einem Tomatensaft die Zeit totschlägt, und fahre mit ihm zurück ins Hotel. Er fragt mich, ob alles gutgegangen sei. Ja, antworte ich. Ich wäre jetzt bereit. Bereit, dieses Leben zu verlassen, in dem sich kein Platz mehr für mich finde. Mit der Gewißheit, in Emmas Herz nur eine nutzlose Leere hinterlassen zu haben, die bestimmt rasch getilgt würde – wenn es nicht schon geschehen sei. Allein das Gebet verbinde mich noch mit ihr, sei mein einziges Mittel, ihr zu helfen – aber nicht etwa irgendein Gebet. Nicht diese sture Hoffnung, umkehren zu können zu jener Harmonie, die ich bis zum Abwinken als Argument für unsere Versöhnung anführe ... Nein, das echte Gebet. Selbstlos, unentgeltlich, ohne fleischliche Begierde. Jenes Gebet, das sie mir vielleicht in den Bergen beibringen werden.

Und dann stehe ich wieder vor meiner Zimmertür und nehme das »Bitte nicht stören«-Schild ab. Keine Nachricht von Kim. Ich rufe in Zimmer 4139 an: Niemand hebt ab. Kaum zu glauben, daß die Verhandlungen an den Forderungen meiner Anwältin gescheitert sind. Was soll aus mir werden, wenn sie auf mich verzichten? Ihr Handy ist auf Mailbox umgestellt. Ich hinterlasse eine neutrale Nachricht, rühre mich nicht vom Fleck und warte.

Die untergehende Sonne zeichnet Streifen zwischen die Wolken. Ich versuche, nicht mehr an Emma zu denken – zumindest anders an sie zu denken. Ihr zu wünschen, daß sie ohne mich glücklich wird. Ich verlange nicht mehr, daß sie zu mir zurückkommt, ich will, daß sie in der von ihr erstrebten Richtung weiterkommt. Zu einer anderen Art von Journalismus, zu sinnvollen Recherchen, zu einer politischen Auseinandersetzung, zu einem Buch, zu einem Kind ... Daß sie ihr Gleichgewicht findet. Habe ich die Macht, die Ereignisse zu beeinflussen, so wie ich sie auf das Befinden der anderen hatte?

Ich hocke mich auf den Boden, schließe die Augen und versetze mich im Geist vor die Kirche, wo ich sie soeben verlassen habe, rekonstruiere Szenerie und Atmosphäre und versuche sie zu verändern. Ich stelle mir vor, wie Emma und Tom wieder abfahren, und versöhne sie im Auto, ich folge ihnen nach Hause, lasse sie Sex haben, den Emma sogar genießen darf, konzentriere mich darauf, daß Tom dasselbe träumt wie sie und daß seine Angstzustände nur der Sorge geschuldet sind, er könnte unfruchtbar sein, diese Angst kenne ich ja selbst zu gut, und so sammle ich unser beider Angst und zerquetsche sie in meinen Händen, ich …

Das Klingeln an der Tür läßt mich aufschrecken. Ich liege mit angezogenen Beinen auf dem Boden. Es wird bereits dunkel. Ich stehe auf und torkle zur Tür. Kim steht draußen. In meinem Kopf jagt eine Frage die nächste: Was ist bei dem Gespräch herausgekommen, warum wirkt sie so durcheinander … Ich mache den Mund auf, doch sie hält mir eine Magnetkarte unter die Nase, schiebt mich wieder ins Zimmer und schließt die Tür hinter sich. Die drei Buchstaben FBI prangen über ihrem Foto, ihrem Name, ihrem Dienstgrad. Ungläubig reiße ich die Augen auf.

»Alles eine einzige Lüge, von Anfang an, genau. Ich war beauftragt, dich einerseits zu beschützen und andererseits vorzubereiten. Die Nacht mit dir, das war meine eigene Entscheidung – der einzige mildernde Umstand, der für mich sprechen könnte. Und auch der Grund, weshalb ich meiner Mission enthoben wurde. Der Grund oder auch der Vorwand.«

»Warte mal«, sage ich zu ihr, gehe ins Bad und halte das Gesicht unter kaltes Wasser, um wieder zu mir zu kommen. Ihre Worte geistern mir durch den Kopf, tropfend stehe ich vor dem Spiegel und sehe unsere Begegnung im Lichte dessen, was sie mir gerade gestanden hat – auf einmal wird mir alles klar. Ihr Auftauchen am Swimmingpool von Madame Nespoulos, ihr Verständnis für meine Gefühle, unser beidseitiger Liebeskummer, unser erneutes Zusammentreffen an jenem Nachmittag … Sie behauptete, sie sei Anwältin, damit ich sie bat, meine Interessen bei denjenigen zu verteidigen, die ihre Auftraggeber waren. Logisch. Ich komme mir lächerlich vor, kann aber nichts erwidern.

Sie steht am Fenster und schaut auf die Lichter Manhattans rings um den schwarzen Graben des Central Park. Sie hört mich ins Zimmer zurückkehren, dreht sich mit betrübtem Blick um, beißt sich auf die Lippen. Ich frage sie lediglich, warum sie mir die Wahrheit gesagt hat.

»Morgen reiche ich meine Kündigung ein und unterschreibe die Geheimhaltungserklärung. Heute abend kann ich noch reden und werfe dir daher alles vor die Füße – du kannst dann machen, was du willst. Es ist dein Leben, deine Entscheidung. Du kannst immer noch die ganze Sache stoppen und zu allen sagen, ihr könnt mich mal. Was hast du eigentlich noch in der Minibar?«

Ihr abgehackter Tonfall und ihr verstörter Blick verraten mir, daß ihre leer zu sein scheint. Ich öffne den Kühlschrank und fordere sie auf, sich zu bedienen. Sie kippt drei Mini-Gins und einen Mini-Porto in ein Glas und lehnt sich an den Wandschrank.

»Wenn ich sage, es war alles von Anfang an ein Schwindel, Jimmy, dann meine ich damit nicht mich allein. Sorry, daß ich so brutal bin. Das mit dem Knöchel, den du zu heilen geglaubt hast, war nur gespielt, dann bin ich weggerannt, damit du gezwungen warst, mir zu folgen, und so zum richtigen Schauplatz geführt wurdest.«

Sie hält mir ihr Glas hin. Ich schüttle den Kopf. Sie trinkt es in einem Zug aus und redet dann weiter.

»Wir hatten den Donut-Automaten manipuliert und ihn ferngesteuert. Der Verkehrstote war einer von unseren Leuten, der Danoxyl genommen hatte, um seinen Puls anzuhalten, während du ihn wieder zum Leben erwecktest. Der Krankenpfleger und seine Clique gehörten ebenfalls zu unseren Leuten – der Blinde war allerdings echt. Wir gingen davon aus, daß du überprüfen würdest, ob er wirklich blind war, daß du aber angesichts der vorherigen Wunder nicht an seiner Heilung zweifeln würdest.«

»Ist er … immer noch blind?«

»Das hat nichts mit dir persönlich zu tun, Jimmy. Es sieht aus wie eine Schnitzeljagd, doch es gab ein genaues Protokoll. Wir hatten überall im Viertel Leute postiert, hatten deine Wege und Seelenzustände vorausbedacht, mit allen möglichen Szenarien, den unterschiedlichen Optionen … Cupperman war sicher, du würdest dich den Evangelien gemäß verhalten, seit du glaubtest, für die Donut-Vermehrung verantwortlich zu sein. Entridge war sich sogar sicher, du würdest den Samstagmorgen abwarten, um den Blinden vor der Synagoge zu heilen – zum Gedenken an Jesus, der die Juden schockierte, weil er am Sabbat Kranke behandelte. Um das Schicksal auf die Probe zu stellen, den Faden neu zu knüpfen … Buddy wies darauf hin, daß der Sabbat bereits am Freitagabend beginnt; Entridge war der Meinung, daß du das als nicht praktizierender Jude nicht wüßtest. Sie haben gewettet.«

»Abscheulich«, murmele ich, weit mehr als angewidert, wütend und beschämt.

»Das war nicht gegen dich persönlich gerichtet«, wiederholt sie. »Es sollte lediglich alles in Gang gesetzt werden, mehr nicht. Verstehst du? Du solltest dazu gebracht werden, an die Macht Christi zu glauben, und die Wunder waren das beste Mittel, sie zu reaktivieren, sofern sie tatsächlich in deine Gene übertragen worden war. Zumindest war das Cuppermans Theorie, die auch Glassner billigte.«

Sie streckt die Hände nach mir aus, ich packe sie bei den Handgelenken.

»Ist wenigstens meine DNA-Analyse echt?«

»Jimmy … Glaubst du, das Weiße Haus hätte das FBI, die CIA und das Pentagon mobilisiert, um die Reaktionen irgendeines x-beliebigen Schwimmbadklempners in einer soziologischen Studie zu untersuchen, weil er dazu gebracht werden soll, sich für Gott zu halten? Dein Fall hat nationale Priorität, und natürlich mußte man dir auf den Zahn fühlen.«

Ich sinke zurück aufs Bett. Meine Kehle brennt, ich schlucke und frage dann: »Und der Ahorn? Habt ihr Knospen aufgeklebt, während wir beim Essen saßen?«

»Nein, Jimmy«, antwortet sie ernst. »Das mit dem Ahorn war echt. Es ist dein erstes Wunder. Und der Beweis, daß Buddy recht hatte.«

Ich höre mich atmen, schwanke zwischen Abscheu und Traurigkeit. Mußte man mich wirklich in einen gutgläubigen Größenwahnsinnigen verwandeln, um Jesus wieder zum Leben zu erwecken? Hätte ich die Kraft der Liebe und des Vertrauens, die man zu einer Heilung braucht, nicht auch so gefunden? Sie haben nicht an mich geglaubt, sie haben auf das Schlechteste an mir gesetzt: den Stolz, die naive Begeisterungsfähigkeit, das Bedürfnis, andere durch Großzügigkeit zu dominieren ... Um alles in Gang zu setzen, wie sie es nennen. Wie entsetzlich. Was für Dreckskerle.

Mit einemmal schrecke ich auf.

»Wieso weißt du das mit dem Ahorn? Hat Pater Donoway es dir erzählt?«

»Du wurdest gefilmt. Meine Männer haben Donoway gefunden, während ich für dich verhandelt habe. Mit durchschnittener Kehle in den Büschen, ohne Koffer. Ich war für seine Sicherheit verantwortlich ... Das ist der Vorwand, um mich nach Washington zurückzuschicken.«

Ich springe vom Bett auf, packe sie wieder beim Handgelenk.

»Die Junkies, waren das auch Leute von euch?«

Sie verneint. Ich lasse die Hände wieder sinken und gehe zutiefst erschüttert im Zimmer auf und ab. Wenn es wirklich vom Teufel Besessene waren, dann ist mir das mit dem Exorzismus mißlungen. Ich habe es nur geschafft, sie in die Flucht zu schlagen – sobald ich ihnen den Rücken kehrte, gingen sie wieder zum Angriff über. Und wenn sie nicht von

Dämonen besessen waren, wenn es nur eine ganz normale Aggression war, dann habe ich sie zur Rache herausgefordert, weil ich sie erniedrigt habe, und sie schließlich zum Mord getrieben. So oder so ist es mein Fehler. Ich habe Donoway getötet. Wegen eines Gleichnisses.

Kim stellt sich neben mich an die Fensterscheibe.

»Du kannst nichts dafür, Jimmy, und die drei Typen auch nicht. Ich bin sicher, es ist eine maskierte Hinrichtung. Da die CIA auf amerikanischem Boden nicht operieren darf, imitiert sie unsere Methoden, um uns die Verantwortung zuzuschieben: ein klassisches Verbrechen, wo sie sonst ein Blasrohr mit Curare, eine winzige Giftschlange oder einen Skorpion eingesetzt hätten. Entridge leitet die psychiatrische Abteilung in Langley – wir schlagen uns die Köpfe ein, und er kann es nicht verputzen, daß du mit mir geschlafen hast.«

Danke, sehr freundlich, sage ich zu ihr, aber sie solle bitte nicht versuchen, ihr Gewissen reinzuwaschen. Sollte sie allerdings tatsächlich an das glauben, was sie da sagt, dann sei sie ebenso paranoid, wie ich leichtgläubig war. Die CIA würde mit Sicherheit keinen Priester umbringen, um sie dafür zu bestrafen, daß sie mit mir geschlafen hat.

»Nein, aber vielleicht, um dich seinem Einfluß zu entziehen.«

Ich zucke mit den Schultern. Armer Mann … Ich sehe sein Lächeln vor mir, als er von meinem »Erzeuger« sprach, seine Verlegenheit, als er mir erzählte, wie ich mit Viereinhalb sein Knie geheilt hatte … Hat auch er gelogen, nur zu meinem Besten? Ganz deutlich erinnere ich mich an seine letzten Worte. Sein Testament. *Man kommt nicht als Sohn Gottes zur Welt, man wird es.«*

»Was wirst du jetzt tun, Jimmy?«

Ich antworte nicht. Ich kann weder vor noch zurück, weder

so tun, als sei nichts geschehen, noch mir Gewissensbisse machen. Ich habe mich von meinem früheren Leben verabschiedet und habe noch nichts für die Menschen getan, außer daß ich mich für ihren Erlöser hielt. Doch es ist nicht die bloße Vorstellung meiner Macht, die den Ahorn geheilt hat, da bin ich mir sicher. Die Wut über die ungerechte Behandlung des Feigenbaums hat mir die Kraft, das Bedürfnis und die Mittel dazu verliehen. Ich möchte wetten, wäre ich gestern aus dem Haus gegangen und wäre zuerst auf den toten Baum gestoßen, ich hätte ihn dennoch zum Leben erweckt. Man kitzelt die Gene Christi nicht wach, indem man seinen Klon zum Deppen macht – ansonsten hätte Gott in der Geschichte nichts verloren. Der Heilige Geist ist kein Schloß, das man einfach aufbrechen kann – der Schlüssel dazu, wenn es einen gibt, befindet sich in mir, aber ich will nicht mehr allein danach suchen und immer im dunkeln tappen. Ich habe Angst, mich zu irren. Schließlich habe ich gesehen, was bei einem Übermaß an Selbstvertrauen herauskommt: Ich habe den Tod eines Menschen verursacht, weil ich den Teufel unterschätzte. Egal, wie hoch der Preis auch sein mag, ich brauche die Kirche und die Experten des Weißen Hauses. Meine Aufgabe dabei ist es, eine mögliche Einflußnahme auszuschalten, Veruntreuung, Vereinnahmung … Ich werde alles lernen, was sie von mir verlangen, doch ich werde es freiwillig tun, auf meine Art und so, wie ich bin. Selbst wenn es darum geht, auf Jesu Spuren zu wandeln, werde ich mich nicht verbiegen lassen.

»Also, dann auf Wiedersehen«, seufzt Kim.

Ich drehe mich zu ihr um und frage sie in schneidendem Ton, ob sie beschlossen hat, mich zu verlassen, oder ob sie lediglich einen Befehl ausführt.

»Ich habe keine Wahl, Jimmy.«

»Wer gibt die Anweisungen? Cupperman oder Glassner?«

»Theoretisch ist es Cupperman, doch der Präsident schenkt Glassner Gehör.«

Ich rufe die Rezeption an und lasse mich mit Glassners Zimmer verbinden. Der Rezeptionist weist mich auf die Uhrzeit hin.

»Ist mir scheißegal, wecken Sie ihn.«

Sobald die belegte Stimme des wissenschaftlichen Beraters »Hallo« brabbelt, packe ich aus. Sie haben mich wie eine Schachfigur herumgeschoben, Sie haben mir etwas vorgespielt, schön, ich bin darauf hereingefallen. Jetzt bewirke ich tatsächlich Wunder, Sie haben es ja gesehen, nun möchte ich, bitte schön, meine Arbeit weitermachen und meine Macht für Sie einsetzen, doch werde ich die Bedingungen diktieren, ansonsten springe ich aus dem Fenster.

»Warten Sie … Beruhigen Sie sich, Jimmy. Wir sollten uns treffen.«

»Erste Bedingung: Kim bleibt weiterhin meine Sicherheitsbeauftragte und kommt mit mir in die Rockies. Außerdem soll Entridge sie gefälligst in Ruhe lassen. Entweder backt er ab jetzt kleinere Brötchen, oder ich schmeiße ihn raus. Ist das klar?«

»Hören Sie …«

»Antworten Sie mit ja oder nein, ich lasse nicht mit mir handeln.«

»Ja.«

»Dann gute Nacht.«

Ich lege auf. Kim schaut mich verblüfft an.

»Und jetzt hört auf, euch gegenseitig ein Bein zu stellen! Seid doch, verdammt noch mal, ein bißchen professionell!«

Sie schmiegt sich an mich. Ich streichle ihr übers Haar, beruhige mich beim Duft ihres Farnkraut-Parfüms.

»Warum schlägst du dich auf meine Seite, Jimmy? Ich habe dich belogen und betrogen, vom ersten Tag an …«

»Dann haben wir das wenigstens schon hinter uns, jetzt kann ich dir vertrauen. Aber ich bitte dich um eins: Sieh zu, daß sich die Atmosphäre ändert, daß diese Mauscheleien und Hinterhältigkeiten ein Ende haben ... Das färbt auf mich ab, wie du merkst! Wenn ihr wollt, daß ich Christus werde, braucht es halt ein Minimum an – wie soll ich sagen –, an Reinheit ...«

Sie seufzt, legt die Hände auf meine Brust, schiebt mich von sich.

»Was ist das, Jimmy, die Reinheit? Das ist nicht die Vorsicht des Naiven, der unter eine Glasglocke lebt, um sich von allem Bösen fernzuhalten. Nein, es ist die Reaktion des Fischers, der mit dem Schlimmsten in Berührung gekommen ist und sich bewußt für das Gute entscheidet.«

Ich blicke sie an. Auch sie hat ihre Bibel gelesen. Meine Anspannung läßt nach, während mir Tränen in die Augen schießen. Wir umarmen uns und bleiben so stehen, atmen im gleichen Rhythmus, streicheln uns, schöpfen aus diesem Augenblick der Schwäche wieder Kraft. Dann blinkt ein Kontrollicht auf dem Bildschirm. Kim greift zur Fernbedienung, geht auf den Menüpunkt *Nachrichten*. Zwei Mails erscheinen auf dem Schirm:

Lieber Jimmy,

  hiermit bestätige ich, daß Kim Wattfield wieder in Amt und Würden ist. Frühstück um acht im Restaurant, wenn es Ihnen recht ist.

Alles Gute,
Irwin Glassner.

Tut mir leid, Jimmy, wenn mein Verhalten fehlinterpretiert werden konnte: Ich schätze Kim Wattfield und wünsche, daß die Zusammenarbeit zwischen unseren Einheiten mit der

Offenheit und in dem guten Einvernehmen fortgeführt wird,
die zur Erreichung unserer gemeinschaftlichen Ziele unerläß-
lich sind.

Herzlich,

Lester Entridge.

– Kopie an I. Glassner und Mgr. Givens. -

Kim bricht in Gelächter aus, mit zusammengepreßten Lippen und zugekniffenen Augen, gibt mir einen Puff in den Magen und schenkt sich noch einen Cocktail ein. Ich warte, daß sie die Minibar geleert hat, versuche mich von ihren Rachegelüsten nicht anstecken zu lassen und bitte sie dann zu gehen.

Sobald sie draußen ist, hole ich aus meiner Tasche die Bücher, mit denen ich seinerzeit meine Kritikfähigkeit gestärkt hatte: *Jesus – die Beweise für die Hochstapelei, Das Neue Testament in vierzig Lügen* … Ich werfe sie in den Papierkorb. Es gibt jetzt keinen Zweifel mehr.

Ich mache alle Lichter aus, lege die Stirn an die Scheibe und schaue hinaus auf den dunklen Central Park. Ich rufe mir Pater Donoways Gesicht ins Gedächtnis, konzentriere mich und versuche mit seinem Geist in Kontakt zu treten, vielleicht hört er mich ja. Ich bitte ihn um Vergebung und erteile ihm die Absolution. Für ihn, für seine Mörder, für alle, die mich benutzen oder mundtot machen wollen, bete ich. Ich bete so, wie ich eben kann. Voller Unwissenheit und Hoffnung sauge ich wieder jene Leere in mich ein, die ich Gott zu nennen begonnen habe.

Es ist fünf nach acht, als ich das Restaurant betrete. Glassner und Entridge lächeln mir zu und mümmeln bereits ihre Frühstücksflocken, als wäre nichts geschehen. Sie erkundigen sich, ob ich gut geschlafen hätte. Ich habe kein Auge zugetan, sage ich, aber es geht mir sehr gut. Ich füge hinzu, daß es mir leid tut, den Ahorn ohne ihre Einwilligung geheilt zu haben, doch jetzt sei ich froh darüber. Hätten Sie auf ihrem Film nicht festgestellt, daß ihre Täuschungsmanöver meinen Gaben nichts anhaben können, hätten sie weiterhin unnützerweise Wunder fingiert, um ein bereits funktionierendes System in Gang zu setzen – wir hätten kostbare Zeit verloren, anstatt uns auf einer gesunden Basis an die Arbeit zu machen. Jetzt seien wir quitt, und ich würde mich nur rasch von meinem Baum verabschieden gehen.

Entridges Miene verdüstert sich, er trinkt einen Schluck Milch, schaut auf die Uhr und teilt mir mit, unser Flugzeug würde in eineinhalb Stunden abheben, ich hätte gerade noch Zeit zu frühstücken. Ich habe keinen Hunger, antworte ich und gehe auf die Eingangshalle zu. Zwei Minuten später laufen sie neben mir her, schlucken ihre letzten Bissen hinunter: Sie finden es besser, wenn wir zusammen hingehen.

Mit großen Schritten wandle ich durch die morgendliche Kühle, umrunde den Rasensprenger, in den die Sonne Regenbögen zeichnet. Sie haben Mühe mitzuhalten, Glassner hustet seine Zigarren vom Vorabend aus, und Entridge möchte sich seine Fünfhundert-Dollar-Sportschuhe nicht im Gras schmutzig machen. Ich laufe am Carousel entlang auf die Sheep Meadow zu und bleibe stehen, als ich bei der Lichtung angekommen bin.

Keuchend haben sie mich eingeholt. Ich stapfe durch Sägemehl, trete auf Reisig und gehe dann langsam auf den Baumstumpf zu, kann es einfach nicht fassen. In der Mitte des noch feuchten Stammes ist ein grauer Kern.

»Furchtbar«, murmelt Irwin und legt mir die Hand auf den Arm. »Aber der Stamm war schon recht morsch, sehen Sie nur: Es hätte gefährlich werden können …«

Ich höre das Surren eines Motors, stürze los. Es ist der Gärtner, dem ich gestern den gesunden Baum gezeigt habe. Ich zerre ihn von seiner Maschine herunter, führe ihn zu der Lichtung und bezichtige ihn des Mordes. Er verteidigt sich, sagt, er könne nichts dafür: Das Fällen von Bäumen obliege dem Amt für Aufforstung.

»Heute ist Sonntag, Mensch!«

»Sie kamen gestern abend …«

»Aber er war doch wieder gesund! Das haben die doch genau gesehen!«

»Darum kümmern die sich nicht. Wenn ein roter Kreis auf einem Baum ist, wird er gefällt.«

Ich drehe mich zu Entridge und Glassner um, damit sie bezeugen können, was sich hier abspielt. Sie sind sichtlich erleichtert. Ich lasse die Hände sinken. Was hilft es, darauf zu beharren, sich aufzuregen, sich zu beschweren? Was geschehen ist, ist geschehen. Das Schicksal des Ahorns war es schließlich nicht, mir als Beweisstück zu dienen. Er wußte, daß er dem Untergang geweiht war, ich habe seiner Natur zuwidergehandelt – vielleicht brauchte es einen zweiten Tod.

Ich schaue den Gärtner scharf an.

»Können Sie bezeugen, daß der Baum neue Knospen hatte?«

»O ja!« versichert er und hebt dabei den Zeigefinger. Als er die verschlossenen Gesichter meiner Begleiter sieht, fügt er, um seiner Kompetenz Nachdruck zu verleihen und zugleich alle Verantwortung von sich zu weisen, noch hinzu: »So was sieht man häufiger, hängt mit der Ozonschicht zusammen.«

»Absolut«, bekräftigen die Männer des Präsidenten.

Ihre eifrigen Bekundungen lassen mich vermuten, sie könnten für das Fällen des Baums verantwortlich sein. Um die Planung einzuhalten. Kein Beweis, keine Publicity und keine Polemik, solange sie mich noch nicht als *bereit* erachten.

Der Gärtner geht wieder, und Irwin Glassner tätschelt mir die Schulter.

»Es ist Zeit«, sagt er leise.

Die letzten Uneinigkeiten waren beseitigt, die Anwälte hatten sich auf die endgültige Formulierung der strittigen Punkte geeinigt, und die Lizenz zur Nutzung des Patents lag unterschriftsreif in vier Exemplaren auf dem Empireschreibtisch bereit.

Philip Sandersen sah zu, wie der Helikopter auf dem Rasen hinter den Hibiskusbüschen landete. Richter Clayborne stieg aus, die Hand auf seine Fönfrisur gelegt, gefolgt von Irwin Glassner, der die Augen im grellen Sonnenlicht mit der Hand abschirmte. Sandersen seufzte, schlug die Arme auseinander, hielt das Sauerstoffgerät an seine Nase und ließ es dann in eine Schublade gleiten. Anschließend blickte er auf den Ledersessel neben sich, dessen rissige Sitzfläche sich in den letzten sechs Tagen ein wenig erholt zu haben schien. Der Tod Pater Donoways hatte ihn zwar von einer großen Last befreit, hinterließ aber auch eine große Leere. Die moralische Bevormundung, die der Priester seit ihrer Jugend in Vietnam auf ihn ausgeübt hatte, war auf einmal von ihm genommen, zusammen mit fünfzig Jahren Freundschaft, aufrichtiger Bewunderung, gegenseitigen Mißtrauens und gemeinsamer Interessen.

»Sie sehen prächtig aus!« rief der Richter, als er hinter der Krankenschwester den Raum betrat.

Sonnenlicht überflutete das riesige, palisandergetäfelte Zimmer, aus dem Dialysegerät, Sauerstoffmaske und Kontrollmonitore verschwunden waren. Hager, aber braungebrannt, mit den zugleich angespannten wie geglätteten Gesichtszügen eines Mannes, der soeben eine Stunde im Fitneßstudio gerackert hat, stand Doktor Sandersen auf, um die Abgesandten des Weißen Hauses zu begrüßen.

»Herzliches Beleid«, sagte Irwin Glassner düster, um dem juristischen Berater, für den die Verhandlungen so gut wie abgeschlossen waren, ein wenig den Wind aus den Segeln zu nehmen.

Sandersen bot ihnen Platz auf zwei Sesseln aus spanischem Leder an, die vor seinem Schreibtisch standen, setzte sich und murmelte: »An dem Nachmittag, als er starb, telefonierte ich noch mit Pater Donoway. Er sagte mir, Jimmy habe, nachdem er sich eingehend nach mir erkundigt hatte, für mich gebetet. Und da – aber glauben Sie bitte nicht, ich würde das als Argument bei unseren Verhandlungen anführen …«

Mit wohlwollend gespitzten Lippen ließ der Richter diesen Gedanken sofort fallen.

»… und da spürte ich etwas wie Strom durch meinen gesamten Körper fließen. In den darauffolgenden Minuten konnte ich wieder selbständig atmen, und noch am selben Abend verzeichneten die Apparaturen einen blitzschnellen Rückgang meiner Krebserkrankung.«

Irwins Herz fing heftig an zu schlagen, doch er ließ sich nichts anmerken. Ein Stechen in seinem Kopf ließ ihn plötzlich an den Ahorn im Central Park denken.

»Und wie sieht es bei Ihnen aus?« fragte Sandersen und bemühte sich, ein Zittern zu bändigen. »Hat es weitere Wunder gegeben?«

»Was mich betrifft, so möchte der Präsident gern von seinem Vorkaufsrecht Gebrauch machen«, wich Clayborne der Frage aus.

Er deutete auf den Koffer aus bordeauxfarbenem Kalbsleder, der an seiner linken Wade lehnte und eine Million Dollar enthielt, die als Anrechnung auf die Nutzungsrechte des Klons dienten.

»Davon ist nun nicht mehr die Rede«, erwiderte Sandersen.

Clayborne kniff die Hinterbacken zusammen, um ein freundliches Gesicht zu machen.

»Wie darf ich das verstehen, Doktor?«

»Ich verkaufe ihn Ihnen nicht mehr.«

Die Neuronen des Rechtsberaters stellten augenblicklich eine Verbindung zu den Klauseln des Vorvertrags her, die besagten, daß der Rechteüberträger sich von seinem Angebot nicht zurückziehen dürfe, doch Sandersen kam ihm mit seiner Antwort zuvor.

»Ich schenke ihn Ihnen. Ich will nicht von Jimmys Wundern profitieren, jetzt wo ich … wo ich sie am eigenen Leib erfahren habe. Wir sind nicht mehr in einer Traumwelt, meine Herren. Die Wahrung meines moralischen Rechts wird plötzlich … lächerlich, wenn nicht entwürdigend. Gibt es ein geistiges Eigentumsrecht in bezug auf die Gnade?«

Der Richter nickte nachdenklich und unterdrückte sein Erstaunen.

»Ich will nicht auf unsere Vereinbarungen zurückkommen. Überweisen Sie das Geld, das Sie mir eigentlich schulden, einfach an karitative Vereine Ihrer Wahl. Ich weiß sowieso nicht, was ohne Pater Donoway aus meiner Stiftung werden soll …«

»Seien Sie unbesorgt«, beruhigte ihn Clayborne, »ein schlichter Zusatz genügt. Ich werde Ihnen morgen eine Liste mit den Einrichtungen schicken, die es verdienen …«

»Sie haben mein vollstes Vertrauen«, sagte Sandersen und schraubte seinen Füllfederhalter auf.

Während beide Parteien die Lizenzvereinbarung unterzeichneten, studierte Irwin die Züge seines Kollegen. Es fiel ihm schwer, an diese plötzliche Besserung zu glauben, doch er stellte sich vor, wie er selbst von heute auf morgen von seinem Tumor geheilt würde. Seit sie in den Rockies Quartier bezogen hatten, verfolgte ihn der Gedanke an jenen Granatsplitter im Knie des Priesters, den Jimmy im Alter von viereinhalb Jahren hatte verschwinden lassen, und es drängte ihn ständig, das Experiment erneut durchzuführen. Etwas in ihm wehrte sich gegen den privaten Gebrauch der Fähigkeiten des Klons. Es war nicht nur die Ethik eines Staatsdieners, sondern der letzte Rest eines lang gehegten Zweifels oder vielleicht auch das Anzeichen für wahren Glauben. Man stellt Gott nicht auf die Probe.

»Verzeihen Sie, daß ich Sie nicht bitte, zum Essen zu bleiben«, sagte Sandersen abschließend und stand auf, »ich habe einen weiteren Termin. Ich überlasse Sie der Obhut meiner Rechtsbeistände, die Ihnen die besten Restaurants der Insel zeigen werden. Bitte versichern Sie Jimmy meiner aufrichtigen ...«

Er suchte nach dem Wort, das sich in seiner ganzen Bandbreite, seiner Kraft und seinen Nuancen auf seinem Gesicht abzeichnete.

»Selbstverständlich«, sagte Richter Clayborne energisch. Die Reise hatte ihn hungrig gemacht.

Er schüttelte dem Genforscher die Hand, dessen Finger dabei knackten. Dann griff er nach seinem Koffer und steuerte auf die Krankenschwester zu, die ihm die Tür aufhielt.

»Nichts für ungut, Irwin«, flüsterte Sandersen, als er den Blick seines Kollegen auffing.

»Schonen Sie sich«, antwortete Glassner. Die Ermordung

Pater Donoways durch die CIA hielt er zwar nicht für wahrscheinlich, aber sie entbehrte nicht einer gewissen Logik.

»Was habe ich noch zu verlieren?« lächelte der alte Mann. »Ich habe ausgedient. Ich war die treibende Kraft – jetzt liegt es an Ihnen, die Werke des Herrn zu vollenden. Passen Sie mir gut auf Jimmy auf.«

Irwin erkannte die Worte des Priesters wieder, nickte und ging zu Clayborne hinüber, der auf der Schwelle von einem Fuß auf den anderen trat. Sobald die Abgesandten aus Washington das Haus verlassen hatten, ergriff das Pflegepersonal wieder Besitz von dem Zimmer, öffnete die Wandschränke und holte die Utensilien zur häuslichen Krankenpflege heraus. Eine Schwester klappte das Bett auf, eine andere stellte das Dialysegerät ein, während eine dritte Sandersen auszog, ihm ins Bett half und ihn abschminkte. Er lächelte, als allmählich die Wirkung der Aufputschmittel nachließ, die man ihm gespritzt hatte. Und in einer Anwandlung von Euphorie sagte sich Sandersen, daß der Traum seines Lebens nun rascher Gestalt annahm, als seine Metastasen wucherten. Als er ihnen die Geschichte von der Heilung auf Distanz erzählt hatte, war er sich so glaubwürdig vorgekommen, daß er beinahe selbst angefangen hatte, daran zu glauben.

Der erste Abend in den Rockies war ziemlich schwierig. Erschöpft von den Beweisen und Emotionen, die nach den Enthüllungen über ihn hereingebrochen waren, hatte Jimmy erst einmal vierundzwanzig Stunden geschlafen. Dann hatten die Untersuchungen begonnen. Der Präsident verlangte eine komplette Bilanz, eine umfassende Kenntnis dieses Prototyps, der mit seinen Gaben zum Messias des 21. Jahrhunderts werden sollte. In den verschiedenen Labors, die im

Untergeschoß des Chalet aus dunklem Zedernholz untergebracht waren und sonst dazu dienten, Terroristen und Über-
läufer auszuquetschen, wechselten sich Blutentnahmen und
Röntgenuntersuchungen mit Leistungstests ab, wurden In-
telligenz- und Emotionsquotient ermittelt, schlossen sich
Analysen in Hinblick auf parapsychologische Fähigkeiten
und Sitzungen in experimenteller Therapie oder unter Hypnose an. Mit dem Resultat, daß die Forscher völlig ratlos
waren.

Irwin war für drei Tage nach Washington geflogen und
fand bei seiner Rückkehr in die Rockies sein Team in heller
Aufregung vor. Unter den mächtigen Fensterbögen des
Speisesaals hatten ihm die einzelnen Spezialisten Bericht er-
stattet. Einziges positives Ergebnis: Jimmy erfreute sich bester Gesundheit. Seine Organe und sein Stoffwechsel ent-
sprachen dem eines Dreißigjährigen, wo doch die Vorgänge
der Zellteilung, die er von Jesus geerbt hatte, zum Gesamt-
bild eines Fünfundsechzigjährigen hätten führen müssen. Es
war der Rest, der Probleme machte.

Zunächst einmal hatte die Stylistin des Nationalen Sicher-
heitsrates beschlossen und mit Hilfe von Beweisen klar-
gemacht, daß die Kopie mit dem Original auf dem Grabtuch
von Turin nicht übereinstimmte. Sie hatte das Negativ des
Gekreuzigten und das Phantombild von Jimmy in vier
Monaten – mit Vollbart und langen Haaren, vierzig Kilo
leichter – an die Wand projiziert. Der allgemeine Eindruck
mochte ja so ungefähr hinkommen, doch als die beiden Ab-
züge übereinandergelegt wurden, sah man im polarisierten
Licht, daß die Proportionen nicht dieselben waren. Die Nase
des Klons war kürzer, schmaler, und vor allem waren seine
Augen kleiner und auch weniger rund.

Sie ersetzte das Phantombild durch das *Hypogäum der
Aurelier*, ein römisches Fresko aus dem dritten Jahrhun-

dert – die erste bekannte Darstellung Christi mit Bart. Als sie die beiden Dias aufeinanderprojizierte, verschmolz das Wandgemälde mit dem Antlitz auf dem Grabtuch. Alles paßte zusammen: die Querfalte auf der Stirn, die rechte Augenbraue, die höher saß als die linke, die großen, ein wenig versetzten Eulenaugen, das Dreieck aus langer Nase und breiten Nasenflügeln, die haarlose Stelle zwischen Unterlippe und Kinnbart. Als sie der gleichen optischen Prozedur unterzogen worden waren, zeigten auch die byzantinischen Münzen des siebten Jahrhunderts, *Solidus* und *Tremissis*, eine ungefähre Übereinstimmung mit den Proportionen des Originals auf dem Grabtuch. Kaum legte sie erneut Jimmy Woods Porträt darüber, war der Unterschied eklatant.

»Das Duplikat des Genoms gehorcht vielleicht nicht denselben Kriterien wie die künstlerische Reproduktion«, wandte Richter Clayborne nüchtern ein, dem angesichts der Mittel, die er hatte springen lassen, daran gelegen war, daß sich die Investition für den Steuerzahler auch lohnte.

Doktor Entridge erklärte, für ihn seien die traumatischen Erfahrungen Jimmys in seiner frühen Kindheit und das Syndrom des Ausgeschlossenseins, unter dem er zu leiden hatte, aus morphopsychologischer Sicht Grund genug dafür, daß Nase und Augen kleiner waren: die Weigerung, Empfindungen oder Sinneseindrücke aufzunehmen. Die Stylistin, ein As in Physiologie, vergleichender Anatomie und plastischer Chirurgie, fügte hinzu, daß durch die Zerstörung der Ozonschicht die Helligkeit heute viel stärker sei als im ersten Jahrhundert, ganz zu schweigen von der Umweltverschmutzung. Unabhängig von den psychologischen Gegebenheiten, sei das Schrumpfen der olfaktorischen und visuellen Organe also eine Antwort des Metabolismus auf die äußeren Gegebenheiten. Ein kleiner chirurgischer Eingriff, und schon sähe Jimmy aus wie auf dem Grabtuch.

»Kommt nicht in Frage!« begehrte Monsignore Givens auf. »Das Antlitz des Herrn darf nicht verändert werden!«

»Aber wenn es keine Ähnlichkeit hat, werden die Leute nicht daran glauben!« wandte der Pressereferent beunruhigt ein.

»Es soll ja eine Reinkarnation sein, kein Doppelgänger.«
Mit seiner warmen, beschwichtigenden Stimme hatte der koreanische Coach wieder einmal eine unerschütterliche Wahrheit verkündet. Der Hinweis auf den Buddhismus störte den Erzbischof zwar, doch sah er darüber hinweg, da sein Nachbar in seinem Sinne argumentiert hatte.

»Und was noch viel schlimmer ist«, beharrte der Pressereferent, »ist das rechte Bein! Zeigen Sie mal das Grabtuch im Ganzen, Rebecca. Sehen Sie, man erkennt genau, daß es kürzer ist als das linke! Übrigens ist in der Überlieferung der griechischen Kirchenväter stets von einem ›hinkenden Christus‹ die Rede. Bedaure, ich verstehe nichts vom Klonen, aber was seine Glaubwürdigkeit angeht, ist es für mich ein großes Handicap, daß Jimmy nicht hinkt.«

»Dann brechen Sie ihm doch die Beine!« entrüstete sich Monsignore Givens.

»Wie Sie wollen, aber beschweren Sie sich nicht, wenn der Vatikan ihn ablehnt, weil er nicht den Normen entspricht.«

»Frank Apalakis!« brummte Buddy. »Ich weiß, wie effizient ihre Medienpläne sind, aber das, was von Ihnen hier verlangt wird, hat nichts mit einer Baustelle à la Michael Jackson zu tun.«

»Jedenfalls läßt sich die Asymmetrie der Beine auf dem Bild sehr einfach erklären«, fuhr die Stylistin fort, »denn durch die Leichenstarre sind sie in der Position geblieben, in der sie ans Kreuz genagelt waren, das heißt das rechte angewinkelt über dem linken, damit nur ein einziger Nagel benutzt werden mußte.«

Mit gespitzten Lippen blickte der Pressereferent wieder auf seinen Schreibblock, er fühlte sich in seiner Berufsehre gekränkt, sah aber auch sein orthodoxes Erbe beleidigt, wo doch seine Vorfahren Ölbauern auf Korfu gewesen waren.

Der Nahrungsexperte profitierte von dem Schweigen, um eine Luftbrücke zu fordern, da nach seiner Ansicht nur so Jimmys Ernährung gewährleistet werden konnte. Um sein Erbgut zu den Ursprüngen zurückzuführen, durfte er nur Obst und Gemüse aus dem Palästina von vor zweitausend Jahren essen. Die knifflige Frage, ob er koschere Nahrung zu sich nahm oder nicht, hatte Jimmy bereits selbst gelöst, denn er wollte sich vegetarisch ernähren. Der Geist der Versöhnung, den er durch diese Geste an den Tag gelegt hatte, rief zustimmendes Murmeln in dem holzgetäfelten Saal mit den Jagdtrophäen hervor.

»Weshalb ist er unfruchtbar?« Alle drehten sich zu Doktor Entridge um, der gleich selbst eine mögliche Antwort in Form einer Frage gab. »Weil er ein Klon ist?«

Irwin, der soeben die letzten Analyseergebnisse durchgelesen hatte, sah wieder auf und antwortete nachdenklich: »Das hat damit nichts zu tun, Lester. Im Gegenteil, es ist ganz normal. Zwei von drei Amerikanern weisen heute just diesen Mangel an Spermien auf, die zudem eine ungenügende lineare Fortbewegung kennzeichnet.«

»Und das heißt?«

Der Genforscher ließ seinen Blick über die sorgenvollen Gesichter schweifen, die von den Karibuköpfen mit den polierten Geweihen überragt wurden.

»Das frage ich mich auch. Den Zellen, von denen er abstammt, sollten die chemischen Moleküle, die Umweltverschmutzung und die Strahlung, die der männlichen Fruchtbarkeit seit etwa hundert Jahren zusetzen, eigentlich nichts anhaben. Das älteste Sperma, das in gefrorenem Zustand gefunden wurde, datiert aus dem Ersten Weltkrieg. Es war dreimal so konzentriert wie heutiges Sperma. Da ist es nur logisch, daß die Gameten eines Mannes aus dem ersten Jahrhundert noch besseren Samen produzieren müßten ...«

»Jesus war nicht dazu bestimmt, Nachkommen zu produzieren«, warf General Craig ein.

»Wie auch immer«, wich Monsignore Givens aus, »diese Art von Beweis ist untrennbar mit dem Dogma verbunden. Gott wird Mensch, um die Leiden und das Elend der Menschheit auf sich zu nehmen. Und da die Furcht vor Sterilität eines der Hauptanliegen unserer Zeit ist, ist auch Jimmy davon betroffen.«

»Hat man ihm die Ergebnisse mitgeteilt?« murmelte Irwin.

»Es hat ihn nicht überrascht.«

»Das Problem liegt eh woanders«, warf Cupperman ein.

Entridge zog aus seiner Mappe einen Ordner in einer anderen Farbe und schob ihn Irwin zu. Jeden Morgen, von acht bis elf, versetzte der Psychiater seinen Patienten in Hypnose, damit er sich im Schnellverfahren Grundkenntnisse in Hebräisch, Latein, Griechisch, Arabisch und Italienisch aneignete, die für seine Ausbildung und die vom State Department für ihn vorgesehene internationale Mittlerrolle nötig waren. Zumindest war das die offizielle Begründung. Der wahre Zweck der Operation bestand darin, Jimmys derzeitiges Gedächtnis auszuschalten, damit die Erinnerungen von Jesus Christus an die Oberfläche kamen, die ja vermutlich in seine Zellen eingeschrieben waren. Buddy Cupperman arbeitete nachts an der Endfassung seines *Sechsten Evangeliums*, jenem Geheimbericht, den er nach der Abwahl der Republikaner zum Weltbestseller zu machen hoffte, und er hatte Entridge angebettelt, ihn sofort bis zur Verhaftung am Ölberg zurückzuführen. Cupperman wollte die Passionsgeschichte, die wahre, echte, aus dem Munde des Betroffenen selbst hören. Mit Hypnosetechniken gut vertraut, hatte Entridge dies gleich von der ersten Sitzung an versucht, doch es war ein völliger Fehlschlag. Auch wenn Jimmy unter diesen Bedingungen die verschiedenen Sprachen in sich aufnahm, war es unmöglich, zu einem früheren Bewußtseinszustand vorzudringen.

»Vorausgesetzt, es gibt einen«, gab Irwin zu bedenken, »denn das ist eine ganz willkürliche Hypothese ohne jegliches wissenschaftliches Fundament. Von den sechsundzwanzig offiziell verzeichneten Klonen haben nur zwei vor ihrem Tod das Sprechen gelernt. Ihre Kollegen haben versucht, sie unter Hypnose in die Vergangenheit zurückzuführen. In einem dieser Fälle haben sie zwar verstörende Antworten erhalten, die die Vergangenheit des Klons betrafen, doch diese Informationen standen auch in seiner Akte, die Psychiater kannten den Jungen und hatten ihn womöglich durch ihre Gedanken beeinflußt.«

»Sie schieben das genetische Erinnerungsvermögen als ›willkürliche Hypothese‹ beiseite«, kritisierte Entridge, »und finden dafür eine rationale Erklärung in der Telepathie.«

»Beweisen Sie mir, daß ich unrecht habe«, verlangte der wissenschaftliche Berater des Weißen Hauses.

»Das kann ich nicht, Irwin. Es gibt eine Blockade, sobald ich zur embryonalen Phase komme. Entweder ist es ein göttliches Verbot, eine Art Sperr-Gen, das uns ein weiteres

Vordringen in die Vergangenheit verwehrt, oder Sandersen hat einen Schlüssel einprogrammiert.«

»Einen Schlüssel?«

»Einen Code, ein Sicherungssystem, das sich nur durch ein Paßwort öffnen läßt ... So etwas wie eine Mautstelle. Auf die Erinnerungen an die Zeit vor Jimmy haben wir nur eine Option: Wahrscheinlich müssen wir hier neu verhandeln.«

»Das ist absurd!« protestierte Richter Clayborne.

»Nein«, widersprach Entridge. »Die einzige Gewißheit, die ich habe, ist, daß Jimmy in mentaler Hinsicht keine Jungfrau ist. Er wurde bereits hypnotisiert. Schon als kleiner Junge.«

»Was soll das heißen?« sagte Irwin und wollte aufspringen. »Hat man ihm irgendwelche Informationen eingepflanzt, irgendwelche ...«

»Im Gegenteil, man hat welche ausgelöscht. Irwin, seit zehn Jahren arbeite ich mit Kamikaze-Fliegern, Schläfern und falschen Überläufern, um sie umzuprogrammieren – eine Gehirnwäsche erkenne ich sofort.«

»Das ist nicht glaubwürdig«, widersprach Clayborne. »Wenn es so etwas wie Pay-per-view gäbe, hätte Sandersen – in dem Zustand, in dem er sich heute befindet – uns einen Hinweis auf die Marschrichtung gegeben. Er ist überzeugt, daß Jimmy aus der Entfernung ein Wunder bewirkt hat: Die Gnade des Herrn ist über ihn gekommen, er will kein Geld mehr und spendet die Tantiemen, um sich sein Seelenheil zu sichern. Nein, alles, was für ihn zählt, ist, daß Jimmy weltweit als Messias anerkannt wird, der Messias, den er neu erschaffen hat. Warum sollte er uns den Zugang zu Jimmys früherem Gedächtnis verschließen?«

Wütend rief Monsignore Givens in Erinnerung, daß »Gott von uns verlangt, Jesus in jedem Augenblick in unseren Herzen auferstehen zu lassen, und nicht, daß wir ohne sein Wissen sein Gedächtnis erforschen, damit ein Bestseller daraus werden kann«!

Buddy Cupperman hielt dem Blick des Erzbischofs stand und sagte, während er seine Pfeife anzündete: »Was über die vier kanonisierten Evangelien hinausgeht, zählt für euch nicht, was? Sie weisen von vornherein Jimmys Bericht zurück, damit Sie sich an die schriftlichen Zeugenaussagen der ersten Jahre nach den Ereignissen klammern können!«

»Alles, was ich empfehle, Buddy, ist, die Hypnose auf das Erlernen der Sprachen zu beschränken.«

Buddy grummelte in seine Pfeife und ging dann zur Tagesordnung über. Die Planung für die Folgewoche sorgte wieder für Spannung, denn jeder hoffte, diesmal aus einer besseren Startposition heraus operieren zu können.

Irwin hörte nicht mehr zu, er war enttäuscht. Auch zwanzig Jahrhunderte später machten kleinliche Auseinandersetzungen, Forderungen und persönliche Interessen das große christliche Abenteuer wieder zunichte. Er blickte durch das dreiflügelige Fenster und sah Jimmy zu, der hinter den vom Wind gepeitschten Zweigen den See überquerte. Die tägliche Konferenz fiel mit dem von seinem Coach angesetzten Ruderunterricht zusammen, und die Ironie des Ganzen stimmte Irwin traurig: Der Prophetenlehrling pflügte geradlinig und ruhig durch die Fluten, wohingegen unter den Konkurrenten, die sich ihn gegenseitig streitig machten, die Wogen der Erregung hochschlugen.

Woche um Woche verstrich, während die Kilos schmolzen, die Haare sprossen und die Kenntnisse in den Disziplinen Konzentrations- und Lernfähigkeit sowie Nachahmungskunst verfeinert wurden. Irwin arbeitete nun die Woche über in Washington und kam am Freitagabend ins Chalet zurück, um sich während des Essens die Fortschritte berichten zu lassen. In dem großen Saal mit den gewachsten Karibugeweihen, in dem sie das Abendmahl nachäfften, predigte Jimmy in vier Sprachen und hielt ohne Unterlaß Abhandlungen über die Paulinische Theologie, Monsignore Givens' Lieblingsthema. Die Bemühungen des Coach, ihn Wasser in Wein verwandeln zu lassen, führten jedoch zu rein gar nichts. Dafür aber gelang es ihm, wenn er, ein Glas Napa Valley in den Händen, die Augen schloß und den Energiefluß kanalisierte, den Wein zu verbessern, als würde er dessen Alterung beschleunigen. Irwin hatte ihn blind getestet, und tatsächlich hatten sich in dem einen Glas die Tannine aufgelöst, das Bouquet hielt länger an und entwickelte eine holzige Note mit einem Hauch Johannisbeer im Abgang.

Jimmy glaubte ihnen aufs Wort, denn er trank keinen Alkohol mehr. Tägliche Übung hatte seinen Magnetismus erhöht, ohne daß er jedoch in der Lage gewesen wäre, diese Erscheinung zu beeinflussen. Wenn er dieselbe Konzentration zum Beispiel auf ein Stück Brot richtete, wurde es hart. Behandelte er jedoch fauliges Wasser, stellte sich bei der Analyse eine deutliche Verbesserung der mikrobakteriellen Flora heraus.

»Daß er Wunder tut, wissen wir«, rief Monsignore Givens ungeduldig, »hören wir auf, ihn zu testen! Arbeiten wir am Ursprung, nicht mehr an den Folgen! Ansonsten machen Sie einen Dienstleister aus ihm, ein parapsychologisches Phänomen, weiter nichts! Was ist unsere Mission, unsere Aufgabe? Ihm wieder zu seiner Spiritualität zu verhelfen, seine Aura wiederzuerwecken!«

»Vorausgesetzt, wir beschränken uns nicht auf eine einzige Aura!« betonte Rabbi Chodorowitz, Leiter der Abteilung für orientalische Sprachen beim State Department.

General Craig, der zunächst den Geheimdienst im Irak koordiniert hatte und dann zum Islam übergetreten war, unterstützte die Forderung des Sprachwissenschaftlers und bestand darauf, den Moslems klarzumachen, wie sehr Mohammed Jesus verehrte. Um sie zum Schweigen zu bringen, schlug der Erzbischof vor, ihre Kurse auf Kosten der Psychokinese-Sitzungen auszudehnen.

»Die Psychokinese ist unverzichtbar!« protestierte der Coach. »Nur weil er zuvor Wunder gewirkt hat, wurde Jesu Lehren überhaupt Gehör geschenkt! Nicht seine Kultur ist das entscheidende, sondern sein Geist!«

»Indem man den Geist nährt, gewinnt man an Stärke – und nicht umgekehrt!« donnerte Monsignore Givens, dem die Vertreter der beiden anderen Religionen zustimmten. »Ich verlange, daß wir die praktische Arbeit ab sofort einstellen! Hören wir auf, ihn Wein geschmacklich verbessern zu lassen, Bäume zu pflegen oder Gabeln zu verbiegen – und komme ja keiner von uns hier auf den Gedanken, sich von ihm einen Schnupfen oder einen Husten heilen zu lassen! Im derzeitigen Stadium fördert jede konkrete Heilung seinen Stolz und verlangsamt seine geistige Entwicklung!«

»Logisch«, bemerkte Buddy Cupperman.

Während des Kalten Kriegs hatte er das Programm Stargate initiiert. Eine Gruppe übersinnlich begabter Menschen sollte aus der Entfernung Raketenabschußbasen ausfindig machen. Es kam nichts dabei heraus, auch nicht bei den Sowjets, die sich der gleichen Technik bedienten, doch seitdem wußte Buddy, wo die Grenzen geistiger Einflußnahme lagen: beim Geschlechtstrieb, der die Aufmerksamkeit ablenkt, und der Selbstzufriedenheit, die die Leistung beeinträchtigt. Das Problem mit den Trieben hatte der Coach mittels Tantra und Heilpflanzen gelöst. Und was das übrige betraf, so wurde dem Antrag des Erzbischofs mit einer Nein-Stimme stattgegeben.

Von Wochenende zu Wochenende beobachtete Irwin mit wachsendem Unbehagen die Auswirkungen dieser Strategien auf Jimmy. Er hatte sich verändert, fand er, und durchaus nicht nur zu seinem Besten. Er wurde immer verschlossener, war zugleich fügsam und distanziert, abwesend und bereitwillig. In den ersten Wochen hatte er noch Anwandlungen von plötzlichem Enthusiasmus gezeigt, hatte aufbegehrt und seine Lehrmeister aus der Fassung gebracht, so wie Jesus seine Apostel vor den Kopf gestoßen hatte. Eines Abends war er mitten in eine Partie Billard geplatzt, die Augen ganz rot vom vielen Lesen.

»Laßt uns nicht hierbleiben! Kündigt eure Jobs, gebt alles auf, wir wollen uns auf den Weg machen! Man darf die Leute nicht der Unwissenheit überlassen!«

Sie hatten ihn angesehen, geduldig, erbost oder verständnisvoll. Der Ernährungswissenschaftler wies ihn darauf hin, daß er nur noch ein Fünftel seines Gewichts abzunehmen brauchte, der Pressereferent gab zu bedenken, daß man eine Werbestrategie von langer Hand planen müsse, Monsignore Givens erinnerte daran, daß der Vatikan gerade ihre Eingabe prüfte, aber noch keinen Audienztermin festgesetzt hatte.

»Macht wenigstens mit! Als die Jünger ihn fragten, wie er seinen Nächsten heilt und wieder zum Leben erweckt, sagte Jesus zu ihnen: ›Betet, fastet, gehet hin und tut desselben.‹ Also, los! Kümmern wir uns gemeinsam um einen wirklich Kranken! Wenn ich diese Macht habe, habt ihr sie auch!«

»Den Menschen Stolz einzuimpfen ist das Werk des Teufels, Jimmy«, warnte der Erzbischof.

Jimmy hatte einen schmerzerfüllten Blick auf die Gesichter geworfen, die sich eines nach dem anderen abwandten, dann war er wieder zu seinen Büchern hinübergegangen, während die Partie Billard fortgesetzt wurde. Es war das letzte Mal, daß er seine Unabhänigkeit unter Beweis gestellt hatte. Seine letzte Initiative. Irwin warf sich noch immer vor, ihn dabei nicht unterstützt zu haben.

Seitdem hielt Jimmy sich strikt an den Stundenplan, blieb auf seinem Zimmer oder unterzog sich kommentarlos allen Experimenten, sog wie ein Schwamm die kleinsten Details auf, die unsinnigsten Kenntnisse, die widersprüchlichsten religiösen Lehren. Nun war er in christlicher Exegese bewandert, in die Geheimnisse der Kabbala eingeweiht und von den Mystikern des Sufismus beflügelt, und dennoch hatte er etwas Wesentliches eingebüßt, das Irwin nicht definieren konnte. Vermutlich sein freies Urteilsvermögen. Oder jene innere Wahrheit des Seins, die sich im Gehenlassen zeigte, im Loslassen. Er wirkte nicht im geringsten indoktriniert, sondern erinnerte eher an einen Sportler, der durch intensives Training allmählich sich selbst entfremdet wird. Irwin wußte nicht, ob der göttliche Anteil, den die Mehrheit des Teams in ihm sah, dadurch begünstigt wurde, er selbst fand ihn jedenfalls immer weniger menschlich. Je mehr er sich von dem Swimmingpool-Reparateur entfernte, um so weniger glaubte er an ihn. Und um so weniger glaubte er auch, daß sich Gott mit der Ikone zufriedengeben würde, die sie da gerade bastelten. Eine Evangelienplaudertasche, ein polyglotter Turm von Babel, ein Tempel des religiösen Imperialismus in den Farben der künftigen Vereinigten Staaten der Welt – der Gottessohn als Sandwichmann. In der bedrückenden Stimmung im Chalet, einer Mischung aus Konkurrenzdenken und Übereifer, war Irwin der einzige, der so empfand.

An einem Oktobernachmittag, als die Stylistin triumphierend verkündete, Jimmy habe einen Vorsprung von

zwei Wochen gegenüber den Simulationen der Grafik-
palette, verspürte Irwin das dringende Bedürfnis, die Sitzung zu verlassen, um am Ufer des Sees spazierenzugehen.
Im raschelnden Laub gelangte er bis zum Steg. Jimmy sah
ihn, wechselte den Kurs, ruderte ans Ufer und schlug ihm
vor, gemeinsam eine Runde zu drehen. Vorsichtig stieg der
wissenschaftliche Berater in den indianischen Einbaum,
setzte sich, griff nach dem zweiten Paddel und bemühte
sich, seine Bewegungen mit denen des jungen Mannes in
Einklang zu bringen.

In der Mitte des Sees angekommen, steuerte Jimmy in
einem Bogen auf eine kleine, mit Fichten und Birken be-
wachsene Insel zu. Als sie hinter einem Laubvorhang verborgen waren und vom Chalet aus nicht mehr gesehen werden konnten, hörte Jimmy zu rudern auf. Er schwang die
Beine über den Sitz, so daß er Irwin ins Gesicht sah, legte
das Paddel hin, blickte ihn durchdringend an und fragte:
»Wie geht es Philip Sandersen?«

Verlegen gestand Glassner, er habe keine Neuigkeiten.
Tatsächlich beantwortete sein Kollege seit dem Verzicht auf
die Rechte keine E-Mail mehr. Eine Mitarbeiterin, die er te-
lefonisch erreicht hatte, erklärte, er habe sich vollkommen
zurückgezogen und wünsche keinen weiteren Kontakt.

Jimmy stieß einen ärgerlichen Seufzer aus und spielte nervös an den Ruderholmen. Irwin senkte den Kopf. Er mochte
Jimmys Verwandlung nicht, weder seine fieberhafte Mager-
keit noch die Anfälle zorniger Ungeduld, die ihn aus seiner
Lethargie rissen. Mit seiner Leinentunika, seinem flammen-
den Blick und seinen schulterlangen Haaren erinnerte er ihn
eher an Rasputin als an Jesus Christus.

»Als ich Pater Donoway erzählte, ich würde ihn gern kennenlernen«, sagte er schließlich, »antwortete er, Sandersen
sei krank und schwach und wolle sich mir so nicht zeigen.

Jede Nacht arbeite ich im Geiste an ihm, und jetzt will ich wissen, ob er geheilt ist, ob er empfangsbereit ist und ob ich ihn treffen kann.«

Irwin sah auf das Birkenlaub, das leise auf Jimmy herabfiel, und suchte nach Worten. Das Team hatte beschlossen, ihm nichts von dem Wunder zu erzählen, das Sandersen ihm zuschrieb, und der wissenschaftliche Berater wußte keine Antwort.

»Warum verkrümeln sich eigentlich alle, wenn ich diese Frage stelle?«

Irwin spürte einen heftigen Stich in seinem Schädel. Vor Schmerz vornübergebeugt, wartete er, bis die Feuerkugel sich auflöste. Es war sein erster Anfall seit Juli. Als er den Kopf wieder hob, starrte Jimmy zum Nordufer hinüber, wo die Sonne die Gitter des leeren Hundezwingers weiß färbte.

»Wissen Sie Bescheid wegen der Sache mit den Hunden?«

Irwin nickte. Bei seiner Ankunft im Chalet hatte Jimmy sich mit Roy angefreundet, dem Schäferhund des FBI, einem unzugänglichen Wachhund, der aber im Kontakt mit ihm auf einmal freundlich und verspielt wurde. Sie machten lange Spaziergänge in den Bergen, innerhalb der Elektrozäune des militärischen Sperrgebiets. Doch dann war es dem Tier ohne ersichtlichen Grund immer schlechter gegangen: Niedergeschlagenheit, Neurasthenie, Gewichtsverlust, keine Reflexe mehr. Schließlich fand man es, ertrunken. Sein Nachfolger hatte nach zehn Tagen genau dieselben Symptome gezeigt, und die nach ihm kamen, überlebten nicht einmal eine Woche. Ob sie allein waren oder im Rudel, es war immer der gleiche Prozeß: Sie freundeten sich mit Jimmy an, verloren ihren Appetit und ihre Aggressivität, ihren Lebenswillen.

»Ich färbe ab.«

»Warum sagen Sie das, Jimmy?«

»Sie opfern sich. Ich mache mir keine Illusionen: An den mit zwanzigtausend Volt geladenen Zäunen, den Bewegungsmeldern und der Militärpolizei kommt hier keiner vorbei. Auch die Wachhunde sind dazu da, um mich an der Flucht zu hindern.«

Irwins Gesichtsausdruck sprach Bände. Sein Gehirn kam ihm vor, als wäre es vakuumverpackt und würde von einem Schraubstock zusammengepreßt. Er ließ einen Augenblick verstreichen und beschloß dann, mit offenen Karten zu spielen.

»Glauben Sie, sie spüren es? Daß sie Ihr Unbehangen auffangen?«

»Es fing an, als ich Roy behandelte. Eine Schlange hatte ihn gebissen, und ich konzentrierte mich auf seine Pfote. Er hörte auf zu hinken, doch dann fing sein deprimierter Zustand an. Die anderen brauchte ich nicht einmal zu behandeln.«

Irwin kratzte nachdenklich an seinem Paddel. Die Geschichte mit den Hunden hatte die Atmosphäre im Chalet vergiftet. Niemand verstand es, weder die FBI-Leute noch der Psychiater, die Theologen oder der Tierarzt. Jesus hatte den heiligen Schriften zufolge keine besondere Beziehung zu Tieren, abgesehen von jener Schweineherde, der er eine Gruppe Dämonen zugeführt hatte, um einen Besessenen zu befreien, und die sich plötzlich von einer Klippe gestürzt hatte. Der heilige Franz von Assisi dagegen hatte eine tiefe Beziehung zu Tieren, doch er heilte sie, er machte sie nicht krank. Das Problem hatte sich seit Sommerbeginn erledigt: Der Hundezwinger blieb nun leer.

»Fehlen sie Ihnen?«

»Ich bin deshalb auf sie zugegangen, weil ich nichts mehr für die Menschen empfunden habe. Ich darf nur die Menschheit insgesamt lieben. Eine einzige Person zu lieben hieße die Liebe schwächen.« Sobald Jimmy den Mund aufmachte, hörte Irwin die Stimme seiner Lehrmeister, doch diesmal hatte er einen besonderen Tonfall an sich, der wesentlich persönlicher gefärbt war. »Ich habe gelernt, mich an niemanden mehr zu binden, weder in der Gegenwart noch in der Vergangenheit, ich habe Emma vergessen, sehe in Kim Wattfield nur ein winziges Rädchen, ich bewundere Buddy nicht mehr, Sie rühren mich nicht mehr, und ich sehe meinen Nächsten nicht mehr als möglichen Freund an – ich habe gelernt, neutral zu sein. Und es hat nichts gebracht. Sandersen ist tot, da bin ich mir sicher.«

»Weshalb?« Irwin zuckte zusammen, denn an diese Möglichkeit hatte er auch schon gedacht.

»Wie Pater Donoway, wie der Ahorn, wie die Hunde … wie alle, für die ich tatsächlich etwas getan habe. Meine geistigen Kräfte bringen Übel, Irwin, ich spüre, daß bei meinem Versuch, die Dinge zu beeinflussen und Positives zu bewirken, etwas Entscheidendes aus dem Gleichgewicht gerät. Jedesmal wenn ich glaube, etwas Gutes zu tun, treibe ich nur das Böse voran.«

»Halt … Sie dürfen sich nicht für alles verantwortlich fühlen. Sie waren vier Jahre alt, als Sie Pater Donoways Knie heilten: Er ist erst achtundzwanzig Jahre später gestorben!«

»Er ist an dem Tag gestorben, an dem ich es erfahren habe.«

Irwins Paddel fiel ins Wasser. Er beugte sich vornüber, um es herauszufischen, und brachte beinahe das Boot zum Kentern. Jimmy hatte sich nicht gerührt. Als der Einbaum das Gleichgewicht wiedererlangt hatte, fuhr Jimmy fort: »Manchmal habe ich ein ganz starkes Bedürfnis, Gutes zu tun, und das macht mir angst. Ich verbiete mir selbst das

Heilen, aber es fehlt mir schrecklich ... Ich war jedesmal so glücklich, wenn ich es tat, so voller Energie, so angespornt von dem, was ich ersehne ... Ich habe das Gefühl, stehenzubleiben, meine Gaben nicht zu nutzen.«

»Also, wenn Sie wollen, ich habe Migräne«, schlug Irwin vor. Sein bescheidener, hilfsbereiter Tonfall zauberte ein Lächeln auf das ausgemergelte Gesicht, das durch den Bart viel älter wirkte.

»Sie haben keine Angst vor mir?«

»Nein, Jimmy, auf keinen Fall. Es beunruhigt mich, Sie so zu sehen, ich frage mich, was wir in Ihnen wachrufen, und habe manchmal Zweifel, was den Zweck unserer Mission angeht, doch ich bin überzeugt ... ich bin immer noch vollkommen überzeugt von Ihnen.«

»Und wenn ich der Antichrist wäre?«

Irwin war sprachlos. Die Sonne schien ihm ins Gesicht, doch er wagte nicht zu blinzeln, aus Furcht, seine Reaktion könne mißverstanden werden.

»Ich entstamme einem negativ geprägten Bild, einem Leichentuch, einem völlig unreinen Objekt, einer verfluchten Reliquie, die man verbergen wollte und schon immer verleugnet hat – vielleicht hätte man sie vernichten sollen.«

Die Worte, die Jimmy in einem dumpfen, entschiedenen Ton hervorgestoßen hatte, gruben sich in Irwins Schädel ein und verstärkten seinen Schmerz.

»Man hat mich aus dem Blut eines Gekreuzigten gemacht, ich bin hervorgegangen aus dem, was von Jesus übrigblieb, jenem Teil, der nicht auferstanden ist. Egal, was seine Absicht war – derjenige, der mich geklont hat, ließ mich zu einem Spielball des Teufels werden. Der Brand in dem Forschungszentrum war ein Werk der Vorsehung, meine Amnesie ein wahrer Segen – doch dann kamt ihr und habt mich aufgespürt. Wer bin ich, Irwin? Der Reiter der Apokalypse?

Derjenige, der ›mit einem blutgetränkten Mantel angetan‹ ist?«

»Haben Sie darüber mit Monsignore Givens gesprochen?« murmelte Irwin, der sich lieber bedeckt hielt, wenn es um eine derart heikle Angelegenheit ging.

»Was würde der mir schon antworten? Daß ich mich selbst verfluche. Er muß seine Mission zu einem guten Ende bringen, wie alle hier. Die Mission, dem Vatikan einen Messias zuzuführen, und wenn es kein Heilsbringer ist, dann wascht ihr eure Hände in Unschuld. Was tut ihr da, Irwin? Zieht ihr das Lamm Gottes groß, oder mästet ihr das Goldene Kalb? Züchtet ihr den Erlöser oder ein Monster?«

»Jimmy ...«

»Ich habe mich euch ausgeliefert, weil ich sicher war, damit Gutes zu tun, und ... Ich weiß nicht mehr, wer in mir steckt. Ich habe Jimmy Wood getötet, und das war vielleicht das einzige Gegenmittel.«

In der Strömung hatte sich das Boot gedreht. Die Sonne verklärte Jimmys Züge, Tränen rannen ihm über die Wangen, verliefen sich in seinem Bart. Zum ersten Mal ähnelte er Jesus. Das also war das Geheimnis der Inkarnation, dachte Irwin bei sich: Der Zweifel macht einen zum Menschen, nicht der Glaube. Die Unruhe, nicht die Sicherheit. Feingefühl, nicht Überzeugungen. Gott ist auf die Erde gekommen, um uns zu zeigen, daß der Glaube nicht eine Frage der Gewißheit ist, sondern der Liebe. Gerade weil sie nicht an die angekündigte Auferstehung glaubten, gingen die drei Frauen zum Grab, um die Einbalsamierung vorzunehmen und zu versuchen, den Körper ihres Verstorbenen ein wenig länger am Leben zu erhalten. Aus Liebe entdeckten sie, daß das Grab leer war. Am Ende seines Lebens war sich Irwin einer Sache sicher: Der Glaube lähmt, der Überschwang des Herzens ist die einzige Wahrheit.

»Ich kann Ihnen darauf nichts antworten, Jimmy. Ich bin nur ein einfacher Protestant, der manchmal alles, was man ihm so eingetrichtert hat, in Bausch und Bogen verdammt. Aber ich glaube nicht, daß ich mich in Ihnen täusche. Alles, was ich spüre, ist, daß Sie tatsächlich nach der Heiligen Schrift leben, weil Sie die ganze Zeit so sehr darin versunken sind. Diese schrecklichen Verzweiflungsattacken, die Jesus in den Evangelien erleidet, Sie machen sie erneut durch und halten sich sogar für den Antichristen ... Denn genau das ist es doch, wenn man vom Teufel versucht wird, nicht? Versucht sein, zu glauben, hinter dem Guten verberge sich stets das Böse. Genau das ist die Erbsünde.«

»Danke«, murmelte Jimmy und lächelte unter Tränen. »Danke, daß Sie genauso ratlos sind wie ich.«

»Stets zu Ihren Diensten.«

Irwin näherte die Hand seinem Knie, Jimmy ergriff sie, und so verharrten sie einen Moment, ließen sich treiben, fühlten sich im beidseitigen Unglück getröstet.

»Aber das ist ein Widerspruch«, sagte Jimmy nach einer Weile leise.

»Was denn?«

»Die Erbsünde. Es ist ein Fehler des heiligen Augustinus. Als er den Brief an die Römer übersetzte, irrte er sich in den Pronomen. Er sah nicht, daß das Relativpronomen sich auf ›Tod‹ bezog, der auch im Griechischen männlich ist, und nicht auf ›Sünde‹. In Paulus' Originaltext ist es der Tod, der wegen Adams Sünde vererbt wird, und nicht die Sünde selbst. Als man ihn auf seinen Schnitzer hinwies, war Augustinus schon alt, hatte seine Glaubenslehre abgeschlossen, die bereits Schule machte, und so sagte er nur: Macht ja nichts. Wegen einer derartigen Kleinigkeit würde er nicht alles neu aufrollen. Also beschränkte er sich auf einen kleinen Nachtrag. Die Neugeborenen, die noch keine Gelegenheit hatten, andere Sünden als die Erbsünde zu begehen, würden in einer speziellen Hölle landen, einer Art Hölle light. Und so lebt das Christentum weiter mit der Vorstellung, daß die ewige Verdammnis von Generation zu Generation vererbt wird.«

»Ein Glück, daß es Sie gibt.«

Jimmy zuckte mit den Schultern. Irwin wußte natürlich, was Sache war. Monsignore Givens impfte Jimmy seine eigenen Interpretationen ein, denn er wollte im Vatikan seine Version der Paulinischen Glaubenslehre einführen. Der Coach zählte auf ihn, weil er seine Theorie beweisen wollte, daß der Gedanke die Materie beeinflussen kann, dem Ernährungswissenschaftler diente er als lebender Beweis für die Wohltaten seiner Fastenkuren, der General und der Sprachwissenschaftler wollten ihn klammheimlich zu einem Doppelagenten machen, Buddy Cupperman sah in ihm den Helden eines künftigen Kultbuches, und Präsident Nellcott wollte, daß aus ihm die Stimme Amerikas sprach. Irwin selbst hoffte vor allem, daß seine Kollegen in aller Welt sich von der erwiesenen Existenz eines Klons ohne jegliche Degenerationserscheinungen beeindrucken ließen. Wie immer im Leben verfolgte jeder sein persönliches Ziel, und die Sache, um die es ging, war nur ein Vorwand.

»Darf ich?« fragte Jimmy und hob die Hände.

Irwin beugte sich vor. Als die Handflächen sich auf seine Schläfen legten, empfand er erst Kühle, dann ein Kribbeln, das immer kälter wurde. Er schloß die Augen. Sogleich seilte sich eine Schar Miniatureskimos an seinen Haaren herab und strömte in seinen Gehörgang, von wo aus sie die Windungen des Großhirns mit Eispickeln traktierten. Die Vision, die er hatte, war farbig, kontrastreich, ulkig – wie aus einem Comic, der auf einmal vor ihm auftauchte, um den Empfindungen Ausdruck zu verleihen und die Arbeit zu erleichtern. Irwin ließ ihn gewähren, und eine winterzuckrige Leichtigkeit linderte die Spannung in seinem Schädel. Augenblicklich schliff das Polarkommando den Tumor ab, der sich deutlich sichtbar pellte, wie eine hölzerne Orange. Die Schalen ringelten sich zu Spänen, bis bald nur noch ein Haufen Sägemehl übrig war, den die Inuit-Zwerge wegfegten. Sie sangen *La vie qui va* dazu, ein ätzendes Lied, das seine Frau für ihre Hochzeit und ihr Begräbnis ausgewählt hatte.

Er kam wieder zu sich, als Jimmys Hände ihn an den Schultern packten, damit er nicht umfiel. Er richtete sich auf und blinzelte. Es ging ihm gut, er fühlte sich einfach göttlich. Die Kehle war vielleicht ein wenig trocken, doch das kam wohl von dem Sägemehl. Er lächelte. Seit seiner Medizinerausbildung wußte er um die Wirkung des Placebo-Effekts: Er beschloß einfach, geheilt zu sein.

Jimmy wischte sich die Stirn mit dem Ärmel seiner Tunika ab. Irwin sah, daß er schweißgebadet war. Obwohl es schon kalt war für die Jahreszeit, schwitzte er wie unter der Sonne Palästinas.

»Ganz schön hartnäckig, Ihre Migräne.«

»Entschuldigen Sie, ich hätte Sie nicht darum bitten sollen ... Aber jetzt geht's mir besser. Viel besser.«

Jimmy tauchte seine Hände in den See, schüttelte sie, wusch sich das Gesicht.

»Ich muß wieder zurück.«

»Oh, natürlich«, sagte Irwin hastig, der spürte, wie eine ungeheure Energie durch seinen Schädel pulsierte. »Ruhen Sie sich aus, ich rudere.«

»Nein, geht schon, machen Sie sich keine Mühe. Ich gehe zu Fuß zurück.«

Er hatte keine Zeit zu reagieren, da stand Jimmy schon wie ein Schlafwandler in der Mitte des Einbaums und machte einen entschiedenen Schritt über das dunkle Wasser. Wie erstarrt sah er den Körper vollständig versinken, bis der Kopf unter lautem Gelächter wieder an der Oberfläche auftauchte.

»Haben Sie daran geglaubt?«

Gekränkt blickte Irwin zu Boden. Seine Leichtgläubigkeit beschämte ihn dabei weit weniger als seine Enttäuschung.

Ich erkenne mich nicht wieder. Und das nicht nur wegen meines Äußeren, wegen der Kenntnisse und der Verantwortung, die sie mir übertragen haben. Ich habe auf alles verzichtet, was mir mal lieb und teuer war, jeden Tag sind Jimmy Wood und seine Erinnerungen ein wenig mehr verblaßt, damit das Original stärker hervortreten und die Stimme des Blutes sprechen konnte ... Doch weder Abstinenz noch Fasten, weder Psychotherapie noch Hypnose haben das hervorgeholt, was da sein mochte – oder man verheimlicht es vor mir. Nichts Altes ist zutage getreten, doch ich empfinde auch nichts Neues, abgesehen von der Verwirrung, dem Chaos, dem Gefühl, ich würde mich die ganze Zeit verändern.

Wenn ich Monsignore Givens zuhöre, halte ich mich für den Gottessohn. Sitze ich Rabbi Chodorowitz gegenüber, werde ich mit ganzem Herzen zum Juden und bin nur noch ein Prophet. Führt mich dann General Craig in den Islam ein, fühle ich mich wie ein Moslem, so als würde ich zu einem Chamäleon, das die Farbe des Astes annimmt, auf dem es gerade sitzt. Ich weiß nicht mehr, wer ich bin – oder vielmehr bin ich alle drei. Meine ureigene Dreifaltigkeit ist, daß ich legitimer Sohn, Bastard und Adoptivsohn zugleich bin. Daß ich diejenigen, die mich für sich beanspruchen, mich abweisen und mich tolerieren, zu gleichen Teilen liebe. Daß ich mir nach und nach die Perspektive der Christenheit, des Judentums und des Islam zu eigen mache, in ihre Logik eintauche, um ihnen dann recht zu geben. Ist das wahre Liebe? Der Mangel an Charakterstärke, die Unfähigkeit, zu entscheiden? Ich habe mich damit abgefunden. Immer noch besser, als sich für den Ahnherrn des Teufels zu halten. In diesem Punkt hat Irwin mich überzeugt.

Liege ich aber nachts in meinem föhrengetäfelten Dachzimmer, kann ich nicht mehr beten, weiß ich nicht mehr, von wem ich abstamme. Von Allah, von Jahwe oder von den Menschen; von einem Gesetz, einer Vorsehung oder einem im Labor erzeugten Zufall. Tief in meinem Innern hat keine Offenbarung stattgefunden, meine Identität ist nur eine Interpretation von Texten.

Für Monsignore Givens ist Jesus der Erstgeborene der Neuen Schöpfung, dazu bestimmt, den Menschen zu zeigen, wie sie sich von dem befreien konnten, was ihre Entwicklung behinderte: Angst vorm Tod, Egoismus, krampfhaftes Festhalten an der Materie.

»Er hat nie gesagt, man müsse zurück zur ursprünglichen Einheit kommen, Jimmy, im Gegenteil. Wir müssen weitergehen und den Plan seines Vaters in dessen Sinne vollenden. Vollendung aber finden wir nicht hinter uns, in der Vergangenheit, das bestätigt der heilige Paulus, sondern vor uns, wenn wir nämlich zu Gott werden und die menschliche Existenz hinter uns lassen.«

Bedingt durch die theologischen Auseinandersetzungen und die Übersetzungsfehler, habe Jesus, so der Erzbischof des Weißen Hauses, im Schriftlichen versagt – das sollte ich nun im Mündlichen wieder ausbügeln. Ich sollte mit Dogmen brechen und den Planeten erschüttern, diesmal allerdings live, ständig sekundiert von den Medien, die er zu kontrollieren gedachte, so daß mein Wort sich ausbreiten konnte, ohne von Dritten verdreht zu werden.

Wenn ich dann in Rabbi Chodorowitz' Hände übergehe,

höre ich auf, göttlich zu sein, was aber keineswegs erholsamer ist. Er bringt mich mit dem Golem in Verbindung, dieser Art menschlichem Roboter aus Ton, den die Rabbiner der Kabbala erschaffen hatten, indem sie eine Kombination heiliger Buchstaben benutzten – das Gegenstück zum TAGC-Code, dem ich meine Existenz verdanke.

»Auf seiner Stirn stand *emeth* – Wahrheit – geschrieben«, unterweist mich der Sprachwissenschaftler. »Doch der Golem wischte den ersten Buchstaben weg, *aleph*, um zu zeigen, daß Gott allein die Wahrheit ist. Es blieb nur noch *meth*, ›er ist tot‹, und der Golem starb.«

Ich weiß nicht, wie ich mich dazu verhalten soll. Ist das eine Einladung zum Selbstmord, oder muß ich die Wahrheit respektieren? Sechs Tage lang ließ Chod mich über dem *Sepher Jetsirah* brüten, dem im dritten Jahrhundert verfaßten Lehrbuch. Dann servierte er mir seine Interpretation: Da Gott zuließ, daß ich erschaffen wurde, kann ich nur in seinem Sinne leben, wenn ich mich über jeden Zweifel erhebe. Von ihrem Wissen und ihrem Glauben angeleitet, haben die Menschen mich aus dem Blut eines *chassid* erschaffen, jenes Propheten Jeschua von Nazareth, dieses abtrünnigen Pharisäers, der im Clinch mit seinen Glaubensbrüdern lag, dieser Galionsfigur der judäo-jüdischen Auseinandersetzungen, aus denen schließlich der Talmud entstanden ist. Ich muß also sein Werk fortsetzen, indem ich die negativen Auswüchse seiner Lehren tilge.

»Jude ist man dank seines Blutes, Jimmy. Durch die Einführung des Abendmahls, bei dem man durch ein simples Glas Wein Gott in sich aufnimmt, hat Jeschua mit der Religion seiner Väter gebrochen. Ein jüdischer Prophet kann zwar sagen: ›Dies ist mein Leib‹, denn die Thora ›ißt‹ man ja, wie es heißt, doch man kann nie behaupten: ›Dies ist mein Blut.‹«

Das soll ich also in meinen Reden berücksichtigen, wenn ich den Talmudisten die Hand reichen will, die, Chod zufolge, immer mehr auf eine Versöhnung Jeschuas mit den Seinen drängen. Für ihn beschränkt sich meine Rolle nicht nur aufs Versöhnen, wie die Öl-Lobby es gern sähe, nein, ich habe eine fundamentale Mission zu erfüllen: den Ewigen Juden zu erlösen. Der Legende nach weigerte er sich, Jesus beim Tragen des Kreuzes zu helfen, und wurde dazu verdammt, bis ans Ende aller Zeiten ruhelos umherzuirren – eine Legende, die nicht nur die Leiden seines Volkes rechtfertigte, sondern auch Millionen den Tod brachte. »So wirst du umherziehen, bis ich wiederkehre«, sagte Jeschua zu ihm. Sein Klon hat nun die Aufgabe, die Sanktion öffentlich aufzuheben, um Verzeihung zu bitten und so die Fundamente des Antisemitismus zu unterhöhlen.

»Vertraue auf diejenigen unter uns, die deine Wiederkehr erwarten«, murmelt der kraushaarige Gelehrte auf hebräisch und bekommt feuchte Augen dabei.

Ich erwidere, daß Jeschua eines Tages auf einen Rabbi zuging, der, wie er wußte, von seinen Provokationen schockiert war. Der Rabbi hob die Hand, um ihn am Näherkommen zu hindern. Daraufhin machte Jeschua kehrt, weil er sich abgewiesen glaubte. Der Rabbi hatte ihn aber nur bitten wollen, das Ende seines Gebets abzuwarten.

»Du wirst es nicht zu einem derartigen Mißverständnis kommen lassen«, versichert mir Chod und freut sich, daß ich aus seinem Talmud zitiere, obwohl ich doch sonst regelmäßig einschlafe, wenn er mir daraus vorliest.

Allerdings gibt es einen Bereich, in dem ich weder durch Üben noch durch Hypnose Fortschritte mache: die Mathematik. Je mehr Chod sich bemüht, mir die Zahlensymbolik einzubleuen, um so weniger kapiere ich. Aus *ekhad*, der Einheit, und *ahavah*, der Liebe, die denselben numerischen Wert haben, ergibt sich zusammengesetzt *Jahwe* – dreizehn und dreizehn macht sechsundzwanzig, Einheit plus Liebe macht Gott, aber irgendwie komme ich nie darauf. Außerdem enttäusche ich meinen Zahlenexperten, der mir vergeblich die Worte Jeschuas im Thomas-Evangelium vorkaut, das die Christen nicht anerkennen wollen: »Wenn ihr aus zwei eins macht, und wenn ihr das Innere wie das Äußere macht und das Äußere wie das Innere und das Obere wie das Untere, und wenn ihr aus dem Männlichen und dem Weiblichen eine Sache macht, dann werdet ihr in das Königreich eingehen.«

Die Glocke ertönt, und General Craig steht vor mir, der alte Haudegen mit seinen Koteletten, der mir mit von Liebe erfüllten Augen Mohammed, die Scharia und den Dschihad nahebringen will. Wenn er von den Gesetzen des Korans spricht, so tut er dies dank seiner dreißig Jahre jüngeren Frau Samira, der zuliebe er zum Islam übergetreten ist, so wie andere sich liften lassen oder zu Rockern werden. Er steht ganz im Bann dieses neuen Glaubens, der ihm nach fünf Jahren an der Spitze der Gegenspionage im Irak sowohl als Heilslehre wie auch als Aphrodisiakum dient, und bringt mir wunderbare Dinge bei, in einer klaren Sprache voller Toleranz und Poesie, so daß ich mich eigentlich in seiner Gegenwart am wohlsten fühle.

Ich hatte immer gedacht, der Islam sei dem Christentum feindlich gesinnt, doch das stimmt überhaupt nicht. Mohammed, dem der Engel Gabriel den Koran diktierte, beschreibt Jesus in der vierten Sure als »Messias, Sohn der Maria, Gesandter Allahs und frohe Botschaft«. Und fügt dann noch diesen unerhörten Satz hinzu: »Niemand ist mehr berechtigt, sich auf ihn zu berufen, als ich, denn zwischen ihm und mir gibt es keinen weiteren Propheten.« Er nennt ihn Sidna Aïssa und kündigt seine Wiederkehr zu den messianischen Zeiten an, wenn Friede, Gerechtigkeit und Gleichheit auf der Erde triumphieren werden. Also genau das Gegenteil des Jüngsten Gerichts: Wenn ich jener Sidna Aïssa bin, dann haben wir die Apokalypse bereits hinter uns.

General Craig, in einem Dutzend Kriegen ausgezeichnet und vollkommen illusionslos, bis er von einer Frau zum Glauben bekehrt wurde, versichert mir, daß die Menschen zu mir strömen werden, damit das Gute endlich das Böse auslösche. Das Vertrauen, das er in mich hat, ist aus Stahlbeton. Er ist felsenfest davon überzeugt, daß mein Wort die Fanatiker bekehren wird, die sich im Namen Allahs in die Luft sprengen, weil sie den Koran nicht genau gelesen haben.

Zuerst hielt ich das für amerikanische Propaganda, doch dann habe ich es anhand der Texte überprüft. Für die Sufis entspricht jeder in Koran und Bibel erwähnte Prophet einem spirituellen Grad, dem *maqqam*. Der von Sidna Aïssa ist der höchste: Seine Lehren führen zu einer reinen Spiritualität, in der Raum und Zeit aufgehoben sind. Durch seine Geburt und seine Wiedergeburt zeigt er uns, daß die physikalischen Gesetze der Schöpfung vom Schöpfer ausgehebelt und auf den Kopf gestellt werden können. Er beweist den Menschen, daß sie, wenn sie ihm auf seinem Weg folgen, zum Kern alles Göttlichen gelangen werden, das die Welt wieder ins Gleichgewicht bringt.

»Ich sehe gar nicht, wo zwischen den Arabern und uns das Problem ist«, freut sich der Beamte des Pentagon, »Jesus ist doch das Bindeglied.«

Ich weiß nicht, ob das am Viagra liegt, aber er ist total aufrichtig, optimistisch – und überzeugt, daß er ein wahrer Moslem ist. Zwei Abende pro Woche bringt er rasch meinen Unterricht hinter sich und fährt dann in ein Motel unten im Tal. Daß ich mich von Emma losgesagt habe, nützt mir gar nichts, ich werde trotzdem traurig, wenn ich einen verliebten Mann vor mir habe. Aber ich mag diese Traurigkeit. Sie ist das einzige, was mir von meinem früheren Leben geblieben ist.

Dennoch gibt es immer ein unsanftes Erwachen, wenn ich ohne die ermunternde Gewißheit meiner Lehrmeister mir selbst überlassen bin. Egal, ob ich als neuer Jesus, Jeschuah oder Sidna Aïssa zur Welt kam, ich bin nur ein zweiter Aufguß, ein mißratenes Abbild, eine schlechte Kopie. Ich dachte, ich könnte mich Gott nähern, wenn ich ihn in all seinen Erscheinungsformen studiere, doch je mehr er an Größe, an Tiefe zunimmt, um so mehr entfernt er sich auch. Gnade ist keine Frage von Bildung, von Mitleid oder bewußter Ernährung. Ein paar Minuten lang habe ich sie im Central Park erfahren, als ich mit einem Baum Liebe machte, doch sie kommt nicht wieder. Weder überraschend noch auf Befehl. Die Pflanzen reagieren nicht mehr auf mich, die Tiere mache ich krank, und Menschen heile ich auch keine mehr.

Irwin behauptet zwar, ich hätte letzten Monat seine Kopfschmerzen gelindert, doch er wollte nur nett zu mir sein oder sich selbst davon überzeugen. Ich habe genau mitbekommen, wie er letzte Woche litt und dennoch versuchte, seine Migräne zu verbergen. Ich hätte auf den Erzbischof hören sollen, keine geistigen Experimente mehr durchzuführen, solange ich das Phänomen nicht vollständig beherrsche. Er vergleicht mich mit einem kleinen Kind, das sich selbst beigebracht hat, Papas Auto zu fahren. Man muß die richtige Reihenfolge einhalten und bei Null beginnen, muß aufhören zu fahren und erst einmal die Verkehrsregeln lernen.

Doch die Theorien und die Gebete, die sie mir aufzwingen, bestärken mich nur in meinen Zweifeln. Wenn man sich zu sehr in die Straßenverkehrsordnung verbeißt, vergeht einem die Lust aufs Fahren. Außerdem ist es zu spät. Irgend etwas in mir drin ist zerbrochen an dem Tag, als der Coach verlangte, ich solle Wasser in Wein verwandeln. Der Mißerfolg hat mich demotiviert – vielleicht auch das Lächerliche an diesen Zauberkunststückchen, dieser Parodie, von der niemand etwas hatte. Damals entstand jener Alptraum, der mich seitdem verfolgt: Sie alle sind Erscheinungen des Bösen, die mich opfern wollen, Irwin versucht sich zu widersetzen, und ich töte ihn auch noch.

Allerdings war diese Viertelstunde allein mit ihm auf dem See meine größte Prüfung. Die Versuchung, umzukehren und wieder mein früheres Leben zu führen, wieder zu dem netten, schlichten Jimmy zu werden, der kein anderes Ziel auf Erden kennt, als das Wasser in Swimmingpools zu reinigen und die Frau seines Lebens von ganzem Herzen zu lieben, auch nach der Trennung. Mein Lachanfall, als ich den wissenschaftlichen Berater des Weißen Hauses, Nobelpreisträger und Bürgen meiner Gene, ein langes Gesicht wie ein gehörnter Ehemann machen sah, weil ich nicht brav übers Wasser gewandelt, sondern in den See geplumpst war, hatte Konsequenzen, mit denen ich noch immer nicht fertig geworden bin. Verrückt, was so ein Lachanfall alles auslösen kann. Es hilft wenig, daß ich Irwin aus dem Weg gehe – seitdem gelingt es mir einfach nicht mehr, meine Rolle ernst zu nehmen. Ich tue so, als ob, damit ich nicht vollkommen ins Leere abgleite, doch der Vorhang im Tempel hat einen Riß bekommen, das Gewebe wird sichtbar, und das Göttliche beginnt zu verfliegen. Das Bedürfnis nach Liebe hat mich zu Gott geführt, der Wunsch nach Freundschaft aber von ihm entfernt.

Dann fing es an zu schneien. Innerhalb von vierundzwanzig Stunden war alles weiß und der See zugefroren. Als Ersatz für den Einbaum gaben sie mir Schneeschuhe. Ich stapfte mit dem Pressereferenten durch den Pulverschnee am Rande des Abhangs. Er staunte über das Flockengestöber im nebligen Tal, während er mit mir seine protokollarischen Vorschriften durchging, seine Floskeln und Katzbuckeleien. Er erklärte mir den Unterschied zwischen »Eminenz« und »Eure Eminenz«, »Heiliger Vater« und »Eure Heiligkeit«. Ich habe ihn mit einem Schneeball beworfen. Empört sagte er, das zieme sich meiner Person nicht. Ich antwortete ihm, in der Bibel stehe siebenhundertmal, man solle nicht traurig sein. Er machte den Mund auf, um etwas zu erwidern, spuckte den Schnee aus und bombardierte mich dann seinerseits.

Sein Handy klingelte. Plötzlich wurde er ganz ernst, entspannte sich dann jedoch wieder und bat mich, ihn zu entschuldigen: Es war ein Freund, der ihn aus Athen anrief. Ich erstarrte. Im Chalet gab es kein Netz für private Telefonverbindungen, zum ersten Mal hörte ich ein Handy klingeln, und es war ausgerechnet ein Anruf aus Griechenland. Wie lange hatte ich nicht mehr an Madame Nespoulos gedacht? Ich wußte nicht einmal, ob sie noch am Leben war. Ihre gebrechliche Kleinmädchenfigur tauchte vor mir auf; ich sah mich stundenlang in ihre Romane versunken, die sie mich entdecken ließ, ohne etwas im Gegenzug dafür zu erwarten, denn ihr genügte es, die Freude an der Lektüre weiterzugeben, schallendes Gelächter oder Melancholie zu teilen, in den Augen eines jungen Mannes die erfundenen Figuren wiederzufinden, die sie bewegt hatten ...

Nachdem Frank Apalakis sein Gespräch beendet hatte, sagte er, es werde wohl ein Sturm aufziehen und wir sollten besser umkehren. Ich warf ihn in den Schnee, schnappte mir sein Handy, seinen Autoschlüssel und hastete mit meinen Schneeschuhen den Abhang hinab. Seine Schreie verloren sich im Wind, dank seines Asthmas und seiner hageren Beinchen hatte ich genügend Zeit, bis zur Garage zu gelangen. Der Hummer H 4 wühlte sich bis zum Tor durch, das sich selbsttätig öffnete, während ich mich auf die Elektronik konzentrierte und in kurzen Scheinwerferintervallen die steifgefrorenen Wachposten grüßte, die Habachtstellung einnahmen.

Während ich durch den Blizzard fuhr, war ich eine Viertelstunde lang mit der internationalen Auskunft verbunden und riß alle Nespoulos' Griechenlands aus dem Schlaf. Beim fünfzehnten »Verzeihen Sie« war sie dran. Ihre zufriedene, sanfte Stimme, so gar nicht überrascht, mich zu hören. Ihre Herzoperationen waren nicht ganz vergebens gewesen, sie hatte ihre Rekonvaleszenzzeit abgebrochen, um ans Grab ihres Mannes nach Patmos zurückzukehren. Das Wetter sei wunderbar, das Meer ganz still, alles in Ordnung.

»Und bei Ihnen, Jimmy?«

»Geht schon.«

»Klingt aber nicht so. Gibt's ein Problem mit dem Pool?«

»Ich bin arbeitslos.«

»Ich kehre sowieso nicht mehr nach Greenwich zurück. Kommen Sie doch hierher. Ich habe einen Garten, zwar ganz klein, aber man könnte einen kleinen Pool anlegen. Ich kaufe ihnen zwei Flugscheine bei Olympic Airways, denn Emma würde ich auch sehr gern wiedersehen.«

Ich fuhr stur geradeaus, immer schneller, prallte gegen Schneeverwehungen, drückte eingeschneite Zäune ein.

»Das fehlt mir, eine Liebesgeschichte. Ich habe natürlich meinen Mann und seine zweite Frau in der Familiengruft, aber bis es bei mir soweit ist … Außerhalb der Saison gibt es hier nur alte Leute. Haben Sie beide eigentlich geheiratet?«

Ich war so aufgewühlt, daß ich nicht lügen konnte. Der Kuhfänger schrammte an einem Busch entlang.

»Danke, Madame Nespoulos, aber … ich wollte einfach nur wissen, wie's Ihnen geht.«

»Wie lieb. Jetzt kriege ich eine Spritze. Machen Sie's gut.«
Ich blieb am Eingang zum Dorf stehen. Ich schaltete das
Abblendlicht ein, damit die FBI-Leute mich im Nebel sehen
konnten, und wartete. Dieses andere Ich, das da im Gedächtnis einer alten Verliebten weiterlebte, zu zweit, brachte
mich total durcheinander. Das war doch der wahre Jimmy!
Und jetzt gab es ihn nicht mehr. Allmählich schneite der
Wagen ein. Ich schaltete den Motor aus, um die Stille zu
hören, und spürte die Kälte nicht mehr. Ich war frei. Ich
hatte einen Geländewagen, der jede Sperre über den Haufen
fahren würde, der Tank war voll, die Scheiben waren gepan-
zert. Doch wozu? Es gab keine Vergangenheit mehr, zu der
man hätte zurückkehren können, keine andere Zukunft als
diejenige, auf die man mich gerade vorbereitete. Ich hielt es
nicht mehr aus, von aller Welt ferngehalten zu werden, aber
meine Freiheit wollte ich auch nicht. Blieb mir nur noch der
Glaube – doch ich war nah dran, auch den zu verlieren.

Als nach zwanzig Minuten immer noch niemand gekommen war, wendete ich und fuhr zurück.

Frank Apalakis erwartete mich am Kamin. Er habe sich er-
kältet, meinte er, aber wir hätten Spaß gehabt. Die anderen
kommentierten die Wettervorhersage. Der Ernährungswissenschaftler machte sich Sorgen wegen der Luftbrücke: Ich
würde wohl kein Gemüse bekommen.

Ich legte das Handy und den Autoschlüssel auf dem Tisch
ab und ging in mein Zimmer hinauf.

Ich kann nicht einschlafen. Ich wälze mich von einer Seite
auf die andere, während ich Kim hinter der hölzernen Trennwand atmen hörte. Mittlerweile habe ich gelernt, neben ihr
zu liegen, ohne daß etwas passiert, ich habe ihre Gegenwart,
ihren Geruch, die Erinnerung an ihren Körper neutralisiert.
Als wir hier ankamen, habe ich ihr von Emma erzählt, denn

unsere Geschichte sollte für sie zu etwas anderem werden als zu einer bloßen Polizeiakte – ich wollte alles bei ihr abladen, so wie man seine Taschen leert, wenn man ins Gefängnis geht. Die beiden Frauen, die von Bedeutung für mich waren, sind zu einer einzigen verschmolzen: Da Einheit plus Liebe gleich Gott ist, dachte ich, sie würden sich gegenseitig aufheben.

Im Lauf der Wochen war es mir gelungen, meinen Sexualtrieb in mentale Schwingungen umzuwandeln und die Lockrufe des Fleisches zu kanalisieren, durch Gebete umzuleiten, anstatt sie manuell abzubauen. Doch im Moment habe ich die Kontrolle verloren, es gelingt mir nicht mehr, mich zu entspannen. Die Übungen, die mir der Coach beigebracht hat, haben ihre Wirkung eingebüßt. Die tantrische Vorstellung vom Hinundherfließen meiner Energieströme, von der Fußsohle bis zum Gehirn, schließt meine Chakren nicht mehr. Kim schien es gespürt zu haben, hinter unserer Trennwand.

Eines Nachts, als ich endlich eingeschlafen war, nachdem ich mich mit kabbalistischen Zahlenfolgen betäubt hatte, riß mich ihr Parfüm aus dem Schlaf. Sie kniete vor mir, splitternackt. Und weinte. Ich richtete mich auf meiner Mönchspritsche auf. Sie strich mir erst über die Beine, dann über die Füße, die sie mit ihren Tränen näßte, um sie dann mit ihren Haaren zu trocknen und dabei um Verzeihung zu bitten. Ich stieß sie so sanft wie möglich zurück. Ich erwiderte, ihre Sünden seien bereits vergeben. Sie machte weiter, küßte mir die Knöchel, leckte mit der Zungenspitze über meine großen Zehen. Ich ließ mich abrupt aufs Kissen zurückfallen und wickelte die Bettdecke fest um mich. Sie machte die Beine breit, berührte ihr Geschlechtsteil und streckte dann die Finger aus, um mein Gesicht zu berühren.

»Hör auf, Kim.«

Sie murmelte: »Ich bin deine liebende Sünderin, der vergeben wurde.«

»Welche? Die von Lukas, die viel Liebe schenkt, weil da viel zu vergeben ist? Oder die von Matthäus, Markus und Johannes, die mich schon im voraus für die Grablegung einparfümiert?«

Sie musterte mich, die Hände wie erstarrt, und sprang plötzlich auf.

»Du Scheißkerl!«

Dann ging sie hinaus und knallte die Tür zu.

Seitdem halte ich nachtsüber die Augen offen und bete, bereue und büße. Nicht die Lust auf körperliche Liebe ist es, die mich peinigt, und auch nicht die Begierde, die sie dort, auf der anderen Seite der Wand, womöglich noch für mich empfindet. Nein, es ist mein schlechtes Gewissen, die Scham, daß ich mich beim geringsten Kontakt mit ihr gleich schützen, verstellen und entziehen muß, bei Tag und bei Nacht, weil ich befürchte, fleischliche Gelüste wiederzuerwecken, Emma wiederzuerwecken. Ich erniedrige sie, indem ich sie überhaupt nicht beachte und auf die Rolle der Feindin reduziere, vor der man ständig auf der Hut sein muß. Ich mache mir selbst ein schlechtes Gewissen, damit ich ihr gleichgültig werde. Um nicht der Versuchung zu erliegen, ihr Gutes anzutun.

Buddy Cupperman kommt immer seltener aus seinem Zimmer. Eines Abends, als er ins Tal gefahren war, um Tabak zu besorgen, ging ich hinein. Ein Haufen Blätter lag auf drei Tischen um den Computer, verschiedenfarbige Post-its klebten an den Zedernholzwänden. Das war mein Leben. Meine Reaktionen, meine Gedanken, mein Ursprung und meine Zukunft, alles durcheinander. Spontane Äußerungen, täglicher Bericht über meine spirituellen Fortschritte, tastende

Versuche, Hypothesen, Ideen für plötzliche Wendungen, potentielle Lösungsmöglichkeiten …

Was war aus dem Mann geworden, der den *Crayfish* geschrieben hatte? Wohin war die zarte Verletzlichkeit entschwunden, das Mitgefühl, das Talent, sich mit seinen Figuren zu identifizieren, egal, ob Mensch oder Krustentier? Aus seiner Feder stammend, war meine Geschichte nur noch ein Schlachtplan.

»Wir haben den Termin!« trompetete Wallace Clayborne, als er ins Kaminzimmer kam, wo der Presseattaché in den Buchenscheiten stocherte.

Gerade war er aus dem Helikopter gestiegen, den Dienstanzug unterm gefütterten Parka. Monsignore Givens stakste hinter ihm her, mit schneebedecktem Dufflecoat und grünlichem Gesicht, weil er das Fliegen nicht vertrug. Er setzte sich auf einen Stuhl mit gerader Lehne und fragte, ob Jimmy schon schlief. Kim tippte den Code für *Smart dust* in ihren Palm, mit dem man ihn ständig ausfindig machen konnte, und nickte. Mit nüchternen Worten kommentierte der Erzbischof die Aufregung, welche den Heiligen Stuhl in bezug auf die Akte Omega befallen hatte. Die apostolische Nuntiatur hatte die offizielle Stellungnahme des Vatikans übermittelt: Präsident Nellcott wurde gebeten, in Hinblick auf die Existenz des Klons einstweilen absolutes Stillschweigen zu wahren.

»Man muß Verständnis für sie haben«, lächelte Richter Clayborne nachsichtig und rieb seine Hände über den Flammen. »Juristisch betrachtet, kann der genetische Erbe Christi sehr wohl einen Anspruch auf das Vermögen der Kirche geltend machen.«

»Wir haben keinen bewaffneten Raubüberfall im Sinn«, mahnte Irwin.

»Selbstverständlich nicht. Ebendeshalb habe ich Jimmy einen Brief unterzeichnen lassen, in dem er auf jegliche möglichen Ansprüche verzichtet. Das Staatssekretariat hat umgehend geantwortet und ihn am 7. Dezember um acht Uhr fünfzehn vor die Prüfungskommission der Glaubenskongregation zitiert.«

Ein Schrei der Begeisterung füllte den Raum. Fast wie im Fanclub einer Auswahlmannschaft. Wütend schleuderte Irwin ihnen entgegen: »Was fällt euch denn eigentlich ein? Ihr schickt euren Champion nach Rom, damit er anschließend eine Medaille nach Hause bringt? Glaubt ihr wirklich, daß es so ablaufen wird? Darf ich euch daran erinnern, daß die Kirche sich seit zwanzig Jahrhunderten weigert, das Grabtuch als offizielle Reliquie Christi anzuerkennen?«

»Bald werden sie nicht mehr anders können!« dröhnte Buddy Cupperman. »Wir werden ihnen den lebenden Beweis gewissermaßen auf einem Tablett servieren!«

»Und was habt ihr aus eurem lebenden Beweis gemacht? Einen Roboter, der Psalmen auf aramäisch herunterleiert, die Weinqualität verbessert und Brot altbacken werden läßt! Einen willenlosen Zombie, eine Kreuzabnahme, einen telegenen Wanderprediger – aber was ist mit der Botschaft der Liebe, der Verurteilung der Mächtigen, der Rebellion? Ihr habt ihn verdummen lassen, um ihm eure Kenntnisse einzuimpfen, eure Theorien, Ambitionen, Obsessionen! Jeder von euch hat Gott nach seiner Vorstellung geschaffen, jeder von euch hat sich seinen Klon gebastelt! Wofür haltet ihr euch eigentlich?! Glaubt ihr, ihr könntet seinen göttlichen Anteil potenzieren, indem ihr ihn seiner Menschlichkeit beraubt?«

»Das war eine Etappe«, erwiderte Buddy Cupperman gelassen und stellte sein Glas mit Brandy ab. »Jetzt gehen wir zur aktiven Phase über. Allgemeines Leid, Elend und Mitgefühl.«

»Die Heldenhaftigkeit der Tugenden«, bestätigte Monsignore Givens, dem ein diensthabender GI einen Kräutertee brachte. »Für den Vatikan ist das in der Tat von entscheidender Bedeutung. Was die Beurteilung der Wundertätigkeit angeht, zieht die Kongregation für die Heiligsprechung stets Bescheidenheit und Selbstlosigkeit vor. Wir haben noch drei Wochen Zeit.«

»Wir könnten ihn in die Überschwemmungsgebiete in Indien schicken«, schlug der Pressereferent vor, der sich mit Dutzenden Zeitungen, die er täglich ins Chalet geliefert bekam, auf dem laufenden hielt.

»Soviel Medienrummel können wir im Augenblick nicht gebrauchen«, wandte Buddy ein. »Rom könnte uns vorwerfen, wir wären auf einen Coup aus.«

»Die Hungersnot in Afrika«, warf der Ernährungswissenschaftler in die Runde.

»Und warum schicken wir ihn nicht gleich zum Praktikum nach Lourdes?« ereiferte sich Irwin. »Nirgendwo sonst auf der Welt haben Sie so viele Gelähmte, Blinde und Sterbende auf einem Haufen, soviel Machtlosigkeit, Ungerechtigkeit und Enttäuschung! Wenn er dort jemanden heilt, wird es gar nicht auffallen: Man wird das Wunder der Jungfrau Maria zuschreiben oder dem Wasser in der Grotte. Und wenn das nicht hinhaut, gibt es wenigstens keine Zeugen, und es wird sich in seiner Akte gut machen, daß er den freiwilligen Sanitäter gespielt hat! Mit schönen Grüßen an Ihre Hampelmänner von der Kurie!«

Inmitten der allgemeinen Betroffenheit machte sich Kim Wattfield ihre eigenen Gedanken über den Anfall des Genforschers. Sie selbst hatte vergeblich versucht, Jimmy wieder in seine menschlichen Grenzen zurückzuführen und seine freie Entscheidungskraft zu retten, doch in seinen Augen stellte sie nur noch eine überwundene Versuchung dar. Außer daß sie seine Sicherheit gewährleistete, konnte sie nichts mehr für ihn ausrichten. Vielleicht hatte Irwin mehr Glück.

»Was haben Sie für 'n Problem, Glassner?« murrte Buddy Cupperman. »Alles, was Sie uns vorwerfen, steht im ursprünglichen Vertrag. Sie waren es doch, der auf uns zugekommen ist.«

Der wissenschaftliche Berater zuckte mit den Schultern und ging wieder zum Billardtisch hinüber. Er hielt es nicht mehr aus in diesem gepanzerten Chalet, das mit Mikrofonen und Kameras gespickt war, unter diesen Seelenverkäufern, die spirituelle Erziehung mit moralischer Enteignung verwechselten. Seit sie allein im Einbaum gesessen hatten, ging Jimmy ihm aus dem Weg, das war nicht zu leugnen. Er verstand nicht, was Jimmys Feindseligkeit hervorgerufen hatte. Vielleicht seine rationale Erklärung für Spontanheilungen. Vor vier Jahren hatte er seine Frau auf eine Pilgerreise nach Lourdes begleitet, da er hoffte, sie würde dort von Aids geheilt. Er hatte die medizinischen Akten des Heiligtums studiert und war zu der Überzeugung gekommen, daß der Überlebenswille und der Glaube, die durch die Hoffnung der Tausenden von Kranken vor Ort noch verstärkt wurden, im Gehirn einen Mechanismus der Selbstheilung auslösen konnten: die berühmten, durch die Hypophyse in Bewegung gesetzten Botenstoffe, die auf die konstitutiven Gene wirken. Das funktionierte nicht bei allen, aber wenn es funktionierte, dann wohl so. Bei der Analyse wies das Wasser aus der heiligen Grotte keine therapeutische Eigenheit auf, und selbst wenn hier »göttliches Wirken« stattfand, so nur im Rahmen des Möglichen, davon war Glassner nicht abzubringen. Jimmy hatte eine derart profane Vision von Wundern schockiert.

»Und wo ist bei einem Baum die Hypophyse?« hatte er nüchtern erwidert. »Ich werde die Gläubigen bestimmt nicht aussöhnen, wenn ich Gott durch eine Drüse ersetze.«

Seinen eigenen Zweifeln begegnete Jimmy inzwischen mit

Strenge. Wie vorgesehen, hatten Monsignore Givens und die anderen Religionshüter ihn im Lauf der Wochen zu einem ökumenischen Diplomaten herangebildet, einem Betriebsprüfer des Seelenheils und Wächter des Tempels und der etablierten Ordnung, wobei sie wohlweislich das Wichtigste an Jesu Botschaft weggelassen hatten: die ständige Ermahnung zur Rebellion und seine Bezugnahme auf die Werte der Kindheit – Freiheit, Vertrauen, Sorglosigkeit, Übermut. Am Anfang hatte Jimmy all das in seinem Wesen vereinbart, da war sich Irwin sicher, und die Funktionäre der CIA, des State Department und des Pentagon waren drauf und dran, es ihm auszutreiben, um ihn auf die Normen des Vatikan zurechtzustutzen und von diesem die Einwilligung zu erlangen, ihn auf den Markt bringen zu dürfen, damit er ihre strategischen Interessen im Heiligen Land verteidigte. Aber wie? Durch den Geist oder das Fleisch? Indem man ihn Gottes Wort verkünden ließ oder ihn für die Sache der Vereinigten Staaten opferte? Steckte hinter der gesamten Operation, die Irwin im Juli lanciert hatte, eine diabolische Mechanik, in der er nichts als ein Rädchen im Getriebe war?

Als er ihn vor den Machenschaften seiner Lehrer gewarnt hatte, erwiderte Jimmy: »Sie wissen genau, was sie tun.« In seiner Antwort lag ebensoviel vorausschauendes Verzeihen wie blinde Unterwerfung. Irwin hatte alle seine Aufgaben im Weißen Haus auf seine Assistenten abgewälzt, um im Chalet bleiben zu können, doch dies war der letzte Satz, den Jimmy an ihn richtete.

»Das mit Lourdes ist eine großartige Idee«, erklärte General Craig und hievte sich vom Sofa hoch. »Die ideale Schleuse vor dem Marsch auf Rom.«

Es regnet seit dem Flughafen. Alles, was ich im Nebel und durch die beschlagenen Scheiben bisher von Frankreich gesehen habe, sind Schilder zur Geschwindigkeitsbeschränkung und Verkehrskreisel. Der geliehene Minivan fährt durch Dörfer, die sich zwischen Berge und Bahnlinien quetschen. Mein Team präsentiert sich in reduzierter Form: der Coach, der Bischof und der Psychiater sowie am Steuer der Pressereferent. Kim Wattfield und zwei Bodyguards folgen in einem blauen Citroën. Meine Haare stecken, zu einem Knoten gebunden, unter einem Baseballcap, ich komme inkognito, mit meinem Halstuch und den Leinenhosenträgern sehe ich aus wie ein freiwilliger Krankenpfleger. Sie haben einen Montag ausgewählt, damit ich mich unter die Menge mischen kann und mich nicht gleich der Sonntagshysterie aussetzen muß, dem stundenlangen Anstehen vor der Quelle und den Sicherheitsmaßnahmen, die die Prozession begleiten. Nach vier Monaten in der völligen Abgeschiedenheit der Berge hatte ich beinahe Angst vor meiner Rückkehr in die Welt. Doch nun empfinde ich nichts.

»Lourdes!« verkündet Frank Apalakis mit hohler Stimme. Wir wischen die Scheiben frei.

Schmutzige Sträßchen, steile Hänge, Lampen, die bereits um drei Uhr nachmittags brennen, herabgelassene Eisengitter, aufgerissene Straßen … Und kein Mensch. Alte Fassaden und Gebäude mit geschlossenen Fensterläden. Alle Hotels sind zu. Eine Geisterstadt.

283

Wir schauen uns an. Die Bilder, die ich im Internet gesehen habe, waren schwarz von Menschen: Tausende von Krankenpflegern und Rollstühlen auf den Straßen, zwischen Ständen mit religiösem Schnickschnack, heiligen Bernadettes auf Zierdeckchen, Kissen, Nachttischlampen, Gewürzkuchen, außerdem Feldflaschen in Marienform, um das Wasser von der Quelle abzuschöpfen …

Ein paar Passanten hasten mit einem Brot in der Hand durch den Sprühregen. Wir bleiben vor der Bäckerei stehen, dem einzigen Laden, der erleuchtet ist. Ich steige aus, um mein Französisch zu testen. Eine Frau mit depressiver Miene zeigt mir auf dem Stadtplan, wo das Haus ist, das wir gemietet haben, um nicht ins Hotel gehen zu müssen und kein Aufsehen zu erregen. Über der Auslage mit Obsttörtchen baumelt ein wandelbarer Christus: auf der einen Seite das Bild vom Grabtuch, auf der anderen sein Gesicht, das nun meines ist, immer im Wechsel, je nach Blickwinkel.

Ich kaufe Croissants, die ich im Minivan verteile. Wir fahren im Schrittempo, die linken Räder auf dem Gehsteig, da die Straße zur Hälfte von verlassenen Baustellen blockiert ist.

»Da sieht man, wie es in diesem Land um den Glauben bestellt ist«, murmelt Monsignore Givens traurig, während er durchgerüttelt wird.

Er wendet seinen Blick von den Rollgittern mit den funkelnden Ladenschildern darüber ab: Alles für das Wunder, Zur Unbefleckten Empfängnis, Zu den Schätzen der Grotte, Zum Pilgerglück, Bernadette Soubirous Multishop, Notre-Dame tax-free. Auf den Wellblechzäunen wölben sich Plakate mit der Aufschrift »Wie krank ist unser Gesundheitssystem? Krankenpfleger im Ausstand«.

Der Minivan bleibt vor einem alten Haus mit schmiedeeisernen Balkonen stehen. Ich steige aus und gehe auf den Citroën zu. Kim läßt das Fenster herunter.

»Reizend«, sagt sie.

»Bleibt ihr hier, ich mach mal 'nen kleinen Rundgang.«

Die Reise hat mich ermüdet, ich muß ein bißchen allein sein, um zu beten, brauche Ruhe nach dem stundenlangen Zusammengepferchtsein und leeren Gerede.

»Fall bitte nicht auf«, ermahnt sie mich.

Ich deute auf meine für diesen Ort typische Krankenpflegertracht: Hier bin ich lediglich ein Mittler, einer, der den Kranken an den Ort geleitet, der Heilung verspricht. Mit halbem Auge den Plan verfolgend, gehe ich die Rue de la Grotte entlang und schreite durch das offene Tor, das den Beginn des Heiligen Bezirks markiert. Zwischen riesigen Koniferen und Plakattafeln, die zu Spenden für den baldigen Abschluß der Bauarbeiten aufrufen, taucht die Unbefleckte Empfängnis auf. Eine Basilika à la Disneyland, hellgrau, mit schmalen Türmchen und Gerüsten und Planen. Der Vorplatz ist leer. Hinter einem Gitter steht eine Palette auf Rollen mit dichtgedrängten Heiligenfiguren darauf. Ein paar Schirme promenieren über die weite Rasenfläche, die für große Versammlungen gedacht ist.

Ein Mann mit einem Stock steht da und schaut zu den Türmchen empor, in ein stummes Gebet vertieft. Er bemerkt mich, und schon humpelt er mit weitausholenden Schritten auf mich zu, ein verzerrtes Lächeln im Gesicht, die rechte Hand hilfesuchend ausgestreckt. Ich nehme eine freundliche, verständnisvolle Haltung ein.

Er sagt: »Würde es Ihnen etwas ausmachen, hier vor der Basilika?«

Dann gibt er mir seinen Fotoapparat. Ich lichte ihn mit dem Glockenturm im Hintergrund ab, zwischen den Automaten mit Medaillen und den Wasserhähnen mit Druckschaltern, an denen eine Gruppe Japaner gerade Benzinkanister auffüllt.

»Was für ein Mistwetter!« sagt er, nachdem er sein Lächeln wieder ausgeknipst hat.

Ich gebe ihm seinen Fotoapparat zurück, blicke ihm direkt in die Augen und sage streng: »Gott segne Sie.«

»Ich habe alles, was ich brauche«, sagt er und deutet auf seine Heiligenfiguren, die Basiliken unter der Glaskugel im Schneegestöber und die großformatigen Marienbilder, die er alle in seine Umhängetasche gestopft hat. »Die Wettervorhersage hat sich wieder mal ganz schön vertan.«

Eilig hinkt er auf den Ausgang zu. Ich blicke mich suchend nach einer bedürftigen Seele um, einem leidenden Körper ... Kaugummikauend gehen Damen in fluoreszierenden Regenjacken vorbei, den Audio-Guide ans Ohr gepreßt. Ein Polizist auf Rollerblades kreuzt ihren Weg. Ein Gärtner pustet Müll und Blätter mit seinem fahrbaren Elektroblasgerät beiseite. Die Japaner verstauen ihre Kanister auf Dutzenden von Caddies und ziehen mit ihrer Beute ab.

Mit einem komischen Gefühl gehe ich auf die Grotte der Erscheinungen zu. Ich fühle mich unwohl. Ich dachte, hier käme ich an eine heilige Stätte, der das Elend, die Hoffnung und die Enttäuschung Tausender Kranker die ganze Energie geraubt hätten. Statt dessen befinde ich mich an einem nichtssagenden, neutralen und verschlafenen Ort. Vielleicht bin ich deshalb hier. Um ihn durch mein Gebet wiederzubeleben, durch meinen Glauben, der für alle da ist und keine Gegenleistung fordert.

Leere Bankreihen stehen hinter den Gittern, welche die Warteschlangen kanalisieren sollen. Ich hatte eine richtige Grotte erwartet, eine Quelle, die in ihrem Innern sprudelt. Dabei ist es lediglich eine Vertiefung im Felsen unter der Basilika, mit einer Marienstatue, einem Altar und verwelkten Blumensträußen. Nur eine Frau ist da und streicht das Foto eines Hauses an der Wand glatt, sie betet darum, daß es verkauft oder die Zwangsversteigerung verschoben wird. Links von ihr knien zwei Techniker und arbeiten an der Verschalung des Altars. Sie quatschen über Fußball, immer wieder unterbrochen von dem Surren der Bohrmaschinen. Die Grotte schwitzt, von den Felsen tropft es auf die Zettel, welche die Gläubigen hinterlegt haben; ihre Wünsche verwischen.

Es gelingt mir nicht, mich zu sammeln oder etwas anderes zu spüren als den Aberglauben und die Ungeniertheit, die der Glaubenseifer der Massen auf den Bildern im Internet verdeckte. Was haben Generationen von Pilgern getan, die hier die Wände der heiligen Grotte anbeteten? Sie haben den Stein poliert.

In dem Augenblick, in dem ich mich umdrehe, sehe ich einen Krankenpfleger im Laufschritt dahineilen. Lederriemen: Aha, ein Offizieller. Ich hole ihn ein, grüße ihn. Er lächelt mich an, ohne seinen Schritt zu verlangsamen, schaut auf meine Leinenhosenträger und sagt: »Schön, daß du mitmachst.«

Bei seiner Sympathiebekundung wird mir gleich warm ums Herz. Ich passe mein Tempo dem seinen an, wir steuern auf einen Ausgang zu, vermutlich holen wir Kranke am Bahnhof ab.

»Nehmen wir keine Tragbahren mit, keine Karren?«

»Die Schilder reichen«, antwortet er, während drei andere Freiwillige am Informationsschalter aufspringen, um sich uns anzuschließen, sie haben ein Megaphon dabei und ein Transparent mit der Aufschrift »Notre-Dame-de-Lourdes – Die Pfleger kämpfen mit euch«.

»Nett, daß du mitkommst«, sagen sie zu mir.

Ich frage sie, wohin wir gehen.

»Zur Demo der Krankenschwestern.«

Ich bleibe stehen und sage, daß ich wegen der Kranken hier bin. Sie schauen mich halb mitleidig, halb vorwurfsvoll an – beinahe so, als wäre ich ein Egoist. Dann zucken sie mit den Schultern und hasten im Laufschritt durch das Gittertor.

Es regnet doppelt so heftig wie zuvor. Ich kehre zurück zum Vorplatz, gehe auf eine Informationstafel zu. Empfang Notre-Dame, Zone C3, Orientierungspunkt 34. Ich überquere die Brücke, die sich über dem schlammigen Fluß wölbt, und gehe auf ein modernes, dreiflügeliges Gebäude mit Rauchglasscheiben und verglasten Außenaufzügen zu. Dort werden die kranken und gelähmten Pilger untergebracht. Zwischen den Glastüren, die ich vergebens aufzustoßen versuche, stehen unter den gewölbten Decken die dreirädrigen Wägelchen mit blauem Verdeck, in denen die Kranken zu den Bädern gefahren werden. Auf den Zulassungsplaketten liest man »Spende von Pernod-Ricard«, »Champion-Reisen«, »Cartier International«, »Centres Leclerc« ... Als ich an der letzten Tür rüttle, kommt eine junge Frau aus einem Büro, verschwindet und kehrt mit einem Schlüsselbund zurück. Sie schließt mir auf und wirft einen erstaunten Blick auf meine Hosenträger.

»Sie wünschen?«

»Haben Sie vielleicht einen Pilger ... Ich weiß nicht, irgend jemanden, den ich zu den Bädern bringen soll ...«

»Aber wir haben geschlossen, mein Herr«, sagt sie mit bedauerndem Lächeln. »Von Mitte November bis Palmsonntag.«

Sprachlos starre ich sie an. Sie fragt mich, ob ich eingeschrieben sei.

»Nein.«

»Das können Sie allerdings tun. Gehen Sie zum Informationsschalter für Unterbringung auf der anderen Seite des Flusses, Orientierungspunkt 36. Dort ist immer jemand.«

Ich bedanke mich bei ihr. Sie schließt wieder ab, und ich überquere erneut die Brücke, biege nach links ab, gehe an einer Reihe renovierter Kästen in schmutzigem Grau vorbei. Dann klingle ich bei der Informationsstelle für Unterbringung. Keine Reaktion. Der Zuständige scheint sich verdrückt zu haben. Ein Aufkleber verrät: »Ausbildung der freiwilligen Helfer: Büro 70, 2. Etage.« Ich suche eine Übersichtstafel, und nachdem ich mich orientiert habe, mache ich kehrt und gehe ins Nachbargebäude. Die Tür ist angelehnt, die Eingangshalle leer, bis auf einen Korb mit Krücken und Stöcken. »Geschenk der Pilger«, steht darauf.

Als ich aus dem Aufzug steige, lande ich auf einem großen weißen Treppenabsatz, dessen Beleuchtung sich von allein einschaltet. Links auf einer Doppeltür ein Schild – »Willkommen, ihr Freiwilligen«. Ich klopfe, umsonst. Auf der anderen Seite des Treppenabsatzes befindet sich ein großer hellblauer Raum, der sich »Museum« nennt. Ich gehe zu den großen Bilderrahmen hinüber. Achtundsechzig offiziell durch ein Wunder Geheilte hängen in Reih und Glied an der Wand, beglaubigt durch ihren Bischof. Daneben eine Auswahl der siebentausend Fälle, die aus medizinischer Sicht als geheilt gelten, aber nicht die administrativen Kriterien erfüllen und daher von der Kirche nicht anerkannt werden. In einer Ecke finde ich gewissermaßen die Betriebsordnung:

a) Krankheit unheilbar, entweder durch Verletzung hervorgerufen oder organischer Natur.

b) Diagnose: gesichert und eindeutig; Prognose: unheilbar.

c) Heilung: spontan, plötzlich, definitiv.

Ich betrachte die Fotos, überfliege die Lebensläufe der Erwählten, studiere die der abgelehnten Fälle. Alle Arten von Krankheit sind vertreten, von den klassischen bis hin zu den ausgefallensten, von den vergessenen bis zu den aktuellen. Geheilt wurden ganz unterschiedliche Menschen: Kinder, Rentner, Bauern, Künstler, Beamte, Militärs, Nonnen,

Automechaniker ... Viele waren gläubig, andere aber auch nicht, auch gibt es ein paar Komafälle. Die meisten Heilungen fanden in den Bädern statt, aber nicht alle – wie diejenige von Pierre de Rudder, einem Belgier. Sein linkes Bein wurde zerquetscht, acht Jahre lang war er bettlägerig. Am 7. April 1875 schleppt er sich auf seinen Krücken zur Nachbildung der Grotte von Lourdes, die man in seinem flämischen Dorf errichtet hat. Dort kann er auf einmal sein Bein wieder benutzen und fällt auf die Knie. Am nächsten Morgen stellen die Ärzte fest, daß der Brand verschwunden ist, die Wunden vernarbt sind und der Knochen urplötzlich wieder zusammengewachsen ist. Ein paar Tage später nimmt er seine Arbeit als Bauer wieder auf. Als er dreiundzwanzig Jahre später stirbt, wird eine Autopsie durchgeführt, bei der »ein sehr lange zurückliegender Bruch« konstatiert wird, »der mit einemmal verheilt ist, so daß die Knochen des linken Beines denen des rechten Beines wieder völlig gleich waren«. In der Vitrine wird der Messingabguß der beiden Schienbeine ausgestellt und daneben ein Foto ihres gutmütig dreinschauenden Besitzers.

Daß diese Wunder oft sehr improvisiert wirken, beeindruckt mich vielleicht am meisten. Oft wachsen Knochen und Organe in aller Eile nach – wie, spielt dabei keine Rolle. Der Gebirgsjäger Vittorio Micheli, Wunderheilung Nummer 63, hatte eine von einem Tumor zerstörte Hüfte; sein Bein war nur noch durch ein paar Fleischfetzen mit der Hüfte verbunden. Am 24. Mai 1963 wird er mit seinem Gips ins Becken getaucht und spürt, wie seine Gelenke auf einmal wieder funktionieren. Allerdings in mehreren Etappen, wie die Röntgenaufnahmen beweisen: Zunächst hat sich Knochen gebildet, um das Becken wieder mit dem Oberschenkelknochen zu verbinden, ganz so, als hätte ein Klempner eine provisorische Überbrückung geschaffen, und erst dann hat die Hüfte im Lauf von Monaten wieder die anatomisch vorgesehene Form angenommen. Als wollte sich der göttliche Wille oder die Natur dem von der Kirche geforderten Kriterium der Schnelligkeit beugen, da nur diese Art von Wundern anerkannt wird: husch, husch, wir basteln, damit die betreffende Person gehen kann, danach können wir dann in Ruhe an der ästhetischen Komponente feilen, bis die Norm erfüllt ist.

Oft wird erst eine Funktion, dann das entsprechende Organ wiederhergestellt. Marie Biré, Wunderheilung Nummer 37, gewinnt während einer Pilgerfahrt ihr Augenlicht wieder und liest ihren Ärzten aus der Zeitung vor, wohingegen der Grund ihrer Blindheit – beidseitige Schrumpfung des Augapfels – erst zwei Monate später verschwindet. Dasselbe gilt für Nummer 45, Francis Pascal, der 1938, im Alter von vier Jahren, plötzlich nicht mehr blind ist. Der Arzt, der ihn untersucht, sagt, das sei unmöglich – sein Sehnerv sei zu stark verletzt. »Du hast einen Fleck auf der Krawatte«, antwortet das Kind.

Einige werden sogar zweimal errettet, wie Schwester Sainte-Béatrix, mit bürgerlichem Namen Rosalie Vildier, die am 31. August 1904 in den Bädern von der Tuberkulose geheilt wird und im Jahr darauf aus Dankbarkeit wiederkehrt. Zum Lohn wird sie auch noch von ihrer Kurzsichtigkeit befreit.

»Heißhunger.«

Ich drehe mich zu dem jungen Mann um, der mit einer Plastikflasche hereingekommen ist. Mit einer ausholenden Geste seines Staubtuchs deutet er auf die Wunderheilungen hinter Glas.

»Eins haben sie alle gemeinsam«, erklärt er und sprüht Ajax-Scheibenklar auf die Jahrgänge 1860 bis 1875, »sobald sie geheilt sind, bekommen sie einen Bärenhunger. Stundenlang spachteln sie Steaks und Sauerkraut in sich hinein, selbst diejenigen, die künstlich ernährt wurden und seit Monaten nichts zu sich genommen haben. Als wäre die gesamte Energie, die im Körper zur Verfügung steht, mit einemmal frei geworden.«

Ich nicke. Das ist Irwin Glassners Theorie: die Botenmoleküle, nichts anderes als Milliarden Hormone und Neurotransmitter, welche die Hypophyse zu dem kranken Bereich schickt, um die Zellstruktur zu ändern. Doch wenn das die Gebrauchsanweisung für Wunder ist, warum werden dann nicht alle gesund, sobald gewissermaßen der Antrag gestellt ist? Der Vitrinenputzer zuckt mit den Schultern. Man kann allen, die den Everest bezwingen wollen, das Klettern beibringen, doch das heißt nicht, daß auch alle den Gipfel erreichen.

»Sind Sie zum ersten Mal hier?« fügt er hinzu und deutet auf meine Leinenhosenträger.

»Ja, nur finde ich leider keine Kranken.«

»In der Stadt gibt es ein Krankenhaus. Im Augenblick kommen keine Pilger her, aber krank sind die Leute immer.«

Mit einer kreisenden Bewegung wischt er respektvoll die Vitrine ab und tritt anschließend zur Kontrolle ein Stück zurück, bevor er sich den folgenden Jahrgängen widmet.

»Wissen Sie, weshalb die heilige Bernadette nicht dabei ist?« sagt er dann und deutet auf die Reihe der Fotografien. »Man hatte sie nach ganz vorn dekoriert, zusammen mit der Jungfrau Maria, die ihr achtzehnmal erschienen ist. Doch hat sie nie um etwas für sich selbst gebeten. Ihr Leben lang litt sie, aber zum Lohn hat sich ihr Leichnam wie am ersten Tag erhalten. Richtig gut sieht sie aus. Außerdem wollte die Kirche das Wunder nicht anerkennen, weil es postum erfolgt ist.«

Ich frage ihn, ob er selbst auch von etwas geheilt wurde. Er sei nicht krank, antwortet er, trotzdem betreffe dies alles auch ihn, schließlich stamme er ja aus Lourdes.

Ich streife durch die Stadt und komme dabei auch an dem Haus vorbei, in dem meine Reisegefährten sich von ihrem Jet-Lag erholen. Es hat zu regnen aufgehört. Als ich wieder ins Zentrum gelange, kommen mir die Demonstranten entgegen, die sich für eine finanzielle Besserstellung des Pflegepersonals einsetzen, für mehr Respekt, mehr Freizeit.

Die Flure des Krankenhauses sind menschenleer. Ich klappere Etage um Etage ab, schaue durch offene Türen in Zimmer hinein, ohne »auszuwählen«, versuche, einfach nur dazusein, verfügbar, und darauf zu warten, daß jemand meine Anwesenheit wahrnimmt. Oder einfach nur meine Leinenhosenträger sieht und mich bittet, irgendwo hingebracht zu werden.

»Junger Mann ...«

Ich drehe mich um. Ein alter Mann hält sich am Türrahmen fest, er hat eine ausgeleierte Strickjacke an, seine Augen sind gerötet, vor der Brust baumelt eine Brille an einer Schnur.

»Sind Sie von unten?«

Ich lächle, gehe auf ihn zu und bestätige, daß ich vom Heiligtum komme. Mit dem Arm verwehrt er mir den Eintritt. Ich sehe ein schlafendes kleines Mädchen, das an zig Apparate angeschlossen ist. Sie hat eine Plastikhaube auf dem Kopf, ist ganz abgemagert, die Augen sind zu Schlitzen verengt. Ein Comic liegt mit dem Rücken nach oben auf der blauen Decke, neben einem Stofftiger. Die Kehle schnürt sich mir zusammen, fünfundzwanzig Jahre Erinnerungen steigen hoch, ich sehe mich selbst dort liegen. Der Großvater zieht mich zu einem Getränkeautomaten. Ich frage ihn, wie sie heißt.

»Ewing-Sarkom. Es hat sie am Knie erwischt, man hätte es amputieren sollen, ihre Eltern wollten es nicht. Sie wurde mit Kobalt behandelt, doch es hat nichts geholfen. Erst

setzte die Lähmung ein, und dann folgte der ganze Rest ...
Seit fünfzehn Tagen liegt sie im Koma. Die Ärzte haben die
Hoffnung aufgegeben.«

Mit gesenktem Kopf fügt er hinzu: »Sie brauchen das
Bett.«

»Wie heißt sie mit Vornamen?«

»Tian.«

»Kommen Sie von weither?«

»Nein, hier aus der Gegend. Lonvilliers, an der Straße
nach Pau. Ihre Eltern sind am Boden zerstört. Sie sind nicht
gläubig, und sie haben keine Kraft mehr.«

»Soll ich sie zur Grotte bringen?«

»Das würde ihre Mutter niemals zulassen. Schon als ich sie
zum Katechismus angemeldet habe ... Und außerdem ist sie
nicht transportfähig: Sehen Sie nur, die ganzen Apparate ...«

Ich betrete das Zimmer und gehe auf das Kind zu. Ein
Donald-Duck-Heft liegt aufgeschlagen auf seiner Brust und
hebt sich bei jedem Atemzug, zum Röcheln des Sauerstoff-
geräts.

»Damit es nicht ganz so traurig ist«, murmelt der Alte.
»Ich habe die Seite aufgeschlagen, die sie zuletzt gelesen hat.
Wenn sie dann aufwacht, sage ich mir ...«

Sein Satz mündet in hohles Schluchzen. Seine Augen bleiben trocken. Er befindet sich jenseits von Kummer, Illusionen oder Hoffnung. Er hat zuviel geweint, zuviel gegeben,
zuviel auf sich genommen. Er schaut auf die Uhr.

»Ich muß gehen, den Ofen anwerfen. Ich stehe wieder am
Backtrog, mein Sohn schafft es nicht mehr. Können Sie ein
wenig bleiben? Einfach damit jemand da ist.«

Ich nicke und schaue auf den Nachttisch, auf dem eine
halbleere Plastikflasche in Gestalt der Heiligen Jungfrau
steht.

»Jeden Morgen fülle ich sie an der Quelle auf. Alle fünfzehn

Minuten benetze ich ihr die Lippen damit. Wenn Sie so freundlich wären, um halb …«

»Sie können sich auf mich verlassen.«

Er schaut mich an, die eine Augenbraue hochgezogen. Meine Festigkeit erstaunt ihn. Er murmelt ein Dankeswort, beugt sich über seine Enkelin und küßt sie im Gewirr der Schläuche.

»Ich komme bald wieder, mein Kleines. Der Monsieur bleibt hier bei dir, er ist sehr nett. Erzählen Sie von sich«, fügt er noch leise hinzu, »bestimmt hört sie Sie.«

Er greift nach seinem Regenmantel und geht. Ich setze mich auf den noch warmen Stuhl und nehme die freie Hand, die voller Einstichlöcher und Blutergüsse ist. Und ich bitte Unsere Liebe Frau von Lourdes um Erlaubnis, mit Tian in Kontakt zu treten, damit ich mich an ihre Botenmoleküle wenden kann, ihnen den Befehl geben kann, aktiv zu werden.

»*Talita kum … Talita kum …*«

Unablässig wiederhole ich Jesu Satz »Ich sage dir, steh auf!« Es wird Nacht, und die Hand bleibt kalt. Ich spüre nichts. Keine Reaktion, keinen Austausch, kein Lebenszeichen außer einem ganz schwachen Puls. Ich versuche den Energiestrom in meinem Körper zu finden, die Begeisterung, die ich spürte, als ich den Ahorn heilte. Aber heute bin ich so anders als damals.

Jede Viertelstunde befeuchte ich ihre Lippen mit dem Wasser aus der Grotte, ich schlage ein Kreuzzeichen auf ihrer Stirn und murmle dabei: »Vater unser, mach, daß sie aus dem Koma erwacht, daß sie überlebt, daß sie geheilt wird, groß wird und ein Kind wie alle anderen …«

Warum ist da kein Echo mehr, wenn ich bete? Wozu dient das Blut in meinen Venen, die geistige Vorbereitung, der sie mich monatelang unterzogen haben? Ich bin wieder am selben Punkt wie im Juli angelangt – nur noch mehr verunsichert. Sie wollten mich ausbilden und haben doch nur Zweifel gesät. Indem sie mir untersagten, meine Begabung als Heiler einzusetzen, damit ich mein »geistiges Zentrum« wiederfinde, haben sie in mir jenen blinden Glauben erstickt, der siebentausend Menschen in Lourdes die Heilung brachte, egal, ob das Wunder nun anerkannt wurde oder nicht. Indem sie mir alles beibrachten, was ich wissen mußte, um meiner Herkunft gerecht zu werden, haben sie meinen Instinkt durch Textstellen ersetzt. Ich hatte ein pietätvolles Gemüt, jetzt bin ich unterwürfig. Sie haben mir den Schwung genommen, haben mir die Flügel gestutzt, damit ich ihnen nicht entkommen kann. Heute ist mein Glaube strukturiert, ganz wie es sich gehört, vorzeigbar, doch er wird keine Berge versetzen. Damit ich vom Vatikan anerkannt werde, haben sie mich formatiert, keimfrei gemacht, dem Zeitgeschmack angepaßt. Eine lebende Reliquie, dekorativ, wiederverwertbar, harmlos. Für sie ist das Blut in meinen Adern nichts anderes als das Wasser der Heiligen Jungfrau, das aus den Wasserhähnen an der Quelle fließt. Und wenn ich einfach aufhöre? Sie brauchen mir nur eine Kanüle zu legen, dann können sie Flaschen abfüllen und in Rom ein Herkunftsprädikat beantragen – ich bleibe. Obwohl ich nichts tun kann. Ich bleibe, um einem zum Tod verurteilten Kind beizustehen, das vor meinen Augen sterben wird, weil ich nicht mehr an mich selbst glaube.

Ich nehme den Comic zur Hand und lese ihr vor, dort, wo sie aufgehört hat, erkläre ihr die Bilder. Friede macht sich in meinem Herzen breit, während Donald und seine Neffen meine Vaterunser ersetzen.

Ein Piepen läßt mich aufschrecken. Dann ein zweites. Ich blicke auf den Monitor vor mir: die horizontale Linie weist kleine Hügel auf, dann immer näher beieinanderliegende Spitzen.

Tian bewegt die Lippen. Ich lasse den Comic fallen. Sie öffnet die Augen und schließt sie gleich darauf wieder, wendet den Kopf zur Seite. Das Licht an der Decke. Ich stürze zum Schalter, um es auszuknipsen. Als ich wieder bei ihr bin, starrt sie mich an. Ich falle vor ihr auf die Knie, nehme ihren Kopf in die Hände.

»Bist du Jesus?«

Sie betrachtet mich, ohne zu blinzeln, lächelt mich freudig an. Ich halte ihrem Blick stand, kann nichts antworten. Sie hat es in ihrem Koma gespürt – oder vielleicht sehe ich einfach so aus wie die Bilder in ihrem Religionsbuch.

»Meine Beine sind so heiß, es kribbelt wie Ameisen ... Das tut weh!«

Plötzlich stößt sie die Decke von sich und reißt die Schläuche heraus. Sie steht auf. Wie versteinert sehe ich ihr zu: Zitternd streckt sie in ihrem gelben Pyjama vorsichtig ein Bein aus, torkelt ein wenig, streckt dann das andere vor. Die Klebstreifen lösen sich, die Drähte, mit denen sie an den Monitor angeschlossen ist, fallen einer nach dem anderen auf den Boden. Plötzlich ohne Halt, wankt sie wie eine Schlafwandlerin durch den Raum, so daß ich die Arme ausbreite, um sie aufzufangen, wenn sie das Gleichgewicht verliert.

»Alles dreht sich«, murmelt sie.

Ich fange sie auf, hebe sie hoch – ganz leicht und weich ist sie – und lege sie wieder ins Bett.

»Rühr dich nicht vom Fleck, Tian.«

Ich stürze auf den Flur, suche in meinen Taschen nach Kleingeld und stopfe es in den Getränkeautomaten. Schokoladenriegel, Suppe, Kekse, Chips ... Ich drücke auf alle Tasten. Außer Betrieb. Ich renne bis zum Ende des Flurs, wo ich Stimmen höre. Ein Arzt macht seine Runde. Ich schreie ihm zu, sofort nach Tian zu sehen. Er fragt mich, wer das ist.

Ich deute auf das Zimmer. Eine Kantinenangestellte kommt mit einem Wägelchen aus dem Aufzug.

»Wo ist hier die Küche?«

»Zweites Untergeschoß, weshalb?«

Die Aufzugkabine ist wieder nach unten gefahren. Ich stoße die zweiflügelige Brandschutztür auf, haste die Treppe hinab, trommle gegen die verschlossene Tür, ramme mit der Schulter dagegen, worauf sie aufspringt, schnappe mir einen Teller, leere einen der Kühlschränke und renne mit zwölf Portionen Hähnchenbrust, zwanzig Käseecken, einer Großpackung Mousse mit Fruchtgeschmack wieder hoch – das müßte reichen, um den Heißhunger nach erfolgtem Wunder zu stillen.

Oben angekommen, höre ich ein Alarmsignal. Ärzte hasten herbei, eine Krankenschwester, die ein Gerät auf Rollen schiebt, rempelt mich an. Ich lasse das Tablett fallen und renne ihnen hinterher in Tians Zimmer.

Sie liegt, genau wie ich sie vor fünf Minuten verlassen habe, im Bett. Mit offenen Augen. Ihr Körper zuckt unter dem Stromstoß. Tians Gesichtsausdruck hat sich nicht verändert. Ein neuerlicher Stromstoß. Die Linie auf dem Monitor bleibt waagerecht. Die Ärzte schütteln den Kopf, räumen den Defibrillator wieder weg. Ich dränge mich an ihnen vorbei, packe das kleine Mädchen an den Schultern, schüttle es.

»Ich bin's! Tian ... Alles wird gut, du bist geheilt! Komm zurück!«

Sie packen mich, schieben mich beiseite. Eine Hand schließt die Augen, eine andere zieht die Elektroden aus dem Enzephalographen.

»Sind Sie ein Familienangehöriger?«

»Nein, aber ich war derjenige, der ...«

Ich spreche nicht mehr weiter, starre die Gesichter an, die mich mustern, erst mitleidig, dann mißtrauisch.

»Haben Sie sie von den Apparaten getrennt?«

»Hm? Aber nein, das war sie selbst! Sie wollte aufstehen.«

Betroffenes Schweigen schlägt mir entgegen. Die Krankenschwestern weichen zurück und schauen mich entsetzt an.

»Monsieur, sie war seit einem Monat gelähmt!«

»Ich weiß, aber …«

Ich mache den Mund wieder zu, wende den Kopf ab, verzichte auf weitere Erklärungen. Meine Bodyguards stürmen herein. Während der Tonfall auf beiden Seiten ungemütlich wird, schaue ich zu der Marienfigur aus Plastik hinab, die bei dem Handgemenge heruntergefallen ist und ihren Inhalt auf den Boden ergießt.

»Bravo! Der Anwärter auf den Titel des Messias wird in Lourdes der Sterbehilfe bezichtigt – besser hätte es ja gar nicht kommen können!«

Irwin hielt den Telefonhörer vom Ohr weg. Buddy Cupperman hatte ihn aufgeweckt, und jetzt versuchte er, unter dem Gewitter an Verwünschungen, die der Drehbuchautor ausstieß, einen klaren Kopf zu bekommen.

»Das war doch eure Idee, ihn in dieses Scheißkaff zu schicken! Glauben Sie bloß nicht, daß ich mir diesen Schuh anziehe, Glassner!«

»Nein, damit rechne ich nicht. Ich werde dem Präsidenten gegenüber die gesamte Verantwortung übernehmen.«

Plötzlich schlug Buddys Groll in Selbstkritik um: Vielleicht wäre nichts passiert, wenn er die Delegation nach Frankreich begleitet hätte. Irwin machte sich denselben Vorwurf. Beide hatten sie aus Taktgefühl auf die Reise nach Rom via Lourdes verzichtet – der eine, weil er Jude war und es nicht so aussehen sollte, als wolle er sich bei den katholischen Behörden für Jesus stark machen; der andere aus Furcht, einen heiligen Ort zu entweihen, falls er dort ums Leben kam, denn elf Stunden in der Druckkabine eines Flugzeugs waren für einen Hirntumor alles andere als ideal.

»Was sollen wir jetzt tun?« fragte Cupperman schließlich, wieder ruhiger geworden. »Wir haben die Familie und die Zeugen entschädigt, dem Krankenhaus eine Spende zukommen lassen – da sind wir also auf der sicheren Seite, die Sache wird nicht bis Rom durchsickern. Aber wir können Jimmy weder dort lassen noch ihn in seinem jetzigen Zustand dem Heiligen Stuhl präsentieren.«

»Wie geht es ihm?«

»Was glauben Sie? Entridge hat versucht, ihm eine Schlafkur zu verordnen, doch er weigert sich. Er spricht nicht mehr, will niemanden mehr sehen. Der Bischof rauft sich die Haare, er weiß nicht, unter welchem Vorwand er die Untersuchung verschieben könnte – zudem kommen sehr erfreuliche Signale aus dem Vatikan: Ein Kardinal hat ihn persönlich angerufen und ihm gesagt, daß die Akte bis zur Päpstlichen Akademie der Wissenschaften gelangt sei … Wir stehen kurz vor dem Erfolg, Scheiße! Was sollen wir tun, ihn wieder nach Hause fliegen?«

Irwin bat um eine Stunde Bedenkzeit. Als das Gespräch beendet war, sah er auf die Uhr, duschte, zog sich an und wählte die Nummer der Banque de France. Das Sekretariat der Allgemeinen Aktienbewegungen hielt ihn mit Musik in einer Warteschleife. Von der Tristesse des Bachschen Präludiums angesteckt, schaute Irwin, die Stirn gegen die Scheibe seines an einen Wartesaal gemahnenden Wohnzimmers gepreßt, auf den Potomac hinab, der im nackten Licht der Straßenlaternen seine toten Fische durch die noblen Wohnviertel Washingtons transportierte.

»Ja?« hörte er die Stimme seines Sohnes.

Er schluckte seine Aufregung hinunter und bemühte sich um einen neutralen Tonfall.

»Hallo, Richard. Ich störe dich hoffentlich nicht.«

»Was gibt's?«

»Geht's dir gut?«

»Ich bin gerade in einer Besprechung.«

»Verzeihung. Ich wollte nur … Also, ich wollte dich fragen,

301

ob du noch Kontakt zu deinem Freund Jérôme d'Ermanville hast.«

Nach drei Sekunden antwortete Richard Glassner: »Ich stelle dich wieder zurück zu meiner Sekretärin, die wird dir die Adresse geben. Auf Wiedersehen.«

Einen bitteren Geschmack auf der Zunge, bedankte sich Irwin kurz darauf bei der Sekretärin und rief in der Abtei von Saint-Gilles an. Bruder Jérôme schien sich über den Anruf zu freuen. Mittlerweile zum Leiter des Gregorianischen Chorgesangs berufen, hatte er nie die aufmerksamen Ratschläge vergessen, die ihm der Vater seines besten Freundes gegeben hatte, als er am Lycée Charlemagne eine existentielle Krise durchlitt. Irwin sprach ganz offen mit ihm, ohne das Gebot der Geheimhaltung zu verletzen, und beschrieb seinen Landsmann als zum Katholizismus übergetretenen Juden, der durch seinen Frankreichaufenthalt in einen Widerstreit zwischen moralischer Orientierungslosigkeit und Schuldgefühlen geraten war. Bruder Jérôme berichtete dies dem Abt und versicherte Irwin dann, der Betroffene sei herzlich willkommen und könne so lange bleiben, wie es ihm beliebte.

Als er von dieser vorübergehenden Rückzugsmöglichkeit in einem Benediktinerkloster in der Nähe der italienischen Grenze hörte, war Buddy Cupperman begeistert. Man würde Jimmy dahin bringen, sich diesen Schlupfwinkel selbst auszusuchen. Irwins Kontaktmann könnte ihn überwachen, ohne daß er Verdacht schöpfte, und dem in einem Hotel untergebrachten Basisteam Bericht erstatten. Schweigen, Buße und gregorianisches Umfeld: In seinem Fall konnte man sich keine bessere Erholungsmöglichkeit vorstellen. Buddy redete so, als handle es sich um eine Thalasso-Therapie, und Irwin legte ziemlich rasch auf.

Er zog sich aus, legte sich wieder ins Bett und wurde von

Schmerzen gepeinigt. Die Verbindung, die er da zu Jimmy auf der anderen Seite des Atlantiks aufrechtzuerhalten versuchte, verursachte ihm höllisches Kopfweh und quälte sein Gewissen. Nach Pater Donoway, dem Ahorn und den Hunden war der Tod des kleinen Mädchens ein schrecklicher Beweis, der seine schlimmsten Befürchtungen bestätigte und die absurdesten Hypothesen rechtfertigte. Ständig hörte Irwin, was Jimmy auf dem See zu ihm gesagt hatte: »Ich spüre, daß bei meinem Versuch, Positives zu bewirken, etwas Entscheidendes aus dem Gleichgewicht gerät. Jedesmal wenn ich glaube, etwas Gutes zu tun, treibe ich nur das Böse voran.«

Und wenn Jimmy recht hatte? Wenn sie tatsächlich den Antichrist erschaffen hatten?

Er erstickte diesen Gedanken mit Schlafmitteln, doch die Scham, seiner Verantwortung auf diese Weise auszuweichen, ließ ihn trotzdem nicht einschlafen. Er versuchte zu arbeiten. Die hohen Stapel von *Science* und *Nature* rings um sein Bett widerten ihn ebenso an wie seine Planung der kommenden Monate. Alles, was er jetzt, wo das Projekt Omega in den Händen des Vatikans lag, tun konnte, war, die Arbeiten der republikanischen Forscher zu lesen, die er demnächst zu einem Arbeitsfrühstück einladen würde, um sich ihre Beschwerden anzuhören und ihnen zur Lösung ihrer Probleme das Blaue vom Himmel zu versprechen. Er hielt dieses Leben nicht mehr aus. Jimmys Zukunft war das einzige, was ihn bis zu den nächsten Wahlen durchhalten ließ, vorausgesetzt, sein Tumor gab ihm die Gelegenheit dazu – anschließend würde er sich aus der Politik zurückziehen.

Doch wenn Jimmys Nerven versagten, wenn er auf seine Mission verzichtete, weshalb sollte man dann noch weitermachen? Der Revolver lag geladen in der zweiten Schublade seines Nachttischchens. Daß ihn der Gedanke an Selbstmord so anwiderte, hatte nicht nur mit seinem Glauben zu tun. Das eigentliche Problem war, Jimmy beipflichten zu müssen, daß alle, die er heilen wollte, zugrunde gingen. Es hatte nicht funktioniert: Irwins Anfälle traten häufiger denn je auf. Hatten Jimmys Zweifel seine Kräfte geschwächt und zum Tod des kleinen Mädchens in Lourdes geführt? Wenn man die Evangelien las, stellte man rasch fest, daß die Wunder proportional zur Ausdehnung der Zuhörerschaft Christi zunahmen. Wer glaubte denn wirklich an Jimmy, hier im Team, wer liebte ihn, unabhängig von den Zielen, die sich jeder einzelne gesetzt hatte? Besser als Rabbi Chodorowitz, der Jimmy nach allen Regeln des State Department ausgebildet hatte, hätte man die Lage nicht zusammenfassen können: Sie hatten sich alle mitschuldig gemacht, indem sie einen Golem erschaffen hatten, und ihr Glaube war nur Nabelschau, Stolz, an Dritten ausgelebter Ehrgeiz. Es war ihr Machtstreben, das in diesem Wesen Fleisch geworden war, für das nun jeder einen Teil der Vaterschaft beanspruchte. Und jeder hielt sich, bewußt oder unbewußt, für den Mitinhaber.

Zum Umkehren war es jedoch zu spät, und für eine endgültige Antwort war es zu früh. Man konnte Jimmy lediglich in die Obhut seines einzigen, wahren Vaters übergeben.

Hohe Fenster, die auf einen leeren Hof hinausgehen, Tauben, die in der Stille zwischen zwei Glocken in der Ferne gurren … Seit über einer Stunde dürfen wir nun schon in einer eisigen Halle warten. Der Psychiater steckt die Triefnase in sein Magazin, der Pressereferent wiederholt, immer weniger überzeugt, wie ich mich wem gegenüber verhalten und was ich antworten soll, während der Coach von Zeit zu Zeit an meinem Atem, meinen Chakren und meiner Aura arbeitet. Bleich und angespannt sitzt der Bischof da, zwischen den Beinen die Aktentasche mit dem seiner Meinung nach entscheidenden Argument: dem Empfehlungsschreiben des Abtes von Saint-Gilles, der mir Mitleid, Hingabe, Tugendhaftigkeit und eine überzeugende Stimme bescheinigt.

Ich mag Rom nicht. Eine schmutzige Sonne, Abgase, Lärm, Ruinen, Mädchen auf Vespas. Ich hasse den Vatikan, dieses Leichenschauhaus mit seinen Geheimnissen, seinen Soutanen und den heimlichen Blicken. Ich hätte die Abtei nicht verlassen dürfen. Was hat es für einen Sinn, hier herumzusitzen, zwischen all diesem Gold, den Gemälden und dem Marmor, die dem Elend auf der Welt hohnsprechen, warum die Zeit unter dieser Kassettendecke totschlagen, nur um anschließend einem Haufen rot und violett gewandeter Fossilien ins Gesicht zu sagen, was ich wirklich von ihnen halte? Sie erwarten einen Kandidaten, einen Postulanten in Seidenschühchen, und werden auf einen Rebellen stoßen, der sie im Bewußtsein seiner Rechte aus dem Haus seines

Vaters fegen wird. Meine Begleiter ahnen nichts, sie haben weder von der neuen Glaubenskraft etwas gespürt, die in mir erwacht ist, noch von meiner geistigen Verfassung. Sie üben derweil ihre erniedrigenden Kratzfüße und Verbeugungen.

Doch nach ein paar Minuten ist meine Aggression verflogen. Bringt es wirklich etwas, wenn ich mich als Rächer aufspiele, um gleich darauf von zwei Schweizergardisten hinausgeworfen zu werden? Die Religionshändler sind in ihrem Tempel unter sich. Indem ich mich gegen die Kirche erhebe, erreiche ich gar nichts für sie. Da versuche ich es lieber auf die raffinierte Tour, wo ich schon einmal da bin …

Diese zehn Tage in einer echten Gemeinschaft haben mir so gut getan! Es war so schön, einen aufrichtigen Glauben zu teilen, ungekünstelte Sympathie zu spüren, hart zu arbeiten und diese besitzlosen Menschen zu sehen, die sich freiwillig aus der Welt zurückgezogen haben und soviel glücklicher waren als all die Reichen, denen ich in meinem Leben als freier Mensch begegnet war. Durch den Kontakt mit ihnen wurde ich von all den Monaten geistigen Trainings gereinigt, die Gott so kompliziert werden ließen und mich von der Welt und der Realität viel mehr abschnitten als ihre Ordensregeln. Ich stand um fünf auf und betete die Laudes, machte den Stall sauber, melkte die Kühe, ging wieder in die Kapelle, sang die Terz und gesellte mich wieder zu den Weinlesern. Die schwere körperliche Arbeit, im Verbund mit der unglaublichen Leichtigkeit, welche die Schwingungen der Gregorianischen Gesänge in mir auslösten, linderte von Zeit zu Zeit das Entsetzen, das ich über mich selbst empfinde.

Äußerlich betrachtet, arbeitete ich zehn Tage ohne Unterlaß, um jene eine Viertelstunde zu verarbeiten. Die Zeitspanne zwischen dem Moment, in dem Tian aus dem Koma erwachte, und dem Augenblick ihres Todes. Jene Schleuse, die sich durch mich und durch meine Schuld öffnete. Das

Kindergesicht, das über das Wunder staunte, diese zu starke Empfindung, die das Mädchen tötete. Hätte ich nicht die Natur genötigt, um meine Macht zu beweisen, wäre sie vielleicht von ganz allein aus dem Koma aufgewacht, die Medizin hätte vielleicht ihre Wirkung getan, und sie wäre vielleicht noch am Leben. Die Summe dieser vielen Vielleichts hat keine Auswirkungen auf meine Schuld – die Absicht ist es, die zählt. Ich wollte ein Leben retten und mir Gott zu diesem Zweck gefügig machen. Doch ich verlor ein Leben, weil ich eher aus persönlichem Antrieb denn aus Liebe handelte. Ich bedurfte eines Beweises. Tian war da, ich benutzte sie, und sie starb. Damit muß man leben. Wer sühnt, entledigt sich nicht einfach eines Fehlers, indem er büßt, nein, er nimmt ihn an, bändigt ihn, führt ihn zu Ende. Es ist eine geistige Schwangerschaft. Ich weiß noch nicht, was ich zur Welt bringen werde, aber ich werde die Sache durchziehen. Selbst wenn keiner mich versteht.

Gleich am ersten Tag ging ich beichten. Der Abt erteilte mir die Absolution und sprach traditionelle Worte über die Erlösung. Gott werde die Seinen schon erkennen, sagte er abschließend. Genau da liegt das Problem. Acht Tage später fragte ich ihn im Schutz des Beichtgeheimnisses, ob er, nachdem er mich nun an seiner Seite hatte leben sehen, nachdem wir gemeinsam gebetet, gearbeitet, gegessen und einstimmig gesungen hatten, mich tatsächlich für den Messias halte.

»Hören Sie den Heiligen Geist aus sich sprechen, Jimmy?«

»Nein.«

»Dann lassen Sie den Papst entscheiden. Er allein erkennt das Zeichen Gottes.«

»Weil die Kirche die Braut Christi ist und er ihr Anstandswauwau?«

»Weil er unfehlbar ist.«

Ich wollte nicht mit ihm über dieses Dogma debattieren. Die wenigen Tage in ihrer Gemeinschaft voller Gesänge und Arbeit bis in die tiefe Nacht haben mich gelehrt, daß Glaube nicht eine Frage der Bildung ist, daß alles, was ich über die diversen Religionen weiß, vor Gott nichts wiegt. Aber die Unfehlbarkeit des Papstes, also, da muß ich doch ein wenig lachen. Er ist der Nachfolger Petri, desjenigen, der Jesus dreimal verleugnet hat, aus Furcht, zusammen mit ihm festgenommen zu werden. Jesus hatte ihn ja auch aus einem bestimmten Grund erwählt: Die Kirche konnte sich nicht ohne ein Minimum an Vorsicht, Diplomatie und Opportunismus ausbreiten.

»Bestimmt sind sie bereits einer Entscheidung nahe«, versucht der Pressereferent sich selbst zu überzeugen und hält mir ein Pfefferminzbonbon hin, als würde meine Investitur von der Reinheit meines Atems abhängen.

Zum zehnten Mal streicht er meinen Darnell-Pool-Blouson glatt, den ich unbedingt anziehen wollte, als Kompromiß zwischen denjenigen, die für Anzug und Krawatte plädierten, und den anderen, die eher für eine Leinentunika waren.

»Die Akten sprechen eine derart eindeutige Sprache, daß sie uns gar nicht mehr anhören werden«, fügt er überschwenglich hinzu, »sie werden hereinkommen und uns gleich das Resultat ihrer Beratungen mitteilen.«

»Sie sind hier nicht bei der Oscar-Verleihung«, schnarrt Monsignore Givens.

Der Coach mißt meinen Puls, beunruhigt über den Anstieg der Spannung, den die beiden anderen verursacht haben. Erleichtert erklärt er dann, es sei alles in Ordnung. Entridge ist froh, daß ich so gelassen bin, dabei müßte er sich wegen meiner Kaltblütigkeit eigentlich Sorgen machen. Schließlich klappt er sein Magazin zu und fängt gleich darauf von vorn zu lesen an.

Um zehn vor zehn geht die Klinke der doppelten Eichentür herunter, und die Türflügel öffnen sich lautlos. Ein großer, magerer Priester in Soutane kommt langsam schlurfend auf uns zu, bleibt vor mir stehen, verneigt sich und bittet mich, ihm zu folgen. Monsignore Givens hält den Pressereferenten zurück, der Anstalten macht aufzustehen, und will mir sein Köfferchen reichen. Ich schüttele den Kopf: Ich bin kein Dienstbote, der seine Ehrerbietung erweist.

Die Hände im Rücken verschränkt, gehe ich mit meinen quietschenden Turnschuhen über die Marmorfliesen mit den goldenen Fugen, dann drehe ich mich noch einmal um. Das Quartett feuert mich mit intensiven Blicken an. Ich passe meinen Gang dem großen Hageren an und folge ihm durch Flure, einen Kreuzgang und leere Museumssäle. Endlich gelangen wir zu einem zweiten, noch kälteren Vorzimmer. Er bittet mich, Platz zu nehmen, und geht wieder hinaus. Ich blicke mich um. Hier gibt es nur eine geschnitzte Wand aus dunklem Holz mit einem Brett davor und einen großen blinden Spiegel. Vielleicht ist er von der anderen Seite her durchsichtig, damit die Untersuchungskommission mich beobachten kann. Ich gebe mich ganz natürlich, schließe die Augen, lehne mich an und sammle mich im Gebet, so wie die Mönche es mir beigebracht haben: Ausgehend von einem Punkt in meinem Gehirn konzentriere ich meine Energie, damit sie zum Nutzen anderer ausströmt, ohne daß ich etwas von ihnen verlange oder ihnen etwas anbiete. Den Energiefluß einfach zulassen. Ein simpler Kanal sein, der sich seinen Lauf nicht selbst aussucht.

Einige Zeit später knarrt die Tür, und der große Hagere taucht wieder auf. Er hat einen dicken Aktenordner im Arm und übergibt ihn mir. Es ist das Dossier mit dem Briefkopf des Weißen Hauses, das Siegel wurde nicht erbrochen. Ein Umschlag ist mit einer Büroklammer daran befestigt: »Zu

Händen von Monsignore Givens«. Der Amtsdiener der Kongregation für die Heiligsprechung blickt mich lange an, in einer seltsamen Mischung aus Mitleid und Respekt.

Während er mich zurück zu dem Raum führt, in dem meine Eskorte ausharrt, hält er mir eine Visitenkarte hin und murmelt mit gedämpfter Stimme, die durch das Rascheln der Soutane auf den Fliesen kaum übertönt wird: »Seine Eminenz würde Sie allerdings sehr gern kennenlernen. Ich war früher sein Sekretär – er hat mich beauftragt, Ihnen auszurichten, daß er Sie um zwölf sehen möchte.«

Ich schaue auf die Karte mit den geprägten Buchstaben:

Damiano Cardinale Fabiani
Castel dei Fiori
Ostia

Als er mich mit meiner Akte unterm Arm wiederkommen sieht, fällt der Bischof aus allen Wolken. Sein Gesicht wird noch länger, als er den Umschlag aufschlitzt und das Ergebnis liest.

»Unbegreiflich«, stößt er hervor.

Mit bebendem Kiefer mustert er den Boten in Soutane, der im Rahmen der Doppeltür stehengeblieben ist. Die Hände ineinandergelegt, den Blick bescheiden gesenkt, wartet er darauf, daß wir den Saal räumen.

»Ich verlange eine Audienz, im Namen des Präsidenten von Amerika!«

Mit einem Zwinkern weist der päpstliche Bote auf die Visitenkarte, die er mir zugesteckt hat. Givens schnappt sie sich. Ich sehe, wie er zusammenzuckt und dann wieder Farbe bekommt. Plötzlich wieder ganz munter, kreischt er: »Mein Gott, er lebt noch!«

Mit zitternden Fingern hält er den Bristolkarton und blickt wieder auf, um die Moral der Truppen zu stärken, die auf den Nullpunkt gesunken war, als der Brief die Runde machte. Ich habe ihn gerade gelesen und muß insgeheim lächeln. Der Vatikan hat sich wieder einmal als würdiger Nachfolger Petri erwiesen.

In ebenso ermutigendem wie kategorischem Ton spielt der Bischof die Ungerechtigkeit herunter, die Washington widerfahren ist.

»Klassischer Fall: Die Kurie erteilt Ihnen einen abschlägigen Bescheid, dann läßt sie Ihren Antrag nochmals hochoffiziell von einer unbestrittenen Autorität überprüfen, die persönlich auf die Kommission einwirkt, welche dem Antrag dann stattgibt, obwohl sie ihn in erster Instanz abgewiesen hat.«

»Und wer ist dieser Kardinal Fabiani?« fragt der Psychiater abfällig, denn er ist eindeutig eifersüchtig auf diese Prälaten, die sich noch besser als er aufs Verschleiern verstehen.

»Der alte Archivar der Geheimarchive der Vatikanischen Bibliothek, Ehrenmitglied der Päpstlichen Akademie der Wissenschaften«, antwortet Monsignore Givens eifrig, als würde er ein Pferd beschreiben, auf das er gesetzt hat. »Er ist ehemaliger Dekan des Heiligen Kollegs und hat keine offizielle Funktion mehr, aber ohne ihn geschieht gar nichts: Er hat drei Päpste gemacht und bereitet gerade den nächsten vor. Wenn wir seine Unterstützung haben, dann ist die Sache gewonnen!«

Seine Begeisterung steckt die anderen zumindest die Fahrt über an. Dann halten unsere beiden Taxis vor dem Castel dei Fiori am Stadtrand von Ostia. Ein Hospiz.

»Fabiani, Zimmer 312«, erklärt die Schwester am Empfang mit einem Blick auf den Bildschirm. »Besuch gestattet, allerdings nur einzeln. Dritte Etage, ich werde ihm Bescheid sagen.«

Oben am Aufzug versperrt ein Gitter mit zwei Schlössern den Zugang zum Flur. Eine Nonne kommt energischen Schrittes herbei, um mir zu öffnen.

»Ermüden Sie ihn nicht, er wird bald hundert, in vierzehn Tagen werden wir ihm ein kleines Fest bereiten. Vorausgesetzt, er hält bis dahin durch, bei dieser Kälte ...«

Durch die offenen Türen sehe ich einige Greise nebeneinander liegen, aber es sind auch ein paar Junge mit verstörtem Blick darunter, einige sind mit Gurten ans Bett gebunden. Alle Fenster sind vergittert. Nachdem wir uns an dem Essenswägelchen vorbeigezwängt haben, das einen säuerlichseifigen Geruch verströmt, klopft sie an eine Tür, öffnet sie aber gleich und ruft in fröhlichem Singsang: »Hier ist Besuch, Eure Eminenz!«

Das Gesicht zum Fenster gewandt, starrt ein winziger, hagerer Alter die Mauer gegenüber an, ganz schief sitzt er in seinem Rollstuhl, die Pantoffeln berühren nicht einmal den Boden. Er dreht sich zu mir um und strahlt mich mit seinem runzligen Gesicht an. Ganze drei Zähne sind ihm geblieben. Sein Blick verrät Scharfsinn oder auch völlige Verkalkung, seinen zu drei Vierteln kahlen Kopf ziert ein Wirbel, die Gesichtsfarbe ist grün wie die Wände. Eine kleine Bohne im blauen Pyjama.

»Und ich sah den Himmel aufgetan«, sagt er und deutet neben mich, »und siehe, ein weißes Pferd.«

»So«, kommentiert die Schwester und raunt mir zu: »Er ist nicht bösartig, aber widersprechen Sie ihm nicht. Fünf Minuten, dann ist Schluß.«

Ich nicke und beende, sobald sie draußen ist, den Satz aus dem Gedächtnis. »Und er war angetan mit einem Gewand, das mit Blut getränkt war, und sein Name ist: Das Wort Gottes.«

Der Kardinal hört auf zu lächeln und nickt ernst. »Apokalypse 19, Vers 13. Alle wissen, daß Johannes vom Grabtuch spricht. Entweder sind Sie eine menschliche Fälschung oder das letzte Zeichen. In beiden Fällen war es nur natürlich, daß eine Kommission gebildet wurde, um Ihren Fall prüfen zu lassen. Seit die Wissenschaft das Grabtuch zum Sprechen gebracht hat, bemüht sich der Vatikan mit allen Mitteln, es wieder mundtot zu machen. Ich werde Ihnen erklären, weshalb. Nehmen Sie Platz, Jimmy.«

Ohne den Blick von ihm abzuwenden, setze ich mich auf den Sessel aus braunem Kunstleder. Seine Hände liegen flach auf den Schenkeln, die Handflächen sind nach oben gerichtet; sein Kopf, der sich die ganze Zeit bewegt, wirkt wie der Gefangene einer Mumie.

»Selbstverständlich wußten wir von Ihrer Existenz, bevor der Präsident uns darüber unterrichtete. Ich war für die Geheimarchive verantwortlich, als uns die Nachricht von dem Klon erreichte. Das war 1997. Sie können sich vorstellen, was das für ein Aufruhr war.«

Seine pfeifend hervorsprudelnde Stimme hat nichts Unangenehmes, im Gegenteil. Er spricht rasch und präzise, als hätte ein monatelanges Schweigen ihn auf diese Begegnung vorbereitet, bei der jede Minute zählt. Der Gedanke, daß meine Zukunft in den Händen eines im Krankenhaus eingesperrten Hundertjährigen liegt, erfüllt mich mit einer gewissen Begeisterung, und ich frage mich, weshalb. Offenbar weiß er alles über mich, auch das, was ich selbst nicht weiß. Jedenfalls habe ich gerade meinen einzigen echten Verbündeten getroffen – die Gewißheit hatte ich sofort, obwohl sie auf nichts anderem als einer augenblicklichen Vertrautheit gründet, einer Ähnlichkeit, die wir beide gleichzeitig feststellten und die niemand vermutet hätte. Dieser wehrlose, kleine alte Mann, so gelehrt und ehedem so mächtig, ist genauso einsam wie ich, das fühle ich, genauso umsorgt, unterdrückt und gefährlich.

»Beim Symposium in Rom, im Juni '93, bestätigten Wissenschaftler aus aller Welt die Authentizität des Grabtuchs in achtzehn Punkten, einschließlich seiner Herstellung in der Gegend um Jerusalem im ersten Jahrhundert. Es hatte keinen Sinn mehr, sich noch länger hinter dem Kohlenstoff 14 zu verstecken. Dennoch sorgten wir dafür, daß das Tuch auf später datiert wurde: Die Gewebeprobe, die wir den drei Labors gaben, stammte von einer im Mittelalter zusammengestückelten Stickerei. Sie wog zweiundvierzig Milligramm pro Quadratzentimeter, wohingegen das Durchschnittsgewicht des Grabtuchs bei dreiundzwanzig liegt.«

Verblüfft starre ich ihn an.

»Aber weshalb? Weshalb haben Sie das getan?«

»Ich komme gleich darauf. Zunächst waren wir beruhigt, daß die Umstände Ihrer Geburt streng geheimgehalten wurden. Die Lebenserwartung eines menschlichen Klons war so niedrig, daß der Vorfall rasch vergessen sein würde. Das Grabtuch brauchte nur zu verschwinden, dann ließe sich die Beziehung zwischen Ihrem Blut und dem von Christus nie mehr nachweisen. So kam es zu dem Brand vom 11. April 1997.«

Meine Finger krallen sich um die Armlehnen.

»Soll das heißen, daß …«

»Fiebermessen!« trompetet eine junge Krankenschwester. Sie kommt mit einem Thermometer herein und pfropft es ihm ins Ohr.

Puterrot vor Wut, beklagt er sich bei mir: »Eine Stunde pro Tag habe ich einen klaren Kopf, zwischen dem Augenblick, in dem die Wirkung der Schlafmittel nachläßt, und demjenigen, in dem die Mittel gegen Entzündung mich benommen machen – und jetzt stören sie mich absichtlich!«

»Ihre Temperatur wird steigen«, bemerkt die Krankenschwester düster.

»Das ist mir scheißegal!« belfert er und feuert das Thermometer gegen die Wand.

»Das reicht, Eminenz! Seien Sie vernünftig, sonst kommen Sie wieder ins Bett!«

Der Alte beruhigt sich sofort und schaut das Mädchen an, das Gesicht zur Fratze verzogen.

»Den Topf«, sagt er mit beschämter Kinderstimme.

Die Krankenschwester bläst die Backen auf und geht ins Badezimmer. Ich will hinausgehen, doch der Kardinal hält mich grinsend zurück und zwinkert mir zu.

»Wo haben Sie ihn denn wieder versteckt?« zetert sie und stapft durchs Zimmer. »Komme gleich wieder.«

Sobald sie draußen ist, erzählt der Kardinal weiter. »Jedenfalls haben Sie überlebt und das Grabtuch auch – fragt sich nur, wie lange ...«

»Aber Sie wollen damit doch wohl nicht sagen, der Vatikan selbst habe das Feuer gelegt?«

»Habe ich das behauptet?«

»Mir war so.«

Er zieht die Brauen zusammen und versucht den Faden wiederaufzunehmen.

»Als ich in Rom anfing, wollte Johannes Paul I. die Kurie revolutionieren, die Mafiosi verjagen, die unsere Bank in den Klauen hatten, und alle Prälaten auf die Armut einschwören, damit sie wieder zu Christus zurückfänden. Das heißt nicht, daß der Vatikan ihn umgebracht hat. Gott hat es gewollt, und die Mafia hat es getan.«

»Essen!« dröhnt fröhlich ein bärtiger Krankenpfleger, der mit einem Tablett ins Zimmer tritt.

»Ziel des Brandes war natürlich nicht die Zerstörung«, fährt der Kardinal fort, als hätte er nicht bemerkt, daß der freundliche Riese hereingekommen ist. »Nein, es genügte, die ganze Welt aufzurütteln. Wenn die Ikone derart gefährdet war, mußte man sie ja wohl wegpacken und vor allem die wissenschaftlichen Analysen unterbinden ...«

»Ich bin's, Eure Eminenz, Gianfranco. Erkennen Sie mich gar nicht?«

»... solange die Medien nur schön das Märchen von der mittelalterlichen Bemalung verbreiteten. Um einen wahren Coup zu landen, erschien es uns nützlich, daß ...«

»Kinn hoch.« Er legt ihm einen bereits öfter benutzten Latz mit Ei- und Eintopfflecken um.

»Sehen Sie in diesem ›wir‹ lediglich einen *pluralis majestatis*, keineswegs das Eingeständnis einer Komplizenschaft oder den Beweis für irgendeine Unterstützung ...«

»Na, freuen Sie sich, daß Sie Besuch haben, Eminenz? Guten Tag, mein Herr.«

Er schiebt den Rollstuhl zum Tisch, auf dem er das Tablett abgestellt hat. Fabiani verrenkt sich den Kopf, um mich weiterhin ansehen zu können.

»Es schien uns nützlich, wenn die königliche Kapelle während des Galadiners zu Ehren von Kofi Annan, damals UNO-Generalsekretär, in Flammen aufginge. Die Anwesenheit der internationalen Presse und der Sicherheitskräfte garantierte zweierlei: Die unheilvolle Nachricht würde sofort verbreitet, und der Brand ließe sich rasch in den Griff bekommen.«

»Hier ist der Topf«, verkündet die Krankenpflegerin beim Hereinkommen.

»Muß nicht mehr.«

Sie zuckt mit den Schultern, bringt den Pott ins Badezimmer und geht wortlos hinaus.

»Doch mit dem Feuer soll man nicht spielen: Wir haben uns ganz schön die Finger verbrannt. Das Feuer breitete sich rasant aus, es gab fünf verschiedene Brandherde, wo es sich doch offiziell nur um einen schlichten Kurzschluß hätte handeln sollen. Sieben Stunden brauchte die Feuerwehr, bis sie die Flammen unter Kontrolle gebracht hatte ...«

»Fangen Sie mit dem Kartoffelbrei an, der wird am schnellsten kalt.«

Ich warte mit meinem Satz, bis man ihm den Löffel in den Mund gesteckt hat.

»Aber, Eminenz, ich kann einfach nicht glauben, daß die Kirche etwas Derartiges getan hat ...«

Sobald er hinuntergeschluckt hat, antwortet er mir: »Hören Sie sich an, was ich zu sagen habe, und glauben Sie, was Sie wollen. Die einzige Gewißheit ist, daß ich hier im Irrenhaus gelandet bin!«

»Also, was erzählt er denn da!?« entrüstet sich Gianfranco. »Na, na, na, so ein Schelm! Das hier ist ein Altersheim, nichts weiter ...«

»Von wegen Altersheim«, nörgelt der Kardinal, und der Pfleger stopft ihm überraschend einen zweiten Löffel in den Mund, worauf der Alte sich verschluckt.

Er muß husten, und während der Pfleger ihm auf den Rücken klopft und Wasser zu trinken gibt, überdenke ich den Sinn seiner Worte. Nach mehrfachem beängstigendem Geräusper spricht er weiter, noch hastiger als zuvor.

»Gott sei für seine hinterhältige Ironie gelobt! Der Brand war eine menschliche Mauschelei, um die Kirche vor dem Zugriff der Wissenschaft zu schützen, doch das Grabtuch wurde durch ein Wunder gerettet. Nur ein einziger Zeuge, der Feuerwehrmann Mario Trematore, sagte aus, er habe eine Stimme gehört, die aus dem von den Flammen eingeschlossenen Schrein kam: ›Geh hinein und tu's! Was eine Granate nicht zerstören konnte, schaffst du mit einem einfachen Hammer!‹«

»Wollen Sie nicht auf dem Flur warten, bis er aufgegessen hat, mein Herr? Sonst kriegt er Blähungen.«

»Lassen Sie uns in Frieden, Gianfranco! Er bleibt, oder ich höre auf zu essen! Trematore nahm einen vier Kilo schweren Hammer und schaffte das Unmögliche: Zwanzig Minuten später hatte er sich durch die acht Schichten Panzerglas hindurchgearbeitet, welche die silberne Schatulle umgaben, und holte das Grabtuch heraus, um es in Sicherheit zu bringen!«

»Na los, noch einen Löffel, dann gibt's Fleisch!«

»Ich hatte Pasta bestellt.«

»Wir müssen Ihnen doch auch mal ein bißchen was anderes bieten, sonst wird's ja langweilig.«

»Warum wollten Sie mich sehen, Eure Eminenz?«

Mit zusammengezogenen Brauen mustert er mich und wälzt dabei den Kartoffelbrei im Mund.

»Wissen Sie, wer das ist?«

»Ein netter Herr, der Sie besuchen gekommen ist«, antwortet ihm Gianfranco. »Vielleicht ein Verwandter …«

Unter ständigem Kauen beobachtet der Kardinal mich aus dem Augenwinkel. Er macht eine ruckartige Schluckbewegung und sagt dann nüchtern: »Ich glaube nicht an Ihre göttliche Abstammung. Weshalb sollte Gott einen Klon nötig haben? Doch ich glaube an Ihre Aufrichtigkeit. Ich werde Ihnen in fünf Sekunden etwas ganz und gar Gotteslästerliches erzählen, sobald uns mein Folterknecht allein gelassen hat.«

»Also kein Dessert?« empört sich der Koloß und schaut ihn spöttisch an. »Sind Sie sicher? Es ist Mousse au chocolat.«

»Die hasse ich.«

»Also wirklich, Eure …«

»Zum Teufel!«

Gianfranco knotet den Latz auf, faltet ihn zusammen, nimmt das Tablett weg und wünscht mir viel Erfolg.

»Der Glaube ist eine geistige und moralische Entscheidung, keine logische Unterwerfung unter materielle Beweise, nicht wahr? Sobald die Echtheit des Grabtuchs und die De-materialisation unseres Herrn von der Wissenschaft bewiesen werden, verlassen wir die Sphäre des Glaubens und treten in die der Tatsachen ein. Die Religion im Sinne einer Rückbindung des Menschen hört auf zu existieren und reduziert sich auf ein simples Ursache-und-Wirkung-Modell. Das aber können wir nicht zulassen, denn Jesus hat es uns gelehrt, indem er stets weitere Beweise seiner Göttlichkeit ablehnte.«

»Heißt das, ich soll schweigen? Und verschwinden, so wie das Grabtuch in seinen gasgefüllten Behälter verschwindet?«

»Im Gegenteil, Jimmy. Denn die Kirche, die ihre Integrität oder zumindest ihren Vorrang vor der Wissenschaft verteidigen will, bringt sich mit Schweigen, Selbstzensur und der Leugnung ihres Gründungsprinzips – der Auferstehung – selbst um. Von meinem Freund Upinsky, dem Mathematiker, der das Symposium in Rom geleitet hat, stammt eine These, hinter der ich voll und ganz stehe. Er spricht von einem ›Sicherheitsleuchtfeuer‹. Haben Sie davon gehört?«

»Nein, Eure Eminenz.«

»Nennen Sie mich Damiano, sonst höre ich meinen Vornamen erst wieder bei meiner Grabrede. Würde es Ihnen etwas ausmachen, meine Hände umzudrehen? Sie haben sie in der Lesestellung gelassen, ich sehe aus wie ein Idiot vor der Krippe, und das stört meine Konzentration.«

Ich hebe seine Handgelenke an, drehe die Handflächen um und lege sie auf seinen Pyjama.

»Von meinem Freund Upinsky, dem Mathematiker, der das Symposium in Rom geleitet hat, stammt eine These, hinter der ich voll und ganz stehe. Er spricht von einem ›Sicherheitsleuchtfeuer‹. Haben Sie davon gehört?«

Ich überlege, ob ich ihm sagen soll, daß er mich das gerade schon mal gefragt hat. Was ich für einen scharfen Verstand hielt, ist vielleicht doch nur ein harter Kern, der zwischen zwei Bugs und drei Viren den Inhalt seines Speichers herunterspult, quasi als letzte Sicherungsmöglichkeit, bevor alles gelöscht wird. »Nein, Damiano«, antworte ich, um Zeit zu gewinnen.

»Nachdem sie sich von ihrem Gründungsprinzip emanzipiert hatte, fungierte die Kirche zwanzig Jahrhunderte lang als Alleinherrscherin: Sie war das wichtigste Leuchtfeuer, das die Signale des Herrn zur Erde sandte. Dann hörte sie allmählich auf, Signale von sich zu geben, was sie mit einer letzten wichtigen Botschaft rechtfertigte. Unter dem Pontifikat Johannes Pauls II. veröffentlichte sie eine Liste der Irrtümer, die sie anerkannte: die Kreuzzüge, die Inquisition, die Verdammung Galileis, das Unrecht, das den Juden, den Protestanten und den Frauen zugefügt worden war, die Verbindungen zur Mafia ... Welche Institution überlebt eine derartige Selbstanklage, wo es doch um ihre Angehörigen schlecht bestellt ist und sie sich gegenüber ihren Widersachern nicht mehr zu ihrem Gründungsprinzip bekennt? Indem sie die Echtheit des Grabtuchs in Frage stellte, leugnete die Kirche die Auferstehung und überließ so ihrem ewigen Rivalen das Feld – nicht dem Teufel, jenem notwendigen, entgegengesetzten Symbol für Intelligenz, sondern dem Mammon. Ein aramäisches Wort, welches jene materiellen Güter personalisiert, durch die der Mensch sich versklavt. Wenn die Menschwerdung Gottes, die Auferstehung und die Wunder von Theologen als Abstraktionen angesehen werden und wenn die Kirche gleichzeitig zugibt, daß die von ihr propagierten Werte letztendlich nur zu Verbrechen, Intoleranz und Korruption geführt haben, dann verstummt das Wort, und es bleibt nur noch die Zahl. 666, die Zahl des Bösen, das Geld, das spaltet, die umgekehrte 9er-Trinität, die im Wandel die Perfektion symbolisiert – kurz und gut, die Apokalypse, die als Vorspiel der Wiederkehr Christi das

Verschwinden des Glaubens verkündet ... Was wollte ich eigentlich sagen ...?«

Ich suche in seinem verstörten Blick nach Worten. Was er mir da erzählt, schnürt mir die Kehle zu, schockiert und tröstet mich zugleich. Doch das Rasseln in seiner Brust, während er den Faden wiederaufzunehmen versucht, bringt mich in die Realität seines Alters zurück: geistige Verwirrung, ständige Wiederholungen, Paranoia, fixe Ideen ... Das Bedürfnis zu reden, ganz einfach, weil einem jemand zuhört.

Sein Schweigen dauert an. Mit halboffenem Mund starrt er mich an und sucht verzweifelt nach der Fortsetzung. Ich beobachte ihn in seiner unbeweglichen Wartehaltung, beklemmend und rührend wie eine Marionette, wenn der Bauchredner schweigt. »Das Leuchtfeuer«, souffliere ich ihm schließlich.

»Stimmt, das ist der Begriff. Genau in dem Moment, in dem das ursprüngliche Leuchtfeuer nicht mehr funktionierte, schaltete sich ein Ersatz-Leuchtfeuer ein. Denn das einzigartige am Grabtuch ist folgendes: Zwanzig Jahrhunderte lang hat es sich so verhalten wie das, was Geheimdienste ›Schläfer‹ nennen. Bis zur Erfindung der Fotografie, die es gestattete, auf dem Negativ das wahre Antlitz Christi zu erkennen, sah man an seiner Oberfläche lediglich eine undeutliche Silhouette. Nun aber konnten wissenschaftliche Untersuchungen gestartet werden, die Punkt für Punkt die Evangelien bestätigten, eindrucksvoll den Sieg des Geistes über die Materie belegten und das Verschwinden des Körpers in dem Augenblick, in dem sich das Bild auf dem Tuch abdrückte, einer unerklärlichen thermonuklearen Reaktion zuschrieben – mit anderen Worten, die das Grabtuch aktivierten, damit es seine Botschaft übermitteln konnte.«

Er schnalzt mit der Zunge, schiebt das Kinn mehrmals vor, um Speichel zu sammeln. Ich halte ihm ein Glas Wasser an die Lippen. Ohne sich Zeit zum Trinken zu nehmen, redet er weiter, immer deutlicher auf ein Ziel hinaus, das sich mir entzieht.

»Jetzt werden Sie mir eines vorwerfen: Wenn Christus uns Beweise für seinen Kreuzestod und seine Auferstehung hinterlassen wollte, warum waren sie ursprünglich verschlüsselt? Nun, weil sie nicht notwendig waren, solange die Kirche ihre Rolle als geistiges Leuchtfeuer ausfüllte, das die Wahrheit der Evangelien verbreitete. Wenn die Kirche jedoch heute das Grabtuch, seinen Sinn und seine Botschaft anerkennt, so nimmt sie damit zugleich ihren eigenen Untergang in Kauf, wie er von den heiligen Schriften vorhergesagt wurde, einen für die Wiederkehr Christi notwendigen Untergang. Und da kommen Sie ins Spiel.«

»Aber Sie haben doch gesagt, ich sei es nicht!«

»Ich sagte, ich leugne Ihre göttliche Natur, Ihre Rolle dagegen nicht. Sie sind nicht die Inkarnation Gottes, Jimmy, sondern das Produkt des Grabtuchs. Sie sind die Stimme des Ersatzleuchtfeuers, und Sie müssen sie für alle Länder dieser Erde erheben! Wäre es nicht von Gott so geplant gewesen, wären Sie niemals zur Welt gekommen, wären Sie niemals zum einzigen geglückten Versuch menschlichen Klonens geworden. Und ich wäre niemals aus meinem Atombunker herausgekommen, der *Riserva* der Geheimarchive, in den der Heilige Stuhl mich verbannte, damit ich meinen Mund hielt, weil ich am 29. September 1978 die Leiche Johannes Pauls I. entdeckt hatte, des Papstes, der nur dreiunddreißig Tage im Amt war, des Papstes der Erneuerung, der Rückbesinnung der Kirche auf ihre Anfänge. Neun Tage nach seiner Ermordung – halten Sie sich fest! – begannen die amerikanischen Forscher des STURP mit ihren wissenschaftlichen Untersuchungen des Grabtuchs! Damit zündeten sie das Ersatzleuchtfeuer.«

Mit einem Hochziehen der Brauen bittet er um das Glas Wasser. Ich gebe ihm zu trinken, bis er abrupt den Kopf zur Seite dreht.

»Zwanzig Jahre habe ich geschwiegen, habe inmitten der vergessenen Erinnerungen der Menschheit einen Toten gespielt – bis zu dem Tag, an dem der größte Experte des Grabtuchs, der Biologe McNeal von der Universität Princeton dem Papst einen Brief schrieb, in dem er die Geheimhaltung brach und ihm mitteilte, daß Sie vielleicht noch am Leben und in Freiheit seien und daß Bushs Sohn nichts von Ihnen wissen wolle.«

Er schüttelt heftig den Kopf, um mich daran zu hindern, ihm den Speichel abzuwischen, der ihm den Hals entlangläuft, und fährt fort, stoßweise, wie in Zeitnot, halluzinierend: »Der geöffnete Brief gelangte mit dem Vermerk ›offiziell nicht erhalten‹ in mein Archiv. Und da tauchte ich an der Oberfläche auf, sprach bei der Päpstlichen Akademie der Wissenschaften vor, um eine Untersuchung zu beantragen, und fand mich schließlich hier wieder. Heute sind alle, die mich damals am liebsten tot gesehen hätten, selbst tot, die anderen haben mich vergessen, doch ich habe all die Jahre in diesem armseligen Körper überlebt, für Sie, einzig und allein für Sie. Angetrieben von einem einzigen Ziel, habe ich unablässig darum gebetet, Sie mögen überleben und eines Tages zu mir geführt werden, damit ich Sie reaktivieren kann, allein gegen all diejenigen, die Ihnen nach dem Leben trachteten, und Gott hat mich erhört, doch ich kann nicht sterben, ohne zu wissen, daß das Leuchtfeuer sein Sprachrohr gefunden hat und daß ich für dieses Sprachrohr bürgen darf! Verstehen Sie mich, Jimmy Wood? Das Grabtuch ist nicht dazu da, um Ihre genetische Verbindung zu Jesus Christus zu bezeugen, nein, *Sie* sind da, um der Welt Ihre Authentizität ins Gesicht zu schreien! *Sie* sind das Lebenszeichen! *Sie* müssen die Länder dieser Erde aufrütteln, damit die Kirche durch den öffentlichen Druck gezwungen ist, das Grabtuch aus seinem Sarg mit Inertgas herauszuholen, bevor die Bakterien es aufgefressen haben! Sie allein können es retten, um die Christenheit vor sich selbst zu retten, das ist es, was Gott von Ihnen verlangt, nur dazu sind Sie da, und Sie werden es schaffen!«

Ich lasse mich gegen die Lehne meines Stuhles sinken, mir ist ganz schwindelig. Ich bin hin und her gerissen zwischen überspannter Begeisterung und nüchterner Klarheit, zwischen der Macht, die er mir zuschreibt, und dem Bewußtsein meiner völligen Machtlosigkeit.

»Hören Sie auf zu träumen, Damiano.«

»Hä?« Japsend versucht er, wieder zu Atem zu kommen, ganz schlaff sitzt er da, wie ein Schlauchboot, das in der Mitte zusammengefaltet wurde, damit die Luft entweicht. Verstört schaut er mich an.

»Der Vatikan hat mich in einem offiziellen Schreiben als Hochstapler bezeichnet, als Ketzer: Er verbietet mir, meine Herkunft preiszugeben, und wird, so ich es doch tun sollte, diejenigen exkommunizieren, die mir zuhören.«

Lange Zeit sagt Damiano gar nichts, hat die Augen geschlossen. Sein Atem geht wieder regelmäßig. Ich will aufstehen und gehen, doch da redet er schon weiter, ohne Luft zu holen und die Augen aufzuschlagen: »Ich bitte Sie darum. Meinen Segen haben Sie. Er hat keinen anderen Wert als den eines lebenslangen Kampfes für den Glauben und den Respekt vor der Wissenschaft, er gilt nichts im Vergleich zu den Beschlüssen der Kurie, aber ich, Jimmy, ich bitte Sie, flehe Sie an, Ihre Rolle anzunehmen.«

»Das Weiße Haus wird mir nicht folgen. Wie soll ich das machen, ohne offizielle Autorisierung und ohne Strukturen?« entgegne ich sanft und doch bestimmt.

Er wirft mir einen haßerfüllten Blick zu. Plötzlich bin ich in seinen Augen nur ein junger Dreckskerl, der ihm den Gehorsam verweigert und ihn überleben wird.

»Hatte Jesus etwa irgendwelche Strukturen? Hatte er eine Supermacht an seiner Seite, die ihm die Arbeit abnahm? Seine Stärke lag darin, allein zu sein und sich in seiner ganzen menschlichen Schwäche gegen die irdischen Mächte zu erheben, um zu den Herzen der einfachen und leidgeprüften Leute zu sprechen!«

Ich stehe auf und erwidere genervt: »Aber er war Gottes Sohn, Licht des Lichts! Mich hat nicht der Heilige Geist aus dem Grabtuch gezeugt, sondern ein Verrückter in seinem Labor!«

Trotzig schüttelt er den Kopf, bis ich mich wieder beruhigt habe. »Jesus war ebenso auf sich allein gestellt wie Sie, Jimmy, und ebenso mittellos.«

»Wenigstens wußte er, wo's langging.«

»Er hatte den Willen seines Vaters akzeptiert.«

»Weil er ihn kannte.«

Der Kardinal sitzt mit offenem Mund da, mein Satz hat ihm die Sprache verschlagen. Er starrt mich an, die Augen werden schmal, ein Schluckauf folgt seinem Redeschwall. Jedesmal wenn sich seine Brust hebt, treten Tränen aus seinen Augen. Er dachte, er könnte mich für die Sache erwärmen, mich einwickeln, überzeugen, und muß erkennen, daß er gescheitert ist. Was soll ich ihm sagen? Ich werde ja nicht Himmel und Erde in Bewegung setzen, nur um einem Hundertjährigen einen Gefallen zu tun, weil er völlig überzogene Hoffnungen auf mich setzt und sich an eine maßlose Mission klammert, die er mir übertragen will. Zugleich bekomme ich durch seine Enttäuschung und Einsamkeit wieder Lust, mich für eine von vornherein verlorene Sache einzusetzen, die meine Fähigkeiten übersteigt.

»Sind Sie immer noch da? Fünf Minuten, habe ich gesagt«, sagt die Schwester, als sie hereinstürmt. »Er soll sich jetzt ausruhen, gleich kommt seine Lieblingsserie.«

Sie dreht den Rollstuhl zum Bildschirm um, schaltet den Fernseher ein, läßt das Rollo herunter und geht hinaus. In mildes Licht getaucht, starrt der Kardinal mit herabgesunkenem Kiefer auf die Couch, auf der ein Paar zu brasilianischer Musik im Hintergrund Händchen hält. Ich bleibe bis zum Ende der Szene, dann gehe ich lautlos hinaus, während er einschläft.

»Ich hatte doch gesagt, daß das Ganze für'n Arsch ist!« tobte Buddy Cupperman und warf sich in einen Louis-XV.-Sessel. Der Vatikan hat die besten Geheimdienste der Welt! Wie naiv muß man sein, um zu glauben, durch eine Schenkung an ein Krankenhaus lasse sich das Schweigen von fünfzehn Zeugen erkaufen und es genüge, Jimmy zehn Tage in einem Kloster einzumotten, um die Affäre unter den Teppich zu kehren!«

Irwin Glassner, der kurz vor ihm in Claybornes Eckbüro gekommen war, wandte sich zu dem Koordinator um und erwiderte kühl: »Die Entscheidung der Kurie wurde lange vor der Reise nach Lourdes getroffen. Naiv war es, zu glauben, ein Brief, in dem Jimmy auf seine Rechte verzichtet, würde zu seinen Gunsten sprechen: Der Kirche geht es nicht um irgendein Erbe, sondern ums Prinzip. Hier, lesen Sie!«

Der Richter machte einen Mund wie ein Hühnerpopo und reichte Cupperman den von Kardinal Nichelino, Präfekt der Kongregation für die Heiligsprechung, unterzeichneten Beschluß, den Monsignore Givens aus Rom herübergescannt hatte:

Das Gesuch um Prüfung des beiliegenden Dokuments wird abgewiesen, sowohl auf wissenschaftlicher Ebene als auch hinsichtlich des kanonischen Rechts. Eventuelle Blutproben an dem Heiligen Grabtuch, die vom 21. April 1988 datieren und ohne Genehmigung oder Kontrolle erfolgt sind, zieht die

Untersuchungskommission dabei nicht in Betracht, da nichts
die Authentizität und die Herkunft der genannten Proben ga-
rantiert. Eine jegliche Erwähnung oder öffentliche Erklärung
von Betrügern, die sich auf die genannten Experimente be-
ziehen, fielen daher in der Bereich der Häresie, welche die
Exkommunikation ihrer Urheber, ihrer Komplizen und ihrer
Opfer nach sich zöge.

Da die Vereinigten Staaten von Amerika überdies neben dem
Vatikan zu den engagiertesten Fürsprechern eines absoluten
Verbots menschlichen Klonens zählen, geht der Heilige Stuhl
von deren impliziten und endgültigen Mißbilligung eines Ver-
suchs der genetischen Manipulation an der heiligen Person eines
Embryos aus, gleich, welchen Ursprungs diese sei.

»Diese Katholen sind doch völlig durchgeknallt!« grollte
Cupperman und ließ den Brief sinken. »Wir bringen ihnen
den Beweis für ihr Dogma, und sie zieren sich!«

»Die Kirche hat das Grabtuch nie offiziell als Reliquie anerkannt«, rief Irwin mit müder Stimme in Erinnerung. »Nie
würde sie ein Geschöpf akzeptieren, das einem Stoff ent-
stammt, den sie hartnäckig als Ikone bezeichnet. Ich hatte
Givens gesagt, daß die Kardinäle angesichts der Übereinstimmung der Genome hysterisch werden würden, aber
nein, er wollte unbedingt die Billigung seiner Freunde ein-
holen ...«

Der Richter stand auf, strich seinen Blazer glatt und ließ
sich das Dokument von Cupperman geben.

»Wie ich vorhin schon zu Irwin sagte, hat ein derartiges
Schreiben keinerlei juristischen Wert. Dieser Kardinal Niche-
lino ist nur ein Präfekt der römischen Kurie, der mit der Ex-
pertise der Kandidaten für die Kanonisierung beauftragt ist.
Er hat das Recht, sich über die moralischen oder geistigen
Tugenden Jimmys auszulassen und die Wunder zu kritisieren,

die ihm zugeschrieben werden, das ist alles. Einzig und allein der Erzbischof von Turin ist ermächtigt, den Ursprung der Blutentnahme anzuzweifeln: Er ist der Kustos, der Hüter des Grabtuchs.«

»Hier haben Sie seine Antwort«, sagte Glassner und zog ein zweites Blatt aus seiner Aktenmappe. »Wurde vor zehn Minuten gemailt. Er beschränkt sich auf die Wiedergabe der Erklärung seines Vorgängers, die er für umfassend und unabänderlich hält.

Es zirkulieren immer mehr Informationen, in denen auf Gewebeproben hingewiesen wird, die vom Heiligen Grabtuch stammen sollen. Obwohl die Kirche jedem Wissenschaftler das Recht zugesteht, diejenigen Recherchen durchzuführen, die er für notwendig hält, ist es in vorliegendem Falle von Bedeutung, klarzustellen, daß:

a) seit dem 21. April 1988 keine neue Untersuchung durchgeführt wurde. Soweit den Hütern des Heiligen Grabtuchs bekannt ist, muß ausgeschlossen werden, daß sich noch Material dieser Gewebeprobe in den Händen Dritter befindet.

b) Sofern solches Material existiert, weist der Hüter des Heiligen Grabtuchs darauf hin, daß der Heilige Stuhl niemandem die Genehmigung erteilt hat, ebensolches zu entnehmen und es in welcher Form auch immer zu verwenden, und er hält die Betreffenden daher dazu an, es in die Hände der Vatikanischen Behörde zurückzugeben. [Kommuniqué von Kardinal Saldarini, Erzbischof von Turin, Hüter des Heiligen Grabtuchs, September 1995]

»Was soll man davon halten«, brummte Cupperman. »Erkennen sie Jimmy an, oder wollen sie ihn zurückhaben?«

»Wie sieht Monsignore Givens die Sache?« erkundigte Clayborne sich vorsichtig und setzte sich wieder.

»Er ist zornig«, erklärte Irwin. »Daß Jimmy die Audienz verweigert wurde, empfindet er als persönliche Beleidigung, und er meint, Kardinal Nichelino wolle ihm damit heimzahlen, daß er Opus Dei unterstützt habe.«

»Was gibt's?« fuhr Clayborne die junge Mitarbeiterin an, die auf fünfzehn Zentimeter hohen Absätzen hereingestöckelt kam.

»Ich glaube, das dürfte Sie interessieren, Wallace. Ich habe mal recherchiert, wer eigentlich das Eigentumsrecht beanspruchen kann.«

Die Juristin legte ihr Memo auf den Schreibtisch und ging betont unauffällig wieder hinaus.

»Aber das ändert ja alles!« rief Richter Clayborne plötzlich aus und knallte die flache Hand auf die Schreibtischunterlage.

Von einem Moment zum andern hatte seine Gesichtsfarbe von Rot zu Violett gewechselt.

»Die Kardinäle haben nichts zu sagen: Das Grabtuch gehört ihnen nicht! Begreifen Sie? Fünf Jahrhunderte war es im Besitz des Hauses Savoyen, bis 1981, als König Umberto II. es dem Pontifex Maximus vermachte. Nicht dem Vatikan, dem Erzbischof von Turin oder Johannes Paul II., der das Amt damals innehatte, sondern der juristischen Person des Nachfolgers des heiligen Petrus! Dem Papst und nur ihm allein muß sich Jimmy verantworten, eben weil er von dem Grabtuch abstammt!«

Glassner führte langsam die Hand ans Gesicht, während der Richter immer mehr in Fahrt kam und auf den Tasten seiner Gegensprechanlage herumtippte.

»Allison, schicken Sie umgehend eine Kopie der Eigentumsbescheinigung an meinen Kollegen im Päpstlichen Staatssekretariat, und sagen Sie Givens, er möge seine Reiseschuhe anschnallen und eine Audienz direkt beim Papst beantragen.«

Clayborne warf sich gegen die Lehne seines mit Nägeln beschlagenen Ledersessels, die Finger überm Nabel verschränkt, in einem peinlichen Zustand absoluter Begeisterung.

»Ich komme gerade vom Präsidenten«, ließ Irwin im bedächtigen Tonfall eines Menschen vernehmen, der gleich als Spielverderber auftreten wird. »Wir brechen alles ab.«

»Wie bitte?«

»Darf ich Sie daran erinnern, daß Jimmy vor allem eins sein sollte: ein Geschenk. Der Präsident wollte dem Vatikan lediglich einen Gefallen tun. Ziel war es, einen schlüsselfertigen Messias zu liefern, als Gegenleistung für die Annullierung von Antonios erster Ehe.«

»Was ist denn das für ein Blödsinn?« sagte Cupperman und sprang auf.

Ganz bleich geworden, bestätigte Clayborne, daß der Präsident tatsächlich kirchlich heiraten wollte.

»Mit seiner strikten Ablehnung unseres Geschenks«, fuhr Irwin fort, »zwingt der Vatikan ihn dazu, die Operation Omega abzubrechen.«

Buddy blieb der Mund offenstehen, und er schaute sprachlos von einem zum anderen.

»Das war's also? Nichts weiter?«

Zur Überraschung der beiden anderen Berater brach er in Gelächter aus. Es war ein gigantisches, kollerndes, kreischendes Lachen, das gar nicht mehr aufhören wollte. Buddy Cupperman riß die verschränkten Arme auseinander und schlug sich auf die Schenkel, versetzte den Louis-XV.-Sessel, dessen Armlehnen unter seinen Fettwülsten verschwanden, in gefährliche Schwankungen und gab sich dem schönsten Lachanfall hin, den er je gehabt hatte.

Irwin Glassner versuchte das Gegacker des Drehbuchautors zu ignorieren und teilte Richter Clayborne die Anweisungen des Präsidenten mit: Die von Monsignore Givens angeführte Delegation solle augenblicklich nach Washington zurückkehren, während das Weiße Haus die Verantwortung für sie in einem offiziellen Brief an den Pontifex Maximus von sich weisen und auf den Berater in religiösen Dingen abwälzen werde, der bereits seiner Funktionen enthoben sei. Ein Anruf beim Leiter der CIA besiegelte das Schicksal von Doktor Entridge, der wie Monsignore Givens auf dem Altar der diplomatischen Beziehungen geopfert wurde. Was Jimmy betraf, so versicherte man dem Heiligen Vater, daß von ihm nie wieder die Rede sein werde.

Als er sich wieder beruhigt hatte, knöpfte Buddy sein Jackett zu, wuchtete sich umständlich aus dem Sessel und stand auf, um eine schlichte Grabrede zu halten.

»So, und nun kündige ich, bevor man mich hinauswirft. Wiedersehn, Irwin. Ich bereue das Abenteuer nicht, wir hatten unseren Spaß. Sagen Sie den Eheleuten, daß ich daran gewöhnt bin, meinen Mund zu halten«, fügte er, an Clayborne gewandt, hinzu, »aber sollte jemand auf den hirnrissigen Einfall kommen, mir nach dem Leben zu trachten – das *Sechste Evangelium* läge sofort auf dem Ladentisch.«

Nachdem er seinen Chip auf die Schreibtischunterlage gefeuert hatte, schritt er übers knarrende Parkett und ließ dann mit einem dumpfen Knall die Tür hinter sich zufallen. Ebenso beeindruckt von der Würde seines Abgangs wie schockiert über seine Gleichgültigkeit, verabschiedete Glassner sich ebenfalls. Mit seinen Dokumenten, die ihm zu einem Sieg über die römische Kurie verholfen hätten, blieb Wallace Clayborne allein zurück. Er fühlte sich wehrlos, am Rande der Verzweiflung. Zur Aufgabe gezwungen zu sein, obwohl man die Trumpfkarten in der Hand hielt, war das einzige, was ihn in der Politik anwiderte.

Als er wieder in seinem gelben Mini-Apartment saß, rief

Irwin im Memorial Hospital an und sagte zu seinem Chirurgen, er stünde nun zur Verfügung. Der Arzt warf einen Blick in seinen Kalender und meinte, er sollte umgehend in die Klinik kommen, damit die notwendigen Untersuchungen durchgeführt werden könnten, die Operation würde dann am übernächsten Tag stattfinden.

Ich sitze allein in der ersten Reihe. Die anderen haben weiter hinten in der Business-Class Platz genommen, dösen vor sich hin, lesen, spielen oder schauen sich den Film auf dem Bildschirm in der Lehne vor ihnen an. Ich existiere nicht mehr für sie: Ich bin nun nicht mehr das Objekt ihrer Mission.

Kim kam für zehn Minuten und setzte sich neben mich, als wir gerade über England waren. So lange, wie es dauerte, um mir zu erklären, was das römische Fiasko für Folgen hatte. Sie wollte mir Mut machen. Das Weiße Haus würde mich nicht fallenlassen, meinte sie, da meine Option aufgehoben war: Als Abhängiger eines regierungseigenen Fonds gehörte ich zu den Steuerzahlern – auch wenn meine Existenz nie publik gemacht würde. Und so erfuhr ich die Bedingungen meines Ankaufs, wo ich doch glaubte, ich würde meine Dienste gratis anbieten. Ich erfuhr, wie Richter Clayborne meine Nutzungsrechte ausgehandelt hatte, welcher Prozentsatz von meinen öffentlichen Auftritten zurückfloß, von meinen Heilungen, meinen Abbildungen, meinen Nebenrechten. Ich weiß jetzt, was ich wert bin – oder zumindest, was ich koste. Und daß ich nur noch eine unnütze Ausgabe bin, weil die Kirche mich nicht anerkennt. Der Präsident hat darauf verzichtet, mich für seine Außenpolitik einzusetzen, ich bin abgeschrieben.

Sobald wir in Washington ankommen, werde ich dem Zeugenschutzprogramm anvertraut. Als Gegenleistung für mein Schweigen bekomme ich neue Papiere, ein neues Aussehen, ein neues Leben. Ich habe zu Kim gesagt, ich würde mich gern in ein Kloster zurückziehen. Sie sah mich aus dem Augenwinkel an und meinte, das sei kein Problem. Mit einem Seufzer fügte sie hinzu, es wäre trotzdem schade. Ich weiß nicht, ob sie vom Projekt Omega redete oder von der Erinnerung, die sie an meinen Körper hatte. In den Augen meines Begleitpersonals ist für mich alles vorbei – jetzt, wo alles anfängt.

Sie nimmt wieder neben dem Pressereferenten Platz, der völlig am Boden zerstört ist, weil seine Katzbuckelei im Vatikan nichts genutzt hat, und sich deshalb vor dem Start mit Tranquilizern vollgepumpt hat. Jetzt schläft er unter seiner Maske. Bis ins Mark getroffen, hat Monsignore Givens sich in einen Kommentar zum heiligen Paulus vergraben, kommt aber vor lauter Brüten nicht über die erste Seite hinaus. Doktor Entridge, der gegen seinen Computer Schach spielt, hebt nur die Augen, um mir haßerfüllte Blicke zuzuwerfen. Unbehelligt von dem Dilemma, zappt mein Psycho-Coach durch die Bordprogramme und nascht vom Kaviar auf seinem Tablett. Die Bodyguards fliegen in der Economy.

Ich starre auf einen Punkt auf dem Teppichboden und kehre im Geiste nach Lourdes zurück, zu meiner Viertelstunde der Buße. Das Gesicht von Tian, die gerade die Augen aufschlägt, ihre Hand, die die Schläuche herausreißt, ihre ersten Schritte im Zimmer … Niemand glaubt mehr an das Wunder, seitdem der Heilige Stuhl mich für nicht empfangswürdig erklärt hat. Entridge, der an mich glaubte, solange es der Sache dienlich war, wischte meine Illusionen mit einem Hinweis auf psychosomatische Querschnittslähmung beiseite, die durch das Koma aufgehoben wurde. Und das mit dem Granatsplitter in Pater Donoways Knie ist für sie nichts weiter als ein Verkaufsargument, das sich ein Zwischenhändler ausgedacht hat. Das einzige paranormale

Phänomen, das sie mir zubilligen, ist die Genesung eines Baumes, der dann aber der Kreissäge zum Opfer fiel, ein lächerliches Wunder ohne Zukunft.

Nachdem wir eingepackt hatten, startete der Pressereferent einen letzten Versuch, seine Kampagne zu retten. Der Gärtner im Central Park, so sagte er, habe Stein und Bein geschworen, daß der Ahorn abgestorben sei und wieder neue Knospen getrieben habe.

»Was, der Gärtner?« fauchte Entridge. »Der soll als Zeuge vor der päpstlichen Kommission auftreten? Sollen wir etwa das Urteil anfechten und den Vatikan gewissermaßen mit einem kleinen Seligsprechungsverfahren ködern?«

Damit war die Diskussion beendet. Meine Akte ist geschlossen, meine Angelegenheit abgehakt. Und da stehe ich nun, allein mit der Last einer Mission, von der meine Reisegefährten keine Ahnung haben. Eine Mission, mir auferlegt von der einzigen Person, die noch an mich glaubt. Doch ohne die Hilfe des Teams kann ich sie niemals zu Ende bringen.

Mit einem Ruck werde ich wach. Mir war gar nicht bewußt, daß ich eingeschlafen war. Ich drehe mich um. Alle Sitze sind in Schlafposition, ich bin der letzte, der noch Licht anhat. Ich breite meine Decke aus und schaue durchs Fenster hinaus auf den Mond, versuche in dem bleichen Licht über der Wolkeneinöde ein höheres Wesen zu spüren. Ein Quietschen neben mir. Kims Parfüm. Ich betrachte sie, sie wirkt viel jünger, so ohne Make-up, mit offenem Haar, in dem ein wenig lächerlichen American-Airlines-Pyjama, der Einheitsuniform der Business-Class-Passagiere. Ich frage sie, warum sie zurückgekommen ist. Die Antwort kenne ich zwar schon, aber ich will sie in ein Gespräch verwickeln, um die Nähe ihres Körpers im Nachtgewand zu entschärfen.

»Erzählst du's mir?« fragt sie leise.

Während wir im Vatikan waren, wartete sie im Hotel. Als Frau hatte sie auf Monsignore Givens' Wunsch nicht mitkommen dürfen, denn er wollte niemanden vor den Kopf stoßen. Nach unserer Rückkehr aus Castel dei Fiori hatten wir gerade noch Zeit, unsere Koffer zu packen: Das Weiße Haus hatte bereits das Zeichen zum Abmarsch gegeben.

Unter dem Brummen der Triebwerke und den Schnarchern des Pressereferenten erzähle ich ihr von Kardinal Fabianis Segnung, von dem neuen Kreuz, das ich nun ohne das Wissen der anderen trage; ich schütte ihr mein Herz aus, als wären wir in den Lüften ganz allein.

Sie hört mir aufmerksam zu, wird immer ungeduldiger und schließlich traurig. Als ich zu Ende erzählt habe, packt sie meine Hand.

»Vergiß diesen Unsinn, Jimmy. Und laß jetzt gut sein, ich flehe dich an. Du riskierst dein Leben.«

»Was dann?«

Sie dreht sich zur Seite, den Kopf auf die Faust gelegt. Ihr angespannter Gesichtsausdruck, ihr wütend verzerrter Mund und die angstvoll sich hebende Brust rühren mich. Ich will nicht, daß sie sich Sorgen macht. Ich habe ihr schon ziemlich weh getan, als ich Gleichgültigkeit heuchelte.

»Sag mir, was ich tun soll, Kim!«

»Ich hab Lust auf dich.«

Ich zucke zusammen. Sie redet weiter, als hätte ich sie nicht richtig verstanden.

»Du brauchst meine Ratschläge nicht, dein Entschluß steht fest. Du wirst wieder in ein Kloster gehen und dort so lange bleiben, bis du glaubst, nun seist du soweit, um deine Rolle als ›Ersatzleuchtfeuer‹ zu spielen, auch wenn niemand dir zuhören wird und es allen scheißegal ist, ob dein Grabtuch in dem Gas zerfällt, es gibt Wichtigeres auf der Welt als eine Handvoll Bakterien, aber du glaubst, es geschehe zum

Wohl der Menschheit – mach, was du willst, ich habe nichts dagegen.«

Sie schmiegt sich an mich, sucht meinen Mund. Ich habe nicht den Mut, sie wegzuschieben. Zwischen zwei Küssen murmelt sie: »Komm, laß uns miteinander schlafen, Jimmy. Diesmal richtig, ohne daß ich nur so tue, als ob, ohne daß ich so tue, als wäre ich die totale Niete ...«

»Ich fand überhaupt nicht, daß du die totale Niete warst.«

»Lüg nicht. Verabschiede dich von deinem Leben als junger Mann, danach überlasse ich dich Gott. Ich will dein letztes Mal sein, will, daß du mich so kennenlernst, wie ich bin ... Komm, streichle mich, nimm mich, verabschiede dich von meinem Frauenkörper ... Komm.« Sie öffnet meinen Sicherheitsgurt und zeigt mit dem Kinn auf die Toilette.

Ich sage zu ihr: »Geh du rein. Ich bleibe hier, Kim, wir machen es auf Distanz.«

Sie schaut mich an, beißt sich auf die Lippen, nickt. Ich blicke ihr nach. Als das rote Licht an der Trennwand vor mir aufleuchtet, presse ich die Hände auf den Mund, konzentriere mich auf meinen Körper, so wie ich versuchte, meine Energie auf den Mann in Harlem zu richten, der angeblich vors Auto gelaufen war, auf den Blinden vor der Synagoge, den Ahorn im Central Park, den Schäferhund vom FBI, Irwin Glassner und die kleine Tian. Und in diese Liebe, die ich da mit der ganzen Schöpfung mache, schließe ich auch das Kind ein, das gerade aufwacht, ein paar Schritte tut und stirbt, die Migräne von Irwin Glassner, damit sie verschwindet, die Frau meines Lebens, damit sie mit einem anderen glücklich ist, den verschrumpelten Priester in seinem Rollstuhl, dem zuliebe ich mein Leuchtfeuer für die Menschheit strahlen lassen soll, obwohl es ihr total egal ist ... Ich fliege reglos durch den Himmel und mache Liebe, ganz umsonst, während Kim hinter der Tür in meinem Rhythmus zuckt und im selben Augenblick kommt. Ich bete darum, daß das Scheitern meiner Mission ihr keine Nachteile bringt, daß sie mich vergißt, ohne zu leiden. Ich befehle ihre Seele dem Herrn und lasse einen Samen hervorschießen, aus dem doch nie und nimmer ein lebendes Wesen entstehen wird.

An der Gepäckausgabe traten drei Polizisten auf Jimmy zu und baten ihn, er möge ihnen folgen. Er warf Agent Wattfield einen fragenden Blick zu, sie senkte anstelle eines Nickens die Augen: Dies war der einzige Abschiedsgruß zwischen den beiden.

Jimmy hatte seine Reisetasche umgehängt und ging, flankiert von den Polizisten mit ihren Ray-Bans, an dem Schalter vorbei, wo Doktor Entridge sich bei der Fluggesellschaft beschwerte, weil sein Gepäck nicht aufgetaucht war. Mit geschlossenen Augen machte der Coach Atemübungen, um den Jet-Lag zu mildern. Jimmy begegnete dem Blick des Pressereferenten und las nichts als stummen Groll darin. Monsignore Givens schaute zur Seite.

Jimmy marschierte durch lange Flure mit etlichen Metalldetektoren dazwischen, die jedesmal Alarm schlugen, was aber niemanden kümmerte, und gelangte schließlich in eine winzige Halle. Dort überließ seine Eskorte ihn einer Stewardeß, die ihn zu einer gepolsterten Nische brachte, ihm einen Platz und etwas zu trinken sowie die internationale Presse anbot, bevor sie wieder hinter der Bar verschwand. Er sah ihr zu, wie sie eine Zitrone in Scheiben schnitt, dann bemerkte er Irwin Glassner. Den Mantel um die Schultern gehängt, außer Atem und ganz zerzaust, kam der wissenschaftliche Berater über den Teppichboden geschritten, ein kleines Rollköfferchen hinter sich herziehend. Er entdeckte Jimmy, schlug einen Haken und schloß ihn in die Arme, um ihn gleich darauf in Armeslänge von sich zu halten und ihn mit geweiteten Pupillen anzuschauen. Er war schweißgebadet.

»Das ist vielleicht die größte Dummheit meines Lebens, Jimmy, aber ich konnte nicht anders. Es ist vorbei.«

Jimmy sagte guten Tag, während sich die Fingernägel des Genforschers in seinen Blouson gruben, und fragte ihn, wovon er denn rede. Irwin ließ ihn los und deutete auf seinen Schädel.

»Es ist weg! Verschwunden! Nichts mehr da!«

»Ihre Migräneanfälle? Na, um so besser. Sind Sie auf dem laufenden, was den Vatikan betrifft?«

»Das waren keine Migräneanfälle, das war ein Glioblastom. Ein bösartiger Hirntumor. Heute morgen wurde ich gescannt, vor der Operation: Er ist verschwunden. Begreifen Sie? Sie haben mich gerettet! *Gerettet!*«

Jimmy schüttelte sanft den Kopf und rief ihm in Erinnerung, daß er selbst die Arbeit geleistet hatte, mit seiner Hypophyse und seinen Botenmolekülen.

»Ist doch egal, wie es dazu kam, Jimmy! Wenn ich den Prozeß ausgelöst habe, dann deshalb, weil ich an Sie geglaubt habe. Und es hat funktioniert, wie bei Donoway, Sandersen, dem kleinen Mädchen aus Lourdes ...«

»Sandersen?«

»Ja, das wurde Ihnen verheimlicht, der Bischof hatte Bedenken, Sie könnten sich zuviel dadrauf einbilden, er fand, es sei zu früh, aber Ihre Gebete haben seinen Lungenkrebs besiegt: Ich kann es bezeugen! Es hat funktioniert, Jimmy, so wie es bei Millionen funktionieren wird, die durch Sie die Kraft zur Heilung finden werden!«

»Niemand wird je erfahren, wer ich bin, Irwin.«

»Kommen Sie!«

Er führte ihn zu den Glastüren, die auf die Rollbahn hinausgingen, wo gerade ein kleiner blau und grau gestrichener Jet landete und auf sie zurollte.

Die Stewardeß bat sie, in einen Bus einzusteigen, der sie bis zu einer Bodenmarkierung brachte, hinter der das Privatflugzeug zum Stehen kam. Aus der Türöffnung klappte eine Treppe heraus, auf der eine weitere Stewardeß erschien, in einem strengen Kostüm in den Farben der Maschine.

»Gehört das zum Zeugenschutzprogramm?« erkundigte sich Jimmy.

»Ihr Schutz war nie geplant. Allenfalls Ihr Verschwinden. Und das kann ich nicht zulassen, schon gar nicht jetzt, wo ich diesen Beweis in meinem Körper habe. Alle Welt soll es erfahren. Wir haben kein Recht, Jimmy, Sie der Menschheit vorzuenthalten.«

Er griff nach seinem Koffer und stieg aus dem Bus, seine Exaltation von gerade eben war einer kaltblütigen Entschlossenheit gewichen. Jimmy folgte ihm in das kleine Flugzeug. Es war ihm egal, wer ihn da aufnahm. Irwin hatte er schon immer vertraut, und nun fühlte er sich verantwortlich für eine Heilung, die sich ohne sein Wissen vollzogen hatte. Er fürchtete nur eines: daß die Heilung auch dieses Mal zum Tode führen könnte. Alles andere war lediglich eine Frage der Organisation. Er würde sich nie mehr instrumentalisieren lassen, von nichts und niemandem.

Aus dem Cockpit drang geistliche Musik. Als der Besitzer des Jets sich zur Begrüßung aus seinem weißen Ledersessel erhob, war Jimmy nur wenig überrascht. Kaum war er den Fängen der Regierung entkommen, erhob schon die Welt der Privaten Anspruch auf ihn.

»Darf ich Ihnen Pastor Hunley vorstellen?«

Gebräunt, geliftet und durchtrainiert – er wirkte kaum älter als auf dem Bildschirm. Eine Hand auf dem Herzen und die andere auf Jimmys Schulter, blieb er in ritterlicher

Pose stehen. Ob er Erleichterung ausdrücken wollte oder eine Huldigung erwartete, war nicht zu entscheiden.

»Selig sind die Gäste an der Tafel des Herrn!«

Der Fernsehprediger hatte mit der warmen, tiefen Stimme gesprochen, die Millionen von Amerikanern jeden Sonntag einlullte. Da Jimmy wie versteinert stehenblieb, kniff er die Augen zu und wandte sich dann mit der kennerischen Miene eines Sportexperten an den wissenschaftlichen Berater.

»Hier ist also das Lamm Gottes, das die Sünden der Welt auf sich nimmt ...«

Da Irwin nichts erwiderte, schaute er wieder zu Jimmy hinüber, fuhr das Lächeln seiner künstlichen Zähne auf die halbe Breite herunter und fügte in gespielter Zerknirschtheit hinzu: »Segnen Sie mich, Rabbi, denn ich habe schwer gesündigt.«

»Ich weiß«, sagte Jimmy.

Die Hand verließ seine Schulter und legte sich auf die von Irwin.

»Meine Infrastruktur, meine Anhänger und meine Rundfunksender stehen ihm zur Verfügung, denn wir glauben, daß er derjenige ist, der kommen wird.«

Sein Redeschwall hatte sich beträchtlich verlangsamt, und die letzten drei Worte hatten in der gedämpften Kantilene beinahe tragisches Gewicht angenommen. Glassner öffnete seinen Koffer und entnahm ihm das vertrauliche Dossier, das er aus dem Weißen Haus entwendet hatte, obwohl er damit seine Karriere, seine Ehre und sein Leben aufs Spiel setzte. Er legte es auf den am Boden der Kabine angeschraubten Mahagonitisch. Sein Nacken empfing den Segen der schmalen, sonnengebräunten Hand, an der ein Amethyst-Ring funkelte.

»Gott hat Ihnen die klügste Entscheidung eingegeben, Irwin Glassner.«

»Man nennt das Hochverrat.«

»Judas lieferte Jesus Christus den Feinden aus, Sie bringen ihn vor denen, die ihn verleugnen, in Sicherheit.«

Jonathan Hunley senkte den Blick und kreuzte bescheiden die Finger. Er erinnerte weniger an einen TV-Prediger als an einen Helden aus einer Soap mit eingespielten Lachern. Irwin fand ihn abstoßender als alle Politiker, denen er je gedient hatte, aber er hatte keine Wahl. Das letzte Mal hatten sie sich in George W. Bushs Büro getroffen und darüber debattiert, ob derjenige möglicherweise schon auf Erden lebte, dessen unmittelbares Kommen die neumessianische Kirche verkündete. Sechsundzwanzig Jahre waren seither vergangen, und Hunley schien auf diesen Moment mit ebensoviel Geduld wie Umsicht gewartet zu haben. Alles war bereit für die Ankunft des Herrn: Die öffentliche Meinung brannte darauf, die Anhänger saßen in den Startlöchern, die Sekte war finanziell wie rechtlich vollkommen abgesichert. Die Einflußnahme des Pastors auf das Land hatte ihren Höhepunkt erreicht. Seitdem er die Casinos in Las Vegas aufgekauft hatte – mit der erklärten Absicht, den Armen zurückzugeben, was die Reichen zufällig gewonnen hatten –, überstieg der Jahresumsatz der Kirche der Großen Wiederkehr die Milliardengrenze. Die Einnahmen hatten dem Tele-Priester ermöglicht, eine, wie er sich ausdrückte, »Baustelle von altägyptischen Dimensionen« zu retten: die Kathedrale St.-John-the-Divine im Norden des Central Park. Bei Baubeginn 1882 hatte sie die nach dem Petersdom größte Basilika der Welt werden sollen. Nun, zu zwei Dritteln vollendet, drohte sie aus Geldmangel zu verfallen. Hunley hatte diesen Tempel des schlechten Geschmacks im byzantinisch-gotischen Stil der Episkopalkirche abgekauft, um sich – dank der Tantiemen seiner sonntäglichen Live-Show – mit ihrer Vollendung selbst ein Denkmal zu setzen.

Die Stewardeß kam auf sie zu und teilte ihnen mit, daß der Pilot die Starterlaubnis erhalten hatte. Sie setzten sich um den Tisch und legten die Sicherheitsgurte an.

»Wann werden sie entdecken, daß Jimmy nicht mehr bei ihnen ist?« erkundigte sich der Pastor.

»Sofort. Ich habe bei der Flughafenpolizei meinen Code 40 benutzt, um die Männer gestellt zu bekommen, die ihn gleich zum Abflugplatz der Jets gebracht haben. Das eigentliche Team vom Schutzprogramm erwartet ihn in der Halle, hinter dem Zoll.«

»Dann wird man wohl schon Alarm geschlagen haben.«

»Nicht unbedingt. Um Zeit zu gewinnen, habe ich im Frachtraum das Gepäck eines seiner Begleiter wegen illegalen Besitzes von regierungseigenen Dokumenten beschlagnahmen lassen.«

Jimmy mußte unwillkürlich lächeln. Der wissenschaftliche Berater wirkte auf einmal zehn Jahre jünger, aber das Verschwinden seines Tumors war nicht die einzige Ursache dafür.

»Allerdings«, setzte er hinzu, »riskieren wir, bei der Ankunft in New York festgenommen zu werden.«

Mit ordinärem Grinsen erklärte der Pastor, er habe Vorkehrungen bezüglich der Identifizierung des Flugzeugs und des Reiseplans getroffen. Ein Zwischenstopp in Baltimore, dann würde die Reise im Cabin-Cruiser fortgesetzt, und das Problem wäre aus der Welt geschafft.

»Dort steht Ihnen die Residenz eines UNO-Diplomaten zur Verfügung: Ihre Sicherheit und Ihr Inkognito sind gewährleistet. Aber sagen Sie, Irwin, wann wird das Weiße Haus bemerken, daß die Dokumente verschwunden sind?«

»Das weiß ich nicht, ich bin krank geschrieben. Mein Sekretariat kümmert sich um die laufenden Angelegenheiten, aber Claybornes Abteilung wird sich möglicherweise Zugang zu meinen Akten verschaffen – und sei es nur, um sie zu vernichten. Die Anweisungen des Präsidenten sind eindeutig: Jimmy wurde weder geklont noch geboren oder kontaktiert.«

»In dem Fall schlage ich eine öffentliche Bekanntmachung während des Sonntagsgottesdienstes vor. Von neun Uhr dreißig bis zehn Uhr habe ich die meisten Zuschauer, wir haben dann vierzig Prozent Marktanteil. Mit einer entsprechenden Ankündigung ...«

»Vor der Sendung darf nichts nach draußen dringen, um Jimmys Sicherheit nicht zu gefährden. Sobald er im Fernsehen erschienen ist, ist er Allgemeingut. Das Weiße Haus kann sich nur an mich halten. Allerdings wäre es gut, wenn er am Tag nach seinem Fernsehauftritt ein Kommuniqué veröffentlichen würde. Wenn ein Journalist unseres Vertrauens ...«

»Douglas Trenton von der *New York Times*. Exklusivinterview vor dem Gottesdienst am Sonntag, Embargo bis Montag morgen. Ich bürge für ihn.«

»Nein«, sagte Jimmy.

In seinem Schwung gebremst, blickte der Pastor ihn an, während das Flugzeug auf seine Startposition zusteuerte. Er hob verwundert eine Braue und erkundigte sich besorgt, in einer Mischung aus Arroganz und Beflissenheit: »Warum nicht, Jimmy? Was haben Sie gegen ihn?«

»Nichts. Ich habe nur schon jemand anderen.«

Sie steht vor mir, in einem Wollmantel. Die Haare sind zu einem Knoten gebunden, der sich auflöst. Sie hat eine neue Brille. Ihr Parfüm macht mir fast nichts aus. Was hatte ich das letzte Mal dabei empfunden, als ich es roch, während sie hinten in der Limousine saß und ich sie chauffierte. Zu riechen, daß sie immer noch dasselbe Eau de toilette benutzte, wo sie doch bereits mit einem anderen zusammenlebte, tat mir mehr weh als all die Bilder von ihrem Zusammensein, die ich mir hatte ausdenken können. Heute ist das anders. Das Gefühl ist noch dasselbe, aber weiter weg. Der Mann, zu dem ich geworden bin, hat keinen Platz mehr für sie, kein Recht, umzukehren und sich von einer menschlichen Gefühlsregung zerstören zu lassen, kein Recht mehr, eifersüchtig, depressiv, nachtragend zu sein. Ich habe den Gedanken akzeptiert, daß sie ohne mich lebt, und hoffe, ihr auf meine Weise helfen zu können. Wenigstens das: Unsere unvollendete Liebe, in dem andere lediglich ein Scheitern sehen, hat mich viel besser auf die Rolle vorbereitet, die mich erwartet, als ihre ganze Ausbildung. Ich sage ihr im stillen Dank, von ganzem Herzen, und schüttle ihr mit liebenswürdigem Lächeln die Hand, so als gehörte sie der Vergangenheit an, als wäre sie eine Erinnerung unter vielen.

»Guten Tag, Emma.«

»Wie geht's dir?«

»Gut. Und dir?«

Anstelle einer Antwort zieht sie die Handschuhe aus,

steck sie in die Tasche, mustert meinen Viermonatsbart und meine schulterlangen Haare.

»Du bist ja kaum wiederzuerkennen.«

»Ist das ein Kompliment?«

»Warum? Du sahst gut aus, fand ich.«

»Stimmt, du hast mich ja in der Zwischenzeit nicht gesehen. Ich hatte zwanzig Kilo zugenommen.«

»Aber doch hoffentlich nicht meinetwegen?«

»Ein bißchen.«

»Schmeichelhaft. Und jetzt, was machst du so?« fährt sie dann in ungezwungenem Ton fort. »Wieso kommst du ins Fernsehen? Hast du einen Preis gewonnen, einen Swimmingpool-Wettbewerb, hast du ein neues Reinigungssystem erfunden? Erzähl!«

»Das trifft es nicht ganz, aber ich wollte, daß du das Exklusivrecht bekommst.«

»Cool. Du hast dir was patentieren lassen. Hoffentlich fließen die Tantiemen nicht in die Taschen deines Chefs!«

»Das Patent bin ich selbst, aber das spielt keine Rolle.«

»Nett, daß du mich angerufen hast. Ich dachte mir ... Na ja, ich fand, daß ich mich vielleicht mal bei dir hätte melden sollen.«

»Hätte ich auch tun können.«

»Ich meine, die Schuld lag bei mir. Ich ... ich hätte auf dich zukommen sollen, nicht?«

»Darum geht es nicht. Ich habe dich nicht privat angerufen, sondern beruflich. Weil du mich von früher kennst und ich zu dir Vertrauen habe.«

»Danke, Jimmy, finde ich ja rührend. Und es freut mich, dich ... so zu sehen. Daß es dir gut geht. Na ja. Zumindest besser. Hast du jemanden kennengelernt?«

»Ja.«

»Das freut mich.«

Ich lächle. Ihre Begeisterung klingt aufrichtig, aber sie ist ein Schutz – ich spüre, daß sie auf der Hut ist, mein Vorstoß beunruhigt sie, unser Wiedersehen bringt sie durcheinander, und sie weiß nicht, wie sie mit meiner heiteren Gelassenheit umgehen soll. Sie dachte, sie würde ihren untröstlichen Ex treffen, der irgendwelche Argumente vorbringt, ihr Versprechungen macht und vorschlägt, noch mal ganz neu anzufangen. Und nun greift keine der Vorsichtsmaßnahmen, die sie getroffen hat, weil ich sie gar nicht attackiere.

Damit will ich nicht sagen, daß sie enttäuscht wäre. Sie ist viel mehr an mir interessiert als früher, das sehe ich, aber sie ist nicht die Art von Mensch, die sich einschüchtern läßt, weil ihr Opfer zurückschlägt. Da ist noch etwas anderes. Etwas, das tiefer geht.

»Willst du dich nicht setzen, Emma?«

Sie zögert, dann nimmt sie die Hände aus den Taschen. Sie legt den Mantel ab, hängt ihn über eine Stuhllehne, dreht sich wieder zu mir um. Ihr Busen unter dem grauen Strickkleid ist noch schöner. Mein Atem stockt einen Augenblick. Ich blicke sie wieder an. Sie hat meine Reaktion mitbekommen. So neutral, so komplizenhaft wie möglich frage ich sie: »Seit wann?«

»Seit vier Monaten«, sagt sie und hält meinem Blick stand.

Ich nicke, versuche ein Minimum an persönlicher Teilnahme in das Hochziehen der Brauen zu legen, mit dem ich auf diese Neuigkeit reagiere.

Sie setzt sich. Ich setze mich auch, ihr gegenüber, auf die andere Seite des Couchtisches. Ich sage: »Das ist schön.«

Sie schaut zur Seite. »Nein.«

Mit aufeinandergepreßten Lippen starrt sie auf die Make-up-Produkte, die unter dem Garderobenspiegel aufgereiht stehen. Ich frage sie, was los ist.

»Ich hatte Probleme mit Tom. Irgendwann gab es nur

noch das Kind, für das er sich interessierte. Wir haben über Monate hinweg alle möglichen Behandlungen gemacht, ich erspare dir die Details, und schließlich hat es funktioniert, doch dann wurde er ... Ich existierte gar nicht mehr für ihn, ich war nur noch die Austrägerin. Paß auf, iß das nicht, rauch nicht, reich deinen Mutterschaftsurlaub ein, hör auf, Auto zu fahren, warum gehst du aus? Beim kleinsten Niesen hatte ich Schuldgefühle. Er rührte mich nicht mehr an und ließ mich keine Sekunde aus den Augen ... Und an Arbeiten war gar nicht zu denken. Er wollte nicht, daß ich mich an den Computer setzte, wegen der Strahlung – und das nach gerade einmal zwei Monaten, verstehst du? Und wir trafen uns auch nicht mehr mit Freunden, wegen der Röteln.«

Sie entknotet ihre Finger, schlingt sie wieder ineinander, dreht einen imaginären Ehering am Zeigefinger. Betroffen höre ich ihr zu und erkenne, daß Träume Fallen sein können und daß es sich viel leichter mit meiner Sehnsucht leben läßt als mit ihrer Enttäuschung.

»Ich habe ihn verlassen. Ich sagte mir: Du behältst das Kind und schlägst dich schon irgendwie durch, und er zahlt dir halt was dazu. Anfangs wollte er davon nichts wissen, er bedrohte mich, jetzt hält er Abstand. Er wartet mit seinen Anwälten auf die Geburt. Er läßt mich beschatten, hat Zeugen gefunden und Klage eingereicht ... Verdacht auf Abtreibung. Dreimal bekam ich eine Vorladung, mußte mich von einem Gynäkologen untersuchen lassen, der Richter stellte mir eine Mahnung zu. Wegen des Gesetzes zum Schutz der Geburt riskiere ich fünf Jahre, wenn ich das Baby verliere. Und sobald es auf der Welt ist, verliere ich es sowieso: Tom arbeitet im Büro des Staatsanwalts. Es ist entsetzlich, aber es ist mein Fehler. Ich werde das jetzt durchziehen. Aber reden wir von dir.«

Ich sehe sie an, wie sie ganz zusammengesunken dort auf der anderen Seite des Glastisches sitzt, und versuche meine

Emma wiederzufinden, die sorglose Verliebte, die unersättliche, mädchenhafte Fee in meinem Spiegelreich, die an ihrem leidenschaftlichsten Wunsch zerbrochen ist.

Um dem peinlichen Schweigen ein Ende zu bereiten, sagt sie mit betonter Leichtigkeit: »Ach, ich habe übrigens Neuigkeiten von Madame Nespoulos. Es geht ihr gut, sie ist in Patmos. Sie läßt dich herzlich grüßen.«

Unfähig, ein Wort zu sagen, halte ich ihr den Aktenordner in den Farben des Senders hin. Als sie danach greift, berühren sich unsere Finger. Erst nach kurzem Zögern zieht sie ihre Finger weg, lehnt sich abrupt zurück und schlägt die Mappe auf.

Ich halte den Atem an, während ich sie beim Lesen beobachte und zusehe, wie sich ihr Gesichtausdruck von Zeile zu Zeile verändert. Ich habe mich getäuscht. Das Wiedersehen mit ihr hat mich meiner ganzen Energie beraubt, meine Entschlüsse sind in ihrer Gegenwart gar nichts mehr wert, sind sinnlos, und ich verliere an Boden. Ihr Geruch, ihre Schönheit, ihre unglückliche Lage … Ich kann nicht leben ohne sie. Da ist sie wieder, die Versuchung der Verzweiflung, stärker als je zuvor, während sie bestürzt die Pressemitteilung liest. Herausforderung, Mission, Verantwortung – das sind nur noch theoretische Begriffe, Notlügen, Ausflüchte. Ich hatte geglaubt, gegen irdische Begierden gewappnet zu sein und die Fleischeslust überwunden zu haben, dachte, ich könnte ohne Sex leben und würde nur noch eine allumfassende Liebe zur Menschheit empfinden – doch ihre mörderische hilflose Weiblichkeit löscht alles andere aus. Und die Verzweiflung gaukelt mir vor, daß noch immer alles möglich ist. Ich könnte sie bei der Hand nehmen und diesen Ort verlassen, diese Leute, könnte vergessen, wer ich bin, was sie wollen, was ich mir einbilde, ihnen geben zu müssen – ich könnte mit ihr verschwinden und die

Welt Welt sein lassen, um mit der Frau, die ich liebe, eine Familie zu gründen.

Endlich sieht sie wieder auf, und da weiß ich: Es ist zu spät, es ist aus und vorbei.

»Du bist ... Du bist Gott?« sagt sie langsam. »Haben sie dir das erzählt?«

»Nein, Emma. Ich habe die Chromosomen von Jesus, aber das heißt gar nichts, das Gröbste bleibt noch zu tun.«

»Darf ich das aufnehmen?«

»Na klar.«

Sie öffnet ihre Umhängetasche, tastet nach ihrem Aufnahmegerät, stellt es auf den Tisch zwischen uns und startet es.

»Hast du Beweise? Erklären sich Wissenschaftler bereit, deine Herkunft zu bestätigen?«

»Ja. Der wissenschaftliche Berater des Weißen Hauses, Irwin Glassner. Er war es auch, der meine Akte entwendet hat. Ich habe dir seine Telefonnummer aufgeschrieben. Er kann dir bezeugen, daß ich geklont wurde, daß ich ihn von einem Tumor geheilt habe und daß ich ...«

»Ist er derjenige, der für das Projekt Omega verantwortlich ist?«

»Er und Buddy Cupperman – erinnerst du dich? *The Crayfish*, der Film, den wir uns angeguckt haben, als ...«

»Warum trittst du in Hunleys Sendung auf?«

Sie stößt diese Sätze hervor, ohne meine Antworten abzuwarten, um unparteiisch zu bleiben.

»Ich habe nur dann Macht, wenn man an mich glaubt, Emma. Und ich bin es mir schuldig, so viele Menschen wie möglich zu heilen ...«

»Indem du für eine gute Einschaltquote sorgst. Indem du Jonathan Hunleys Kassen füllst. Indem du die mieseste aller Sekten unterstützt.«

Ich versuche, trotz ihrer Vorbehalte neutral zu bleiben. Es ärgert mich, daß sie den Wald vor lauter Bäumen nicht sieht.

»Seine zwanzig Millionen Zuschauer zu boykottieren hilft auch nicht weiter, wenn man sie dazu bringen will, der Wahrheit ins Auge zu sehen.«

»Hat man dich unter Drogen gesetzt?«

»Hör auf. Ich habe eine Mission, Emma. Ich könnte diejenigen, die sie verfälschen oder zu ihren Gunsten ausnutzen wollen, daran hindern, dies zu tun.«

»Seit wann weißt du das mit deiner DNA?«

»Seit Juli.«

»Was hat sich in deinem Leben verändert?«

»Alles. Zumindest habe ich das bis heute morgen geglaubt. Aber dann schaue ich dich an und weiß: Ich bin doch noch derselbe.«

Sie schaltet das Gerät aus.

»Das heißt?«

»Das Beste an mir, das ist in dir drin. All das, was mich zu dem gemacht hat, was ich heute sein will, ist die Geschichte, die wir hatten. Die Bedeutung, die du mir gegeben hast, das Glück, das wir erleben durften, das Leid, das ich dir verdanke. Du warst es, die mich verändert hat, durch die ich gewachsen bin, die diese starke Liebe, die in deiner Abwesenheit noch größer geworden ist, überhaupt ermöglicht hat.«

Sie lächelt traurig, wissend.

»Das heißt, du dankst mir dafür, daß ich dich sitzengelassen habe, ja?«

»Irgendwie schon. Indirekt.«

Sie drückt auf die Aufnahmetaste.

»Was für eine Mission hast du?«

Ich erzähle ihr von Kardinal Fabiani, von den Rockies, Lourdes und dem Kloster. Wie ein offenes Buch liege ich vor ihr, nun braucht sie den Text nur noch zu entschlüsseln.

»Gott – was ist das?«

Ich mache eine Pause. Sie zündet sich eine Zigarette an.

»Ich weiß es noch nicht, Emma. Ein Antrieb, eine Art Energie. Eine Macht, die einen zur Liebe zwingt, zur Struktur …«

»Die dann eine Welt erschaffen hat, in der Haß und Chaos regieren.«

»Wir selbst haben sie nach unserem Bild erschaffen. Weil wir glaubten, so und nicht anders müsse sie aussehen. Gott wird dafür verantwortlich gemacht, aber wir hatten die Wahl, sie anders zu gestalten, ohne dieses verdammte Bild.«

»Und woher kommt dieses ›verdammte Bild‹? Vom Teufel?«

»Ja.«

»Von den Frauen, oder wie? Und schon sind wir wieder bei Eva, die in den Apfel beißt. Sag mal, für diesen Blödsinn heuerst du einen Fernsehsender an und stiehlst mir meine Zeit?«

»Es war kein Apfel, es war eine Feige.«

»Wie bitte?«

»Der Baum der Erkenntnis in der Schöpfungsgeschichte war ein Feigenbaum. Da haben sie bei der Übersetzung mal wieder danebengehauen. *Pomum* heißt einfach nur Frucht. Man hat *malum*, das Böse, und *malum*, der Apfel, durcheinandergebracht.«

»Schon besser.«

»Was?«

»Jetzt sind wir wenigstens beim Thema. Du weißt ja, ich schreibe für eine Gartenzeitschrift.«

»Das Interview, das ich dir gebe, kannst du binnen einer Stunde an die *New York Times*, an die *Post*, die *Herald Tribune* verhökern, an wen du willst … Und ich überlasse dir die Exklusivrechte auch in Zukunft …«

»Hör auf, anderen Gutes tun zu wollen. Ich fühl mich sehr wohl, so wie ich bin.«

»Nein, Emma. Ich will nicht, daß du in der Routine steckenbleibst und deine Ambitionen aufgibst, weil du ständig scheiterst.«

»Wir sind hier, um über dich zu sprechen, richtig?«

Ich beuge mich vor, ergreife ihre Hände.

»Emma, du mußt reagieren, laß dich nicht zum Spielball machen! Wenn dir etwas Böses zustößt, nimmst du es als Vorwand, nicht weiterzumachen – ein Grund mehr, die Flinte ins Korn zu werfen ...«

Sie reißt sich los, schlägt die Beine übereinander.

»Welche Flinte soll ich denn, bitte schön, ins Korn werfen? Du gehst mir langsam auf die Nerven!«

»Die Reportagen, die du machen wolltest, das Buch, das du schreiben wolltest, seit ich dich kenne, und das immer noch nicht weitergediehen ist, stimmt's? Wahrscheinlich ist es sogar eher zusammengeschrumpft. Ich wette, jedesmal wenn du deinen Mac aufklappst, löschst du wieder was.«

Tränen glitzern hinter ihren Brillengläsern, doch ich rede weiter, ich kann nicht für mich behalten, was ich für sie empfinde; ihr Kummer fließt über, und endlich brechen die Dämme.

»Hör auf, an dir selbst zu zweifeln, Emma, hör auf zu denken, die anderen hätten recht und hätten dir deine Chance gegeben, wenn du es wert gewesen wärst. Ich gebe sie dir, deine Chance, aber sie ist nur ein Passierschein, ein leeres Blatt, das du selbst ausfüllen mußt! Alles wird gut werden, wenn du nur erst die Initiative ergreifst!«

»Und das Kind, das ich austrage, was machst du mit dem?«

»Das wird zu einer Quelle der Liebe und der Energie ...«

»Energie? Es saugt mich aus, ich schenke ihm ja meine ganze Kraft und weiß doch, daß man es mir bei seiner Geburt wegnehmen wird, was soll ich also damit anfangen? Tolle Inspirationsquelle! Glaubst du, alles wird gut, wenn man ein paar Phrasen drischt? Die Schriften bleiben, und die Probleme verschwinden, ja?«

»Sammle deine Kräfte, solange sich dein Kind von dir nährt, denn was würdest du ihm sonst mit auf den Weg geben? Nur Verzicht, Bitterkeit, vorprogrammiertes Scheitern. Und dann, wenn du es zur Welt gebracht hast, Emma, wirst du um es kämpfen, und du wirst gewinnen. Wenn du aber im vierten Monat abtreibst, läßt du dich mit dem Teufel ein.«

»Was habe ich denn mit dem Teufel zu schaffen?«

»Er sät den Zweifel.«

»Ja, und? Mit dem Zweifel beginnt das Denken!«

»Schön, aber damit beginnt auch der Untergang! Genau dessen machen sich nämlich Adam und Eva schuldig: daß sie an der selbstlosen Liebe zweifeln und das Vertrauen durch den Verdacht ersetzen. Die Stimme des Teufels, das ist natürlich die der Intelligenz! Er ist vollkommen glaubwürdig, wenn er sie anlügt: ›Gott verbietet euch, diese Frucht zu essen, weil ihr ebenso mächtig wie er würdet!‹ Und just da beginnt die Arbeit! Sie unterstellen Gott Hintergedanken: Furcht, Machtbesessenheit, Boshaftigkeit, Eifersucht ...«

»Warte auf die Kameras, bevor du anfängst zu predigen, okay?«

»Ich predige nicht, Emma, ich erkläre dir etwas. Weshalb ich dich liebe und weshalb es für mich wichtig ist, daß du an dich glaubst. Ich will nicht, daß du dich mit blöden Chefredakteuren herumärgerst, die dich mit irgendwelchen idiotischen Geschichten belästigen, dir die Artikel und die Laune verderben, weil du nicht auf sie eingehst – ich hoffe, zumindest Cindy läßt dich in Frieden, seit du schwanger bist.«

Sie wird blaß, läßt ihre Zigarette fallen. Ich wollte nicht

davon sprechen, doch jetzt ist es zu spät. Noch ganz benommen von meinen letzten Worten, hat sie sogar vergessen, die Aufnahme zu stoppen. Ich tue es für sie.

»Woher weißt du das mit Cindy?«

Ich kenne das Leuchten in ihren Augen. Ich habe es schon bei anderen gesehen. Die Ungläubigkeit, die durchbricht, der Verstand, der zu wanken beginnt ... Sie weiß nicht mehr, woran sie sich halten soll, jetzt, wo ich meine Begabung offengelegt habe: Ich lese es in ihren Gedanken, erkenne all das, was zu sehen sie sich weigert ... Sie fragt sich, wie sie drei Jahre mit einem Medium leben konnte, ohne etwas zu ahnen. Ich zögere. Soll ich sie zu ihrem eigenen Besten instrumentalisieren, damit sie den Artikel schreibt, der sie über Nacht berühmt, unabhängig und reich werden läßt und ihr ermöglicht, den Feind mit den eigenen Waffen zu schlagen und das Sorgerecht für das Kind zu erringen? Oder soll ich ihren legitimen Zweifel respektieren und sie lieber für mich einnehmen, indem ich ihr zeige, daß ich nach wie vor nur ein armer Verliebter bin, der lächerliche Heldentaten für sie vollbringt, der sich als Chauffeur einer Limousine ausgibt, nur weil er das Bedürfnis hat, ihre Anwesenheit hinter einen getönten Scheibe zu spüren ... Ist es besser, wenn ich sie mit einer übernatürlichen Fähigkeit beeindrucke, oder soll ich ihr Vertrauen mit meinen menschlichen Schwächen einflößen?

»Hast du mich etwa auch beschatten lassen?«

Die ganze Traurigkeit der Welt legt sich auf ihre Stimme. Ich öffne den Mund, um mich zu verteidigen, doch sie bringt mich zum Schweigen, indem sie auf die Stop-Taste drückt; dabei ist das Gerät bereits ausgeschaltet. Sie packt es ein und steht auf.

»Ich werde keinen Artikel schreiben.«

»Wieso nicht?«

Sie stopft das Pressematerial in ihre Tasche.

»Ich glaube keine Sekunde lang an diese Geschichte. Das ist eine Wahlstrategie, eine Inszenierung, und du bist ihr Komplize und Opfer zugleich. Ich will nicht in dieselbe Kerbe schlagen, auch nicht, um die Republikaner in die Pfanne zu hauen – such dir jemand anderen.«

»Emma, ich wollte doch nur …«

»Mir zu einem Scoop verhelfen, schön. Mir aus dem Loch heraushelfen, in dem ich stecke, seit ich dich verlassen habe, weil ich es allein nicht schaffe. Das habe ich verstanden. Das einzig Schöne, was ich im Leben besitze, ist die Erinnerung an dich, und jetzt willst du auch die noch zerstören. Vielleicht komme ich da nicht mehr allein heraus, Jimmy, aber das ist dann mein eigenes Ding. Du und deine Scheiß-Sekte mit eurem Prime-Time-Messias-Spiel, ihr könnt mir gestohlen bleiben. Der Teufel ist jedenfalls nicht dort, wo du ihn vermutest. Wiedersehn.« Sie packt ihre Tasche und ihren Mantel und schlägt die Tür hinter sich zu.

Ich bleibe reglos sitzen, erschüttert von dem Bösen, das ich ihr angetan habe, wo ich doch nur ihr Bestes wollte. Wie konnte ich mich so sehr täuschen? Was soll ich, wenige Minuten bevor ich zur weltweiten Bildschirmberühmtheit werde, schon fürs Fernsehen geschminkt, mit diesem Treffen anfangen, aus dem ich verwundet, leer und haltlos hervorgehe? Welche Lehre soll ich daraus ziehen? Stolz oder Demut?

Vielleicht war Emmas Rückzug nötig … Ihre Weigerung, mich zu verstehen, mir zu glauben, meine Überlegungen nachzuvollziehen, führt mir mein wahres Ziel wieder vor Augen, zeigt mir die wahren Dimensionen des Opfers, das ich bringen muß. Wahrscheinlich ist dies die Botschaft, die als Lebewohl verkleidet daherkam. Die Demut, zu begreifen, daß man Leuten gegen ihren Willen nichts Gutes tun kann, und der Stolz, dennoch zu glauben, daß ihr Wohl von einem selbst abhängt. Ohne Stolz bringt man nichts zuwege, und ohne Demut bringt man es nur ungenügend zuwege.

Jetzt hält mich niemand mehr zurück, ich werde mein Schicksal erfüllen, sollen sie damit anstellen, was sie wollen.

»Alles gut gelaufen?« fragt die Assistentin, die gerade die Tür aufmacht. »Jetzt schnell noch mal in die Maske, und dann raus, in zwanzig Minuten sind wir auf Sendung.«

Nicht du, Jimmy, du hattest nicht das Recht ... Ich bin so wütend, so verzweifelt, daß es mich fast umbringt. Drei Männer habe ich in meinem Leben geliebt, einer nach dem anderen sind sie verrückt geworden, paranoid, hysterisch: das Gegenteil ihrer selbst. Bin ich etwa der Auslöser dafür? Andere Frauen bringen Pech, und ich lasse die Leute den Verstand verlieren.

Jimmy ... Ich wollte dich vor allem schützen, was dir weh tun könnte – auch vor mir, vor diesem Gefühl des Scheiterns und der Angst, beurteilt zu werden, die ich seit meiner Kindheit mit mir herumschleppe, ich weiß. Du aber warst der erste, der mir Vertrauen schenkte, weil es wichtig für dich war, an mich zu glauben: Ich war nicht allein dazu da, dir deinen eigenen Wert zu zeigen, und es war so herrlich, sich für das, was man hätte sein können, geliebt zu wissen. Als ich dir diese jämmerlichen zwanzig Seiten meines Essays über das Amerika der Religionslobbyisten vorlas, applaudiertest du, als hätte ich schon zu Ende geschrieben: Du sahst das Buch vor dir und fingst schon an, die Werbetrommel dafür bei deinen Kunden zu rühren. Wir haben uns soviel gegeben, du und ich, haben soviel Spaß miteinander gehabt und so viele Höhepunkte erlebt. Wir waren wie füreinander gemacht, holten immer das Beste aus dem anderen heraus ... Nie hatte es etwas Verwerfliches an sich. Die Art, wie du meinen Mann akzeptiertest, machte all meine Gewissensbisse zunichte. Nie ist mir jemand begegnet, der so wenig eifersüchtig war – wobei das natürlich auch einfach ist, wenn man weiß, daß man der Favorit ist. Doch du hast immer so aufrichtig für ihn Partei ergriffen und dich mit ihm identifiziert, als wüßtest du bereits, daß ich mich eines Tages aus genau diesem Grund von dir trennen würde: dem Überlebensinstinkt.

Ich habe dich angelogen. Ein einziges Mal. Als ich dich verließ. Meine Arbeit war nur ein Vorwand. Ich habe nie ertragen, daß ich denjenigen, die ich liebe, nur Unglück bringe. Hätte ich dir das Kondom herunterziehen sollen, wo du doch kein heimlicher Passagier mehr in meinem Leben warst, hätte ich unsere Beziehung offiziell machen und eine Schwangerschaftserlaubnis beantragen sollen, um gemeinsam mit dir die entsetzliche Prozedur durchzustehen, den Wettlauf gegen die Uhr, das Gerenne von Arzt zu Arzt, die Tests, die Behandlungen, die ganzen Beruhigungspillen? Diesen Marathon, den ich leider mitmachen mußte und der unsere Liebe getötet hätte – es gab ja genügend Beispiele in unserem Umfeld. Ich wollte dich nicht in diese Rolle drängen. Ich wollte uns schützen, indem ich dich verließ, und die Reinheit, die Selbstlosigkeit unserer Geschichte bewahren. Ich war egoistisch, ich weiß. Ich hätte auf deine Fähigkeit zur Veränderung vertrauen sollen, aber ich wollte nicht, daß du dich änderst.

Du hast natürlich nichts begriffen. Ich ließ dich in dem Glauben, es sei eine Frage des Geldes, ich wolle meinem Kind eine gesicherte Zukunft bieten. Ich dachte, es wäre dann leichter für dich, sauer auf mich zu sein. Du solltest keine Möglichkeit haben, zu diskutieren, ich hatte zu große Angst, daß ich dann womöglich meine Meinung ändern würde. Und jetzt sehen wir das Ergebnis. Wäre ich mit dir zusammengeblieben, hätten wir geheiratet, niemals wärst du in die Fänge dieser Sekte geraten. Es ist mein Fehler, und nun willst du also, daß ich unsere Intimitäten preisgebe und mir in deinem Windschatten einen Namen mache.

Mir wird schlecht. Doch ich schaffe es nicht einmal, mich zu übergeben. Und auch sonst passe ich nicht ins Bild. Ich verspüre kein einziges der Gelüste, die Schwangere normalerweise überfallen: Sushi mitten in der Nacht, Sardellen mit Kiwis, Nudeln mit Schokosoße … Nur das Übliche, zu den gewöhnlichen Öffnungszeiten – Pizza Margherita, abgepackter Salat und Joghurt light.

Ich müßte mich eigentlich wieder dem Orchideen-Festival in New Haven widmen, der größten Treibhausschau in ganz Connecticut. Von dreitausend Zeichen habe ich neunhundertachtzig geschrieben, Abgabeschluß war gestern. Ich schalte BNS ein. Orgelgetöse und Trommelwirbel, Stroboskoplichter im riesigen Kirchenschiff von St.-John-the-Divine. Im Maokostüm mit Stehkragen nimmt Pastor Hunley im Chor Aufstellung, ein Mikroport im Haar versteckt. Ein riesiges Foto von Jimmy wird hinter ihm an die Wand projiziert, und die Worte CHRISTUS IST WIEDERGEKEHRT scheinen im Laserlicht unter den Gewölbebogen auf.

»Ja, der Begriff des Guten ist aus unserer Zivilisation verschwunden! Seht euch nur um: Es gibt keinen Kampf mehr zwischen Gut und Böse – nur noch zwischen dem Bösen und dem Schlimmeren! Doch all dies wird sich ändern, denn das Gute kehrt wieder, meine Brüder! Hier und jetzt werdet ihr zu Zeugen des unglaublichen Ereignisses, auf das die Menschheit seit zwanzig Jahrhunderten gewartet hat! Wir wollen uns heute morgen nicht mit den wissenschaftlichen Beweisen dieser Inkarnation des Guten beschäftigen, jeder einzelne möge sich selbst im Anschluß an diese Messe auf unserer Website darüber informieren. Dort sind auch die Dokumente abrufbar, aus denen hervorgeht, daß die satanischen

Mächte, die im Weißen Haus und im Vatikan regieren und sich infamerweise auch noch verbündet haben, die Menschheit ihres Retters berauben wollten! Denn sein ist das Reich und die Kraft und die Herrlichkeit in Ewigkeit, amen!«

»Amen!« brüllen fünftausend Personen in Längs- und Querschiff.

»Lassen wir an diesem Sonntag der Gnade, dem ersehnten Tag der Rückkehr des Messias, dem Beginn des Tausendjährigen Reiches Christi, die Beweise einen Augenblick beiseite, meine Brüder, um unserer Freude Ausdruck zu verleihen! Denn die Kirche der Großen Wiederkehr, das letzte Refugium der wahren Christen, ist erschüttert, verzückt und vor allem stolz darauf, hier live auf BNS, in der größten Kathedrale, die je von Menschenhand dem Schöpfer geweiht wurde, den, der ist, der war und der sein wird, willkommen zu heißen, Jesus Christus, unsern Herrn, das Blut des Neuen und Ewigen Bundes, der für die Vergebung der Sünden unter Pontius Pilatus gelitten hat und heute durch das Wirken des Heiligen Geistes geklont wurde, um vor unseren Augen zur Inkarnation der göttlichen Allmacht zu werden …! Komm herbei, o Jimmy Wood!«

Meine Kehle ist wie zugeschnürt, als ich meinen Liebsten aus East Harlem, mein zärtliches Sexmonster in einem Scheinwerferkegel langsam mit finsterem Blick auf den glitzernden Altar zugehen sehe, die Hände auf dem Rücken verschränkt, die Lippen aufeinandergepreßt. Mit seinen Jeans und seinem Leinenhemd wirkt er wie aus einer Levi's-Werbung entsprungen.

Der donnernde Applaus, der unter dem Kirchengewölbe erdröhnt, verstummt mit einemmal, als der Pastor die Arme zum Victory-V ausstreckt, um dann mit seinem Gefasel fortzufahren: »›Es war aber ein Mensch unter den Pharisäern‹, heißt es bei Johannes 3, Vers 1, ›mit Namen Nikodemus, einer von den Oberen der Juden, der kam zu Jesus und sprach zu ihm: Meister, wie kann ein Mensch geboren werden, wenn er alt ist?‹«

Hunley schaut in seiner Rolle als Nikodemus zu Jimmy hinüber, der ihn ebenfalls ansieht, ganz neutral. Das Schweigen dauert an, unterbrochen von dem Hochziehen der Augenbrauen des Pastors, der genau weiß, daß die Spannung gleich zu kippen droht.

»Und Sie, Jimmy Wood«, souffliert er, »sind die Antwort auf die Frage des Nikodemus! Denn also sprach der Herr: ›Wahrlich, ich sage dir, der Mensch kann wieder in seiner Mutter Leib gehen und ... ein zweites Mal geboren werden!‹«

»Nur bezog er sich dabei auf die Taufe, nicht aufs Klonen!«

Ich rücke näher an den Bildschirm heran. Als er Jimmys Antwort hört, vergeht dem Pastor das Lächeln. Kameraschwenk auf die wartende Menge. Dann Großaufnahme von Jimmy, der sich ungerührt an der Nase kratzt. Das Mikro in seinem Bart blitzt im Scheinwerferlicht auf.

»Denn das Klonen ist eine zweite Taufe«, schließt der Pastor, »und womöglich hat der Heilige Geist ...«

»Hören Sie nicht auf diesen Blödsinn«, fällt Jimmy ihm ins Wort und sieht dabei direkt in die Kamera. »Ich bin heute in diesen Tempel der Händler gekommen, um euch zu sagen, daß ihr eure Fernseher abschalten und den Betrügern nicht mehr glauben sollt, die euch im Namen des Herrn ausrauben, daß ihr nur auf euren Instinkt, euer Herz und eure Zweifel hören sollt, denn der Glaube beginnt beim Zweifel, der wahre Zweifel besteht darin, alles anzuzweifeln, und zwar auch die Stichhaltigkeit dieser Zweifel.«

»So provozierte Jesus damals, um das Gewissen der Menschen aufzurütteln«, kommentiert der Pastor fröhlich und legt den Arm schützend um Jimmys Schulter.

»Halt's Maul!« antwortet Jimmy und stößt ihn von sich. »Du hast mich gerufen, also läßt du mich auch reden! Es dauert nur drei Minuten, danach kannst du wieder mit deiner Show und den Werbeeinlagen weitermachen, aber wenn du mich unterbrichst, stopfe ich dir dein Mikro in die Fresse, ist das klar? Ihr, die ihr mir in aller Welt zuhört, sollt zunächst erfahren, daß ich euch nichts zu sagen habe. Lest die Bibel, den Talmud, den Koran, die Bhagavad-Gita, oder seht zu, wie ein Baum wächst: Ihr werdet Gottes Wort hören, ohne Unterhändler zu brauchen, all diese Verdreher des göttlichen Rechts, die aus der Religion eine Kriegsmaschine gemacht haben, eine Sklaverei, eine Einnahmequelle, all diese Bauernfänger wie Hunley, die das Blut des Heiligen Abendmahls in Ketchup verwandelt haben!«

»Er spricht die Wahrheit, ich gebe es zu!« mischt der Pastor in Großaufnahme sich ein. »Bereuen wir unsere Sünden, meine Brüder, denn die Stunde ist nah!« Das Erschrecken in seinen Augen, das er innerhalb von drei Sekunden unterdrückt hat, hat sich in mystische Entrücktheit verwandelt. »Ja, ich bekenne: Ich bin der Versuchung erlegen und habe, so gut ich konnte, das Wort Gottes durch Sponsoring und die Großzügigkeit der Bevölkerung verbreitet, doch ist das Entscheidende dabei nicht, daß es überhaupt verbreitet wird?«

»Was für ein Wort Gottes? ›Zittert, denn die Apokalypse kommt mit Trompetenstößen nahe, fürchtet den Zorn eures Herrn‹? Das, was du seit vierzig Jahren wiederkäust, um die Angst zu nähren, die dein einträgliches Geschäft am Laufen hält? Dieses Wort, Hunley, das kannst du dir in den Arsch schieben!«

Empörtes Geraune macht sich in der Kathedrale breit. Stimmen werden laut, ein paar Leute rufen: »Na los, gib's ihm! Hau ihm eine rein!« Die Atmosphäre eines Fernsehgottesdienstes ist der eines Boxkampfs gewichen. Ich schalte das Aufnahmegerät ein und rufe in der Redaktion der *New York Post* an. Ned Jarrett, früher mein Chef in der Rubrik Heim und Garten und jetzt fürs Vermischte zuständig, bastelt gerade an seinem Editorial für den Folgetag. Er soll mal BNS einschalten, sage ich zu ihm, und mir drei Spalten auf der ersten Seite reservieren, sofern sie einen Exklusivbericht von Jesus' Geliebter haben wollen. Ich lege auf, in zehn Sekunden wird ihm sein Lachen schon vergangen sein, und hocke mich wieder vor den Bildschirm, wo Jimmy sich in immer heftigeren Schimpftiraden ergeht und seine Fans anmacht, die den Ring aus Bodyguards durchbrechen wollen.

»Hört auf, ihr Vollidioten, ihr seid hier nicht im Stadion! Setzt euch wieder hin und hört auf, mir zuzujubeln, sonst gehe ich! Ja, ich habe Jesus' Gene in mir, na und? Ich bin ein Mensch aus Fleisch und Blut und habe zweiunddreißig Jahre lang wie jeder von euch gelebt, ich war ein ganz normaler Typ und bin es immer noch: Gegen seine Natur kommt man nicht an, und ich bin nun mal von Natur aus kein Kultobjekt! Ich will nicht, daß sich die Menschen ein weiteres Mal meinetwegen umbringen, es reicht mit euren Scheiß-Religionskriegen! Die Politik hat umsonst versucht, mich einzukaufen, und daher lasse ich mich jetzt auch nicht vor den Karren irgendeiner dahergelaufenen Kirche spannen. Ich mache heute zum letzten Mal den Mund auf. Das einzige, was euch etwas zu sagen hat, ist das Grabtuch von Turin. Mögen die Gläubigen Druck auf den Vatikan ausüben, damit man es aus seinem Behälter mit Inertgas herausholt, denn das Tuch wird das Signal für das Jüngste Gericht geben: Alle Kontrollampen des Leuchtfeuers leuchten auf, wie bei einem Flipper – jetzt wird es Ernst mit dem Spiel! Doch wenn das Grabtuch sich durch grüne Bakterien selbst zerstört, dann hat Gott das so gewollt: Vergessen wir die Reliquien, behalten wir nur die Botschaft!«

»Was für eine Botschaft?« brüllt jemand im Kirchenschiff, und viele andere stimmen mit ein.

»Genau, die Botschaft!« ruft Hunley und fuchtelt in Richtung Kamera, damit er groß ins Bild kommt. »Die Botschaft ist ja eindeutig: Der Vatikan ist in den Händen des Teufels! Er läßt das Grabtuch verschwinden, er verleugnet Jesus ...«

»Ruhe!« brüllt die Menge.

Sprachlos erstarrt der Pastor zum Standbild, sein Fluch ist zur Grimasse geronnen.

»Nein, es gibt nur eine einzige Botschaft«, fährt Jimmy fort und geht aufs Querschiff zu: »Der Mensch muß seine Schöpfung vollenden. Paulus hat recht, wir sind nur ›Urmenschen‹, der endgültige Mensch, der diesen Namen verdient, ist Jesus, der Sohn Gottes, Ben Adam auf hebräisch, der erste Neugeborene der Neuen Schöpfung, der aus der Zukunft der Menschheit zu uns gekommen ist, um uns den Weg zu zeigen ... Und zwar wie? Indem er uns das Bild dessen zeigt, was wir sein werden, wenn wir die Synthese aus Fleischwerdung und Spiritualität vollzogen haben, wenn wir uns von der Todesangst und dem Einfluß der Materie befreit haben! Dies ist das Urteil des Jüngsten Gerichts: Das Verfahren wird eingestellt! Der Mensch ist nicht schuldig, er ist frei! Doch wenn ihr freiwillig in Untersuchungshaft bleibt, mit euren kleinmütigen Ängsten, Beruhigungen und Streitigkeiten, dann tut es mir leid für euch, bekriegt euch doch und laßt mich in Frieden – ihr habt nichts begriffen!«

Er zupft sein Mikro heraus, wirft es weg und geht auf die Kulissen zu. Hunley packt ihn am Ärmel, versichert ihm die Gefolgschaft seiner Truppen im Dienste der Zweiten Schöpfung, versucht ihm Genaueres zu entlocken, ermutigende Worte, einen Segensspruch ... Jimmy reißt ihm das Mikro aus dem Haar, hält es sich vor den Mund und erwidert: »Dies waren die letzten Worte zu meinen Lebzeiten. Wenn ich von Jesus abstamme, habe ich seine Mission im Blut, aber ihr habt keinen einzigen Grund, mir zu glauben. All die Heilungen, die mir zugeschrieben werden, hätte auch ein Magnetiseur vollbringen können: Sie sind kein Zeichen Gottes.«

Er reißt die Arme hoch und macht, wie vorhin der Pastor, das Victory-Zeichen, um den Proteststurm einzudämmen, der sich erhoben hat.

»Kirche der Großen Wiederkehr, ich habe dich erwählt. So wie der Verräter Judas zur Vollendung des göttlichen Plans notwendig war, vertraue ich dir nun die Organisation des Opfergangs an, den ich fordere und mit dem ich mich voll und ganz abgefunden habe. Geißelung und Kreuzigung werden in dreizehn Tagen stattfinden, an Weihnachten – mit dem, was danach geschieht, habe ich nichts mehr zu tun. Allerdings möchte ich, damit nicht wieder die übliche Polemik einsetzt, darauf hinweisen, daß die Abstimmung über meinen Tod am Kreuz im Internet erfolgen wird, alle Religionen können sich daran beteiligen. Wenn es für euch wichtig ist, daß ich sterbe, damit ihr zum Glauben findet, dann werde ich eben sterben. Egal, welche Werbesüppchen euer Hirte da in meinem Namen kocht: Man muß eben mit der Zeit gehen, auch im Sterben. Ich werde dafür sorgen, daß die Werbeeinnahmen tatsächlich karitativen Einrichtungen zugute kommen. Das war's. Gott sei mit euch.«

Er läßt das Mikro des Pastors fallen, tritt mit dem Absatz darauf und verläßt die Kirche. Ich stürze zum Computer.

Wie soll ich beschreiben, was dann geschah? Wie soll ich rechtfertigen, was passiert ist, und was für einen Sinn mag es wohl haben? Ich habe den Artikel geschrieben, den du von mir verlangt hast, Jimmy. Ich habe mir einen Namen gemacht, bin zum Angriffspunkt deiner Feinde geworden, zur Zielscheibe derer, die an dich glaubten. Dieses Buch, zu dem du mich immer ermuntert hast, hat nun dich zur Hauptfigur. Ausgehend von deinen Geständnissen, deinen Aussagen und den Dokumenten, die ich zusammentragen konnte, versuche ich deine Geschichte zu schreiben. Ich versuche, mich an deine Stelle zu versetzen, dir das Wort zu lassen und in die Gedanken derjenigen einzutauchen, die dich erschaffen haben, will die Lügen aufdecken, aus denen sich deine Wahrheit zusammensetzt.

Zunächst hatte dieses Buch nur ein Ziel: dich vor dir selbst zu retten, dich zu überzeugen, dir Einhalt zu gebieten. Ich hatte keine andere Möglichkeit, zu dir zu sprechen, denn du wolltest mich nicht mehr sehen, wolltest nichts hören.

Was ist heute mein Beweggrund? Wut, Widerspruchsgeist, Rachegelüste, das Bedürfnis, dich zu rehabilitieren, die Weigerung, dich dem Vergessen anheimzugeben … Oder schlichtweg die Hoffnung, zu derjenigen geworden zu sein, die du schon immer vor dir sahst und an die du, all die Jahre lang, geglaubt hast.

Angeblich aus werbetechnischen Gründen wurde der *Offene Brief an einen, den man für Gott hält* zu *Jesus-Klon von seiner Ex entlarvt.* Untertitel: »Ein Schwimmbadreparateur aus Connecticut wird Opfer einer politisch-religiösen Verschwörung.«

Der Morgen dämmerte, und ich hatte gerade unten die Zeitung geholt. Jimmys Telefonnummer war nicht mehr vergeben. Ich wartete darauf, daß er sich bei mir meldete, hoffte, er könnte zwischen den Zeilen lesen und würde begreifen, daß ich in seinem Sinn schrieb: Ich griff ihn an, um ihn zu verteidigen, ich impfte ihm Zweifel ein, um ihn vor dem Fanatismus zu schützen, gegen den er sich auflehnte …

Einer der ersten, der auf meinen Artikel reagierte, war ein italienischer Wissenschaftler. Guido Ponzo, Doktor der Chemie und Biologie, Präsident der Rationalisten-Vereinigung von Neapel und Autor des Bandes *Jesus, die Beweise für den Betrug*, hatte ihn auf der Website der *Post* gelesen. Er war ganz aus dem Häuschen vor Begeisterung, berichtete mir von seinen eigenen Auseinandersetzungen, von fünfunddreißig Jahren Kampf gegen religiösen Obskurantismus, Götzendienst und Wundergläubigkeit, die sich zu einer wahren Industrie ausgewachsen hatten. Von der Universität ausgeschlossen, wegen Reliquienzerstörung verurteilt und durch Schadensersatzklagen ruiniert, hatte er mir alle seine zensierten Artikel geschickt, weil er mir weitere Argumente liefern wollte, damit ich den falschen Messias anklagte, der aus einem erst im Mittelalter zusammengeflickten Grabtuch stammte.

Für ihn besteht kein Zweifel daran, daß die Kirche sich ihre Reliquien selbst bastelt, in den Kellern des Vatikans, wo Opus-Dei-hörige, fundamentalistische Wissenschaftler sie ständig mittels ultramoderner Techniken ausbessern, um die Analyse- und Datierungsinstrumente auszutricksen. Man hat ihn nie an das Grabtuch von Turin herangelassen, doch er behauptet, seine Theorie durch die Analyse der anderen »Passionstücher« sowie des in den Abruzzen verehrten Fleischstücks bewiesen zu haben. Ich bitte ihn, den letzten Satz genauer zu erläutern. Die Legende, die er mir zur Antwort gibt, verschlägt mir die Sprache.

Im achten Jahrhundert hat ein Mönch aus dem Dorf Lanciano Zweifel: Wenn er Wein und Brot segnet, gelingt es ihm nicht mehr, zu glauben, daß sie tatsächlich den Leib und das Blut Christi darstellen. Er bittet Gott um ein Zeichen. Tatsächlich wird die Hostie in Anwesenheit der Besucher der Messe zu einem Stück Fleisch, während sich der Wein in Blut verwandelt. Seit dreizehn Jahrhunderten werden diese organischen Substanzen im Zustand perfekter Frische an Ort und Stelle aufbewahrt – wo sie doch in Wirklichkeit bei jeder neuen Untersuchung von den kirchlichen Behörden in enger Zusammenarbeit mit dem örtlichen Krankenhaus ersetzt werden. Das Fleischstück ist nämlich Teil eines echten menschlichen Herzens, Herzmuskel und Ventrikel, und das Blut hat die Blutgruppe AB. Die Untersuchung der DNA, die Ponzo 2004 an diesen Proben durchgeführt hat, beweisen seiner Ansicht nach die These eines naturwissenschaftlich-religiösen Komplotts: Blutgruppe und Genotyp stimmen mit dem Schweißtuch überein, das angeblich das Gesicht Christi bedeckt hat und seit dem elften Jahrhundert in der Kathedrale von Oviedo aufbewahrt wird, außerdem mit der Tunika von Argenteuil, die Jesus während des Aufstiegs nach Golgatha getragen haben soll. Und dann sind sie auch noch identisch mit dem Schleier von Manoppello, mit dem die heilige Veronika dem Gemarterten den Schweiß abwischte, und mit der sogenannten Haube von Cahors, dem Kinnband, welches dazu diente, den Mund des Leichnams geschlossen zu halten.

Guido Ponzo schickt mir die DNA-Sequenzen, die er entziffert hat. Ich vergleiche sie sofort mit den genetischen Fingerabdrücken, die Irwin Glassner aus den Geheimarchiven des Weißen Hauses herausgeschmuggelt und die Pastor Hunley gestern morgen auf seiner Website veröffentlicht hat. Das Ergebnis läßt keinen Zweifel. Die Chromosomen von Jimmy und dem Grabtuch von Turin sind zwar identisch, haben aber nichts mit der DNA der anderen Reliquien zu tun. Bleibt nur eines: Entweder sind die zweitrangigen Tücher Fälschungen, oder sie sind authentisch, und im Grabtuch lag ein anderer Körper.

Meine Schlußfolgerung macht Guido Ponzo sprachlos: Für ihn ist alles nur Schwindel, doch nun ist die Kirche zum ersten Mal der Nachlässigkeit beim Fälschen überführt worden. Wenn die einzelnen Puzzleteile der Passion Christi nicht zusammengehören, bedeutet das eine unerhörte Chance, das Grabtuch und seinen angeblichen Klon für null und nichtig zu erklären.

Ich verspreche ihm, mich am Nachmittag wieder bei ihm zu melden, und ziehe mich an, während ich mich durch die Nachrichtensendungen um neun Uhr zappe, in denen die Kommentatoren sich auf meinen Artikel stürzen. Doch was kann er gegen die Einschaltquote ausrichten? Als Jimmy Hunley angriff, verzeichnete die Sendung einen neuen Zuschauerrekord. Heute morgen wird im Internet zwischen Florida und Alaska von achtundsechzigtausend Wundern berichtet, vom plötzlich verschwundenen Schnupfen bis hin zum Tauben, der sein Gehör wiedererlangt hat, von der sich selbst reparierenden Mikrowelle bis hin zum Auto, das anspringt, obwohl doch die Batterie völlig leer war. Einer von fünf Amerikanern glaubt, Jimmy könne via Fernsehen heilen. In drei Tagen erscheint die DVD der Messe, heißt es auf BNS, in limitierter Auflage. Noch bevor sie auf dem Markt ist, gilt sie schon als Sammlerstück und ist tausend Dollar wert. Auf CNN halten vierzig Prozent der Befragten ihn für den Gottessohn, dreißig Prozent glauben, er sei ein Werk des Teufels, während die anderen in ihm einen Außerirdischen sehen oder sich nicht dazu äußern. Mein Land ist verrückt geworden.

Als ich eine Stunde später erneut meine Mails abrufe, habe ich Hunderte von Schmähbriefen, Drohungen und auf Särge gezeichnete Kreuze bekommen. Das einzige Glückwunschschreiben stammt von Doktor Sandersen, dem Klonforscher, den ich in meinem Artikel in Grund und Boden verdammt habe. Gestern mittag hatte ich aufs Geratewohl eine Interviewanfrage an seine Website gerichtet. Ich könne kommen, wann ich wolle, erklärt er. Ich antworte ihm, vereinbare ein Treffen für den nächsten Tag und rufe meinen neuen Chefredakteur an. Er jubelt: Nach meinen Artikel hat sich die Auflage verdoppelt. Ich bitte ihn, mir wieder genausoviel Platz einzuräumen, und flitze zum Flughafen La Guardia. Aus der Kartei der *Post* habe mir ich die Privatadresse des Drehbuchautors Buddy Cupperman geholt, den Jimmy als Cheforganisator des Projekts Omega bezeichnet hat. Bei der Telefonzentrale des Weißen Hauses unbekannt. Ich habe zehn Nachrichten auf der Mailbox von Irwin Glassner hinterlassen: keine Antwort. Aber ich will unbedingt mit einem der beteiligten Politiker gesprochen haben, bevor ich Sandersen treffe.

In Los Angeles angekommen, leihe ich ein Auto, nehme mir ein Hotelzimmer, verschließe meinen Computer im Safe und fahre zum Strand von Malibu. Die angegebene Adresse ist nur noch ein Skelett aus Eisenträgern und morschen Brettern. Dann finde ich Cupperman inmitten einer Filmcrew. Im Schockzustand. Eine Schar von Riesen mit Silikonmuskeln kümmert sich um ihn. Er weigert sich, mit Journalisten zu sprechen. Ich lasse nicht locker, in seinem eigenen Interesse. Wenn die Geheimdienste ihn zum Schweigen bringen wollten, habe er allen Grund, an die Öffentlichkeit zu gehen, und würde damit vermeiden, daß eine Wiederholung des Anschlags meine Anschuldigungen in der Zeitung untermauere. Doch er leugnet weiterhin hartnäckig: Er weiß nichts von dem Projekt Omega, er kennt keinen Jimmy Wood, er hat keinerlei Beweise für nichts und niemanden, seine ganzen Archive sind verbrannt, er hat nichts zu sagen, und meine Adresse brauche ich ihm auch nicht zu geben, er wird seine Meinung sowieso nicht ändern. Als er die letzten Worte ausspricht, schaut er mich derart durchdringend an, daß ich, während ich meine Visitenkarte wieder einstecke, rein zufällig meine Hotelreservierung fallen lasse. Er streckt den Arm aus, hebt sie auf und gibt sie mir zurück.

Ich fahre zurück ins Holiday Inn, bestelle den Room-Service und schalte den Computer ein. Noch immer keine Nachricht von Jimmy. Dafür bombardieren mich Tom und seine Advokaten mit Aufforderungen, die »journalistischen Provokationen« seinzulassen, die »fanatische Reaktionen hervorrufen könnten, welche meine Schwangerschaft gefährden«. Arschlöcher.

Ohne eine Nachricht von Cupperman nehme ich die Daten zur Hand, die mir der Chemiker Guido Ponzo übermittelt hat, und erkläre in meinem zweiten Artikel der Christenheit in aller Ruhe, daß das Blut Christi, das in Lanciano vor Zeugen anstelle des Meßweins aufgetaucht ist, mit dem Blut auf vier von fünf heiligen Tüchern identisch ist, aber nichts mit der DNA des Jimmy Wood zu tun hat. Ich muß zugeben, daß es mir eine große Genugtuung bereitet, einen religiösen Betrug mit Hilfe von Wundern nachzuweisen. Zum ersten Mal seit Monaten schlafe ich ohne Tabletten ein.

Als ich am nächsten Tag im Morgengrauen das Hotel verlasse, liegt an der Rezeption ein Umschlag mit meinem Namen. Er enthält Hunderte von Blättern: bedruckte Papiere, handschriftliche Notizen, Aktenfragmente.

Bei der Landung in New York hatte ich fast alles durchgearbeitet. Im Taxi las ich den Rest des Berichts über die »Ausbildung zum Messias«, der im Chalet in den Rockies verfaßt worden war. Dann überflog ich Cuppermans Seelenzustände auf den gelben Merkzetteln: seine Enttäuschung, seine Begeisterung, seine Machtlosigkeit, weil er nicht zu den Erinnerungen an die Passionsgeschichte vordrang, seine Wut auf Lourdes und den Vatikan … Bei den von eins bis zehn bezifferten »möglichen End-Szenarien« drehte sich mir der Magen um. Die Art, wie diese Leute Jimmy behandelten, ihre Absichten, ihre Desorganisation, ihr Zynismus und ihr Wahnsinn übertreffen alles, was ich in meinem ersten Artikel nur vermutet habe. Die Empörung und die kalte Wut, die von mir Besitz ergriffen hatten, verflüchtigen sich allerdings, als ich in meiner Wohnung ein Dutzend Polizisten vorfand.

Das Wohnzimmer war von einer Explosion verwüstet worden, eine Leiche lag in einem Plastiksack am Boden. Noch bevor man mich aufgefordert hatte, den Körper zu identifizieren, zog ich schon den Reißverschluß auf. Ich stieß einen Schrei der Erleichterung aus und rannte dann ins Bad, um mich zu übergeben. Als ich wieder ins Zimmer kam, reichte mir eine Frau ein Glas Wasser, zeigte ihren FBI-Dienstausweis und sagte, ich sei in Sicherheit. Laut Aussage von Zeugen habe ein Vermummter mit einem Granatwerfer auf mein Fenster gezielt und dann die Flucht ergriffen. Er war noch nicht gefunden worden, doch hatte sich zu dem Attentat eine Splittergruppe fundamentalistischer Christen bekannt, die mein Artikel über ihren Neo-Christus entsetzt hatte.

»Wie heißt das Opfer?« fragte Agent Wattfield.

»Tom Forbes, stellvertretender Staatsanwalt. Mein Ex-Verlobter.«

»Wohnte er hier?«

»Er hatte noch einen Schlüssel, ich bin nämlich schwanger.«

»Sollen wir Ihren Arzt holen?«

»Nein, schon in Ordnung. Mir geht's gut. Die Schwangerschaft verläuft normal, und ich habe keinen Schock erlitten.«

»Aha.«

»Na ja, ich meine …«

»Sie hatten die Befürchtung, es hätte jemand anderes sein können.«

Ich hielt ihrem Blick stand. Auch ohne die deutlichen Hinweise in Buddy Cuppermans Notizen hätte ich erraten, welcher Natur ihre Gefühle für Jimmy waren. Überrascht stellte ich fest, daß ich eine gewisse Schadenfreude empfand.

»Was wollte Tom Ihrer Meinung nach hier?«

»Ich nehme an, er war wegen meiner Zeitungsartikel hier. Er wartete auf meine Rückkehr, um mich zur Rede zu stellen, weil ich angeblich sein Baby in Gefahr bringe, und mich über meine pränatale Entmündigung in Kenntnis zu setzen. Ein Verfahren wegen begründeten Verdachts der Vernachlässigung seines ungeborenen Kindes hat er ja bereits angezettelt.

Jede Nacht wünschte ich mir seinen Tod, wenn Sie das meinen.«

»Nein.«

Ihr Ton war so unmißverständlich, daß sie an einen Racheakt von Fanatikern zu glauben schien. Es sei denn, das FBI selbst hatte den Anschlag angezettelt. Nach dem, was ich im Flugzeug gelesen hatte, mußte man bei diesen Leuten mit allem rechnen. Einschüchterung oder Säuberungsaktion – vielleicht stand ich auf derselben Liste wie Buddy Cupperman.

»Nein, auch nicht.« Sie lächelte.

Ich errötete, weil meine Gedanken so leicht zu erraten waren.

»Ich bin Ihre Verbündete, Emma. Offiziell bin ich damit beauftragt, die Wogen zu glätten, aber woran mir wirklich liegt, ist, Jimmy vor sich selbst zu schützen.«

»Wissen Sie, wo er ist?«

»Schnappen Sie sich einen Koffer, Ihren Computer und Cuppermans Aufzeichnungen. Keine Sorge: Meine Männer machen hier sauber.«

»Wurde ich in Los Angeles beschattet?«

»Sie haben Begleitschutz, seit Ihr erster Artikel im Netz veröffentlicht wurde. Wir kennen Ihr Leben und wissen, was auf Ihrer Festplatte und Ihrer Mailbox drauf ist.«

»Sozusagen Rundum-Schutz.«

»Es betrifft nur Ihre Person«, erwiderte sie, während ihre Leute Toms Leichnam forttrugen. »Ich kenne Ihre Vorbehalte gegen die republikanische Regierung, Emma, aber Sie können nicht leugnen, daß sie diesmal auf Ihrer Seite steht und Ihren Kampf unterstützt. In einer Stunde wird der Präsident eine Pressekonferenz geben. Er wird die Existenz des Projekts Omega zugeben und sie schlichtweg als ein vertrauliches Experiment für das Klonen von Menschen verkaufen, das im Auftrag einer demokratischen Regierung durchgeführt wurde. Und er wird den Bericht der Clayborne-Kommission offiziell vorstellen, der in Übereinstimmung mit dem Vatikan Jimmy Wood jegliche göttliche Abstammung abspricht, ihn als unzurechnungsfähig bezeichnet und ihm einen Drang zum krankhaften Lügen unterstellt.«

»Diese Dreckskerle.«

»Sie werden behaupten, es handle sich möglicherweise um ein islamistisches Komplott, das die Christen entzweien und Amerika destabilisieren will. Aus Mangel an Beweisen werden sie eine Pressekampagne anstrengen, damit man ihnen nicht vorwerfen kann, sie hätten alles inszeniert. Sie sind sehr wichtig für Sie, Emma. Verlassen Sie sich auf die völlige Unterstützung durch Ihre Gegner.«

Der stumpfe Beiklang, der sich hinter ihrem neutralen Tonfall verbarg, verriet, was sie von alldem hielt. Das Einverständnis unter Frauen, das zwischen uns aufkeimte, beschränkte sich nicht nur auf Jimmy.

»Kommen Sie mit, Emma?«

»Ich habe heute abend eine Verabredung.«

»Ich weiß. Sie werden rechtzeitig dasein.«

Eine gepanzerte Limousine fuhr uns zu einem versteckten Haus in Chelsea. Die efeubewachsene Backsteinfassade erinnerte an einen Bunker, der bei Spezialeinsätzen des FBI als Kommandozentrale diente. Kim Wattfield brachte mich zu einem Zimmer mit blindem Fenster, das auf eine Mauer aus Licht hinausging. Ich durfte duschen und mich umziehen, dann führte sie mich drei Geschosse tiefer in ein identisches Zimmer. In der Ecke mit dem blinden Fenster hockte Irwin Glassner in gebückter Haltung vor dem Fernseher, wandte sich um und warf uns einen toten Blick zu.

»Jimmy hat nichts mit Jesus gemein«, sagte er. »Wir sind ihm alle auf den Leim gegangen. Ich allen voran.«

Ich hatte Glassner im Juli in den Nachrichten gesehen, als das Raumschiff Explorer explodiert war – man erkannte ihn sofort wieder. Zermürbt von dem, was er ausgelöst hatte, indem er Jimmy der Kirche der Großen Wiederkehr überließ, hatte er sich in Haft begeben wollen, doch das FBI hatte kein Interesse daran, ihn ins Gefängnis zu bringen: Er konnte nicht mehr des Hochverrats angeklagt werden, da der Präsident das Gebot der absoluten Geheimhaltung aufgehoben hatte. Das Weiße Haus glaubte das Blatt für sich wenden zu können, indem es das Projekt Omega herabstufte und die damit verbundenen Dokumente öffentlich zugänglich machte, nachdem sie bereits im Internet gestanden hatten.

»Dieser neapolitanische Chemiker, der gestern Kontakt zu Ihnen aufgenommen hat«, sagte Glassner mit belegter Stimme und schweren Augenlidern, »dieser Erleuchtete, der die Ampulle mit dem Blut aus Lanciano analysierte und für falsch erklärte … Seit der Polemik um die Datierung mit Kohlenstoff 14 schrieb er alle sechs Monate ans Weiße Haus. Man gab mir die Zusammenfassung seiner Briefe, ich las sie nicht einmal … Hundertmal hatte man Jimmys Analyse wiederholt, das Genom war stets identisch mit dem des Grabtuchs. Wir waren förmlich gezwungen, daran zu glauben.«

Mit lächerlicher Heftigkeit schlug er sich plötzlich aufs Knie. Er blieb wie gelähmt sitzen, schlaff hing sein einer Arm herab.

»Und der Beweis befand sich in unseren Archiven! Die ersten Ergebnisse, die Sandersen der Regierung Clinton mitgeteilt hatte, 1993 war das … Mein Vorgänger war von ihrer Echtheit überzeugt, die Basensequenz war identisch mit dem Genmaterial, das Leoncino Garza Valdés an der Universität Texas, Andrew McNeal in Princeton und das gerichtsmedizinische Institut in Turin entschlüsselt hatten.

Diese DNA wurde niemals in Frage gestellt: Sie war unser Bezugspunkt, unsere Genom-Richtschnur ... In dem von Sandersen gelieferten Vergleich war uns Jimmys Genom suspekt, nicht das von Christus!«

Er tastete nach dem Glas auf dem Tisch, als er Kims Blick begegnete. Seine Hand blieb in der Luft stehen. Dann redete er weiter und sah mich dabei durchdringend an: »Turin und Princeton haben mir soeben ihre Entschlüsselung des Grabtuchs zukommen lassen. Im Gegensatz zu dem, was Sie geschrieben haben, ist die DNA auf dem Grabtuch identisch mit der auf den anderen Passionstüchern. Doch sie hat nichts mit der von Jimmy zu tun. Sie hat nichts mit dem zu tun, der seit der Ära Clinton als Jimmy in den Archiven des Weißen Hauses registriert ist.«

»Man hatte Sandersen also zunächst verdächtigt, Jimmys genetischen Fingerabdruck gefälscht zu haben, damit er zu Christus paßte, während Sandersen genau umgekehrt vorgegangen war?«

Glassner senkte den Kopf. Ich sah fragend zu Kim Wattfield hinüber, die die Arme ausbreitete und sie seufzend wieder sinken ließ. Leise surrte die Klimaanlage in der Stille. Ich war am Boden zerstört. Ohne die rationalistischen Wahnvorstellungen Guido Ponzos hätte die Wissenschaft auch weiterhin dem Genforscher Glauben geschenkt, der Christi Blut lügen ließ. Bis zum bitteren Ende. Bis zu Jimmys Opfertod.

»Und seine Heilkräfte? Der Baum im Central Park, die Wachhunde, die für ihn sterben, damit er fliehen kann, das gelähmte Mädchen, das plötzlich wieder gehen kann – ist das auch alles ein Schwindel?«

Glassner sah auf. Seine Augen waren voller Tränen.

»Nein, gnädige Frau. Das Falsche wurde wahr. Ich habe die Bestätigung am eigenen Leib erfahren. Er war ein ganz gewöhnlicher Mensch, wir hielten ihn für Gott, und da wurde er ...«

»Hören Sie mit Ihrer Komödie auf, Glassner!« rief Kim genervt. »Wir haben einen armen Kerl konditioniert, der sich unseretwegen verpflichtet fühlt, am Kreuz zu sterben, wir sollten jetzt endlich aufhören zu spielen! Emma hat einen Termin bei Sandersen.«

»Ich komme!« sagte Glassner und stand hastig auf, indem er sich am Vorhang festhielt.

Mit der Hand drückte sie ihn wieder auf den Sitz zurück, schlug ihm vor, doch erst einmal wieder nüchtern zu werden und sein Geständnis in Gestalt eines Kündigungsschreibens zu Papier zu bringen, das anstelle einer Pressemitteilung abgedruckt würde. Die Wortwahl überließ das Weiße Haus ihm selbst.

Ohne ersichtliche Reaktion nickte Glassner und bat darum, mich privat sprechen zu dürfen. Kim ließ uns allein, und eine halbe Stunde lang erzählte er mir von *seinem* Jimmy. Er erzählte von Hoffnungen, Zweifeln, dem Tumor, den seelischen Schmerzen, seiner Zuneigung zu diesem Sohn, den er sich immer erträumt hatte, der das Beste war, was das erbärmliche Menschengeschlecht auf Erden hervorgebracht hatte. Mehr noch als Cuppermans beißender Zynismus gab die verletzte Hellsichtigkeit dieses Alkoholikers kurz vorm Abgrund den Anstoß, den Stoff und die Dringlichkeit für meinen eigenen Bericht.

Zwei Stunden später, während ich im FBI-Hubschrauber über den Atlantik flog, bekam Glassner einen Anruf aus Washington. Nach seiner Rückkehr aus dem Urlaub hatte der Chef der Röntgenabteilung im Weißen Haus die letzten Aufnahmen noch einmal überprüft. Er hatte sie mit den vorherigen verglichen und zweifelte das Ergebnis an. Für ihn war die Zeitspanne zwischen der Injektion und der Aufnahme zu kurz: Das Jod hatte sich noch nicht bis zum Tumor ausbreiten können, um diesen dunkel zu färben. Ein allzu voreiliger Radiologe hatte unabsichtlich einem Wunder Vorschub geleistet. Die Untersuchungen mußten erneut durchgeführt werden.

Irwin ließ sich einen Termin geben. Dann hängte er sich mit der Vorhangschnur vor dem blinden Fenster auf. Er hinterließ einen Abschiedsbrief, in dem er Gott, Jimmy und seinen Sohn um Verzeihung bat.

Letzterer glaubte nicht an die These vom Selbstmord und ordnete eine Autopsie an. Zufällig stellte sich dabei heraus, daß Irwin gar keinen Gehirntumor hatte.

»Zu Beginn war meine Motivation ganz einfach: Die Regierung wollte Ergebnisse sehen. Ich beherrschte den Prozeß des Klonens und hatte neunundneunzig Embryonen erzeugt, doch sobald ich sie einpflanzte, wurden sie abgestoßen oder riefen eine Fehlgeburt hervor. Ich war mir sicher, daß ich scheitern würde, und brauchte Zeit, das war alles ... Die Experten der Geheimdienste glaubten nicht mehr an mich, sie wollten mir den Geldhahn zudrehen und das Projekt Omega einstellen, die Spuren meiner Arbeit verwischen. Und so, mit dem Rücken zur Wand stehend, mußte ich ihnen eben einen Beweis liefern. In der Klinik meiner Stiftung war eine junge Soldatin, ohne Familie, die seit zwei Jahren im Koma lag. Sie war wunderschön. Ein Krankenpfleger konnte der Versuchung nicht widerstehen ... Sie überlebte die Niederkunft nicht. Ihr Baby hatte die Blutgruppe AB, wie das Blut auf den Reliquien, ich sah ein Zeichen darin. Es genügte, im Zentralrechner den genetischen Fingerabdruck von Jesus zu verändern und ihn an den des Neugeborenen anzupassen, dann die vergewaltigte Frau als Leihmutter auszugeben, und schon war der Klon Christi geboren.«

Keine Regung auf Jimmys Gesicht. Er sitzt im Schneidersitz im Stroh, in der hinteren Ecke des Stalls, wo er seit drei Tagen freiwillig lebt, und starrt schweigend auf eine Futterkrippe.

Als wir hereinkamen, hat er weder zu Kim aufgesehen, noch hat er mich begrüßt; ebensowenig zeigt das Geständnis Sandersens irgendeine Wirkung auf seine Gelassenheit, seine Konzentration und sein mattes Lächeln. Ich stelle das Aufnahmegerät lauter.

»Was geschah im Jahr 2000?«

»Der Brand in meiner Forschungsstation? Sie werden es nicht glauben, doch es war ein Racheakt. Oder ein Akt des Stolzes, wenn Sie so wollen. Mein Gewissen als Forscher begehrte auf: Ich wollte nicht mehr der ›Vater‹ eines falschen Klons sein, wo ich doch überzeugt war, einen echten erschaffen zu können. Damit man mir jedoch die Mittel dazu gab, mußte der falsche verschwinden. Ich nutzte die Präsidentschaftswahlen aus. Eine Gehirnwäsche, ein Brand, und schon hätte ich dem Knaben seine Freiheit wiedergegeben und natürlich dafür gesorgt, daß er den Nachforschungen entkam. Ich war mir sicher, daß der erste geglückte Klonversuch die Regierung Bush zur Finanzierung eines zweiten verleiten würde – und die wäre dann tatsächlich erfolgreich geworden. Nie hätte ich geglaubt, daß mich diese Vollidioten im Stich lassen würden.«

»Wie hat man Jimmy wiedergefunden?«

»Ich hatte seine Spur nie aus den Augen verloren. Ich ließ ihn aus der Ferne beschatten, bei seiner Adoptivfamilie, bei seiner Flucht nach Greenwich, während der Arbeit, im Privatleben … Bushs Leute hatten die Embryonen Christi zerstört, der Vatikan erlaubte keine neuen Blutproben am Grabtuch – durch die Aussichtslosigkeit, einen neuen Klon zu erzeugen, wurde Jimmy für mich nun zum einzigen Instrument meiner Rache. Zu meiner Bombe mit Zeitzünder. Doch die Welt war noch nicht bereit für das Experiment, das ich durchführen wollte. Solange das Klonen verboten war, ließ sich Jimmy nicht einsetzen. Als das Verbot dann aufgehoben wurde, mischte man die Karten neu. Jimmy war nicht krankenversichert. Also sorgte ich dafür, daß er von einem Hund gebissen wurde, damit man ihm einen Genpaß erstellte, was schließlich dem FBI ermöglichte, ihn ausfindig zu machen. Tja, und jetzt wird meine Bombe im Angesicht der gesamten Welt explodieren. Niemand wird sich der Druckwelle widersetzen können. Egal, ob Jimmy am Kreuz stirbt oder nicht, ob er aufersteht oder nicht – ich habe den Glauben wiedererweckt, habe die Millenaristen in Hysterie versetzt, Religionskriege ausgelöst. Die Apokalypse steht vor der Tür.«

»Was nutzt Ihnen das?«

»Ich kann in Ruhe sterben.«

»In der Haut eines Betrügers.«

»Eines militanten Opfers von Betrügereien, die die Welt regieren. Anfangs war ich hochanständig, Emma. Ein unbescholtener und leidenschaftlicher Forscher, dem seine Kollegen vorwarfen, daß er zuviel herausgefunden hatte. Neid, politische Korrektheit und die Logik des Systems hätten mir den Garaus gemacht, wenn ich auf das Unrecht nicht mit einem Bluff reagiert hätte.«

»Was erhoffen Sie sich von diesem Interview? Daß Sie im Fall alle mitreißen, die Sie hinters Licht geführt haben?«

»Natürlich. Wissen Sie, seit fünf Jahren lebe ich mit nur einem Lungenflügel. Ständig codiere ich meine Stammzellen, damit sie zu neuen Lungenzellen werden, und jedesmal wandeln sie sich zu Krebszellen: Es gibt kein Wunder, und mein Leben ist ein hartnäckiger therapeutischer Kampf. Mein Prozeß wird mich auf andere Gedanken bringen.«

»Wenn Jimmy Ihnen gegenüberstünde, was würden Sie zu ihm sagen?«

»Daß ich stolz auf ihn bin. Das, wozu er geworden ist, ist mein größter Erfolg, seine Ansprache in St.-John-the-Divine meine größte Genugtuung. Gleichgültig, ob ich ihn mit gentechnischen Mitteln erzeugt habe oder nicht: Ich habe *innerlich* einen Christus aus ihm gemacht. Indem ich ihn der Regierung wegnahm, wurde ein gewöhnlicher Sterblicher zu einem göttlichen Wesen, das heute bereit ist, sich für christliche Werte zu opfern. Wird er es auch durchziehen, wenn er erfährt, daß er nur ein Mensch ist? Das fürchten Sie, und das hoffe ich.«

»Sie werden ihn also nicht um Verzeihung bitten?«

»Ich werde zu ihm sagen: Nur Mut!«

»Sie schicken ihn in den Tod. Für nichts und wieder nichts. Allein Ihretwegen.«

»Ohne mich wäre er nur das Waisenkind einer Vergewaltigten, daran soll er sich erinnern. Ich war der Treibriemen zwischen Gott und ihm. Meine Rolle ist beendet, seine beginnt erst.«

Ich schalte das Gerät aus. Die ganze Zeit über hat Jimmy sich nicht gerührt und auch sonst nicht die geringste Reaktion gezeigt – noch immer bloß dieser abwesende Gesichtsausdruck, den er seit unserem Eintreten zeigt. Er starrt träumerisch vor sich hin, wirkt eher niedergeschlagen als ins Gebet versunken – wahrscheinlich hat man ihn unter Drogen gesetzt – und fixiert einen Punkt auf meiner Stirn; er sieht durch mich hindurch.

»Komm mit, Jimmy«, sagt Kim Wattfield.

Er antwortet nicht. Eine halbe Stunde zuvor waren wir mit zwölf Autos auf Pastor Hunleys Ranch vorgefahren. Wir hatten kugelsichere Westen an und Tränengas bei uns. Kim hatte ihre Chefs gezwungen, das Gebäude zu stürmen, um Jimmy zu befreien, hatte mir einen Schutzhelm aufgepfropft und mich in eine blaue Schaumgummiweste gepreßt, auf der in drei Riesenlettern FBI prangt. Doch das Gebäude mußte gar nicht erstürmt werden. Eine Überraschung war das Ganze auch nicht. Hunley hatte kein Geheimnis aus dem Ort gemacht, wo Jimmy sich sammelte und auf die Passion vorbereitete. Offensichtlich kannte er den Zeitpunkt des Polizeieinsatzes: Er hatte die Kameras seiner Sender herbeigetrommelt, die örtliche Bevölkerung und sein juristisches Beraterteam.

Mittels Megaphon wiesen die Anwälte die Rechtmäßigkeit der gerichtlichen Verfolgung zurück, entsprechende Mahnbescheide hatten sie bei sich. Der Vorwurf der Freiheitsberaubung war unhaltbar, da der Betroffene alle notwendigen Genehmigungen und Entlastungserklärungen unterzeichnet hatte – es war seine eigene Wahl. Was die Ankündigung seines Todes betraf, die unter das Verbot der Selbsttötung zu fallen schien, so war auch dies unhaltbar: Er zeigte keine Bereitschaft zur Autodestruktion, denn wie lange er am Kreuz hängen würde, hing vom Abstimmungsergebnis im Internet ab. Im Einklang mit den derzeit gültigen Bestimmungen für Reality-TV war die von Pastor Hunley inszenierte Darstellung der Passion aus juristischer Sicht mit einem sportlichen Ereignis vergleichbar, bei dem man ja auch im voraus weder Dauer noch Ergebnis kenne. Ebensowenig wie man einen Taucher daran hindern könne, die Luft so lange wie möglich anzuhalten, dürfe man einem Gläubigen verwehren, sich an den von seinem Gott erduldeten Qualen zu messen. Im übrigen ließen sich jeden Karfreitag an die zwanzig Christen auf den Hügeln von San Pedro Cutud im Norden Manilas kreuzigen. In den vierzig Jahren der Wiederauflage dieser biblischen Qualen sei kein einziger Todesfall verzeichnet worden, und der Rekordhalter ließ sich nun zum sechsunddreißigsten Mal ans Kreuz nageln. Die philippinische Regierung habe ihre Einwilligung zu einer weltweiten Übertragung gegeben – alles entspreche genau den Vorschriften in diesem Land, das zu achtzig Prozent katholisch sei. Da die Islamisten keine Ruhe gaben und den Süden des Archipels für sich reklamierten, war es von entscheidender Bedeutung, die Kreuzigungszeremonie an diesem Ort zu begehen. Vergeblich hatten sich der Vatikan und die Vereinigten Staaten gegen einen derartigen Glaubensbeweis und eine solche Zurschaustellung nationaler Souveränität gewehrt, ihre Anwälte hatten nichts ausrichten können: Manila konnte das Ereignis nicht abblasen, denn es drohten unkontrollierbare Volksaufstände und weltweite Instabilität.

Die FBI-Agenten hatten ihre Waffen daraufhin wieder eingesteckt. Um seinen guten Willen zu zeigen, willigte Pastor Hunley ein, daß Jimmy mich sehen dürfe, obwohl ich in meiner Zeitung aus meiner feindlichen Gesinnung und meiner Gottlosigkeit keinen Hehl gemacht hatte. Er wußte, daß es ohnehin zu nichts führen würde.

»Komm mit uns«, wiederholt Kim.

Jimmy antwortet immer noch nicht. Sie dreht sich zu mir um, schüttelt illusionslos den Kopf. Ich lasse nicht locker: »Jimmy … Hast du gehört? Du bist ein Mann wie alle anderen, du bist nicht einmal ein Klon! Irwin Glassner hat sich wegen Sandersen umgebracht, und du wärst das nächste Opfer, ganz einfach. Komm wieder zu dir, ich flehe dich an. Du hast keinen Grund, auf den Spuren von Jesus zu wandeln. Es verbindet dich überhaupt nichts mit ihm!«

»Ich weiß.«

Die Sanftheit seines Tonfalls verschlägt mir die Sprache. Er spricht weiter und blickt dabei auf eine Stelle über meinem Kopf, so als wäre ich aus meinem Körper herausgetreten.

»Ich muß den Weg zu Ende gehen, Emma. Ich kann nicht umkehren und die Hoffnung der Christen enttäuschen … Ich habe kein Recht dazu. Meine Seele ist zu Tode betrübt, ich beweine Irwins Selbstmord und bete darum, daß er die Antwort auf seine Zweifel gefunden haben möge, aber ich bin auch von Freude erfüllt.«

»Von Freude? Freude darüber, daß man dich seit deiner

Geburt reingelegt hat, nur damit du jetzt an einem Kreuz sterben darfst, an dem du nichts verloren hast? Verdammt, du hast doch gehört, was Sandersen gesagt hat!«

»Ja. Ich bin nicht der Sohn Gottes. Aber vielleicht nimmt er mich ja als Adoptivsohn an.«

Er steht auf und geht auf mich zu. Dann schaut er mich an, der Friede und die Gelassenheit in seinem Blick sind unerträglich.

»Versuche nicht, mein Geschick zu ändern, Emma. Oder schreib es auf. Alles, was du für mich tun kannst, ist ein Buch schreiben.«

Er legt seine Stirn an meine, legt die flache Hand auf meinen Bauch. Dann murmelt er: »Verzeih mir wegen Tom. Ich wollte, daß er dich in Frieden läßt, aber es war stärker als ich.«

»Was hast du denn damit zu tun?« fragt Kim genervt. »Weil Gedanken töten können?«

»Gedanken sind die Taten, die andere begehen. Habt Erbarmen mit meinen Henkern.«

Er dreht sich um und setzt sich wieder auf den Boden, versinkt in seine Meditation. Ich stehe da und zittere, kann die Krämpfe, das stumme Schluchzen nicht bändigen. Kim berührt mich am Arm, führt mich hinaus.

Das Gejohle der vor dem Anwesen versammelten Menge begleitet den Rückzug der Hüter des Gesetzes.

Meine vier Artikel, die Sandersens Betrug aufdeckten, hatten überhaupt nichts bewirkt. Die *New York Post* weigerte sich, weitere abzudrucken, und erklärte mir nicht ganz zu Unrecht, daß das »nicht mehr das Thema« sei. Trotz der diplomatischen Bemühungen des Vatikans und der Androhung wirtschaftlicher Sanktionen von seiten der Vereinigten Staaten fand die Kreuzigung nach Plan statt.

Zahlreiche Stimmen aus dem fundamentalistischen Lager hatten sich erhoben und gefordert, daß die Kreuzigung am authentischen Ort stattfinden solle, doch Israel hatte heftigen Widerspruch gegen diese frevlerische Rekonstruktion eingelegt. Die Produktionsfirma war sowieso dagegen. Der Regisseur ebenfalls. Zu klein, zu konstruiert, zu gefährlich, zu reduziert. Wenn die Passion nicht mehr an den jüdischen Kontext und an Ostern gebunden sei, so stelle dies das Signal für eine Öffnung dar und lasse die Polemiken ins Leere laufen. Zugleich erlange das Ereignis seine ursprüngliche Dimension als universelles Symbol jenseits aller religiösen Spannungen wieder – dies waren die Worte, welche von Pressereferenten wie Reisebüros gleichermaßen verwendet wurden. Im Norden Manilas war ein überlebensgroßes Golgatha errichtet worden. Mangels anderer Argumente hatten die Antidiskriminierungsverbände zum Boykott der Sendung aufgerufen.

Genau wie ich es getan hatte, schickte sich die internationale Wissenschaftsgemeinschaft nun an, darzulegen, weshalb der Kandidat für den Opfertod weder aus dem Grabtuch hervorgegangen noch überhaupt ein Klon sein konnte. Vergebens: Trotz der wiederholten Dementis des Heiligen Stuhls und der Genforscher sahen dreißig Prozent in Jimmy noch immer die Reinkarnation Christi, vierzig Prozent erwarteten die göttliche Bestrafung für seine Hochstapelei, und die übrigen schlossen Wetten ab. Die einstimmige Ablehnung der religiösen Würdenträger quer durch alle Konfessionen hatte die Begeisterung verzehnfacht – das Volk hatte das Gefühl, Gott dadurch wieder gnädig zu stimmen. Die Tribünenplätze an den vier entscheidenden Stationen der Passion – Geißelung, Kreuzweg, Kalvarienberg und Grablegung – hatten Preise bis zu dreitausend Dollar auf dem Schwarzmarkt erzielt. Offiziell gingen die Erlöse an karitative Einrichtungen.

Ohne allzu große Schwierigkeiten hatte Pastor Hunley Werbekunden, Investoren und Sponsoren von der Redlichkeit seiner Absichten überzeugt. Die Feinde der Christenheit, so sagte er, hätten durch eine pseudowissenschaftliche Hetzkampagne versucht, Zweifel bezüglich der Rechtmäßigkeit des Neuen Messias zu säen, doch der Allmächtige in seiner Güte und Barmherzigkeit würde der Wahrheit zum Triumph verhelfen, indem er neuerlich seinen Sohn opferte, damit wir von unseren Sünden gereinigt würden. Reiche lassen sich nicht lumpen, und so hatten die größten Unternehmen der Welt Hunleys Sendung mit kolossalen Summen bezuschußt. Merchandising und Nebenrechte würden das Zehnfache an Gewinn bringen. Sticker am Kreuz und Bandenwerbung an der Tribüne à la Flushing Meadows blieben uns erspart, aber es war knapp. Die Fachleute, die sonst bei Formel-Eins-Rennen Piloten mit Markennamen zukleisterten, rissen sich die Haare aus beim Gedanken an die Summen, die ein Quadratmillimeter Haut des Gekreuzigten hätte erzielen können. Die Würde der Darbietung blieb gewahrt, wenngleich die Fernsehzuschauer dennoch Werbepausen über sich ergehen lassen mußten. Wie Jimmy schon sagte: Man muß zeitgemäß sterben.

Vertragsgemäß hatte Jimmy seit seinem Fernsehauftritt auf BNS nicht mehr öffentlich gesprochen. Seine einzigen Worte waren Bitten. Nachdem man ihn getäuscht und er sein ganzes Leben aus der Hand gegeben hatte, sollte er nun allein entscheiden, wie er dem Tod ins Auge sehen wollte. Er bat um ein *flagrum*, jene römische Peitsche mit Bleikugeln an den Enden, zwei Henkersknechte sollten ihm hundertzwanzig Hiebe geben, er wollte ein ganzes Kreuz tragen und nicht nur einen Balken, wie es in der christlichen Ikonographie fälschlich zu sehen war, zwei Nägel sollten ihm in die Handgelenke und einer in den Fußwurzelknochen getrieben werden, er verlangte eine Dornenkrone aus *Gundelia tournefortii* und einen Lanzenstich *post mortem*, sobald er starb – in allen Punkten wollte er sich genau an das Zeugnis in den Fasern des Grabtuch halten. Kein Aberglaube, keine Zauberei stand in diesem Aufgabenheft: Er wünschte lediglich, daß die Leute *sich bewußt wurden*. Daß sie Jesus durch diese Bewußtwerdung und das Mitleid in ihren Herzen wieder zum Leben erweckten. Das war Jimmys Vorstellung von Auferstehung – zu dieser Schlußfolgerung kam ich zumindest im Lauf der zehn Tage, in denen ich mich am Computer aus der Entfernung in ihn hineinzuversetzen versucht hatte. Er war bereit, für nichts zu sterben. Er hinterließ seinen Körper dem Glauben, so wie andere ihn der Wissenschaft hinterlassen.

Falls er die Geißelung überlebte und die Abstimmung im Internet seine Kreuzigung bis hin zum Tod durch Ersticken fordern würde – die Umfragen und die Voraussagen der Reality-TV-Experten deuteten darauf hin –, hatte er bis ins kleinste vorgesorgt. In seinem allen rechtlichen Anforderungen entsprechenden Testament hatte er verfügt, daß das biblische Szenario genauestens befolgt werden müsse: Kreuzabnahme, Umhüllung mit einem Grabtuch, Grablegung. Die Fernsehredaktion, für die dies der gewinnträchtigste Part war, hatte vorgesehen, einen Stein vor den Eingang rollen zu lassen und im Inneren zu filmen. Sollte sich etwas ereignen, so würde es live übertragen werden. Die Vorstellung, daß Milliarden Fernsehzuschauer drei Tage vor einem Standbild ausharren würden, war die großartigste Idee, die je dem Gehirn eines Medienmachers entsprungen war.

»Alle Augen des Planeten sind auf dich gerichtet, Jimmy«, tönte die Stimme Pastor Hunleys, der in dem gläsernen Produktionsturm saß, aus den Lautsprechern. »Doch der einzige Blick, der für uns zählt, ist der von Gott, dem allmächtigen Vater, denn wir sind nur die ehrfürchtigen Diener eines Willens, der größer ist als wir und über uns hinausgeht! Beten wir, meine Brüder, beten wir für das Heil desjenigen, der uns sein Leben schenkt – egal, wie die Entscheidung ausfällt, welche der Heilige Geist unseren Internetjuroren eingibt! Der Friede des Herrn sei mit euch!«

»Und mit deinem Geist!« schrie in allen Zungen die aus der gesamten Welt herbeigeeilte Volksmenge, die die Übersetzung per Kopfhörer übermittelt bekam.

Neben Kim auf der Pressetribüne sitzend, betete ich Ungläubige von ganzem Herzen, es möge einen Gott geben, damit diese Menschen denjenigen verschonten, der ihre Sünden von ihnen nehmen wollte und in dem sie doch hauptsächlich einen Gladiator sahen, einen vielversprechenden Aktienkurs. Per Handy verfolgte Kim die diversen Abstimmungen per Internet. Millionen forderten seinen Tod.

Ich riß mich zusammen und zwang mich, mit meinem

Fernglas der Geißelung zuzusehen, so als könnte ich seinen Schmerz lindern, indem ich ihn teilte. Auf der Digitalanzeige standen erst dreißig Hiebe, und er konnte bereits nicht mehr, sein Rücken war eine einzige Wunde, die Schreie, die er mit zusammengepreßten Kiefern zu ersticken versuchte, wurden über Lautsprecher verstärkt. Völlige Stille hatte sich über die Szenerie gelegt. Endlich begriffen die Leute, was sie da sahen – oder sie wollten nichts verpassen. Auf den riesigen Bildschirmen wechselten sich Großeinstellungen des Gesichts mit denen der Striemen ab, die unter den Riemen aufplatzten.

Beim sechsundfünfzigsten Hieb brach Jimmy zusammen. Der Zähler blieb stehen. Das Rettungsteam eilte herbei, untersuchte ihn, maß ihm den Puls und den Blutdruck, injizierte ein Kardiotonikum. Die Maskenbildnerinnen tupften das Blut ab, frischten sein Make-up auf. Der verantwortliche Mediziner der Sendung nickte – ein Werbeblock würde nicht schaden. Die Pause dauerte ewig, schon glaubte man, er würde aufgeben, das Wettfieber steigerte sich, denn nun ging es um alles oder nichts. Frenetischer Applaus brandete unter denjenigen auf, die sich richtig entschieden hatten, denn er stand wieder auf und hielt den als römische Legionäre verkleideten Statisten erneut den Rücken hin. Es war die letzte Ovation.

Ich hatte kurz die Augen geschlossen, als Kim mein Handgelenk drückte. Der Zähler zeigte hundertzwanzig an, doch hatte das Publikum überhaupt nicht auf das Ende der Unternehmung reagiert. Schwankend stand er da, in aufrechter Haltung, während der Körper noch in der Erinnerung an die Peitschenhiebe zitterte. Die Sanitäter reinigten die Wunden, verbanden sie, gaben ihm zu trinken; die Ärzte untersuchten ihn erneut.

Dann wurde ihm eine Leinentunika übergestreift, man setzte ihm die Dornenkrone auf, und schließlich taumelte er auf das große Kreuz zu, das die Legionäre hielten. Er beugte sich vor, legte es sich auf den Rücken und begann den Hügel hinaufzusteigen.

Das Publikum blieb stumm, ganz starr vor Respekt, Erregung und Sorge. Der anfänglichen Spannung war eine Art solidarischer Inbrunst gefolgt. Sie hatten ihn Schmerzen erleiden sehen, die über das menschliche Maß hinausgingen; nun sahen sie ihm zu, wie er das Kreuz trug, und ermutigten ihn im Geiste. Die Neugier war der Hoffnung gewichen, die inhaltliche Auseinandersetzung hatte über das Spektakel gesiegt, und statt Wettprognosen gab es nun Gebete. Dies war ein Mensch, der unter der Last eines Holzpfeilers schwankte, und es war noch viel mehr. Ein jeder im Publikum schleppte sich zusammen mit ihm vorwärts, nahm Schritt für Schritt die Herausforderung an, überwand die Angst, das Unmögliche und das Absurde, um sich von der Gelassenheit anstecken zu lassen, die sich in Großaufnahme auf Jimmys Antlitz abzeichnete. Nur an dem hektischen, ratlosen Herumgerenne der Assistenten überall auf dem Gelände bemerkte man die wachsende Unruhe.

Kim zeigte mir das Display ihres Handys. Das Unvorstellbare war Wirklichkeit geworden. Auf die Frage: »Soll er sein Leben lassen, um für Ihre Sünden zu büßen?« antworteten jetzt fünfundsiebzig Prozent der Befragten mit nein.

Mein Herz machte einen Freudensprung. Kim deutete auf die Regiekanzel oben in dem gläsernen Turm. Ich stellte mein Fernglas scharf. Ungläubiges Staunen malte sich auf den Gesichtern zwischen den Kontrollmonitoren. Wenn die Kreuzigung ausfiel, konnte man Zuschauerzahlen, Sponsorengelder, Merchandising und Nebenrechte vergessen.

»Publikum, Publikum, warum hast du mich verlassen?« psalmodierte Kim.

Ich schloß sie in meine Arme. Während dieser Prüfung

war sie zu meiner Freundin geworden, meiner Schwester, meinem Halt und meiner ersten Leserin. Mit all unseren Kräften wünschten wir uns, daß Jimmy diesen Test bestand, doch wenn wir uns so anschauten, sahen wir uns bereits als seine Witwen. Sie hatte mir alles über ihre Beziehung zu ihm erzählt – bis zu jenem unglaublichen Orgasmus, den sie auf dem Flug von Rom nach Washington hatte, als die beiden sich mental vereinigten, sie in der Toilette und er auf seinem Business-Class-Sitz. Konnten wir ihm mit vereinten Liebeskräften und mit unserer gesammelten Konzentration helfen, die Qualen auszuhalten?

Inzwischen lehnten achtzig Prozent der Befragten Jimmys Tod ab. Rings um uns teilten die mit dem Internet verbundenen Zuschauer ihren Nachbarn das momentane Ergebnis mit, und die ersten Rufe wurden laut, man möge den Kreuzweg abbrechen. Die Sonne verschwand hinter Wolken, eine Sturmbö rüttelte an den Schirmmützen.

»Laßt Jesus frei!« skandierten die Zuschauer auf den Tribünen.

So unglaublich es auch schien, das Mitgefühl hatte über den Voyeurismus, die Wetteinsätze und die Entschlossenheit der Auferstehungsanhänger gesiegt. Jimmy hatte gesiegt. Er hatte nicht die Menschen gerettet, sie hatten sich selbst von ihren Sünden gereinigt.

Plötzlich taumelte er nach vorn, und die Menge schrie auf. Das Kreuz wankte und drohte auf ihn zu fallen, doch ein Windstoß hielt es in der Schwebe. Wie gelähmt beobachteten die Zuschauer die Szene, die Stille war unbeschreiblich. Das Kreuz blieb über Jimmy hängen, vom Wind am Fallen gehindert. Das Staunen hatte sich in Verzückung gewandelt, die vier, fünf Sekunden andauerte. Jimmy versuchte sich aufzurichten, als das Kreuz seitlich herabfiel und in zwei Stücke zerbrach.

Dröhnend erklang da eine Stimme vom Himmel: »Mindanao!«

Schreie hallten durch die Luft, die Menschen kamen wieder zu sich.

»Islamische Republik Mindanao!« brüllte es aus den Lautsprechern auf dem ganzen Gelände.

Die Furcht der Heckenschützen und Kamikaze-Soldaten löste auf der Stelle Panik aus. Fluchtartig verließen die Zuschauer die Tribünen, stießen die Schwächsten um, schritten über sie hinweg, trampelten sie nieder, während die Sicherheitskräfte die Fundamentalisten in Schach hielten, die sich der Tonregie bemächtigt hatten. Ein Projektor explodierte. Dann noch einer. Alle Kameraleute ließen die Kameras stehen und liefen auf den gläsernen Turm zu, wo das Regieteam vergeblich zur Ruhe mahnte. Ungehört verhallten die Rufe der Polizei und der Armee, sie hätten alles unter Kontrolle, während die Menschenmassen schreiend in alle Richtungen stürmten.

Gegen Statisten und Techniker rempelnd, die ihre Plätze verließen, hatte ich mich zusammen mit Kim auf den Hügel geflüchtet. Jimmy war zwischen den beiden Teilen seines Kreuzes in Ohnmacht gefallen.

Zwei Sanitäter kamen mit einer Bahre auf uns zu und baten das Produktionsteam um Erlaubnis, Jimmy wegbringen zu dürfen. Keine Antwort in ihren Kopfhörern. Das Team war mit anderem beschäftigt: Probleme vertraglicher und finanzieller Art, die der Abbruch der weltweiten Übertragung mit sich brachte. Da es gleichgültig schien, was mit Jimmy geschah, lieferten sie ihn bei einem Erste-Hilfe-Posten ab.

Dort, unter lauter Verwundeten, kam er wieder zu sich, beruhigte uns und sagte, es sei noch Zeit. Die Krankenschwestern gaben ihm Analgetika, zogen ihm ohne große Umschweife die blutverkrustete Leinentunika aus, legten neue Verbände an. Während er eine Bluttransfusion bekam, zog ich mit einer Pinzette die etwa zwei Dutzend Dornen aus seinem blutigen Schädel heraus.

Von draußen drang noch immer der Lärm des Aufruhrs herein. Ich hatte befürchtet, die fanatischen Gläubigen würden sich auf Jimmy stürzen, würden vor ihm niederknien und ihn um ein Wunder anflehen, doch die Unterbrechung des Spektakels hatte den Hauptakteur seiner Wichtigkeit beraubt. Die Angst war stärker als der Glaube, das Heil lag in der Flucht, und niemand interessierte sich mehr für denjenigen, der noch eine halbe Stunde zuvor die Hoffnung der Menschheit darstellte. Ein begnadigter Jesus, das gab keinen Sinn. Alles war nur Betrug und Trickserei, eine Lüge der Werbung. Als die Gefahr gebannt und die Panik Frust und Wut gewichen war, hatte sich religiöser Eifer in Rufe nach Lynchjustiz gewandelt. Von unserem Posten aus hörten wir, wie die Menge den gläsernen Turm besetzte und ihr Geld zurückforderte. Kim schnitt Jimmy die Haare ab, während ich ihn rasierte, und so brachten wir ihn unerkannt zu einem Krankenwagen.

Auf seine Bahre geschnallt, ganz benommen von den Beruhigungsmitteln, lächelte er uns an, legte seine Hände in die unseren, tauchte ab, um gleich wieder zu Bewußtsein zu kommen. Der Flughafen kam in Sicht, als er zum ersten Mal ein Wort sprach. Das Ohr dicht an seinen Mund gelegt, hörte ich ihn sagen: »Patmos.«

»Patmos?«

Ich spürte, wie ein Lächeln über mein tränenüberströmtes Gesicht huschte. Ich wandte mich zu Kim um. Sie seufzte und bestätigte erschöpft: »Patmos. Dort ist die Grotte, in der Johannes die Apokalypse geschrieben hat.«

Ich wollte ihr nicht widersprechen, doch für Jimmy und mich bedeutete Patmos etwas anderes. Vorsichtig wies ich sie darauf hin, daß ein Krankentransport zurück in die Vereinigten Staaten nicht angeraten schien: Bis die Spannungen nachgelassen hätten, sei es wohl besser, nach Europa zu flüchten, an einen verschwiegenen Ort. Sie blickte uns an. Jimmy stimmte mit einem Zusammenkneifen der Lider zu. Sie rief bei der Botschaft an und änderte unser Reiseziel.

Die letzten Fischer sind in den Hafen zurückgekehrt, die Möwen fliegen auf die offene See hinaus, die Sonne geht schlafen, und die Winterstille legt sich auf die weißen Dächer.

Ich drücke meine Zigarette aus und gehe ins Haus. In der Kaminecke repariert Kim eine Amphore, die sie im Meer gefunden hat, während Madame Nespoulos an dem großen schlichten Eßtisch Weinblätter mit kaltem Chili füllt – ein ganz persönliches und unorthodoxes Rezept, das sie an Amerika erinnert. Ihre Herzoperationen sind nicht unbedingt erfolgreich verlaufen, doch sie lebt weiter und geht nun jeden Morgen zum Grab ihres Mannes hinten im Garten und bittet ihn um Verzeihung, daß sie ihm noch nicht gefolgt ist. Sie scheint sich über unsere Anwesenheit zu freuen, ist aber schon anderswo. In ihrem kleinen Paradies in der Ägäis schlägt sie die Zeit mit alten Fotos, Weinblättern und Karaffen mit Ouzo tot.

Jimmy erholt sich langsam von seinen Verletzungen. Er hat beschlossen, die Wunden im Meer vernarben zu lassen. Er behauptet, keine Schmerzen zu haben. Nur ganz selten sagt er etwas. Das Licht seines Lächelns steht für viele Worte, doch kreuzt man seinen Blick, bemerkt man eine große Leere. Kim ist ratlos, ich bin zuversichtlich. Madame Nespoulos findet nicht, daß er sich verändert hat: Sie hat keinen Fernseher, die Gegenwart betrifft sie nicht, und er hat begonnen, ihr einen Swimmingpool auszuheben.

Jeden zweiten Morgen fährt er mit dem Boot hinaus und kommt bei Sonnenuntergang mit Körben voller Fische zurück. Obwohl er Altgriechisch mit ihnen spricht, scheinen die Fischer seine Anwesenheit zu schätzen. Ich weiß nicht, wie weit er auf seinem inneren Weg ist, und kann auch nicht sagen, was er da in der Grotte der Apokalypse treibt. Ich sehe ihn erst am Ende des Tages, wenn ich eine Pause am Computer mache, rasch etwas esse und dann wieder an den Schreibtisch zurückkehre. Ich respektiere sein Schweigen, und ich habe soviel aufzuschreiben.

Schwanger zu sein und gleichzeitig ein Buch wachsen zu sehen, ist unbeschreiblich schön: Meine beiden Lebensträume werden eins, nähren sich gegenseitig. Vielleicht sollte ich mir Sorgen um meine Zukunft machen, doch die Gegenwart ist einfach zu großartig. Jimmy hat mich kein einziges Mal nach dem Manuskript gefragt. Und ich habe ihn kein einziges Mal gebeten, genauer anzugeben, was er denkt, erlebt, verkündet oder verschweigt. Ich lasse meinen Instinkt sprechen, das Vertrauen, das er in mich gesetzt hat. Ich erinnere mich, baue Kims, Irwins und Buddy Cuppermans Berichte ein – und die des Kardinals Fabiani, der mich über seinen Krankenpfleger mit Mails überschüttet. Ich versuche mich in Jimmy hineinzuversetzen, um das Abenteuer von seiner Warte aus zu begreifen und es mit seinen Worten wieder lebendig werden zu lassen.

An den Abenden, an denen ich glaube, seine Person wirklich zu fassen, sehe ich zu ihm hinüber, wie er da, umgeben von uns drei Frauen, im Kerzenlicht schweigt. Ein Strahlen geht von ihm aus, und ich merke, daß er die Sätze ignoriert, die ich ihm in den Mund lege. Man kann auferstehen, ohne unbedingt sterben zu müssen, denke ich bei mir. Was wird er mit seinem Leben anfangen, jetzt, wo die Menschen ihm eine Verlängerung zugebilligt haben, ihm, der sie doch retten wollte? Ich weiß nicht, ob das, was er durchleiden mußte, einen Halbgott aus ihm gemacht hat oder einen vollgültigen Menschen.

Einmal bin ich nachts aufgewacht und sah ihn vor mir stehen, ganz konzentriert. Er hatte die Hände über meinem Bauch ausgestreckt, legte lächelnd einen Finger auf die Lippen und deutete auf Kim, die am anderen Ende der Kammer schlief. Dann ging er wieder auf sein Zimmer. Ich weiß seitdem, daß er jede Nacht kommt, und warte im Schlaf auf ihn. Er arbeitet an meinem Kind, so wie ich an seinem Buch arbeite.

Heute nachmittag hat Kim uns verlassen, vollgetankt mit Sonne und Ferienglück. Das Ergebnis der US-Wahlen hatte das Organigramm des FBI durcheinandergewirbelt, weshalb man sie aufforderte, ihre Kündigung zurückzunehmen, und ihr im Gegenzug einen ungeheueren Karrieresprung in Aussicht stellte. Sie überlegte nur drei Tage.

Ich habe sie zur Anlegestelle gebracht. Ihre Reisetasche ließ sich nicht mehr schließen, so viele Flaschen Ouzo hatte Madame Nespoulos ihr geschenkt. Als ich ihr die Tasche ins Boot reichte, sah ich, daß sie die Leinentunika mitgenommen hatte, die ganz steif von getrocknetem Blut war. Sie hielt meinem Blick stand, zog die Brauen in die Höhe, zuckte leicht mit den Achseln und sagte: »Man weiß ja nie.«

Nachbemerkung des Autors

Alle in diesem Roman auftretenden Personen sind fiktiv, mit zwei gewichtigen Ausnahmen, Bill Clinton und George W. Bush. Die Handlungen, Worte und Gedanken, die ich den beiden amerikanischen Präsidenten zuschreibe, sind frei erfunden – zumindest, soweit ich weiß. Was die Untersuchungen am Grabtuch von Turin betrifft, so weise ich sie zwar Wissenschaftlern zu, die es gar nicht gibt, aber sie sind echt, obwohl die Kirche daran ihre Zweifel hat.

1998 schrieb Doktor Leoncio Garza Valdés, ein Mikrobiologe der Universität Texas, an Papst Johannes Paul II.: »Ich war der erste, der die Ehre hatte, drei Gene aus dem Blut Christi molekular zu klonen.« Sein erklärtes Ziel war es, die religiösen Machthaber vor dem *Second Coming Project* zu warnen, welches verschiedene amerikanische Lobbys initiiert hatten, um zu jedwedem Preis in den Besitz von Blutproben des Grabtuchs zu kommen. Wie ließ eine Sekte in Berkeley verlautbaren? »Wenn wir den Stier nicht bei den Hörnern packen, werden die Christen ewig auf die Rückkehr des Messias warten. Das zweite Kommen Christi wird Realität, weil wir ihn wiederkommen lassen werden.«

In dem Augenblick, in dem ich diese Zeilen schreibe, ist das Grabtuch von Turin noch immer in einem Behälter mit Inertgas eingeschlossen, in Sicherheit vor dem Eifer der Gläubigen, der Gier der Sekten und der Neugier der Wissenschaft.

Bibliographie

André Marion, *Jésus et la science* (Presses de la Renaissance, 2000)

Bertrand Jordan, *Les Marchands de clones* (Seuil, 2003)

Leoncio Garza Valdés, *The DNA of God?* (Doubleday, 1999)

Gina Kolata, *Das geklonte Leben* (Diana, 1997)

Jean-Claude Perez, *L'ADN décrypté* (Résurgence, 1998)

P. Baima Bollone, *101 questions sur le Saint Suaire* (Éditions Saint-Augustin, 2001)

Ian Wilson, *Das Turiner Grabtuch* (Goldmann, 2001)

André Marion/Anne-Laure Courage, *Nouvelles découvertes sur le Suaire de Turin* (Albin Michel, 1997)

Arnaud-Aaron Upinsky, *L'Enigme du Linceul* (Fayard, 1998)

Daniel Raffard de Brienne, *Enquête sur le Saint Suaire* (Rémi Perrin, 1998)

Maria Grazia Silato, *Contre-enquête sur le Saint Suaire* (Plon-Desclée de Brouwer, 1998)

Pierre Barbet, *Die Passion Jesu Christi in der Sicht des Chirurgen* (Badenia, 1953)

Henri Broch, *Le Paranormal* (Seuil, 2001)

Pierre Lunel, *Les Guérisons miraculeuses* (Plon, 2002)

François Brune, *Les Miracles et autres prodiges* (Philippe Lebaud-Oxus, 2000)

Bruno Sammaciccia, *Das Eucharistie-Wunder von Lanciano* (Parvis, 1992)

Claude Tresmontant, *L'Enseignement de Ieschoua de Nazareth* (Seuil, 1970)

Claude Tresmontant, *Le Christ hébreu* (Albin Michel, 1983)

Tarif Khalidi, *The Muslim Jesus* (Harvard University Press, 2001)

Salomon Malka, *Jésus rendu aux siens* (Albin Michel, 1999)

Patrick Lévy, *Dieu croit-il en Dieu?* (Albin Michel, 1993)

Cheikh Bentounès, *Le Soufisme* (La Table Ronde, 1996)

Cheikh Bentounès, *L'Homme intérieur à la lumière du Coran* (Albin Michel, 1998)

François Brune, *Saint-Paul, le témoignage mystique* (Oxus, 2003)

Die Bibel. Jerusalemer Bibel (Freiburg, 2001)

Revue internationale du Linceul de Turin (CIELT, Paris)

News Letter (British Society for Turin Shroud, London)

CSST News (Council for Study of the Shroud of Turin, Durham, North Carolina)

DBC Pierre
Jesus von Texas
Roman
Aus dem Englischen
von Karsten Kredel
383 Seiten. Gebunden
ISBN 3-351-02996-9

»Ein Huckleberry Finn der Eminem-Generation«

INDEPENDENT

»Jesus von Texas« ist ein hellwacher Gesellschaftsroman von perfider und unversöhnlicher Klarheit, der die von Michael Moore (»Bowling for Columbine«) geäußerte Kritik literarisch überzeugend weiterführt.
Ausgezeichnet mit dem Booker-Preis und dem Whitbread First Novel Award 2003

»Ein brillanter, ein umwerfender Roman, eine feurige, scharf gewürzte Satire.« SÜDDEUTSCHE ZEITUNG

»Ein sprachliches Meisterwerk. Dafür hat DBC Pierre zu Recht den wichtigsten britischen Literaturpreis gewonnen.« TAZ

Außerdem lieferbar:
Jesus von Texas. Roman. AtV 2150-X
Jesus von Texas. Hörspiel. ISBN 3-89813-356-7

aufbau
VERLAG

Weitere Informationen über DBC Pierre erhalten Sie unter
www.aufbau-verlag.de oder in Ihrer Buchhandlung

Matthew Sharpe
Eine amerikanische Familie
Roman
Aus dem Amerikanischen
von Verena von Koskull
336 Seiten. Gebunden
ISBN 3-351-03020-7

»Matthew Sharpe trifft das heutige Amerika ins bittersüße Mark.« DBC PIERRE

Heiter und melancholisch wie der Film »American Beauty« erzählt dieser Roman von den heiklen Banden, die Eltern und Kinder zusammenhalten. »Eine amerikanische Familie« handelt aber nicht nur von den Problemen einer modernen Familie, der Roman spiegelt die große Verunsicherung im heutigen Amerika wider, den Vertrauensverlust in die Obrigkeit und das mentale Leid einer ganzen Nation. Doch in erster Linie erzählt er eine ebenso komische wie rührende Geschichte.

»Zwanzig Verlage lehnten es ab, jetzt ist es das zur Zeit angesagteste Buch: Matthew Sharpes umwerfender Coming-of-age-Roman ›Eine amerikanische Familie‹.«
NEW YORK OBSERVER

»Ein Meister der Ironie.« THE NEW YORK TIMES

Weitere Informationen erhalten Sie unter
www.aufbau-verlag.de oder in Ihrer Buchhandlung

Craig Clevenger
Der geniale Mister Fletcher
Roman
Aus dem Amerikanischen
von Susanne Mecklenburg
315 Seiten. Gebunden
ISBN 3-351-03034-7

Ein moderner Mister Ripley lügt um sein Leben

Clevengers Psychogramm eines Fälschers ist so spannend wie
literarisch und erinnert an die magische Welt Paul Austers. Ein
Mann mit Namen Daniel Fletcher wird in L. A. ins Krankenhaus eingeliefert. Er hat eine Überdosis Schmerztabletten im
Magen und eine harmlose Geschichte zu erzählen. Doch nichts
ist normal an ihm. Er hat einen überzähligen Finger, zahllose
Gesichter, ist hochkriminell, eiskalt und genial. Doch er ist
kein Killer, kein Hedonist, kein Parasit. Er ist ein famoser
Fälscher, ein Verrenkungskünstler, der sich jedem Zugriff ent-
ziehen kann. Nun allerdings muß er sich einer psychiatrischen
Untersuchung stellen und ewigen Gewahrsam fürchten. Auge
in Auge kämpft er gegen einen ebenso genialen Psychiater.
Craig Clevengers suggestiver Roman sorgte in den USA für
Furore. Leonardo DiCaprio hat die Filmrechte gekauft, der
Autor von »Fight Club« arbeitet an einem Drehbuch.

**»Bei Gott, das ist mit Abstand das beste Buch, das ich in
den letzten Jahren gelesen habe.«**
Chuck Palaniuk, Autor von »Fight Club«

Weitere Informationen erhalten Sie unter
www.aufbau-verlag.de oder in Ihrer Buchhandlung

Magdalena Felixa
Die Fremde
Roman
198 Seiten. Gebunden
ISBN 3-351-03037-1

Das eindringliche Porträt
einer pulsierenden Großstadt

Magdalena Felixa erzählt die Geschichte einer jungen Frau in
Berlin – gesehen mit den aufmerksamen Augen der Fremden,
die zwischen Glücksjägern, Nachtgestalten und Gescheiterten
lebt. Sie wird zum Seismographen des Lebens in der Groß-
stadt, ihre eindringlichen Bilder sind von entlarvender Schärfe.
Sie beobachtet die Menschen genau – ob am Ku'damm oder
am Prenzlauer Berg, in der Lobby des Nobelhotels Adlon oder
den Plattenbauten der Randbezirke. Sie will unerkannt bleiben, denn sie ist auf der Flucht, drückt sich in Szene-Clubs
herum, auf Vernissagen und in Striplokalen. Mit dem Blick
ihrer »Fremden« entwirft sie ein intelligentes Sittenbild
unserer Zeit. Ein Aufruf innezuhalten und die Sicht zu
schärfen für das, was das Leben wirklich ausmacht.

»Magdalena Felixa ringt ihrer ›Fremden‹ ganz neue bürger-
verachtende Töne ab. Man erkennt manche der Porträtier-
ten aus Berlins Kunstschickeria mit Vergnügen wieder, und
irgendwie verzaubert sie die Berliner Baustelle mitsamt den
Schattenspielern und Originalen.« Der Spiegel

aufbau
VERLAG
Weitere Informationen erhalten Sie unter
www.aufbau-verlag.de oder in Ihrer Buchhandlung

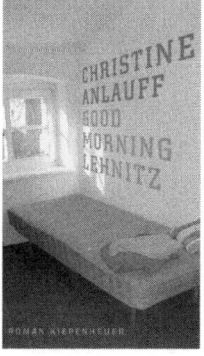

Christine Anlauff
Good morning, Lehnitz
Roman
366 Seiten. Gebunden
ISBN 3-378-00661-7

Mehr als ein Buch.
Ein Lebensgefühl!

Witzig, frisch und herzergreifend erzählt dieser Roman aus
dem turbulenten Nachwendejahr einer Abiturklasse:
Im Sommer 1990 haben die Soldaten des ehemaligen NVA-
Stützpunktes Lehnitz/Brandenburg ihr Feindbild verloren,
fremde Uniformen und neue Nachbarn verpaßt bekommen.
Ein illustrer Haufen von jungen Glücksrittern und Gescheiterten macht sich in der Kaserne breit, um das Abi nachzu-
holen. Für Tilli und ihre Mitschüler steht in diesem Sommer
die Welt auf dem Kopf. Sie erleben ein Jahr voller Wunder,
Freundschaft, Liebe und Schmerz.

»Ein erfrischender Roman mit viel Situationskomik und
Selbstironie. Christine Anlauff legt mit dem ersten Buch
einen Unterhaltungsroman allerhöchster Güte vor, der
glaubwürdig und genau die Stimmung der Wende nach-
zeichnet, wie sie Jugendliche erlebt haben.«
DEUTSCHLANDRADIO

Gustav Kiepenheuer
VERLAG

Mehr Informationen erhalten Sie unter
www.aufbau-verlag.de oder in Ihrer Buchhandlung

Horst Herrmann
Lexikon der kuriosesten Reliquien
*Vom Atem Jesu bis zum
Zahn Mohammeds*
Lexikon
235 Seiten. Samteinband
ISBN 3-352-00644-X

Einzigartiges zwischen Himmel und Erde

Vom Arm des Täufers Johannes bis zur Zehe des heiligen
Christophorus: Ein Lexikon über Unglaubliches und
Wundersames.
In der Theologie bezeichnet man Reliquien als »Überbleibsel
von verehrungswürdigen Gegenständen oder von Heiligen
und Seligen«. Reliquien waren für die Gläubigen unerläßlich,
da man durch sie und ihre Verehrung Gott nahe war. Bischöfe
und Klöster versuchten deshalb, möglichst viele Reliquien
in ihren Besitz zu bringen. Mancherorts entstanden wahre
Fälscherwerkstätten, was eine wundersame Vermehrung von
Reliquien zur Folge hatte. Wo immer Reliquien verehrt wurden, begegneten sich Himmel und Erde. Das »Lexikon der
besonderen Art« – in der bewährten samtigen Geschenkaus-
stattung – gibt einen amüsanten und fundierten Einblick ins
Kuriositätenkabinett der Reliquien aus aller Welt.

»Wer sich von Horst Herrmann einführen läßt in die
befremdliche Welt religiöser Obsession, wird seine nächste
Reise mit geschärften Sinnen antreten.« ZÜRICHSEE ZEITUNG

Rütten & Loening

*Mehr Informationen erhalten Sie unter
www.aufbau-verlag.de oder in Ihrer Buchhandlung*